Stella
스텔라

YEWONBOOKS ROMANCE STORY

주산지의꿈 장편 소설

Stella

스텔라 1

초판 1쇄 찍은 날 | 2016년 12월 23일
초판 1쇄 펴낸 날 | 2016년 12월 30일

지은이 | 주산지의꿈
펴낸이 | 예경원

편집 | 유경화

펴낸곳 | 예원북스
등록번호 | 제396-2012-000132호
등록일자 | 2012. 7. 25
YRN | 제1-0173호

주소 | 경기도 고양시 일산동구 호수로 646-24 위너스21-Ⅱ 206A호 (우) 10401
전화 | 031-819-9431 팩스 | 031-817-9432
http://cafe.naver.com/yewonromance
E-mail | yewonbooks@naver.com

ISBN 979-11-5845-286-5 04810
ISBN 979-11-5845-285-8 (세트)

※ 이 도서의 국립중앙도서관 출판시도서목록(CIP)은 서지정보유통지원시스템 홈페이지(http://seoji.nl.go.kr)와 국가자료공동목록시스템(http://www.nl.go.kr/kolisnet)에서 이용하실 수 있습니다.

Stella

스텔라

YEWONBOOKS ROMANCE STORY

주산지의꿈 장편 소설

1

예원

Stella

스텔라

C · O · N · T · E · N · T · S

프롤로그

〈15세기, 잉글랜드〉

로이든 체스터 백작은 차갑게 굳은 얼굴로 앞을 주시했다. 그에게 쏟아지는 국왕 리처드의 날카로운 시선이 느껴졌지만 차갑게 무시했다. 지금 리처드와 눈이 마주친다면, 가슴속에 끓어오르는 분노를 숨길 수 없을 것 같아서였다.

'젠장! 날 함정이 밀어 넣다니.'

꽉 다문 턱이 분노로 차갑게 굳어졌다. 하지만 로이든은 재빨리 차가운 분노를 냉기가 흐르는 조각처럼 완벽한 얼굴 아래 숨겼다. 무표정한 얼굴로 고갤 돌리자, 그의 예상처럼 리처드의 시선은 로이든을 향해 있었다. 앞으로 벌어질 일을 상상하기라도 하는지, 그의 입가엔 즐거운 듯 미소가 떠올라 있었다.

'빌어먹을 국왕.'

로이든은 마음속으로 욕설을 삼키며 리처드를 주시했다. 뱀처럼 사악하고 의심이 많은 국왕. 그런 자를 왕으로 섬기는 신하의 삶은, 매 순간이 삶과 죽음이라는 양날의 칼 위에 서서 심판을 강요받는 것과 같았다. 지금 이 순간처럼.

덜컹! 삐꺽!

무심하게 가라앉았던 심장에 균열이 일 듯, 굳게 닫혀 있던 재판장의 문이 열렸다. 그리곤 간수의 손에 이끌려 더러운 드레스를 입은 여인이 재판장 안으로 들어서는 것이 보였다. 순간, 지독한 악취가 재판장 안을 가득 채웠다. 그러자 반역자의 딸을 심판하기 위해 모여든 귀족들이 너 나 할 것 없이 향수가 뿌려진 손수건을 꺼내, 코와 입을 막는 것이 보였다.

"윽, 이게 무슨 냄새죠? 시궁창 냄새가 따로 없네."

정말 지독한 악취였다. 그리고 여인의 얼굴은 오물 바닥에라도 넘어진 듯 진흙을 뒤집어쓴 채였다. 상복인 듯 보이는 검은 드레스와 까마귀처럼 검은 머리카락. 그리고 얼굴의 반을 차지한 듯 보이는 커다란 검은 눈동자를 가진 여인은 술렁이기 시작한 재판장의 분위기와는 사뭇 달랐다. 기묘하리만치 평온했다.

거대한 폭풍의 눈처럼, 그녀는 당당함을 잃지 않은 채 안으로 걸어 들어왔다. 그녀에게 쏟아지는 귀족들의 비난 어린 시선도 그녀를 수치스럽게 하지 못했다. 여인의 시선은 오직 재판장 가장 높은 곳에 앉아 있는 리처드에게 향해 있었다. 마치 국왕에게 곧장 달려가 그를 죽이기라도 하려는 듯, 흉하게 절뚝이며 걷고 있었다.

'설마 저 여인이 달링턴 백작의 딸이었나?'

로이든은 10살 이후, 처음 보는 자신의 약혼녀의 모습에 미간을 찌푸렸다. 소문에 따르면, 자신의 신부가 될 스텔라 마리스 달링턴은 굉장한 미인이라고 했다. 미의 여신을 닮은 완벽한 얼굴에 티 하나 없이 깨끗한 상아색 피부. 그리고 흑요석처럼 빛나는 검은 눈동자와 어둠 속에서도 푸른빛이 도는 검은 머리카락은 값비싼 실크보다 더 아름답다고 했었다. 하지만 그의 눈앞에 나타난 여인의 모습은 처참할 정도였다. 로이든은 그런 스텔라를 보며, 자고로 소문은 믿을 게 못 되는 모양이라고 결론지었다.

'이젠 나와 상관없는 여인일 뿐이야. 정략혼 역시 깨어져 버렸으니까.'

로이든은 애써 눈앞의 여인에게서 시선을 돌렸다. 하지만 울컥 밀려드는 씁쓸함을 떨쳐 내기가 힘들었다. 그가 스무 살 되던 해 국왕으로부터 기사 임명식을 받은 후부터, 그는 전쟁터에 있었다. 국왕을 위해 수많은 전투에 참가해 반역자들을 죽였다. 죽을 고비 역시 수없이 넘겨야 했다.

그렇게 10여 년간 전쟁터를 누비던 그가 6개월 전, 약속된 혼약을 위해 체스터 영지로 돌아왔다. 하지만…… 지금 자신의 신부가 되어 있어야 할 여인은 반역 죄인의 딸이란 이름으로 재판장에 있었다. 로이든은 쓴 약을 삼키듯 굳은 얼굴을 했다.

그녀의 등장과 함께 재판장 안은 이미 그녀 역시 반역자란 낙인을 찍은 것 같았다. 그녀의 더럽고 추한 냄새가 마치 죄의 상징이라도 되는 듯 귀족들은 혀를 차며 손가락질했다.

로이든의 시선 역시 여인에게 향했다. 누군가에게 얻어맞은 듯 부어오른 얼굴엔 피와 함께 진흙이 잔뜩 묻어 있었다. 무엇보다 걸을 때마다 절뚝거리는 흉한 걸음걸이는 불쾌하기 짝이 없었다. 로이든이 스텔라에게서 시선을 거둬들였다. 그러다 그의 표정을 유심히 살피고 있던 리처드와 눈이 마주쳤다.

'대체 무슨 속셈인 거지?'

로이든은 리처드가 저런 표정을 할 때가 가장 거슬렸다. 경험상, 리처드가 저런 표정을 할 때마다 리처드는 사건을 만들어냈던 것이다.

아니나 다를까, 로이든은 리처드의 눈동자에 스치고 지나가는 섬뜩한 빛을 볼 수 있었다. 그리고 지금껏 무료한 표정으로 얼굴을 쓰다듬던 리처드가 여인을 바라보며 의미심장하게 웃기 시작했다.

"네가 달링턴 백작의 딸, 스텔라인가?"

"그렇습니다. 제가 스텔라 마리스 달링턴입니다. 폐하께서 재판장에 설 기회조차 주지 않고, 처형하신 달링턴 백작의 딸입니다."

맑고 청아한 목소리가 재판장 안을 울렸다. 흉측한 모습과는 달리 아름다운 목소리에 귀족들이 다시 스텔라를 바라보았다. 스텔라는 한꺼번에 쏟아지는 호기심 어린 시선에도 아랑곳하지 않은 채 국왕 리처드를 똑바로 바라보았다.

"그래서 너에겐 이렇게 그 기회를 준 것이다. 그러니 말해보아라."

"제 아버지께서 왜 반역자이십니까? 그 이유를 말씀해 주십시오."

"달링턴은 내 정당성을 부정했다. 사악한 마녀의 어처구니없는 말만 믿고 내 왕좌의 정당성을 의심했단 말이다. 그것이야말로 반역이 아니면, 뭐라는 거지?"

"제 아버진 그 누구보다 폐하의 믿음직한 신하셨습니다. 아무 이유 없이 절대 그러실 분이 아닙니다."

"그럼 내가 거짓말이라도 했단 말이군. 감히, 너 따위가 날…… 국왕인 날 거짓말쟁이라고 하는군. 정말, 어이없어 웃음이 다 나는군."

리처드의 냉소에 스텔라는 말을 멈추곤 천천히 국왕을 살폈다. 처음 본 국왕 리처드의 모습은 무척이나 왜소했다. 화려한 옷으로 치장하고 있었지만, 날카로운 인상에 여윈 체형을 가진 그는 국왕으로서의 위엄과는 거리가 먼 사내였다.

스텔라는 천천히 자신의 몸을 훑는 리처드의 시선에 불쾌감을 느꼈다. 하지만 그녀는 리처드의 시선을 피하지도, 주눅 들지도 않았다. 그러자 스텔라의 예상 밖의 반응에 리처드의 눈빛이 잔혹하게 빛나기 시작했다.

"냄새가 고약하군. 숙녀의 몸으로 감히 감옥에서 간수와 뒹굴기라도 한 건가?"

리처드의 비아냥거림에 귀족들이 키득거리며 웃기 시작했다. 하지만 옆에 서 있는 간수의 얼굴은 흙빛으로 변하며 두려움으로 부들부들 떨기 시작했다. 리처드의 말처럼 지하 감옥 안에서 그녀를 범하기 위해 폭력을 행사해 자신을 이런 모습으로 만든 이가 바로, 옆에 서 있는 간수였던 것이다.

"소문엔 굉장한 미인이라고 하더니, 거짓이었던 모양이군. 정말, 실망이야."

실망이라고 말하는 리처드의 표정은 하나도 유감스러워 보이지 않았다. 오히려 그녀가 미인이 아니라서 너무도 즐겁다는 듯이 웃고 있었다. 리처드에게 스텔라는 조롱거리였고, 처형하기 전 데리고 놀 장난거리에 불과했다.

"지금껏 제 외모에 특별히 신경 써보진 않았지만, 폐하께서 실망하셨다고 하시니, 무척이나 기쁘군요."

스텔라의 대답에 리처드의 입가에 미소가 떠오르는 것이 보였다. 불쾌했다. 그녀를 간 보듯 찔러대며, 반응을 살피는 리처드가 죽이고 싶을 만큼 싫었다. 스텔라는 고갤 돌려 재판장에 모인 귀족들을 보았다. 이들 모두가 아버지 달링턴 백작을 죽음으로 내몬 장본인들이었다. 스텔라는 그들 모두를 기억하고 싶었다. 그러다 스텔라는 그녀를 비웃으며 조롱하는 귀족들 사이에서 잔뜩 찌푸린 얼굴로 자신을 쏘아보고 있는 한 사내를 발견했다.

검은빛이 감도는 로열 블루의 눈동자. 사내의 눈동자는 깊이를 알 수 없을 만큼 아름다운 색을 담고 있었다. 전체적으로 서늘한 분위기에 조각처럼 완벽한 얼굴의 사내는 귀족들 사이에 앉아 있었지만, 단연 돋보이는 존재였다. 잘생긴 얼굴 때문이 아니라, 그에게서 뿜어져 나오는 강한 카리스마가 그에게서 눈을 떼지 못하게 했다. 잠시 스텔라의 시선이 그 사내에게 머물렀다.

"흣!"

그 모습을 지켜보던 리처드의 입가에 순간, 얄궂은 미소가 떠올랐다. 리처드는 스텔라 자신이 끌린 사내가 전 약혼자란 사실을 알면 그녀가 어떤 반응을 보일지 무척이나 궁금했다.

'아니, 전 약혼자에 배신자라고 해야 하는 건가?'

"감히 그런 몰골을 하고 잉글랜드 최고의 미남을 넘보다니. 정말 스텔라 달링턴은 욕심이 많은 여인이군. 혹시, 지금 저 잘난 사내의 부인이 되고 싶은 생각을 하는 건 아닐 테지, 스텔라 마리스 달링턴?"

스텔라의 시선이 자동으로 리처드에게 향했다. 한순간이었지만, 리처드는 스텔라의 눈동자에 서린 지독한 분노와 적의와 마주하자 등골이 오싹해졌다. 감히 국왕을 저런 눈으로 바라보다니. 마음에 들지 않았다. 국왕인 자신 앞에서도 위엄을 잃지 않은 당당함에 화가 났다. 그를 주눅 들게 하는 유일한 존재. 그 존재가 바로, 눈앞의 여인이었으니까.

"살고 싶은 마음 따윈 처음부터 없었습니다."

"그래서 죽여달라는 건가?"

"절 죽이기 위해 이곳에 부른 것이 아니었습니까?"

'저 당돌한 성격까지 샤론을 닮았군. 젠장, 태어난 순간 죽였어야 했어. 약속 따위 지키지 말았어야 했다.'

그랬다면 스텔라가 누구인지 달링턴 백작이 알아내지 못했을 테고, 또 그 일을 빌미로 달링턴이 리처드의 자리를 위협할 일도 없었을 터였다. 리처드의 입가가 싸늘하게 비틀렸다.

사실 그를 이렇게 피에 굶주려 미쳐 날뛰게 만든 이는 달링턴 백작이 아니었다. 18년 전 사라졌던, 예언자. 그 미치광이 예언자가 다시 나타나 말도 안 되는 예언으로 그를 잔뜩 흔들어놓은 것이다.

리처드는 그때 일을 떠올리며 눈을 가늘게 떴다. 입매 역시 굳어지며 꽉 다물리자, 지금까지완 다른 얼굴이 되었다. 국왕의 변화에 조금 전까지 술렁이던 귀족들의 얼굴이 불안으로 어두워지기 시작했다. 포악한 성정의 리처드가 언제까지 저 달링턴 가의 여자를 두고 볼지 알 수 없었다. 사실 지금까지 리처드의 행적으로 보건대, 저 어리고 당돌한 달링턴 가의 계집은 잠시 후 목이 떨어질 것이 분명했다. 비릿한 피 냄새와 차가운 검을 덥힐 붉은 피. 그것이야말로 국왕 리처드가 가장 원하는 일이었다.

하지만 다음 순간, 귀족들의 예상을 깨고 리처드는 스텔라가 아닌 로이든을 불렀다.

"체스터 백작, 그대 생각은 어떤가? 내가 저 여인을 죽일 것 같은가, 아니면 살려줄 것 같은가?"

리처드의 음산한 목소리가 재판장 안을 울렸다. 로이든은 신중한 얼굴로 리처드를 응시했다. 그 역시 이 상황이 마음에 들지 않았지만, 최대한 감정을 숨긴 채 그의 의도를 알아내야 했다.

체스터 백작이란 말에 스텔라의 시선이 날카로워졌다. 그리곤 조금 전 그녀가 다른 귀족들과 다르다고 느낀 사내가 체스터 백작이란 걸 깨닫자, 검은 눈동자에 분노가 서렸다. 시리도록 차가운 살기를 띤 분노.

로이든은 스텔라의 날카로운 시선을 냉정하게 외면했다. 지금은 그녀의 분노를 걱정할 때가 아니었다. 만약 이 순간, 자신이 한마디라도 리처드의 신경을 거스른다면 위험해질 수 있었다.

"폐하의 뜻대로 죽이십시오."

"그댄 무척이나 잔혹한 성품을 지녔군, 체스터. 그래도 한때 그대의 약혼녀였는데 말이야."

로이든이 주먹을 꽉 쥐었다. 돌아보지 않아도 느낄 수 있었다.

스텔라가 그를 죽이고 싶어한다는 것을.

"이미 파혼한 이상, 저 여인은 제게 아무것도 아닙니다. 정략혼이란 것이 다 그렇듯 이익에 맞지 않는다면, 깨지기 마련이니까요."

로이든이 전혀 상관 없다는 듯 그녀와의 관계를 냉정하게 잘라냈다.

"저 역시 기사로서 최소한의 긍지도 없는 사람과 파혼했다는 사실이 너무도 기쁘군요."

스텔라 역시 지지 않고 대답했다. 사실 겉모습만 보고 로이든을 판단하자면, 로이든 체스터는 누군가를 배신할 사람으로 보이지 않는다는 점이었다. 검은빛이 감도는 푸른 눈동자엔 높은 지성과 긍지가 느껴졌고, 국왕 앞에서도 당당한 모습에선 감탄사가 새어 나올 정도였으니까.

하지만 그는…… 배신자였다. 그녀의 아버지 달링턴 백작이 국왕과 그를 추종하는 귀족들에게 아무런 증거도 없이 반역자란 오명을 쓰고 처형당했을 때도 체스터 백작은 침묵으로 일관했었다. 아니, 달링턴 가와 파혼을 선언했었다. 그 말인즉, 체스터 백작 역시 달링턴 백작이 반역자임을 인정하는 행위였다.

"그대의 전 약혼녀가 그렇다는군, 체스터 백작. 그러고 보니 두 사람이 예정대로 결혼했다면, 정말 멋진 부부가 되었을 것 같군. 아쉽군, 그 모습을 보지 못해서."

그녀가 자신에게 갖고 있는 분노는 당연한 것이었다. 하지만 그 역시 죄책감 따위 느낄 필요 없었다. 반역을 일으킨 건 달링턴 백작이었고, 눈앞의 여인은 아버지의 죄에 대한 대가를 받는 것뿐이었다.

오히려 화를 내야 할 사람은 자신이었다. 달링턴 백작이 반역을 꾀했다는 이유로 리처드는 달링턴 가와 정략혼을 맺은 체스터 가에도 의심을 풀지 않고 있었다. 그리고 그것을 빌미로 국왕 리처드는 로이든에게 자신의 배다른 여동생인 앨리샤 공주와의 혼약을 제안했었다. 하지만 로이든은 리처드의 제안을 단칼에 거절했다. 앨리샤와의 혼약이야말로 영원에 벗어날 수 없는 족쇄라는 것을 너무도 잘 알고 있기 때문이었다.

"이젠 반역자의 딸일 뿐입니다. 아쉬울 것도 없습니다."

"이런, 냉정하군. 그래도 그대의 신부가 될 뻔한 여인이었는데 말이야. 그 흔한 연민조차 느끼지 않다니."

무척이나 안타깝다는 듯 말하는 리처드를 보자, 로이든은 배알이 꼬였다. 이 모든 상황을 만든 자가 바로 리처드 자신이면서 자신은 전혀 상관 없다는 얼굴을 한 채 로이든을 인정머리 없는 사내라고 비난하고 있다니.

"제가 수많은 전투에서 살아남은 이유가 바로, 냉정함 때문이었습니다. 이번 역시 제가 치렀던 수많은 전투 중의 하나일 뿐이고요."

심장이 얼어붙을 것처럼 차가운 목소리였다. 그곳에 있는 귀족들은 물론, 스텔라 역시 그가 얼마나 냉혹한 기사인지 느낄 수 있을 정도로.

"그렇지. 역시 체스터 자네는 현명해. 하지만 이렇게 한자리에서 있는 두 사람을 보니, 다른 생각이 드는군. 꼭 죽음이 죗값을 갚는 데 최선의 방법은 아니라는. 어쩌면 자신의 죄가 뭔지도 모르는 저 어리석은 여인에게 더, 지독하고 잔혹한 방법이 있을 것 같거든."

다른 방법이라고? 로이든의 입매가 살짝 굳어졌다. 주먹을 쥔 손에 힘이 들어갔지만, 로이든은 침착한 모습으로 리처드를 보았다. 그의 도발에 넘어가선 안 되었다. 위험했다. 지금 리처드는 로이든을 함정에 빠뜨릴 궁리를 하고 있는 게 분명했다. 지금이야말로 최대한 냉정해져야 할 때였다.

"폐하, 그것이 무슨 말씀이십니까?"

그때 옆에 앉아 있던 성급한 성격의 아놀드 백작이 더는 참지 못하고 끼어들었다. 그러자 기다렸다는 듯 리처드의 입가에 미소가 어렸다.

"너무 안타까워 두 사람에게 기회를 주고 싶군."

"예? 대체 무슨 기회를 말하는 것인지……."

아놀드 백작이 어리둥절한 얼굴을 했다. 그와 함께 주위에 있던 귀족들 역시 마찬가지였다. 하지만 로이든만이 리처드의 의도를 눈치채곤 차가운 눈빛으로 고갤 가로저었다.

"원치 않습니다, 폐하! 이미 끊어진 줄은 다시 이어 붙일 수 없는 것이니까요. 생각을 바꾸어주십시오."

로이든이 강경한 태도로 리처드를 올려다보았다. 그러자 리처드의 입가에 어린 미소가 더욱 깊어졌다.

"체스터 백작, 그렇게 발끈할 필요 없다. 하지만 흥미가 생기는군. 언제나 냉철한 그대가 그리 펄쩍 뛰니 말이야."

"달링턴 역시 원치 않을 겁니다."

"아마 그럴 테지. 하지만 체스터 백작. 그대가 내 뜻을 받아들이지 않는다면, 저 여인은 단두대에 목이 달아나 죽게 될 것이다. 약혼녀의 가문을 배신한 그대가 이젠, 그녀를 구할 기회마저 버릴 작정인 모양이군. 정말 냉정하기 짝이 없는 사내야. 그대의 선택으로 사람의 목숨을 살릴 수 있는데 말이야."

리처드의 시선이 스텔라에게 향했다. 그리고 즐거운 듯 입가에 미소를 머금었다. 그 모습에 로이든의 뺨이 눈에 띄게 씰룩였다. 스텔라는 아직 리처드의 의도를 눈치채지 못한 듯했지만, 그녀 역시 이 사실을 받아들이지 않을 것이 분명했다.

깨어진 혼약. 그리고 지금, 리처드는 그 혼약을 강제로 이어 붙일 모양이었다. 두 사람의 의지완 전혀 상관 없이.

'젠장, 이것이 잘하는 선택일까? 정말 받아들여야만 하는 걸까?'

로이든의 눈동자가 검은빛을 띠며 가늘어졌다.

'하지만 스텔라는 받아들일 수 있을까? 날 남편으로 맞는 것에 대해. 아마, 그녀에겐 죽음보다 더 참기 힘든 벌이지도 모르겠군.'

"어쩔 텐가, 체스터 백작? 저 가련한 여인을 죽일 텐가?"

날카롭게 부딪히는 시선. 로이든은 리처드의 도발에 두 주먹을 꽉 쥐었다. 그리곤 그를 차갑게 쏘아보고 서 있는 스텔라를 향해 고갤 돌렸다. 그런 로이든을 보며 리처드의 입가에 환한 미소가 걸렸다.

'훗, 이번에도 체스터 백작, 그댄 도망칠 수 없다. 달링턴을 두고 선택했던 것처럼, 이번엔 스텔라 달링턴을 선택할 수밖에 없을 테지. 벌써부터 기대되는군. 냉혹한 그대가 저 여인으로 인해 당혹스러워할 모습을 말이야. 원수와의 혼약이라.'

리처드는 두 사람의 지옥 같은 결혼 생활을 상상하자, 입가에 미소가 떠올랐다. 그리고 두 사람의 혼약으로 인해, 리처드는 꼭 확인해야 할 것이 있었다. 스텔라에게 정해진 혼약의 상대인 로이든. 두 사람이 부부가 되었을 때, 일어날 일들을 그의 눈으로 확인해야 했다.

리처드가 자리에서 일어섰다. 더는 체스터 백작의 대답을 기다리지 않을 생각이었다. 어차피 로이든의 선택은 뻔했으니까. 리처드는 재판장 안에 모인 귀족들을 한 바퀴 쭉 둘러본 후, 중대 발표라도 하려는 듯 목을 가다듬었다.

"흠흠, 잉글랜드 국왕으로서 명한다. 로이든 체스터 백작과 스텔라 마리스 달링턴의 결혼을 허락한다."

순간 찬물을 끼얹은 듯 재판장 안엔 차가운 침묵이 감돌았다. 하지만 이내 분노로 씩씩거리는 숨소리가 재판장을 울렸다. 그리고 그 진원지는 다름 아닌 스텔라였다.

"싫습니다. 절대 체스터 백작과는 결혼할 수 없습니다. 그러니, 폐하! 이 자리에서 절 처형시켜 주십시오. 죽여도 시원치 않은 원수와 결혼이라니. 절대 원치 않습니다."

"그럼, 결혼해서 죽이면 되겠군. 초야를 치른 후, 곤히 잠든 사내를 죽이는 것은 식은 죽 먹기거든. 술을 먹이면 더더욱 좋지. 아니, 미약이라면 더 좋고."

리처드의 음탕한 농담에 귀족들이 여기저기서 키득거렸다. 오직 스텔라와 로이든만이 불쾌해하고 있었다.

"생각하면 할수록 재미있군, 재미있어. 그래, 체스터 백작은 어떤가? 그대와 결혼하느니 죽겠다는 여인을 보니 말이야. 신부와 살을 섞은 후에 목숨을 위협받다니, 앞으로 아랫도리 간수를 잘해야겠어."

분노로 굳어진 로이든을 보며, 리처드가 키득거렸다. 한 나라의 왕이었지만, 국왕으로서의 위엄은 하나도 느껴지지 않았다. 저런 자가 국왕이라니, 로이든은 혀를 차며 한탄했다. 하지만 모든 일을 결정하는 자는 리처드였다. 자신을 바라보는 음흉한 눈빛을 보며, 로이든은 치를 떨었다. 리처드는 원래 그런 자였다. 상대가 원치 않을 때, 더 열을 올리는 비틀린 성격의 잔혹한 인간. 그것이 바로 잉글랜드 국왕이었다.

"폐하, 싫습니다! 차라리 죽여주세요."

하지만 스텔라는 아직 그 비틀린 성격을 깨닫지 못한 모양이었다. 한숨과 함께 로이든은 어쩌면 다행이란 생각도 들었다. 스텔라는 지금 어떤 형태로든 그녀의 목숨을 부지하게 된 것이다. 그녀가 발악하면 할수록, 리처드는 그녀를 자신과 혼인시킬 게 분명했다.

"싫습니다. 그러니 제발 결혼을 무효로……."

스텔라가 다시 한 번 리처드에게 이 결혼을 받아들일 수 없다는 듯 강하게 거부했다. 하지만 다음 순간, 스텔라 역시 리처드의 사악하게 빛나는 눈동자를 마주하자 깨닫고 말았다. 국왕 리처드는 두 사람을 동시에 궁지에 몰아넣을 덫을 쳤다는 사실을. 그리고 리처드는 자신만큼이나 로이든 체스터 백작 역시 싫어한다는 것도.

'맙소사! 어쩌면 좋지!'

"나, 리처드는 잉글랜드 국왕으로서 다시 한 번, 두 사람의 결혼을 허락한다. 지금 당장, 결혼 서약서를 가져오라."

리처드의 말에 시종 하나가 재빨리 두루마리를 가져왔다. 그리곤 리처드의 지시에 따라 강제로 스텔라의 손을 붙잡곤 혼인 서약서에 서명하게 했다.

"놔! 싫어!"

거친 저항에 스텔라를 붙잡은 간수와 병사들의 손에 더욱 힘이 가해졌다. 그리곤 법정이 떠나가도록 악을 써대는 스텔라의 입을 막기 위해 손을 뻗었다.

"아악!"

하지만 스텔라의 날카로운 이빨이 간수의 손을 물어뜯자, 화들짝 놀란 간수가 스텔라를 붙잡은 손을 놓아버렸다. 그때를 놓치지 않고 스텔라가 가장 가까이 서 있는 로이든을 향해 달려들었다. 법정의 제일 위에 서 있는 리처드를 죽일 순 없었지만, 그에 비해 스무 발자국밖에 떨어져 있지 않은 체스터 백작을 공격할 수 있었다. 그를 죽일 수 있었다.

하지만 스텔라의 손이 로이든의 옷을 붙잡기도 전에 간수와 재판장을 지키고 있던 국왕의 병사들에 의해 질질 끌려가기 시작했다. 그리곤 강제로 펜을 잡게 한 후 결혼 서약서에 서명하도록 했다.

"으윽! 놔, 놓으라고!"

스텔라는 그녀의 손이 강제로 움직이는 것을 보며 입술을 깨물었다. 그리곤 병사들에게 붙잡힌 채 결혼 서약서가 로이든에게 건네지는 것을 지켜봐야만 했다.

"그곳에 서명하면…… 죽여 버리겠어."

스텔라의 말에 로이든이 차가운 얼굴로 그녀를 쏘아보았다. 그 역시 이 서약서에 서명하는 것이 죽기보다 싫다는 듯 그의 눈동자엔 싸늘한 경멸이 담겨 있었다. 하지만 그것도 잠시, 로이든은 시종이 건넨 펜을 받아 든 후 그의 이름을 써 내려가기 시작했다.

"이로써 로이든 체스터 백작과 스텔라 달링턴의 결혼이 성립되었군."

시종에게 두 사람의 서명이 담긴 결혼 서약서를 받아 든 리처드가 만족스러운 듯 웃었다. 그리곤 선심이라도 쓰는 듯 로이든과 스텔라를 번갈아 보며 입을 열었다.

"이렇게 좋은 날, 그대들을 위해 결혼 선물을 줘야겠군. 체스터 백작, 특별히 그대들의 초야를 이곳 궁정에서 치르도록 해주지."

움찔! 초야라는 말에 스텔라의 어깨가 가늘게 떨렸다. 로이든 역시 불같은 분노로 눈빛이 사납게 변했다. 그 모습에 리처드는 즐거운 듯 큰 소리로 웃기 시작했다.

"하하하하하! 하하하하!"

이곳은 반역죄를 지은 달링턴의 마지막 남은 혈족을 처형하기 위해 모인 재판장이었다. 그런데 국왕 리처드의 변덕으로 처형 대신 강제로 결혼시켜 버리다니. 그것도 서로를 증오하는 두 사람을.

"아 참, 만약 초야를 치른 후, 신부가 처녀가 아니었다면 처형해도 좋다."

리처드의 선언에 스텔라는 지독한 모멸감에 몸을 떨렸다. 국왕의 한마디에 스텔라 마리스 달링턴은 로이든 체스터 백작의 소유가 된 것이다. 스텔라가 죽어도 원치 않은 일이 있다면 그것은 바로 배신자의 소유가 되는 것이었다. 차가운 분노가 스텔라의 심장을 얼려 버렸다. 그리곤 매서운 눈으로 이제 막 남편이 된 로이든을 쏘아보았다.

하지만 로이든은 스텔라가 아니라 리처드를 바라보고 있었다. 그의 눈동자도 숨길 수 없는 적의로 번뜩였지만, 이내 냉정한 가면 속에 능숙하게 분노를 숨겼다.

'빌어먹을 국왕! 하지만…….'

마침내 로이든의 시선이 스텔라에게 향했다. 스텔라를 바라보는 로이든 역시 조금 전 무심하던 표정과는 달리 불쾌감을 숨기지 않았다.

달링턴 백작. 그리고 그의 딸인 스텔라 마리스 달링턴. 로이든은 이제 달링턴의 이름만 들어도 화가 치밀었다. 리처드는 달링턴 백작이 자신의 왕위의 정당성을 의심한다는 이유로 궁정에 든 달링턴을 바로, 런던탑 지하 감옥에 가뒀다. 그리고 그를 반역죄를 물어 처형한 것이다.

오늘처럼 재판장에서 자신의 무죄를 주장할 기회조차 주지 않고, 서둘러 그를 단두대에 세웠다. 분명, 리처드와 달링턴 백작 사이에 숨겨진 비밀이 있었을 테지만, 그것에 의문을 제기하는 귀족은 없었다. 그들 역시 달링턴 백작처럼 개죽음을 당하고 싶지 않았을 테니까.

젠장, 어찌 되었건 지금 달링턴 가로 인해 체스터 백작가 역시 리처드의 덫에 걸려들고 만 것이다.

살기를 띤 두 사람의 시선이 마주쳤다. 이제 막 결혼한 부부라곤 믿어지지 않을 만큼 사나운 분위기에 지켜보는 귀족들 역시 심장을 쓸어내릴 지경이었다.

이로써 국왕 리처드에 의해 두 사람의 어그러진 운명의 수레바퀴가 또다시 돌아가기 시작했다. 배신과 분노. 그리고 살기를 품은 운명의 수레바퀴가.

1

싸늘한 냉기가 방 안을 가득 채우고 있었다. 신부에게 등을 돌린 채 창가에 서서 밖을 내다보고 있는 사내의 등에선 차가운 분노와 함께 숨길 수 없는 냉담함이 느껴졌다. 잉글랜드 최고의 미남이자 용맹한 기사인 검은 늑대, 로이든 체스터의 얼굴에 서늘한 냉기가 어려 있었다.

방 안에 있다는 사실 하나만으로도 느껴지는 위압감. 그 강한 카리스마와 함께 로이든 체스터의 조각처럼 완벽한 얼굴은 사람들의 마음을 현혹시키는 힘이 있었다. 특히 깊이를 알 수 없는 짙은 로열 블루의 눈동자는 냉미남인 그를 섹시하게 만들어놓았다.

그런 로이든 체스터가 결혼해 맞는 초야였지만, 신방의 분위기는 달콤함과는 거리가 멀었다. 그의 신부 된 여인 역시 설렘 가득한 눈빛이 아닌 싸늘하게 식은 눈으로 사내의 등을 쏘아보고 있었다. 살기, 지금 방 안엔 싸늘한 살기가 감돌고 있었다.

사락, 사락!

침실 안에 감도는 숨이 막히는 침묵에 신부의 윤기 나는 검은 머리카락을 빗질하던 시녀의 손이 떨리고 있었다. 시간이 지날수록 백작부인의 얼굴은 퉁퉁 부어올라 얼굴의 형태도 잘 알아볼 수 없게 되었다. 괴물처럼 흉측하단 말이 떠오를 정도였다. 그러다 검은 머리카락 사이로 신부의 차가운 눈과 마주친 순간, 시녀는 흠칫 몸을 떨며 들고 있던 빗을 떨어뜨렸다.

"죄, 죄송합니다, 백작부인."

시녀가 허둥대며 바닥에 떨어진 빗을 집어 들었다. 그러다 드레스 아래 보이는 그녀의 발을 보곤, 숨을 삼켰다. 얼굴의 상처와는 비교도 되지 않을 정도의 지독한 상처였다. 발목이 삔 듯 퉁퉁 부어올라 무척이나 고통스러울 게 분명했지만, 정작 신부는 아픔 따위 느껴지지 않는다는 듯 몸을 꼿꼿이 세운 채 미동도 하지 않고 앉아 있었다.

'빨리 치료를 하지 않는다면, 절름발이가 될 수 있다는 걸 모르는 걸까?'

시녀는 고갤 가로저으며 자리에서 일어섰다. 그리곤 신부에게 관심조차 없는 듯 창밖을 바라보고 서 있는 무정한 사내를 바라보았다. 감옥에 있는 동안 무슨 일을 당했는지, 신부의 얼굴은 흉측하기 그지없었다. 멍이 든 붉은 뺨과 퉁퉁 부어오른 눈가. 그리고 피가 터져 짓이겨진 입술까지. 신부의 흉측한 얼굴을 보면 신랑의 행동을 충분히 이해할 수 있었지만 그래도 곁눈질 한 번 하지 않는 신랑을 보자 왠지 신부가 불쌍해졌다.

'신부가 불쌍해.'

그때, 잔혹한 초야의 밤을 예고하듯 해가 지기 시작했다. 창문을 통해 들어오는 붉은 노을빛이 사내의 실루엣을 강조하듯 비췄다. 장신의 키에 근육으로 다져진 완벽한 몸이 두드러져 보였다. 순간 신랑과 눈이 마주친 시녀는 신랑의 얼굴을 보고 숨을 삼켰다.

'소문대로 정말 잘생기셨어. 저런 분의 품에 한 번이라도 안겨 본다면, 천국일 테지?'

그렇게 생각하자, 시녀는 저런 완벽한 사내의 신부가 된 눈앞의 여인이 부러웠다. 그가 여인에게 줄 쾌락을 상상하자 시녀는 온몸이 후끈 달아올랐다.

"준비가 끝났다면, 그만 나가도록 해. 초야를 치르는 것을 직접 보고 싶지 않다면."

"예? 아, 네."

시녀는 채찍처럼 울리는 사내의 날카로운 목소리에 화들짝 놀랐다. 그리곤 그 사나운 서슬에 놀라 마른침을 삼켰다. 사내가 뿜어내는 냉기가 얼마나 지독한지 스텔라의 시중을 들던 시녀가 도망치듯 방을 빠져나갔다.

"젠장, 미치겠군."

낮게 으르렁거리듯 욕설을 내뱉던 로이든은 그의 신부가 된 스텔라를 향해 돌아섰다. 촛불 하나밖에 켜지지 않은 어두운 방 안에 그의 신부가 된 여인이 그를 쏘아보며 앉아 있었다. 더러운 흙과 먼지를 씻어내고 깨끗한 옷으로 갈아입은 상태였지만, 그녀의 얼굴은 여전히 봐줄 수 없을 정도로 흉측했다. 잔뜩 부어서인지 끔찍했다. 하지만 그를 쏘아보는 눈동자는 분노와 증오가 가득 차 있었다.

휴! 대체 어쩌다가 저런 끔찍한 모습이 되었는지. 로이든은 복잡한 마음에 작게 한숨을 내쉬었다. 냉정함을 잃어버린 여인이 그의 말에 귀를 기울일 수 있을지 의문이었지만, 말해야 했다. 리처드에 의해 부부가 된 순간부터 생각해 왔던 자신의 계획을.

"서로 원치 않은 상황이지만, 지금부터 내가 하는 얘길 잘 듣도록 해. 우리가 무사히 궁을 나가기 위해선……."

똑똑!

하지만 로이든이 말도 꺼내기도 전에 다급히 문을 두드리는 소리가 들려왔다. 그리곤 이내 대답도 듣지 않은 상황에서 문이 열리더니 쟁반을 든 나이 지긋한 시녀장이 방 안으로 들어왔다.

"감히, 내 허락도 없이 신방엔 무슨 일이지?"

"폐하께서 두 분을 위해 절 보내셨습니다."

"폐하?"

폐하라는 말에 시녀장을 쏘아보는 로이든의 눈매가 가늘어졌다. 쟁반 위에 놓인 술병과 술잔. 국왕 리처드가 내리는 축하주일 테지만, 두 사람에겐 독배와도 같았다.

'술이라도 먹고, 짐승처럼 저 여잘 안으란 건가? 젠장!'

"필요 없으니 당장 가지고 나가."

낮게 울리는 사내의 위협적인 목소리에도 시녀장은 말없이 침실로 들어와 탁자 위에 쟁반을 내려놓았다. 그리곤 고집스럽게 입술을 꼭 다물곤 침실을 나가는 대신, 조금 전 그가 서 있었던 창가로 걸어가는 것이 보였다. 그 모습에 로이든의 눈빛이 날카로워졌다.

'대체 어쩔 심산인 거지? 설마, 초야를 보내는 동안 리처드가 감시할 눈을 보낸 건 아니겠지?'

"나가란 말을 못 들은 건가? 당장 나가! 억지로 질질 끌려 나가고 싶지 않다면."

잇새를 통해 흘러나온 목소리가 소름이 끼칠 정도로 위협적이었다. 하지만 시녀장은 나갈 수 없었다. 그녀를 쏘아보고 있는 체스터 백작 역시 두려운 존재였지만, 그녀가 이 방을 나서는 순간 불복종이란 명목으로 리처드의 칼에 죽게 될 것이 분명했다.

"폐하께서 체스터 백작부인의 순결을 증명할 증표를 가져오라 명하셨습니다."

"지금 뭐라고 했나?"

그때까지 잠자코 의자에 앉아 있던 스텔라가 벌떡 일어섰다. 그리곤 창가에 서 있는 시녀장을 믿을 수 없다는 얼굴로 쏘아보았다. 분명히 들었지만, 시녀장의 말이 사실인지 다시 한 번 확인해야 했다.

"폐하의 명이십니다. 제게 백작부인의 순결의 증표를 가져오라 하셨습니다."

시녀장은 자신의 의지가 아닌, 리처드의 명이란 사실을 다시 한 번 강조했다. 그 말에 스텔라는 주먹을 불끈 쥐었다. 얼마나 세게 힘을 주었는지, 손톱이 살을 파고들었고 손톱이 박힌 손바닥에서 뜨거운 피가 배어 나왔다.

"미친 게 분명해."

스텔라는 혼란 그 자체였다. 국왕 리처드의 계획에 의해 그녀가 세운 계획은 한순간 물거품이 되어버린 것이다. 스텔라는 로이든을 죽일 생각이었다. 체스터 백작이 방심한 순간, 그녀의 펜던트 속에 숨겨진 칼로 그의 심장을 찌를 생각이었다. 그리고 그녀 역시 죽으면 그만이었다. 하지만 리처드가 보낸 늙은 여우와 방문 앞을 지키고 있을 사냥개들 때문에 계획을 실행할 기회마저 놓쳐 버린 것이다.

어떡하지? 계획대로 그를 죽인 후, 스텔라는 달링턴 영지로 돌아갈 생각이었다. 한 달 전, 국왕에 의해 런던으로 끌려온 후 영지의 사람들이 어떻게 되었는지 걱정이었다. 특히 유모인 밀리의 행방이 궁금했다. 자신이 처형될 것이라고 생각하며 마음을 졸이고 있을 텐데. 어쩌면 국왕에 의해 영지와 작위가 몰수되었으니, 다른 주인에게 노예처럼 팔렸을지도 모르는 상황이었다. 하루빨리 영지로 돌아가야 했다

"망할, 젠장!"

로이든 역시 예상치 못한 상황에 거친 욕설을 뱉어냈다. 그리곤 탁자로 걸어가 쟁반에 놓여 있는 술병을 들어 잔에 술을 따랐다. 독한 술을 단숨에 들이켰다. 목구멍이 타는 듯 뜨거웠다. 하지만 마음속에 일고 있는 분노를 잠재우기엔 역부족이었다. 이 미칠 것 같은 좌절감을 떨쳐 내기 위해선 술의 힘이 필요했다.

"술이 필요하다면 말해. 아니, 꼭 마셔야 할지도 몰라. 앞으로 너나 나나 지독히도 힘든 시간이 될 테니까."

로이든의 제안에 스텔라에 입매가 더욱 굳어졌다. 그를 쏘아보는 날카로운 눈동자엔 그를 향한 경멸로 가득 찼다. 그 눈빛을 거절로 받아들인 로이든은 어깰 으쓱해 보였다.

"좋을 대로 해. 하지만 내 말대로 하는 게 좋을 거야. 저 여자가 지켜보는 앞에서 동물처럼 교미를 해야 할 테니까."

동물의 교미. 딱 맞는 말이었다. 지금 저 창가에 서 있는 여인은 분명 시녀장이었지만, 저 시녀장의 눈은 바로 국왕의 것이나 다름없었다.

젠장! 로이든은 구역질이 났다. 리처드의 잔혹하리만치 부당한 태도에 당장에라도 검을 빼 들고 싶었지만, 참아야 하는 이 상황이 죽을 만큼 싫었다. 또다시 술잔이 비워졌고, 로이든은 빈 잔에 술을 따랐다. 그러다 문득 머릿속에 떠오른 어떤 생각에 차갑게 굳은 얼굴로 서 있는 스텔라 달링턴을 쏘아보았다.

'대체 왜 리처드는 저 여인의 순결을 확인하려는 거지? 내가 모르는 무언가가, 국왕과 저 여인 사이에 있다는 건가?'

아무리 생각해도 로이든은 짐작조차 할 수 없었다. 사실 그것보다 더 의문이 드는 것이 있었다. 리처드는 왜 저 여인을 살려두기로 결정한 걸까? 처형보다 스텔라에게 더 잔혹한 방법이 결혼이라고 했지만, 그것으로는 충분히 납득할 이유가 되지 못했다.

"내가 그대로 인해, 국왕에게 검을 들어야 하는 건가? 만약 그렇다면, 지금 얘기하는 게 좋아. 난 다른 사내와 내 것을 나눠 갖는 것은 사양이니까."

로이든의 말에 스텔라가 미간을 찌푸렸다. 그리곤 그의 말속에 담긴 의미를 깨닫곤 얼음처럼 차가운 눈으로 그를 쏘아보았다. 그는 지금 그녀에게 처녀가 아니냐고 묻고 있었다. 그리고 그 사내가 국왕이 아니냐고.

"지금 이 순간 내가 후회하는 것이 있다면, 내가 순결한 처녀란 사실이에요. 차라리 더럽고 탐욕스러운 간수에게 범해졌다면, 차라리 좋았을 걸 그랬군요."

'간수? 설마 저 상처들이 간수에게 몸을 지키려다 생긴 상처란 건가?'

순간 로이든은 불쾌감에 미간을 찌푸렸다. 그리곤 앞에 놓인 술잔을 들어 쭉 들이켠 후, 스텔라에게 다가갔다.

"뭐 하는 거죠? 당장 멈춰요."

그가 다가오자, 스텔라의 얼굴이 눈에 띄게 굳어졌다. 두려움보단 경멸과 불쾌감. 그리고 숨길 수 없는 증오가 담겨 있었다.

"내 몸에 그 더러운 손을 댔다간, 죽여 버리겠어."

그녀의 협박에도 로이든은 표정 하나 변하지 않았다. 그저 가소롭다는 듯 코웃음을 칠 뿐이었다. 그의 태도가 무척이나 거슬렸다. 스텔라는 저 오만함으로 똘똘 뭉친 남자의 얼굴을 일그러뜨리고 싶었다. 주위를 두리번거리던 스텔라의 눈에 은촛대가 들어왔다. 손을 뻗어 촛대를 붙잡은 그녀는 공격하려는 듯 경계의 몸짓을 했다.

"설마, 그것으로 내게 상처를 입힐 수 있다고 생각하는 모양이지?"

그녀의 행동에 로이든의 입가에 냉소가 어렸다. 로이든은 작게 한숨을 내쉬었다. 일을 쉽게 풀려 하면 할수록 자꾸만 꼬이는 느낌이었다. 하지만 지금 자신은 은촛대를 들고 자신을 죽이기 위해 서 있는 이 여인과 초야를 치러야 했다.

마치, 인간이 아닌 동물처럼 말이다. 로이든은 밀려드는 모멸감에 치를 떨었다. 그리고 이 모든 것의 시작인 눈앞의 여인과 리처드를 절대 용서할 수 없었다.

"비켜, 이 더러운 배신자."

휙! 날카로운 바람 소리와 함께 스텔라가 로이든을 향해 은촛대를 휘둘렀다. 그러다 은촛대의 날카로운 끝이 촛대를 붙잡기 위해 손을 뻗던 로이든의 손등을 스치고 지나갔다.

"윽, 젠장!"

고통에 찬 신음과 함께 로이든의 손등에서 피가 배어 나왔다. 주르륵 손등을 타고 흐른 피가 바닥에 떨어지는 것을 보며, 스텔라는 입술을 깨물었다. 로이든은 그 순간을 놓치지 않았다. 서둘러 스텔라의 손에서 촛대를 빼앗은 후, 멀찍이 던져 버렸다.

"윽, 놔! 놓으란 말이야!"

로이든의 커다란 손이 스텔라의 팔을 붙잡았다. 그리곤 저항하는 그녀를 침대로 끌고 가기 시작했다. 스텔라는 침대로 끌려가지 않기 위해 미친 듯이 몸부림을 쳤다. 그러는 동안 다친 발이 뒤틀리며 욱신거렸다. 하지만 이 짐승 같은 사내에게 짓밟힐지도 모른다고 생각하자, 고통은 순식간에 분노로 바뀌어 버렸다.

"이 짐승. 더러운 리처드의 개! 퉤!"

로이든이 살벌한 눈빛으로 스텔라를 쏘아보며 뺨에 묻은 침을 닦아냈다.

"나 역시 널, 원치 않아. 내 아내가 되는 것도, 그리고 너의 순결 따위 나에겐 아무런 의미도 없어. 만약 국왕이 초야권을 행사하게 하고 싶다면, 그래도 상관없다는 뜻이야."

국왕이란 말에 스텔라의 표정이 눈에 띄게 살벌해졌다. 하지만 그녀의 입가에 비웃음이 어리더니, 이내 싸늘하게 입을 열었다.

"그럼 왜 국왕 앞에서 나와 결혼할 수 없다고 거부하지 않았던 거죠? 그랬다면 이런 치욕을 당하지 않은 채 난 당당하게 죽을 수 있었어요. 하지만 비겁한 당신 때문에 난 아버지를 배신한 당신의 여자가 되어야 했죠. 원수의 여자가 되느니 죽는 게 백배 나았는데."

살기를 번뜩이는 눈. 원망과 지독한 증오를 담은 스텔라의 눈을 보며 로이든 역시 참고 있던 분노를 터뜨렸다. 그 역시 마찬가지였다. 그 역시 그녀를 원한 적이 없었다.

"너란 여잔 정말 지독하군. 착각하지 마. 너만 이 결혼을 원하지 않은 게 아니니까. 나 역시 그래. 어쩔 수 없이 이런 치욕스런 제안을 받아들여야 했지만, 나 역시 이성을 가진 인간이거든. 하지만 난 이 불행한 상황을 넘기기 위해 죽을힘을 다해 참고 있는 중이야. 그런데 너란 여잔 오직 자신의 알량한 감정에 사로잡혀 있는 꼴이라니. 그러니 너만 희생자란 표정 짓지 마! 어리석은 복수심에 사로잡혀, 어렵게 얻은 기회를 날려 버리지 말란 소리야. 멍청한 여자들처럼."

로이든은 밀려드는 분노를 억누르기 위해 잠시 말을 멈췄다. 하지만 그를 쏘아보는 스텔라의 경멸 어린 눈동자를 보자 참고 있던 화가 폭발하려 했다.

"희생자? 웃기군요. 국왕의 개가 희생자를 운운하다니……. 난 살고 싶지 않아. 신념도 없는 당신이란 사람에게 의존해선 더더욱. 그리고 멍청한 것은 내가 아니라 당신이야. 당신이 비웃는 여자인 난 목숨을 구걸하기 위해 누구처럼 배신 따윈 하지 않거든. 퉤!"

스텔라가 다시 한 번 그에게 침을 뱉었다. 그러자 이번엔 로이든의 검고 진한 눈썹이 꿈틀거렸다. 냉정하던 그의 얼굴이 마침내 분노로 붉어지는 것을 보자 스텔라는 통쾌함을 느꼈다. 하지만 한편으론 겁이 났다. 차가운 얼굴 아래 숨기고 있던 그의 분노는 그녀가 생각했던 것보다 더 소름이 끼칠 정도로 무서웠다.

꿀꺽! 스텔라가 마른침을 삼키는데, 그가 그녀의 턱을 강하게 휘어잡았다. 그리곤 옆에 놓여 있던 술병을 들어 벌컥벌컥 마시더니, 고갤 숙여 그녀의 입술을 물어뜯을 듯 베어 물었다. 갑작스러운 행동에 스텔라의 눈동자가 경악으로 커졌다. 그리곤 그를 밀어내기 위해 손을 뻗었다. 하지만 그의 강한 손이 그녀의 턱을 붙잡곤 힘을 주었다.

"흐흡! 놔, 꿀꺽, 꿀꺽!"

고통으로 꽉 다문 입술이 벌어지자 기다렸다는 듯 그녀의 입술을 가르고 그의 혀가 들어왔다. 그리고 그의 온기로 미지근해진 술이 그녀의 목구멍을 타고 흘러들어 왔다. 목이 탈 정도로 독한 술. 그가 그녀에게 강제로 술을 먹인 것이다.

"앞으로 벌어질 일에 수치심을 덜어줄 테니, 다 삼키도록 해."

스텔라는 목구멍을 타고 흐르는 뜨거운 액체를 뱉어내기 위해 안간힘을 썼다. 하지만 놀라 벌어졌던 입을 통해 대부분에 술은 목구멍을 타고 넘어가 버린 후였다. 그 모습에 로이든은 미간을 찌푸렸다. 재판장에서도 그랬지만 정말 고집 세고 두려움을 모르는 여자였다. 이런 상황이 아니었다면, 여인의 용기에 감탄했을 테지만 지금은 화가 날 정도로 꺾고 싶어졌다. 그에게 복종하게 하고 싶었다.

"수치심을 느끼기도 전에 당신을 죽여 버릴 테니, 그런 걱정 따위 하지 않아도 돼."

"훗, 네가 과연 그럴 수 있을까?"

"내가 못 할 것 같아?"

"아니, 할 수도 있겠지. 네 몸 어딘가에 숨기고 있을 내 손가락보다 더 작은 무기 따위로 말이야. 하지만 정확히 한 번에 찔러야 할 거야. 네가 실패한다면, 난 절대 너에게 두 번의 기회는 주지 않을 테니까."

그리곤 다시 탁자에 놓인 술병을 들어 벌컥벌컥 마신 후, 또다시 그녀의 턱을 단단히 부여잡고는 힘이 가해졌다.

"으읍!"

다시 부딪힌 두 입술. 한쪽은 밀어내고 또 한쪽은 그 입술을 밀고 들어가기 위해 거칠게 부딪혔다. 그러다 그의 강한 힘에 열린 그녀의 입술 안으로 그의 혀가 무섭게 파고들었다.

꿀꺽! 다 삼키지 못한 술이 그녀의 입술 새로 흘러내렸다. 거친 저항과 그리고 그 저항을 제지하기 위해 따라붙는 두 입술이 거칠게 부딪히며 밀착되었다. 분명 물러설 수 없는 싸움이었지만 두 입술이 부딪혔다가 떨어지길 반복하는 모습이 마치 강렬한 욕망에 허덕이며 몸부림치는 연인들의 그것처럼 보였다.

그렇게 끈질기게 도망치던 스텔라의 입술을 단단히 붙잡은 로이든은 강하게 저항하는 그녀의 입술을 뚫고 그의 혀를 밀어 넣었다. 화가 난 스텔라가 그의 혀를 깨물기 위해 이에 힘을 주었지만, 집요한 그의 입술에 속수무책이었다. 눈물이 주르륵 흘러내렸다. 붙잡힌 턱에 경련이 일어 아프기도 했지만, 숨도 쉬지 못할 정도로 목구멍을 타고 흐르는 액체의 열기 때문에 고통스러웠다.

"다, 삼켜. 또다시 내 입술을 통해 술을 마시고 싶지 않다면."

인정사정없는 차가운 눈빛이었다. 목소리 역시 단호했다. 하지만 그녀를 내려다보는 그의 눈동자에 어린 감정이 뭔가 달랐다. 분명 조금 전까진 무섭도록 차가운 분노가 서려 있었지만, 지금 그녀를 내려다보는 로이든의 눈동자엔 연민과 동정이 담겨 있었다.

미친 소리! 저 지독히도 냉정한 배신자가 자신을 걱정할 리 없었다. 절대! 아니, 저런 자에게 동정받는다니 오히려 그녀가 용납할 수 없었다.

짝! 뺨을 때리는 날카로운 파열음이 방 안을 울렸다.

"웃기지 마. 나에게 명령할 수 있는 사람은 오직 내 아버지뿐이야. 그리고 지금은 그 누구나 나에게 명령할 수 없어. 더욱이 당신처럼 왕의 더러운 개에겐…… 흐읏! 지금 뭐 하는……."

휘청! 말이 다 끝나기도 전에 강한 힘에 떠밀려 스텔라가 침대 위로 넘어졌다. 이어 그가 위협적인 모습으로 침대 위로 올라오기 시작했다.

"비켜, 당장 비켜!"

그에게 벗어나기 위해 스텔라는 침대에서 일어나려 했다. 하지만 그녀의 말에도 아랑곳하지 않은 채 로이든이 입고 있던 옷을 거칠게 벗기 시작했다. 그 모습에 스텔라의 눈동자가 커다랗게 변했다. 그의 옷이 바닥에 떨어지고 근육으로 이뤄진 완벽한 상체가 모습을 드러냈다. 그 모습에 스텔라는 입술을 깨물었다. 피할 수 없는 순간이 오고야 만 것이다. 스텔라는 로이든을 피해 침대 가장자리로 도망치기 시작했다. 하지만 드레스의 자락이 자꾸만 그녀의 다리에 엉키면서 벗어나기는커녕, 자꾸만 치마가 위로 밀려 올라가 맨다리가 드러났다.

"빌어먹을."

"앞으론 절대, 욕하지 마."

"흥, 내가 왜 그래야 하지?"

스텔라가 치맛자락을 끌어 내려 드러난 맨다리를 가리는 사이 그가 그녀에게 다가왔다. 그의 움직임에 침대가 흔들렸고, 그 미묘한 움직임에 스텔라는 다시 한 번 마른침을 삼켰다.

"네가 체스터 백작부인으로 있는 한, 내 말을 들어야 할 거야. 내 말을 거역했다간, 매질을 당할 수도 있다는 것을 똑똑히 기억하도록 해."

그는 자신의 말을 증명이라도 하려는 듯 그녀가 입고 있는 옷자락을 붙잡았다. 그리곤 강한 힘으로 한 번에 찢어버렸다.

찌지직! 천이 찢어지는 날카로운 소리와 함께 스텔라의 한쪽 팔이 드러났다. 그리고 아름다운 굴곡을 가진 상앗빛 가슴도. 당황한 스텔라가 찢어진 드레스를 끌어모아 드러난 가슴을 가리려 했다.

하지만 그의 몸 아래 깔린 채 누워 있었기 때문에 스텔라는 그럴 수 없었다. 그저 찢어진 옷 사이로 드러난 가슴을 로이든이 아무런 감흥도 느낄 수 없는 듯 싸늘하게 내려다보는 것을 지켜봐야만 했다.

"당장 비켜, 이 짐승."

스텔라가 그의 손에서 벗어나기 위해 미친 듯이 버둥거렸지만,

거미줄에 걸린 나비처럼 벗어날 수 없었다. 오히려 올가미처럼 그의 몸에 엉키듯 더욱 밀착될 뿐이었다.

그가 또다시 그녀의 반대쪽 옷을 사정없이 끌어 내렸다. 그러자 아슬아슬하게 한쪽 어깨를 덮고 있던 천이 밀려 내려오며 그녀의 상체를 드러냈다.

"비켜! 당장 내 몸에서 그 더러운 손 치우란 말이야."

그녀가 그에게서 벗어나기 위해 몸을 움직일 때마다, 불빛에 드러난 아름다운 융기가 관능적으로 흔들렸다. 그리곤 치맛자락 역시 자꾸만 밀려 올라가며 날씬한 맨다리가 드러났다. 한 사람은 밀어내고, 또 한 사람은 밀려나지 않기 위한 행동일 뿐이었지만, 침대 위에서 뒤엉키듯 얽혀 있는 두 육체가 선정적으로 느껴졌다.

서로의 눈동자 속에 담긴 지독한 분노 역시 어스름한 불빛 아래선 욕정에 몸부림치는 열망으로 보였고, 싸우느라 뒤엉킨 몸 역시 격정적인 연인들의 몸짓처럼 보였다. 화가 나 거칠게 내쉬는 숨소리 역시 무척이나 야릇하게 들렸다. 그가 분노로 파르르 떨고 있는 그녀의 목덜미로 고갤 숙였다. 그리곤 밀어라도 속삭이듯 낮은 목소리로 입을 열었다.

"날 죽이고 싶겠지?"

"아니, 난 당신을 죽일 거야."

"그렇다면, 견뎌야 할 거야. 날, 견뎌서 살아남아. 그래야 나든, 그 누구든 죽일 기회를 갖게 될 테니까."

스텔라가 로이든을 올려다보았다. 하지만 그의 얼굴에선 아무것도 알아낼 수 없었다. 재판장에서 처음 보았을 때처럼, 그의 얼굴은 감정 따위 없는 냉혈한처럼 보였다.

"나 역시 살아남을 생각이야. 짐승처럼 헐떡이며…… 수치를 모르는 인간이 되어야 할지라도. 그러니 스텔라 마리스 달링턴, 너 역시 살아남아 날 죽이도록 해. 꼭 견뎌내. 부탁이니, 제발 살아남아."

그녀의 귓가에 울리는 로이든의 낮은 목소리에 스텔라의 눈동자가 커졌다. 그 목소리에 담긴 절박함과 간절함이 그녀를 놀라게 했다. 그리고 지금 그가 내뱉은 말이 그의 진심이란 사실에도. 스텔라는 그의 의도를 알아내려는 듯 날카로운 눈으로 쏘아보았다.

"내가 왜 그래야 하지? 여기서 당신을 죽이고, 나 역시 죽으면 그만이야. 내가 못 할 것 같아?"

"시도는 할 수 있겠지. 하지만 넌 실패할 거야. 내가 막을 테니까. 네가 지금 나에게 할 수 있는 일은 내 몸에 작은 생채기를 내는 정도가 다일 테니까. 그러니 기회를 기다리도록 해. 내가 방심하고, 너에게 오롯이 목을 내놓을 그 순간을. 내 말이 뭔지 알아들었다면, 얌전히 있어. 그것이 널 위해 좋을 거야."

소곤거리며 들려오는 그의 목소리가 스텔라의 심장을 할퀴어놓았다. 아무리 발버둥치고, 외면하려 해도 그가 하는 말이 진실임을 그녀 역시 알고 있었다. 하지만 그것이 진실임을 너무도 잘 알고 있지만 화가 나 참을 수 없었다.

"으윽!"

순간 그녀의 날카로운 손톱이 그의 가슴을 파고들었다. 그리곤 그의 눈을 똑바로 응시한 채 손톱으로 할퀴었다. 움찔! 살갗을 파고드는 아픔에 로이든의 몸이 긴장으로 굳어지는 것을 느꼈다. 그리곤 붉게 난 손톱자국 위에 피가 배어 나오는 것이 보였다.

"이제 화가 풀렸나? 그렇다면…… 이제부터 냉정해지도록 해. 지금 어떤 선택을 해야 하는지, 그 작은 머리로 생각 좀 하란 뜻이야."

모멸감에 눈가에 뜨거운 눈물이 맺혔다. 울고 싶지 않았다. 아니, 아버지가 처형되었다는 소식을 접했을 때도 울지 않았었다. 그런데 아이러니하게도 절대 약한 모습 따위 보이고 싶지 않았던 사내 앞에서 눈물이 쏟아지려 했다. 심장이 꽉 막혀 숨도 쉴 수 없을 만큼 화가 났다. 부르르 떨리는 입술을 숨기기 위해 스텔라는 이를 악물었다. 그리곤 그녀를 내려다보고 있는 사내를 쏘아보았다.

"다음엔 이걸로 끝나지 않을 거예요. 당신을, 당신의 목에 검을…… 밀어 넣을 테니까."

불도 끄지 않은 방의 침대 위.

그리고 그들을 지켜보는 시녀장의 눈빛이 시린 칼끝처럼 그녀의 심장을 찔러댔다. 스텔라는 모멸감에 이를 악물었다. 당장에라도 혀라도 깨물고 죽고 싶었다. 하지만 살아야 기회도 온다는 로이든의 말이 떠오르자, 차마 그럴 수 없었다. 견뎌내야 했다. 오늘의 수치심과 모멸감. 그리고 좌절된 분노, 그리고 아버지의 원수를 되갚을 날이 올 때까지.

"좋아, 당신 말대로 난 당신을 죽일 거야. 그리고 국……. 흐읍!"

국왕이란 말이 그녀의 입에서 새어 나오기 전에 그녀의 말을 막듯 그의 입술이 그녀의 입술을 막았다. 분노를 터뜨리듯 그녀의 입술을 강하게 빨아 당기는 그의 입술 때문에 스텔라는 아픔으로 눈동자에 눈물이 어렸다. 그의 키스에 스텔라의 몸은 나무토막처럼 잔뜩 굳은 채였다. 거친 움직임으로 그녀의 입술에 진한 키스를 퍼붓는 그도 화가 난 듯했다. 이렇게 할 수밖에 없는 상황을 원망하고, 자신의 무능을 질책하며 로이든은 힘껏 그녀의 입술을 빨았다.

"흣!"

고통으로 스텔라의 입술 사이로 작은 신음이 새어 나왔다. 순간 비릿한 피 맛이 느껴졌다. 아마 그의 강한 힘에 그녀의 여린 입술이 찢어져 피가 난 모양이었다. 다음 순간 그의 입술이 부드러워졌다. 상처를 쓰다듬듯 조심스러웠다. 스텔라는 생각지도 못했던 부드러움에 오히려 바짝 긴장했다. 하지만 그의 손이 드러난 그녀의 목덜미를 쓰다듬고, 그녀의 아름다운 가슴을 그러쥐자 흠칫 몸을 떨며 숨을 삼켰다.

"흐흣!"

스텔라는 그에게서 고갤 돌린 채 눈을 꼭 감았다. 그리곤 침대 시트를 있는 힘껏 그러쥐었다. 그의 손이 그녀의 옷을 끌어 내리는 게 느껴졌다. 그렇게 허리까지 드레스를 끌어 내린 순간, 멈칫 그의 손이 움직임을 멈추는 것이 느껴졌다.

"젠장! 대체 누가 이런……."

생각지도 못한 감정이 담긴 로이든의 목소리에 스텔라가 고갤 들었다. 그리고 그녀의 옆구리에 난 커다란 멍 자국을 바라보는 그의 눈빛에 그녀를 이렇게 만든 자에 대한 순수한 분노가 담겨 있는 것을 보자, 놀랄 수밖에 없었다.

"멍일 뿐이에요. 당신 역시 폭력에 익숙한 것 아니었나요? 전장을 누비는 기사라면, 살인쯤은 식은 죽 먹기일 테니까."

그녀의 말에 로이든이 미간을 찌푸렸다. 하지만 그의 눈동자엔 여전히 같은 감정이 담겨 있었다. 그리고 놀랍게도 거칠고 커다란 손으로 그녀의 상처를 조심스럽게 쓸어내렸다. 위로하듯, 다정한 손길이었다.

"빨리 끝내줘요. 당신에게 동정 따위 받고 싶지 않으니까."

그의 동정이 싫어 스텔라가 차갑게 입을 열었다. 그러자 그의 눈동자에 어린 감정이 순식간에 사라지며, 이내 차가워졌다. 그의 손이 그녀의 허리에 걸쳐진 치마를 마저 벗겨냈다. 알몸이 된 스텔라는 수치심으로 온몸이 붉게 달아올랐다. 그의 손이 인정사정없이 그녀의 둥근 젖가슴을 꽉 그러쥐었다.

윽, 스텔라가 숨을 삼키며 입술을 깨물었다. 꽉 감긴 눈에서 눈물이 흘러내렸다. 눈물 따위 보이고 싶지 않았지만, 마음과 달리 자꾸만 뜨거운 눈물이 뺨을 타고 흘러내렸다. 새하얀 가슴을 움켜쥔 그의 손이 또다시 움직임을 멈췄다. 그리고 얼만간의 침묵이 흘렀다.

"눈 떠."

조금은 성마르게 들리는 로이든의 음성에 스텔라가 눈을 떴다. 검은 눈동자가 눈물에 젖어 짙어져 있었다. 순간 로이든은 처음으로 눈앞의 여인이 안쓰럽다는 생각이 들었다. 이 모든 것을 혼자 감당해 왔을 그녀를 생각하자, 저절로 미간이 찌푸려졌다.

하지만 지금은 연민보단 이 상황을 최대한 지혜롭게 헤쳐 나가는 것이 먼저였다. 로이든은 창가에 서 있는 시녀장을 곁눈으로 확인하며, 조심스럽게 속삭였다.

"지금부터 내가 하는 얘기 잘 들어."

"배신자의 말 따위 내가 왜 들어야 하죠?"

서늘하게 뱉어내는 스텔라를 보자, 로이든은 눈을 가늘게 떴다. 사실 지금부터 벌어질 일에 대해 스텔라에게 말해줄 생각이었다. 하지만 그녀의 눈동자 속에 담긴 지독한 증오와 살기를 본 순간 로이든은 말하지 않는 편이 나을 것 같았다. 감정이 이성을 지배한 이 상황에선 스텔라 달링턴은 그가 진실을 말한다 할지라도, 절대 그를 믿지 않을 테니까. 대신 로이든은 더욱 싸늘하게 그녀를 쏘아보았다.

"앞으로 기대되는군. 얼마나 열정적으로 날 죽이려 들지. 나처럼 매 순간 긴장해야 하는 신부를 맞아들인 사람은 아마 없을 거야."

화끈! 전혀 감정이라곤 느껴지지 않는 목소리였다. 하지만 그의 눈동자에 담긴 야릇함에 순간 스텔라의 볼이 붉어졌다. 죽인다는 말이 목숨이 아닌 다른 말처럼 들렸다.

"절대 당신을 원하는 일 따윈 없어. 날 갖고 싶거든 강제로 가져야 할 거야."

그녀의 남편이 된 사내였다. 그리고 살아남아 복수하기 위해선 몸을 내줘야 할 사내이기도 했다. 싸늘하게 쏘아보던 스텔라가 고갤 돌렸다. 그의 얼굴을 다시는 보고 싶지 않다는 듯. 그리곤 모든 저항을 멈춘 채 나무토막처럼 누워 있었다. 이 모든 상황이 빨리 끝나기를 바란다는 듯이.

그가 그녀를 비웃는 소리가 들렸다. 이내 차갑고 건조한 입술이 그녀의 가슴을 아프게 배어 무는 게 느껴졌다. 그 낯선 느낌에 스텔라의 몸이 굳어졌다. 커다란 손에 의해 탐스러운 젖가슴이 범해졌고, 몸 곳곳에 그의 입술이 낙인처럼 찍혔다. 몸에 닿는 그의 손길과 입술의 감촉이 너무도 생생하게 기억되었다. 그의 손이 거칠게 그녀의 맨다리를 붙잡고 우악스럽게 벌렸다. 순간 감겨 있던 스텔라의 눈이 번쩍 떠졌다. 더는 눈을 감고 있을 수 없었던 것이다.

"널 가질 거야. 국왕의 명대로 너의 순결을 증명해야 하니까. 그러니 견뎌."

치욕감에 몸이 부르르 떨렸다. 이내 벌어진 다리 사이로 그가 자릴 잡는 게 느껴졌다. 그 순간 스텔라는 또다시 고갤 돌리려 했다.

"안 돼. 똑똑히 날 봐. 누가 널 갖는지. 누가 네 주인인지를."

분노가 심장을 잠식했다. 사내들은 감정관 상관없이 시도 때도 없이 발정하는 동물이라고 했다. 하지만 스텔라는 아니었다. 그녀는 자신의 몸을 어루만지는 손길을 견디는 중이었다.

그건 그와 맞서는 것과 같았다. 그래, 당당해야 했다. 지금 그녀는 그에게 범해져 순결을 잃는 것이 아니라 그와 싸우는 것이었다. 절대 눈을 돌려서도, 눈을 감아서도 안 됐다. 이 참혹한 현실을 똑똑히 기억해야 했다. 하지만 그의 단단하게 일어선 신체의 일부가 아랫배를 짓누르자 입술을 깨무는 것은 피할 수가 없었다.

"그만 깨물어."

그녀의 가슴에서 그의 입술이 떨어져 나갔다. 아니, 그녀를 누르던 그의 무게가 사라졌다. 갑작스러운 상황에 놀란 스텔라가 고갤 들었다. 그러자 침대에서 내려간 로이든이 위협적인 모습으로 시녀장에게 다가가는 것을 볼 수 있었다. 그의 등을 쏘아보던 스텔라는 시녀장과 눈이 마주쳤다. 스텔라를 바라보는 시녀장의 눈동자 속엔 연민으로 가득했다.

순간 스텔라는 지독한 수치심에 입술을 깨물었다. 그와의 키스로 터진 입술에선 비릿한 피 맛이 느껴졌다. 하지만 다행인 것은 그에 의해 강제로 먹여진 술 때문인지 수치심이 점점 사라지고 있다는 점이었다. 그리고 술기운이 도는지 나른해지며 졸음이 몰려왔다. 잠들면 안 된다는 생각에 스텔라는 눈을 부릅떴다. 하지만 자꾸만 눈꺼풀이 무겁게 내려앉았다.

'술을 마신 것이 오히려 다행인 건가? 잠든 상태라면, 아무것도 느끼지 못할 테니까.'

"여기서 죽고 싶지 않거든, 당장 나가!"

시녀장의 목에 겨눈 검에서 시퍼런 살기가 느껴졌다. 스텔라는 지금까지 망부석처럼 서 있던 시녀장의 얼굴에 처음으로 두려움이 서리는 것을 볼 수 있었다. 그 모습이 왜 이렇게 통쾌한지, 심장을 내리누르던 감정 하나가 사라지는 것을 느낄 수 있었다.

"당장 나가라고 한 말 안 들려."

잇새로 새어 나오는 낮은 으르렁거림에 주춤주춤 시녀장이 뒷걸음질 치기 시작했다. 로이든이 시녀장을 따라 곧장 문으로 걸어갔다.

벌컥! 거칠게 문을 연 로이든이 시녀장을 확 밖으로 밀어버렸다. 쾅! 소리와 함께 문이 닫혔고, 로이든은 아무도 들어오지 못하게 문을 잠가 버렸다.

시녀장은 바닥에 주저앉은 채 멍하니 닫힌 문을 쏘아보았다. 그러자 옆에 서 있던 병사들이 시녀장을 일으켜 세웠다.

"무슨 일이십니까?"

"별일 아니니 신경 쓸 필요 없습니다."

시녀장의 말에 병사들이 뒤로 물러섰다. 시녀장은 굳게 닫힌 문을 보며, 한숨을 내쉬었다. 조금 전 두 사람의 분위기로 봐선, 지금쯤 로이든 체스터가 강제로 스텔라와 초야를 치렀을 게 분명했다. 스텔라를 향해 단단히 일어선 로이든의 남성이 그것을 말해주고 있었다. 욕망을 느낀 사내는 절대, 그 욕망을 참아내지 못하는 법이었으니까.

그렇게 시간이 흘러갔다. 굳게 닫혔던 문을 통해 욕망으로 젖은 사내의 신음이 새어 나왔다. 그렇게 다시 문이 열렸을 땐, 로이든이 잔뜩 흐트러진 모습으로 서 있었다. 상반신을 드러낸 채 당당하게 서 있는 그는 무척이나 관능적이었다. 시녀장은 그런 로이든을 보며, 악마처럼 잘생긴 사내라고 생각했다.

욕망을 채운 배부른 맹수. 그에게선 암컷을 정복한 특유의 수컷의 정액 냄새가 났다. 그 냄새로 시녀장은 두 사람 사이에 정사가 있었음을 확신했다. 로이든이 들고 있던 구겨진 시트를 바닥으로 던졌다.

"폐하께 전하라. 체스터 백작부인은 태어난 상태, 그대로였다고."

로이든이 굳은 얼굴로 차갑게 내뱉은 후, 문을 닫으려 했다. 그러자 시녀장이 손을 뻗어 문을 붙잡았다. 시녀장의 태도에 로이든의 굵은 눈썹이 무섭게 꿈틀거렸다.

"더 볼일이 남은 건가?"

"백작부인을 보게 해주십시오."

시녀장의 말에 로이든은 의아한 얼굴을 했다. 하지만 시녀장의 강경한 태도에 뭔가 그가 모르는 것이 있다는 것을 직감했다. 로이든이 마음대로 하라는 듯 문을 활짝 열어주었다. 그러자 시녀장이 안으로 들어오려 했다.

"안 돼. 지금 지친 상태니, 여기서 봐야 할 것이다. 내 마지막 자존심까지 건드리고 싶지 않다면, 내 말대로 하는 것이 좋아."

로이든의 단호한 태도에 시녀장이 고갤 끄덕였다. 그리곤 날카로운 눈으로 침대에 누워 있는 스텔라의 날씬한 등을 바라보았다. 침실엔 등 하나만 켜져 어두웠지만, 안을 살피지 못할 정도는 아니었다. 그때 시녀장의 눈에 장미 꽃잎처럼 붉은 자국이 들어왔다. 검은 머리카락이 흘러내려 드러난 여린 목덜미에서 시작해 새하얀 등에 찍힌 붉은 자국. 그것은 정사 중 사내가 만든 흔적이 분명했다. 그리고 잔뜩 흐트러진 이불이며 노곤한 듯 잠들어 있는 여인의 몸에서 진한 정사의 향기가 났다. 사내의 욕망을 풀어낸 짙은 정액 냄새가 방 안에서 진동했다.

"그럼, 다 되었겠지?"

"그렇습니다, 백작님."

시녀장이 바닥에 떨어진 시트를 주워 들고 안을 확인하는 것이 보였다. 그 모습에 로이든의 입가에 서늘한 냉소가 어렸다.

"폐하께 전하라. 지금 바로, 백작부인을 데리고 체스터 영지로 돌아갈 것이라고."

로이든은 대답도 듣지 않고 시녀장의 면전에서 문을 닫아버렸다. 시녀장 역시 더는 이곳에 볼일이 없다는 듯 시트를 가슴에 안고 그녀를 기다리고 있을 왕의 집무실로 빠르게 걸어가기 시작했다.

❖

국왕의 집무실 책상에 앉아 리처드는 시녀장이 가져온 시트를 차가운 눈으로 쏘아보았다.

"아무런 변화도 없었다고?"

리처드는 손가락으로 턱을 긁적이며 잠시 생각에 잠긴 얼굴을 했다. 그 모습에 시녀장은 단호한 표정으로 리처드를 올려다보았다.

"예, 폐하. 제 눈엔 그 어떤 변화도 없었습니다."

"그래? 훗, 그럼 그 말이 거짓이었군. 젠장, 엉터리 예언자의 말을 믿다니. 당장에라도 그 입을 갈기갈기 찢어버리고 싶군."

리처드의 입가가 냉소로 비틀렸다. 하지만 리처드는 여전히 의심을 떨쳐 내지 못했다. 만에 하나 그를 찾아왔던 예언자의 말이 사실이라면, 그녀를 살려둘 수 없었다.

'쳇! 하나같이 다 마음에 안 들어. 스텔라도, 그리고 체스터 백작 역시. 하지만 스텔라를 취했다는 것은 그만큼 절박했단 뜻이겠지. 그 자존심 강한 사내가 시녀장 앞에서 여잘 안다니.'

"체스터 백작이 영지로 돌아가겠다고 했습니다."

"두 사람은 어땠지?"

리처드가 호기심 어린 눈빛으로 시녀장을 바라보았다. 그러자 시녀장은 무감한 얼굴로 입을 열었다.

"초야를 치르기 전, 은촛대를 들고 백작님을 죽여 버리겠다고 위협하셨습니다. 하지만 백작님께서 술을 먹인 탓에 결국……."

시녀장은 스텔라가 초야를 치른 후 죽은 듯 쓰러져 있던 모습을 떠올리자, 살짝 미간이 찌푸려졌다. 젊은 혈기의 백작에게 얼마나 시달렸는지 불쌍하게도 스텔라는 손가락 하나 움직일 힘이 없는 듯 기절한 상태였던 것이다.

'처녀를 그리 잔혹하게 범하다니.'

시녀장은 무감한 성격이었지만, 침대에 쓰러져 있던 스텔라를 생각하자 같은 여자로서 동정심이 생겼다. 그래서였는지도 몰랐다. 왕의 물음에 처음으로 거짓말을 고한 것은.

"술을 먹였군. 그래, 그랬을 테지. 그럼 초야를 치른 후엔 어땠지?"

"후에도 마찬가지였습니다. 여전히 서로를 증오하는 것처럼 보였습니다. 그리고 백작부인께서 백작님의 가슴과 손등에 상처를 내셨습니다."

"하하하하하! 그것 재미있군. 체스터가 자신을 죽이려는 여자와 평생을 살아야 한다니 말이야."

"그럼, 어떻게……."

"당분간 내버려 두는 것이 좋겠군."

"그럼 런던탑엔 뭐라고 전할까요?"

"지금 당장 런던탑에 있는 레이첼을 다른 곳으로 옮기라고 전해. 숨겨야지. 로이든 체스터가 찾지 못하도록. 꼭꼭 숨겨서, 그가 내 명령을 절대 거역할 수 없게 해야지."

'로이든 체스터 백작과 스텔라 마리스라.'

리처드는 두 사람이 자신이 놓은 덫에 걸려 허덕이고 있는 상황이었지만, 아직 마음을 놓을 수 없었다. 그래서 레이첼이란 인질이 필요했다. 절대 그의 손아귀에서 벗어날 수 없는 강력한 약점이.

"곧 런던탑에 폐하의 명을 전하겠습니다. 그런데, 폐하. 조금 전 궁 앞에서 앨리샤 공주님을 뵈었습니다. 아마 재판장에 있었던 일을 누군가에게 전해 들은 모양이신지 잔뜩 흥분하신 모습이셨습니다. 폐하를 뵙길 청……."

"흥! 앨리샤가 로이든의 마음을 차지했더라면 모든 게 순조로웠을 테지. 그 어리석은 것이 일을 망쳐 놓았다. 멍청하지만 그 예쁜 얼굴과 육감적인 몸으로 로이든을 사로잡을 것이라 기대했건만 반대로 그에게 빠져 버리다니. 쯧쯧, 어리석은 것! 그 아인 내버려 두도록 해. 당분간은 보고 싶지도 않으니까. 그리고 체스터 영지 내에 있는 우리 쪽 사람에게 연락을 취하도록 해. 두 사람이 체스터 영지에 도착한 순간부터, 한시도 눈을 떼지 말라고."

"예, 폐하."

시녀장이 나가자, 리처드의 눈이 또다시 시트에 가 닿았다.

"훗, 자존심 강한 체스터가 내 감시하에서 여잘 안다니."

리처드는 그의 손안에 들어온 로이든의 약점을 생각하자 입가에 미소가 어렸다. 그가 가장 경계하고 죽이고 싶어하는 두 사람을 동시에 감시하는 한편, 지금 그의 손엔 로이든의 약점까지 쥐어져 있었다. 리처드는 웃기 시작했다. 음산하고, 지독히도 잔혹한 웃음이 궁정 안을 울리기 시작했다.

2

덜컹, 덜컹! 덜컥!

마차 바퀴가 돌부리에 걸려 자꾸만 위험스럽게 흔들렸다. 동이 트기도 전 국왕의 궁전에서 빠져나온 로이든은 그를 기다리고 있던 스무 명의 기사들과 함께 잉글랜드 북동부 스카버러(Scarborough) 지역에 있는 체스터 백작가의 영지로 출발했다. 그렇게 새벽의 어둠을 뚫고 로이든은 최대한 빨리 런던에서 벗어나기 위해 쉬지 않고 말을 달렸다. 체스터 가의 기사들 역시 무겁게 가라앉은 표정으로 그의 뒤를 따랐다.

그때 스텔라를 태운 마차가 덜컹 소리와 함께 또다시 위험스럽게 흔들렸다. 마부가 말고삐를 바짝 잡아당기지 않았다면, 길을 벗어나 옆에 서 있던 나무에 들이박았을지도 모를 상황이었다. 그 모습을 곁눈으로 지켜보던 로이든이 말고삐를 잡아당겨 말 머리를 돌렸다. 그리곤 행렬의 가장 뒤에 있는 마차로 다가갔다.

"죄송합니다, 영주님. 지난번 내린 폭우로 도로가 망가진 모양입니다. 바퀴가 자꾸 웅덩이에 빠져 어쩔 수 없었습니다."

로이든을 본 마부가 서둘러 변명을 늘어놓았다. 하지만 정작 로이든의 시선은 마부가 아니라 마차 안에 있을 스텔라에게 향해 있었다.

"안의 상황은 어떤가?"

"아, 백작부인이시라면 아직 주무시고 계신 듯합니다. 이곳까지 오는 동안, 인기척을 전혀 느끼지 못했습니다."

마부의 대답에 로이든이 미간을 찌푸렸다.

'아직 깨어나지 못하다니. 설마, 죽은 건 아니겠지?'

그럴 리 없었다. 마지막 순간까지 무서운 기세로 그에게 저항하던 여인이었다. 그 꺾이지 않은 기세라면, 절대 잘못될 리 없었다. 불길한 생각을 떨쳐 내며, 로이든이 말에서 내렸다.

"영주님, 무슨 일이십니까?"

로이든의 표정이 심상치 않았는지 기사인 레이놀즈가 걱정스러운 얼굴로 상황을 물어왔다. 레이놀즈는 로이든의 가장 친한 친구이자, 모든 전쟁터를 함께한 체스터 기사단의 단장이기도 했다. 검은 늑대, 로이든 체스터가 가장 신뢰하는 인물이었다.

"별일 아니니, 각자의 자릴 지키도록 해."

로이든의 명령에 레이놀즈가 자릴 지켰다. 하지만 정작 로이든은 걱정을 떨쳐 버릴 수 없었다. 사실 감옥이나 다름없는 신방에 한시라도 더 있고 싶지 않았던 그는 국왕의 개들이 돌아간 후 침대에 잠들어 있는 스텔라를 억지로 깨웠다.

스텔라는 그가 먹인 술 때문인지 미동도 하지 않은 채 깊이 잠들어 있었다. 하는 수 없이 로이든은 그녀에게 옷을 입히기 위해 바닥에 떨어진 옷을 집어 들었다. 하지만 속옷을 제외한 다른 옷들은 그가 찢어버린 상태라 헝겊 조각이나 다름없었다.

로이든은 자신이 입고 있던 옷을 벗어 대충 그녀에게 입힌 후, 두꺼운 이불에 돌돌 말아 어깨에 짐작처럼 들쳐 멨다. 그리곤 궁 밖에서 그를 기다리고 있는 체스터 가의 기사들에게로 온 것이 불과 몇 시간 전이었다.

"젠장, 귀찮게 하는군."

분명 깨어 있었다면 그의 무례한 행동에 발버둥을 치며, 화를 냈겠지만 다행히 그가 먹인 술 때문인지 마차에 실을 때까지 죽은 것처럼 잠들어 있었다.

"대체 이번인 무슨 꿍꿍이인 거지?"

사실 어둠 속을 뚫고 말을 달리는 내내, 로이든은 리처드에게서 벗어나기 위해 궁을 벗어나야 한다는 생각뿐이었다. 결혼과 초야를 핑계로 그들을 붙잡아둔 국왕이 언제 어느 때, 그들의 방으로 병사를 보내 두 사람을 죽일지 모르는 상황이었다. 자신은 물론 스텔라의 목숨을 부지하기 위해선 안전이 보장된 영지로 돌아가야 했다. 그렇게 말을 달리다, 위험스럽게 흔들리는 마차를 본 순간, 그 안에 타고 있는 스텔라가 떠오른 것이다.

마차 앞에 선 로이든은 잠시 망설였다. 어젯밤 그 기세로 본다면, 문이 열릴 때를 기다렸다가 목에 걸고 있던 그 자그마한 검으로 그를 죽이겠다고 달려들 게 뻔했다.

"간혹 마차 멀미를 하는 경우가 있긴 하지만, 그랬다면 진즉에 마차를 멈춰 세웠을 겁니다. 백작부인께선 분명 주무시고 계실 겁니다."

로이든의 망설임을 걱정이라고 오해한 레이놀즈가 걱정 말라는 듯 슬쩍 말을 건넸다.

"이봐! 지금 문을 열 거야. 그러니 허튼 행동은 하지 않는 게 좋을 거야."

경고와 함께 로이든이 마차의 문을 열었다. 그리고 그 순간 뭔가 잘못되었음을 확실히 느낄 수 있었다.

그의 얼굴에 끼쳐 든 뜨거운 열기. 귀를 기울이지 않으면 들리지 않을 정도로 약한 숨소리. 그 꺼질 듯 작은 숨소리에 로이든은 본능적으로 몸을 숙여 스텔라의 상태를 확인했다.

"이봐, 정신 차려."

손에 닿는 그녀의 뺨이 너무도 뜨거웠다. 로이든이 스텔라의 상태를 확인하기 위해 이불을 풀어헤쳤다. 그가 왕궁을 빠져나올 때 둘둘 말아놓은 모습 그대로란 생각에 그의 손이 다급하게 움직였다. 젠장!

"영주님, 무슨 일……? 백작부인께선 괜찮은 것이겠지요?"

마부가 겁에 질린 얼굴로 물어왔다. 하지만 로이든은 마부의 말에 귀를 기울일 틈이 없었다. 스텔라의 몸이 불에 덴 듯 너무도 뜨거웠다. 뭔가 단단히 잘못된 듯했다.

"지독하군. 이렇게 되기까지, 신음 한 번 내지 않다니."

밤까지도 그를 죽일 듯 기세등등이었다. 그런데 눈앞의 여인은 정신을 잃고 힘없이 쓰러져 있었다. 정신을 잃고 있는 이 순간까지, 고통을 속으로 삼키는 모습을 보자 로이든의 미간이 저절로 찌푸려졌다.

로이든은 다시 한 번 스텔라의 이마에 손을 올려놓았다. 햇빛 아래서 본 스텔라의 모습은 심각했다. 얼굴 전체를 덮고 있는 짙푸른 멍은 뒤로하더라도 꺼질 듯 숨을 내뱉는 그녀의 입술 역시 퉁퉁 부어 있었다. 바짝 말라 갈라진 마른 땅, 지금 그의 품에 있는 여인의 모습이 그랬다. 물기 하나 없는 황무지.

"레이놀즈, 여기서 가장 가까운 여인숙을 찾아야겠다. 지금 당장!"

"그게 무슨 말씀이십니까? 왕궁에서 멀어지기 위해선 좀 더 먼 곳으로……."

"안 돼. 지금 당장 의사에게 보이지 않는다면…… 위험해."

그제야 레이놀즈 역시 뭔가 잘못되었다는 것을 깨달은 모양이었다. 서둘러 말에서 내려 마차로 다가온 레이놀즈가 로이든의 품에 안겨 있는 스텔라의 상태를 살폈다.

"맙소사, 언제부터 이런 겁니까?"

사실 날이 새기도 전에 이제 갓 백작부인이 된 스텔라를 이불에 돌돌 말아 등에 메고 왔을 때부터 이상하다는 생각이 들었었다. 아니, 레이첼 아가씨를 구하기 위해 런던에 온 로이든이 국왕의 명령에 의해 재판장에 참석한다는 것부터가 문제였던 것 같았다.

"체스터 백작부인이다."

스텔라를 안고 궁에서 나온 로이든은 그를 기다리고 있던 기사들에게 체스터 백작부인이란 말 한마디만 했을 뿐이었다. 하지만 레이놀즈를 비롯해 체스터 가의 기사들은 더는 묻지 않았다.

로이든과 함께하는 10여 년간, 그들에게 체스터 백작부인은 언제나 단 한 분뿐이었다. 혼약이 깨어진 순간에도 마찬가지였다. 로이든은 자신들의 기사들 앞에서 한 번도 혼약이 깨어졌다는 말을 입에 담지 않았었다. 그 의미를 기사들은 여전히 스텔라 마리스 달링턴이 그의 신부가 될 유일한 여인이라고 생각할 수밖에 없었다.

"백작부인께서 위독하시군요. 당장, 종자인 제레미를 마을로 보내겠습니다."

"마을에 의사가 있는지도 알아보게 해. 도착하는 즉시, 살펴야 할 것 같거든."

"그 정도로 심각한 상태인 겁니까?"

"그런 것 같아. 서둘러."

"네, 제레미에게 그렇게 말하겠습니다."

로이든의 심각한 표정에 레이놀즈 역시 급해졌다. 서둘러 로이든의 종자인 제레미에게 다가가더니, 로이든의 말을 전했다.

"최대한 빨리 찾아내겠습니다."

제레미가 빠른 속도로 말을 달려 앞서 나가기 시작했다. 아직 소년인 제레미는 싸움에선 초보 수준이었지만, 말을 타는 것은 단연 최고였다. 로이든의 시선이 다시 마차 안으로 향했다. 제레미를 보내긴 했지만, 이상하게도 불안한 마음이 가시지 않았다.

"왜 이렇게 고집스럽고 어리석은지 모르겠군. 아프면 아프다고 말하면 될 텐데."

차가운 말과는 달리 왜 이렇게 마음이 쓰이는지 로이든 자신도 알 수가 없었다. 고열로 정신을 잃고 누워 있는 스텔라에게 상관하고 싶지 않았다. 국왕의 지독한 변덕에 다시 부부가 되긴 했지만, 상관하지 않을 작정이었다.

하지만…… 고집스럽게 자신을 지켜내던 여인이 이렇게 한순간 약한 모습을 보이자 외면할 수가 없었다.

"정말 거슬리는군."

그래서 눈을 뗄 수가 없었다. 정신을 잃은 중에도 그 고통을 속으로 삼키는 여인을 보자, 자꾸 화가 났다. 그 우직할 정도로 고집 센 어리석음에.

"제기랄, 귀찮아 죽겠군."

낮게 으르렁거리듯 욕설을 뱉어낸 그가 어깨에 두르고 있던 쉬르코(눈이나 바람, 비로부터 보호하기 위해 입은 코트의 일종)를 벗었다. 그리곤 스텔라를 일으켜 세운 후 쉬르코로 그녀를 감싸기 시작했다.

"영주님, 무슨 일이십니까? 고열이 있는 환자는 최대한 몸을 차갑게……."

"말을 당장 가져와. 내가 직접 가야겠다."

로이든은 스텔라를 단단히 끌어안으며 레이놀즈에게 명령했다. 머뭇거릴 여유가 없었다. 잠시라도 지체했다간, 그의 품속의 여인이 죽어버릴 것 같은 불길함이 엄습해 왔다. 하지만 그의 조급한 마음과는 달리 멍하니 서 있는 레이놀즈를 보며, 로이든이 다시 한 번 소리쳤다.

"그러고 섰지 말고, 이것 좀 받아."

"백작부인을요?"

당황한 레이놀즈가 로이든에게서 스텔라를 받아 안았다. 그러다 비상식적으로 뜨거운 몸과 얼굴에 든 멍을 보곤, 흠칫 어깨를 떨었다. 믿을 수 없는 모양이었다. 고귀한 숙녀가 이런 참혹한 모습이란 것이.

"지하 감옥에 있던 간수가 이렇게 만든 모양이야. 만약 다음에 그 자를 만나게 된다면, 가만두지 않겠어. 다리 사이에 있는 흉측한 살덩이를 잘라 버릴 생각이야."

"약한 여인을 이 지경으로 만들다니. 그래서 병이 나신 모양이군요."

레이놀즈가 안타까운 듯 미간을 좁혔다.

"꼭 그래서만은 아닐 테지. 진짜 병이 난 이유는, 따로 있어."

"이유가 따로 있다면……?"

"하루아침에 반역자의 딸이 되어버렸으니, 그 마음이 오죽하겠어. 아버지 역시 처형을 당한 데다, 자신 역시……."

씁쓸하게 웃던 로이든이 서둘러 말에 올랐다. 그리곤 허릴 굽혀 레이놀즈에게서 스텔라를 받아 안으며 말했다.

"묶을 줄이 있으면 좋겠는데."

스텔라가 떨어지지 않게 한 팔로 그녀를 바짝 당겨 안았다. 하지만 이 상태론 말을 타는 것이 불가능했다. 거기다 빠른 속도로 달려야 했기 때문에 그의 몸에 스텔라를 고정시킬 줄이 필요했다.

"줄이라면 여기 있습니다, 영주님."

마부가 건넨 밧줄을 받아 든 로이든이 스텔라를 자신의 몸에 단단히 묶었다. 어느새 그의 품에 바짝 당겨 안긴 스텔라가 거친 숨을 내쉬었다.

"괜찮으실까요?"

여전히 의식을 차리지 못한 채 약한 숨을 내쉬는 스텔라를 보며, 레이놀즈가 걱정스러운 듯 말을 건넸다.

"괜찮아져야지. 내가 직접 데리고 가는데."

단호하게 들리는 로이든의 목소리에 레이놀즈 역시 끄덕였다. 로이든은 다시 한 번 스텔라의 상태를 확인했다.

"약하군. 아무리 악을 써도, 힘없는 여인이란 건가?"

"그렇게 힘들고 험한 일을 당했는데, 건장한 남자라도 버티기 힘들었을 겁니다."

레이놀즈의 말에 로이든이 미간을 좁혔다. 힘없는 여인일 뿐인 건가?

"레이놀즈, 뒷일을 부탁한다."

"걱정 마십시오, 영주님. 곧 뒤따르겠습니다."

"이랏!"

레이놀즈에게 고갤 끄덕인 후, 로이든은 말고삐를 당겼다. 스텔라를 끌어안고 빠르게 말을 달리는 로이든의 머리 위로 먹구름이 서서히 다가오고 있었다.

투둑, 투투둑!

어느새 내리기 시작한 빗방울 역시 그의 어깨 위로 떨어지기 시작했다.

❖

여인숙의 좁은 침대 위에 누워 있는 스텔라가 연신 밭은 숨을 내쉬었다. 눈을 뜨지 못한 채 금방이라도 숨이 끊어질 듯 간간이 가느다란 숨을 내쉬는 스텔라를 살피던 마을의 의사 역시 어두운 표정으로 로이든을 바라보며 고갤 가로저었었다.

"어떤가?"

"그게…… 그나마 늦지 않게 온 것은 다행이었습니다."

난처한 얼굴로 말을 흐리는 의사를 보며, 로이든의 얼굴이 심각해졌다.

"그렇게 심각한가?"

"다리와 얼굴의 상처는 2주 후면 좋아지겠지만, 우선은 심신이 허약해진 데 있습니다. 마음에 병이 깊다고 말할 수 있습니다."

"결국 마음이 문제라는 것이군."

충분히 그럴 만했다. 한 달이 조금 넘는 시간 동안 그녀가 겪은 일들은 여인이 감당하기엔 너무도 참혹한 경험이었을 테니까.

"그럼 내가 할 수 있는 일은 뭐가 있지?"

로이든의 말에 의사가 심각한 얼굴로 고민을 하더니, 작게 한숨을 내쉬었다.

"이것은 해열제입니다. 우선 최대한 빨리 열을 내리는 게 문젭니다. 그래야 의식을 되찾을 수 있을 테니까요."

하지만 의사는 확신할 수 없는 듯 벌써, 스텔라가 깨어나지 못한 채 죽을 것이라고 생각한 듯했다.

"우선 열을 내리게 해야 한다는 말이군."

"네, 그럼 소인은 이만 가보겠습니다."

의사가 왕진 가방을 챙겨 들고 방을 나가자, 로이든은 스텔라를 보며 미간을 좁혔다. 죽을지도 모른다니. 로이든은 스텔라 달링턴의 운명이 여기까지라는 생각에 씁쓸해졌다.

"영주님, 어떻게 하실 생각이십니까? 하녀 하나를 부를까요?"

옆에 서 있던 레이놀즈가 걱정스러운 듯 말했다. 그러자 묵묵히 스텔라를 내려다보고 있던 로이든이 천천히 고갤 가로저었다.

"아니, 내가 곁에 있을 테니 모두 돌아가 쉬도록 해."

"영주님께서요? 하지만 밤새 혼자 계시는 건 무립니다."

"하지만…… 그래야 할 것 같아. 마지막이 될지도 모르니까."

담담한 목소리였다. 하지만 그와 수년을 함께해 온 레이놀즈였기 때문에 로이든이 무슨 생각을 하는지 알 수 있었다. 수많은 전쟁터를 누비며, 죽어가는 부하의 옆을 묵묵히 지키던 그의 주군을 수도 없이 보아왔으니까. 레이놀즈는 침대에 누워 있는 스텔라를 보며, 안타까운 얼굴을 했다.

"영주님 잘못이 아니십니다. 그 결정은 불가항력이었습니다. 국왕이 영주님을 작정하고 궁지에 몰아넣기 위한 덫이었으니까요. 영주님 힘으론 절대 거역할 수 없는 그런 것이었습니다."

로이든은 레이놀즈의 말에 고갤 끄덕였다. 자신 역시 그렇게 생각했다. 만약 또다시 레이첼과 스텔라 중 누군가를 선택해야 할 순간이 온다면, 그는 두 번 생각할 필요도 없이 레이첼을 선택할 테니까.

하지만 왠지 씁쓸했다. 국왕 리처드에 의한 어그러져 버린 두 사람의 관계가 또다시 국왕의 변덕에 부부가 되다니. 원수인 자신을 남편으로 받아들여야 하는 스텔라의 가혹한 운명이 안타깝게 느껴졌다.

"그래 알아. 하지만 이 여인의 마지막을 누군가 지켜야 한다면, 그건 나다."

로이든의 대답에 레이놀즈가 수긍한 듯 고갤 끄덕였다. 잠시 후 레이놀즈가 방을 나가자, 로이든은 작게 한숨을 내쉬었다.

고요한 방 안. 어두운 그 방엔 죽음으로 그림자가 가까워진 여인이 거친 숨을 내쉬며 누워 있었다. 로이든은 마음에 들지 않는 듯 방 안을 밝히는 촛불의 개수를 늘렸다. 그리곤 스텔라가 덮고 있는 이불을 천천히 걷어냈다. 스텔라는 그가 어제 새벽에 아무렇게나 입혀준 그의 셔츠를 입고 있었다. 순간 로이든은 조급함에 가슴이 답답해졌다. 옆에 놓여 있는 차가운 수건을 들어 서둘러 그녀의 이마 위에 흘러내린 땀을 닦아내기 시작했다. 차가운 수건이 닿을 때마다, 스텔라의 몸이 경련하듯 부르르 떨었다.

"달링턴, 내 말 들리나? 만약 들린다면, 내 말 잘 듣도록 해."

로이든은 미동도 하지 않은 채 눈을 감고 있는 스텔라에게 작정이라도 한 사람처럼 차갑게 입을 열었다.

"넌, 죽게 될 거야. 의사가 하는 얘기 들었을 테지?"

얼음처럼 차가운 말투와는 달리 스텔라의 목덜미에 흐르는 땀을 닦아내는 그의 손길은 무척이나 조심스러웠다.

"이렇게 죽는 게 너무 허무하지 않나? 만약 네가 여기서 죽는다면, 넌 반역자의 딸로 영원히 남게 될 텐데. 그래도 괜찮은 건가? 무엇보다, 네가 증오하는 난 기뻐할 거야. 국왕의 명령으로 강제로 묶인 혼약에서 벗어날 수 있을 테니까."

의식이 없는 스텔라에게 또다시 시비를 걸 듯 로이든의 목소리엔 냉소가 담겨 있었다. 하지만 말을 하는 동안에도 로이든의 손은 부지런히 그녀의 몸을 닦아내며 열을 식히려 노력했다. 잠시 후 그녀의 몸에서 땀을 닦아내던 로이든의 손길이 갑자기 멈췄다. 그의 시선은 부목으로 고정시킨 왼쪽 다리에 향해 있었다. 의사는 뼈에는 이상이 없어서 다행이라고 했다. 하지만 시퍼렇다 못해 검은색으로 변하기 시작한 가느다란 다리를 바라보는 로이든의 눈동자에 분노가 떠올라 있었다.

"젠장! 여자에게 폭력이라니. 그 간수 놈, 잡히기만 해."

거칠게 뱉어내는 분노에 스텔라의 미간이 살짝 찌푸려진 것도 같았다. 그 모습에 로이든이 또다시 입을 열었다.

"억울하면 일어나. 그렇게 누워서는 아무것도 할 수 없어. 널 감옥에서 이렇게 만든 간수 놈도, 그리고 널 비웃는 나에게도. 이렇게 죽어버리면……."

순간 화가 치밀었다. 그녀를 충동질해 의식의 끈을 붙잡게 하기 위한 행동이긴 했지만, 막상 죽음이란 단어를 자신의 입으로 말하자 또다시 가슴이 답답했다.

동정심이 생긴 건가? 아니면 일말의 죄책감과 책임감? 휴!

들고 있던 수건을 대야에 넣어 다시 차갑게 식혔다. 그리곤 얼굴부터 다시 닦아주기 시작했다. 그의 손은 쉴 새 없이 움직였고, 의식을 잃고 누워 있는 스텔라가 가끔씩 그가 뱉어내는 협박과 회유에 반응하듯 움찔거렸다. 어쩌면 물에 젖은 수건이 너무도 차가워 본능적으로 반응한 것뿐이었지만, 로이든은 멈추지 않았다.

"해열제. 그래, 그걸 먹여야겠어."

로이든은 의사가 가기 전 건네준 해열제를 찾았다. 하지만 정신을 잃고 있는 스텔라에게 약을 먹이기엔 어려울 것 같았다. 잠시 골똘히 생각에 잠겨 있던 로이든이 약병의 마개를 열었다. 그리곤 약병에 든 약을 입에 가득 물었다. 지독히도 썼다. 뱉어내고 싶을 정도로. 하지만 약을 뱉어내는 대신 로이든은 한 손으로 그녀의 턱을 붙잡아 그녀의 입을 벌렸다.

그녀에게 술을 먹였을 때와 똑같이 그의 입술이 그녀의 입안으로 쓰디쓴 약을 밀어 넣었다.

"흐, 하아……."

스텔라 역시 쓴맛을 느낀 듯 본능적으로 약을 밀어내려 했다. 그러자 로이든이 스텔라의 혀를 자신의 혀로 누르곤 약을 밀어 넣었다.

꿀꺽, 꿀꺽!

그제야 스텔라의 입안으로 약이 넘어가기 시작했다. 입술을 뗀 로이든이 이번엔 물을 입안 가득 물었다. 그리곤 그녀의 입술에 입술을 겹치곤 물을 마시게 했다. 로이든은 약과 물을 번갈아가며 몇 차례 먹인 후에야 그녀를 놓아주었다. 로이든은 입가에 흐르는 물을 손등으로 닦아내며, 침대에 누워 있는 스텔라를 바라보았다.

"달링턴, 내가 할 수 있는 일은 여기까지다. 이제 네 차례야. 스스로 선택하도록 해. 살아남을 건지, 아니면 이대로 죽을 건지."

로이든이 스텔라를 남겨두고 방을 나갔다. 이른 새벽 시간이었지만, 로이든은 잠에 취해 있을 주인의 방을 두드려 스텔라의 방에 하녀를 보내라고 명령했다. 그리곤 그 길로 여인숙을 빠져나온 로이든은 근처 숲에 있는 냇가로 향했다. 얼음처럼 차가운 물에 몸을 담그고 싶었다. 자꾸만 의식 저편으로 스텔라에 대한 연민이 달라붙어, 몹시도 불쾌했다.

"젠장!"

욕설을 내뱉으며, 냇가로 향하는 그의 어깨가 잔뜩 굳어 있었다.

❖

귀찮았다. 편안히 잠들고 싶은데, 자꾸만 누군가 그녀를 부르고 있었다. 협박 비슷한 비웃음이었다가 또 한순간 그녀를 달래듯 다정히 그녀의 얼굴을 쓸어주기도 했다. 그러다가 벌컥 욕설을 뱉어내며, 화를 냈다. 대체 누굴까? 누가 날 이렇게 걱정하는 거지?

순간 스텔라는 입안으로 밀려들어 오는 쓴맛에 놀라 그걸 뱉어내려 했다. 하지만 강한 힘에 의해 꼼짝도 할 수 없었다. 잠시 후 미지근했지만 간절히 원했던 물이 입안으로 밀려들어 왔다.

'더, 물. 더 줘요.'

그녀의 바람에 응하듯 또다시 물이 입안으로 흘러들어 왔다. 뜨거운 사막에 서 있던 그녀에게 너무도 간절한 서늘함이었기에 스텔라는 그녀의 몸에 닿는 시원함을 붙잡기 위해 손을 움직이려 했다.

하지만…… 움직일 수 없었다.

그때 또다시 누군가 그녀를 부르는 소리가 들리더니, 그녀의 턱을 붙잡고 쓰디쓴 물을 그녀의 입안으로 흘려보냈다. 입안으로 흘러드는 물을 본능적으로 밀어내기 위해 혀를 움직였지만, 한순간 뜨겁고 축축한 뭔가에 의해 제지당했다.

가까스로 약을 삼킨 스텔라는 미간을 좁혔다. 갈증으로 목이 탔지만, 입술에 닿는 느낌은 싫었다. 집요하게 그녀의 입술을 벌리고 쓴 물을 넣는 그를 밀어내고 싶었다.

'윽, 싫어. 날 가만 놔둬. 내가 원하는 건, 물……'

하지만 그건 그녀의 입안을 맴돌 뿐, 밖으로 새어나가지 못했다. 잠시 후, 또다시 축축하고 단단한 뭔가가 그녀의 입술에 닿았다. 쓴 물일 것이라고 생각한 스텔라가 미간을 좁히려는데, 그 순간 그녀가 원하던 물이 입안으로 흘러들었다.

'물, 물이야.'

스텔라는 본능적으로 물을 빨아들이기 시작했다. 그녀의 반응에 뜨겁고 말랑한 뭔가가 움찔 떨리는 것이 느껴졌지만, 스텔라는 신경 쓰지 않았다. 지독한 갈증을 해결하고 싶은 간절함만 있을 뿐이었다. 또다시 입안으로 물이 흘러들었다. 스텔라는 좀 더 강하게 물을 빨아들였다.

'더, 더 줘. 아직 부족해.'

더운 숨을 내쉬며 아쉬운 듯 스텔라가 입을 달싹였다. 잠시 후, 그녀의 마음을 읽은 듯 또다시 달고 맛있는 물이 입안으로 흘러들었다. 스텔라는 욕심껏 물을 삼켰다. 그리고 마지막 남은 물 한 방울까지 다 먹으려는 듯 물기로 가득한 말캉한 무언가를 힘껏 빨아당겼다.

갈증이 사라질 때까지 물을 받아 마신 스텔라가 작게 한숨을 내쉬었다. 온몸에 나른한 졸음이 밀려들었다. 뜨겁던 그녀의 몸 역시 조금은 시원해진 느낌이었다. 스텔라는 기분 좋은 나른함에 잠이 들었다.

그리고 얼마의 시간이 지났을까? 인기척이 느껴졌다.

"그나마 다행이군. 애써 구한 목숨, 허무하게 보낼 일은 없게 되었으니까."

"정말 다행입니다, 영주님."

남자와 여자의 목소리가 들렸고, 아마 두 사람은 자신을 두고 하는 말 같았다.

"그럼, 조금 더 부탁하지."

"네, 영주님. 이제 고비는 넘기신 것 같으니 제게 맡기셔도 됩니다."

영주님? 그럼 남자의 목소리가 로이든 체스터인 건가? 순간 스텔라의 마음속에 분노가 일었다. 그리곤 조금 전 그가 했던 말이 떠오르자, 주먹을 꼭 쥐었다.

'흥! 내가 살아나서 무척이나 유감스러운 모양이군.'

스텔라는 무겁게 내려앉은 눈을 뜨기 위해 안간힘을 쓰기 시작했다. 무슨 일이 있어도 살아남을 생각이었다. 아직 아무것도 자신의 손으로 이뤄낸 것이 없었다. 그의 말대로 애써 구한 목숨 허무하게 버릴 순 없었다. 스텔라는 목소리를 내기 위해 애썼다.

"아아, 흐윽!"

마침내 꽉 잠긴 마른 목구멍을 통해 여린 신음이 새어나갔다.

"세상에나, 마님. 깨어나신 건가요?"

"……물. 무…… ㄹ."

"아, 물이요. 네, 제가 드리겠습니다."

여주인이 신이 난 듯 움직이는 소리가 들렸다. 그리곤 그녀의 몸을 천천히 일으켜 세우더니, 물이 든 컵을 그녀의 입에 댔다. 주륵, 주르륵. 하지만 마실 힘이 남아 있지 않은 스텔라에겐 컵으로 물을 마시는 것은 몹시도 힘든 일이었다.

'어젯밤엔 먹기가 수월했었는데…….'

가까스로 한 모금 입안으로 차가운 물이 흘러들어 갔다. 그제야 스텔라의 입에선 만족스런 신음이 새어 나왔고, 무겁게 내려앉았던 눈꺼풀을 밀어 올릴 수 있었다.

"하아!"

꿀꺽, 꿀꺽! 한 번 입안으로 물이 밀려들자, 그다음은 훨씬 수월해졌다.

"세상에나 갈증이 나셨던 모양이에요. 잠깐만 기다리세요, 제가 더 가져다 드릴게요."

여주인이 옆에 놓여 있던 주전자를 들어 컵에 따랐다. 그리곤 다시 스텔라의 입에 가져다 댔다.

"천천히 드세요. 밤새 열이 떨어지지 않아 걱정을 얼마나 했는지. 의사도 포기했었는데 이렇게 살아나시다니. 저흰 여기서 시체를 치워야 하는 건 아닐까 걱정했답니다."

갈증이 가시자 스텔라가 물컵을 밀어냈다. 그리곤 자신이 있는 곳이 어딘지 살피기 위해 주위를 두리번거렸다.

"여긴 여인숙이랍니다. 어제 오후, 영주님께서 마님을 말에 태우시곤 이곳에 오셨답니다. 그땐 얼마나 놀랐는지. 마님의 멍든 얼굴과 상처 난 다리도 다리였지만 파리한 얼굴 때문에 죽은 시체를 안고 왔나 했다니까요."

"내가 얼마나 누워…… 흠흠."

물을 마시긴 했지만 고열로 버석해진 입안이 까슬까슬했다. 여주인은 그런 스텔라를 안쓰러운 얼굴로 바라보며, 그만하라는 듯 손사래를 쳤다. 그리곤 침대에 기대게 했다.

"하루 반을 꼬박 누워 계셨답니다."

"하루 반?"

“네, 이제 좀 쉬세요. 제가 가서 드실 만한 음식을 가져오겠습니다. 아 참, 내 정신 좀 봐. 어서 가서, 영주님께 마님께서 깨어나셨다고 알려야 하는데.”

그제야 생각난 듯 여주인이 이불을 끌어당겨 스텔라의 몸에 덮어주었다. 그리곤 그럴 필요 없다 말릴 새도 없이 서둘러 방을 빠져나가 버렸다.

“하루 반이나.”

말을 하는 것조차 힘이 들었다. 침대에 기대앉아 있던 스텔라는 몸을 움직여, 다시 침대에 누웠다. 그리곤 탈진한 듯 또다시 깊은 잠 속으로 끌려들어 갔다.

❖

로이든은 마구간에 들어가 말들의 상태를 꼼꼼히 살피기 시작했다. 스텔라가 깨어났다는 소식을 여주인을 통해 전해 들을 수 있었다. 하지만 로이든은 그녀의 방으로 가서 상태를 확인하는 대신, 레이놀즈와 함께 여행 중 필요한 물건을 구입하기 위해 마을로 향했다. 여인이 입을 만한 옷 몇 벌과 산이나 풀 위에서 야영해야 할 것을 대비해 두꺼운 모포도 구입했다.

“이 정도면, 마님께서 주무시는 데 불편함이 없을 것 같군요.”

레이놀즈가 로이든이 구입한 모포 중 유난히 두껍고 푹신한 것을 집어 들며 말했다. 그러자 로이든은 눈살을 찌푸리며 아무런 대답도 하지 않았다.

“여자가 입을 만한 옷을 구해야 할 텐데, 힘들겠지?”

순간 레이놀즈는 무슨 말을 하는지 몰라 어리둥절했다. 사실 마을에서 드레스를 몇 벌 구입했기 때문이었다. 하지만 다음 순간, 로이든이 말하는 여자 옷이 속옷이란 걸 알아차리자 미묘하게 귓불이 붉어졌다.

"아마 여주인에게 부탁하면 쉽게 구할 수 있을 겁니다."

레이놀즈의 대답에 로이든이 고갤 끄덕였다.

"오랫동안 먹을 수 있는 채소와 마른 육포도 사는 게 좋겠어. 그때그때 사냥을 하면 우린 문제없지만, 여인이 날짐승을 먹기엔 힘이 들 테니까."

레이놀즈가 서둘러 채소와 육포를 구입하기 위해 걸음을 옮기는 로이든을 보며 미소를 지었다. 말로 표현하지 않았지만 스텔라 달링턴이 깨어난 걸 다행이라고 생각하는 모양이었다. 이렇게 세세하게 챙기는 모습을 보이다니. 아마 로이든 자신은 의식하지 못한 듯했지만 백작부인 역시 자신들과 여정을 함께할 사람으로 받아들이고 있는 게 분명했다.

"감자와 옥수수라면, 마님께서도 좋아하실 겁니다."

로이든을 뒤따라가며 레이놀즈가 은근슬쩍 말했다.

"과일을 좀 사는 게 어떨까요? 대부분의 숙녀들은 과일을 즐긴다고 들었거든요. 아마 마님 역시 좋아하실 겁니다."

레이놀즈가 싱글거리며 얘길 하자, 로이든이 못마땅한 듯 미간을 접었다. 레이놀즈가 일부러 스텔라에게 대해 언급하는 것을 눈치챈 모양이었다.

"레이놀즈, 당장 그 엉덩이를 걷어차기 전에 그만하도록 해."

"네, 영주님. 다시 마님에 대한 얘길 입에 올리지…… 흐헙!"

더는 참을 수 없다는 듯 로이든이 레이놀즈의 엉덩이를 냅다 걷어찼다. 순식간에 엉덩이를 발로 채인 레이놀즈가 아픈 듯 엉덩이를 손으로 문질렀다.

"또다시 입을 열었다간 이번엔 그 입을 꿰매줄 테다. 쳇, 서둘러. 비가 오기 전에 돌아가야 하니까."

로이든의 말에 레이놀즈가 하늘을 올려다보았다. 로이든의 말대로 또 비가 올 것 같았다.

"며칠 동안 계속 비가 오다니. 걱정이군요. 계속 비가 내리면 영지에 도착하는 시간이 길어질 테니 말입니다."

"그치길 기다려야지. 그나저나 레이첼에 대한 소식은 없었나?"

"영주님께서 초야를 치르던 그 시각, 레이첼 님을 런던탑에서 다른 곳으로 옮기셨다고 합니다."

"빌어먹을 리처드. 날 묶어둔 이유가 거기에 있었군."

초야를 치르는 동안 신방에 자신의 개를 보낸 이유가 이것이었던 모양이었다. 분명 스텔라 때문이라고 생각했지만, 자신이 신방을 빠져나가 레이첼을 구해낼 것을 막기 위해서였다니.

"어디로 옮겼는지는 알아냈나?"

"아닙니다. 아직 그들을 추적하는 중인 듯합니다. 알게 되면 연락이 올 겁니다."

레이첼의 소식을 전해 들은 로이든의 얼굴이 그늘이 졌다. 국왕에 의해 어디론가 옮겨지고 있다는 레이첼이 스텔라처럼 아프지나 않을까 걱정이었다.

"레이놀즈, 내일 아침 우린 떠난다."

"하지만 아직 마님께서……."

"의식이 돌아왔으니 움직여야 해. 이렇게 머뭇거릴 틈이 없다. 어쩌면 국왕이 사람을 보냈을지도 몰라. 더 지체했다간 우리 모두가 위험해질 거야."

"네, 그렇게 준비시키겠습니다."

두 사람은 서둘러 남은 물품을 구입했다. 그리곤 서둘러 스텔라가 있는 여인숙으로 발걸음을 재촉했다. 어느새 하늘은 또다시 몰려온 먹구름으로 어두워지기 시작했다.

❖

방 안으로 들어선 로이든은 잠들어 있는 스텔라를 보며 굳은 얼굴을 했다. 마을에서 돌아온 후에도 로이든은 바로 스텔라를 보러 오지 않았다. 무의식적이었지만 스텔라와의 대면을 피하고 있었다. 대신 기사들을 챙기고, 떠날 준비를 다 끝낸 후에야 문득 그녀가 생각났다는 듯 방으로 온 것이다.

"하아, 싫어……. 안 돼……."

낮은 신음에 입술이 움직이자, 까칠하게 메마른 입술 위에 생긴 상처 위에 또다시 피가 맺혔다. 여주인의 말론 깨어난 후, 물도 마시고 수프도 조금 먹었다고 했다. 저녁엔 정신을 차린 듯, 일어나 침대에 기대앉아 있기도 했다니 생각보다 회복이 빨라 다행이었다.

"흑, 흐흑!"

로이든이 방을 나가기 위해 돌아서는 순간, 스텔라의 입술에서 억눌린 울음이 새어 나왔다. 자동적으로 로이든의 시선이 스텔라에게 향했고, 꼭 감은 눈에서 눈물이 흘러내리는 것을 볼 수 있었다. 순간 로이든은 미간을 찌푸렸다.

왜 이리 불쾌한 걸까? 여자의 눈물을 본 로이든은 신경을 자극하는 낯선 감정에 인상을 썼다.

"눈물 한 방울 흘리지 않을 것 같았는데……. 결국 꿈에서는 억누를 수 없었다는 건가?"

로이든이 천천히 손을 뻗었다. 뺨을 타고 무던히도 흘러내리는 뜨거운 눈물이 그의 손끝에 닿았다. 뜨거웠다. 그를 쏘아보며, 지독한 분노와 원망의 말을 뱉어내던 여인의 눈물 역시. 그 인간적인 온도 때문이었을까?

연민, 그래 이젠 의지할 피붙이 하나 없이 혼자 덩그러니 살아남은 데다 원수나 다름없는 사내의 여자가 된 스텔라에게 동정심이 생겼다.

"네 운명도 참, 잔혹하군. 원수나 다름없는 나의 여자가 되다니."

로이든이 씁쓸하게 웃으며 스텔라의 뺨에서 손을 거둬들이려 했다. 하지만 다음 순간, 그의 손을 움켜잡는 스텔라의 손의 힘에 놀라 움찔했다. 가녀린 손이 그의 커다란 손을 꽉 움켜쥐었다. 사람의 온기를 찾아 본능적으로 움켜쥔 것일 뿐이겠지만, 그 생경한 느낌에 로이든의 몸이 굳어졌다.

"가지…… 마세요."

여전히 눈을 감은 채였다. 꿈속에서 누군가를 애타게 붙잡는 듯 로이든을 붙잡은 손에 힘이 들어갔다. 그의 시선이 어느새 그녀의 입술로 향했다. 물을 받아먹기 위해 그의 혀를 빨아 당기던 입술이 떠오르자, 로이든은 화들짝 놀라 그녀의 손을 뿌리쳤다.

똑똑! 노크 소리에 로이든이 침대에서 몇 발작 물러섰다.

"영주님, 영주님께서 부탁하신 옷을 가져왔습니다."

"들어와."

문이 열리고 후덕한 인상의 여주인이 방으로 들어왔다. 손에 든 쟁반엔 물병과 함께 한쪽 팔엔 평범한 여인들이 입는 무명 드레스와 무명 속옷이 들려 있었다.

"잠이 드신 모양이네요. 에고, 이 땀 좀 봐. 옷을 갈아입혀야겠습니다."

"부탁하지."

"아무 걱정 마시고 내려가 보십시오. 제가 깨지 않게 옷을 갈아입히겠습니다. 그리고 지금 함께 오신 일행분들께선 가장 좋은 술을 내드렸답니다. 어서 가 드십시오."

여주인의 말에 로이든이 방을 나왔다. 하지만 문을 닫기 전 로이든의 시선이 스텔라에게 향하는 것을 막진 못했다. 마음에 들지 않았다. 자꾸만 스텔라에게 가는 시선이. 로이든은 잔뜩 굳은 얼굴로 어두운 복도를 지나, 1층으로 향했다.

❖

그의 전 약혼녀였고, 반역자의 딸이 된 스텔라 달링턴이 어떻게 그의 신부가 되었는지, 로이든은 레이놀즈에게 이야기했다. 재판장에서 리처드가 두 사람을 생지옥으로 몰아넣기 위해 강행한 혼인 서약과 초야에 국왕이 감시자까지 보내 그를 신방에 묶어두고는 레이첼을 빼돌린 것까지.

"망할, 국왕 같으니!"

로이든의 말을 다 듣고 난 레이놀즈가 탁자를 치며 분노한 듯 욕설을 내뱉었다. 로이든은 자신 앞에 놓여 있는 술잔에 손을 뻗었다. 단숨에 술을 들이켜 비워내고 싶었지만, 로이든은 그저 손안에 든 술잔을 단단히 그러쥘 뿐이었다.

지금이 가장 중요했다. 분노를 잊기 위해 술을 마시는 행위가 지금 그에겐 가장 독이 되는 일이었다. 무엇보다 냉정하고 이성적이어야 했으니까.

"그런 얼굴 할 것 없다, 레이놀즈."

"하지만 너무 화가 나 참을 수가 없습니다. 어떻게 일국의 왕이 된 자가 그런 일을 벌이는지. 생각할수록 열불이 나 미치겠습니다."

우직한 성격의 레이놀즈가 이렇게 불같이 화를 내는 경우는 흔치 않았다. 아무리 화가 나는 상황에서도 레이놀즈는 그저 인상 한 번 쓰고 넘기곤 했었으니까. 하지만 이번엔 레이놀즈 역시 참을 수 없는 모양이었다.

"국왕을 위해 목숨을 걸고 전쟁터를 누볐습니다. 그런 충직한 기사를 배신하는 국왕이라면, 영주님께서 먼저 버리십시오."

레이놀즈의 말에 로이든의 눈빛이 근심으로 짙어졌다. 정말 그래야만 하는 건가? 대체 왜 국왕 리처드는 자꾸만 알 수 없는 일을 벌이는지 이해가 되지 않았다.

"레이놀즈, 앞으로 많은 것이 달라질 것이다. 나에게 가장 중요한 일은 체스터 가의 사람들을 다치게 하지 않는 것이고, 지금부터 나의 모든 결정은 내 사람들을 지키는 것이 될 테니까."

"무조건 영주님을 따르겠습니다. 하지만 백작부인은요? 백작부인 역시……."

레이놀즈의 물음에 로이든의 입매가 딱딱하게 굳었다. 사실 그는 결정을 내리지 못하고 있었다. 리처드가 왜 달링턴 가문을 멸문하려 하는지 그 이유를 알지 못하는 상황에서 섣불리 스텔라를 그의 보호하에 놓을 순 없었다.

"내가 말했었지? 내 사람들을 지키는 것, 그것만 할 것이라고. 그래서 난…… 아직 결정하지 못했다."

"그 말씀은……."

"그래, 내가 인정한 자만이 체스터 가 사람이다. 그러니 넌, 네 임무에 충실하면 돼. 내 결혼으로 변하는 것은 아무것도 없을 테니까."

"하지만, 영주님. 아무리 국왕에 의한 강압적인 혼인이라고 할지라도 백작부인께선, 체스터 가의 사람이십니다. 당연히 저희가 보호해야……."

"명목상일 뿐이야. 그녀로 인해 우리 체스터가 위험해질 수도 있어. 레이첼은 물론, 우리 모두가 국왕에 의해 죽을 수도 있다. 그러니 그 어느 때보다 신중해야 해. 우린 지켜야 할 가족이 있으니까."

로이든의 말에 심각한 얼굴로 한참을 서 있던 레이놀즈가 고갤 끄덕이며, 동의했다. 안타깝긴 했지만 로이든의 말이 맞았다. 국왕으로부터 레이첼과 체스터 영지를 지키는 것이 급선무였다.

"알겠습니다, 영주님."

"대신 레이놀즈, 당분간은……."

벌컥 소리와 함께 거칠게 문이 열렸다. 그리곤…….

"나 역시 원치 않아요. 배신자에다, 남에 것을 함부로 도둑질하는 자를 따르느니, 죽는 게 나아."

불쑥 끼어든 목소리의 주인이 스텔라란 사실을 깨닫기까지 얼마 걸리지 않았다. 당연히 침대에 누워 있다고 생각했던 스텔라가 문 앞에 서 있자, 로이든과 레이놀즈의 시선이 동시에 문 쪽으로 향했다.

"여기까지 무슨 일이지? 그 몸으로 엿듣기까지 하다니. 이제 다 나은 모양이군."

시골 처녀처럼 평범한 무명 드레스를 입은 여인. 얼굴은 멍과 부기로 엉망이었지만, 로이든을 쏘아보는 날카로운 눈빛에선 서늘한 위엄이 느껴졌다.

"백작부인……."

레이놀즈가 놀라 자리에서 벌떡 일어섰다. 그리곤 조금 전 두 사람의 대화를 스텔라가 다 들었다고 생각하자, 난처함에 고갤 숙였다. 사과라도 하려는 듯 입술을 벙싯거렸지만, 무슨 말을 해야 할지 갈피를 잡지 못했다.

"생각이 같다니 고맙군. 사실 주제도 모르고 체스터 백작부인 노릇이라도 하겠다고 했으면, 난처할 뻔했거든."

"저 역시 마찬가지예요. 결혼 서약을 핑계로 남편으로서의 권리를 행사하겠다는 헛소리를 지껄였다면, 난처할 뻔했거든요."

순식간에 방 안의 공기가 차갑게 얼어붙었다. 두 사람의 싸늘한 시선이 허공중에서 날카롭게 부딪히자, 숨도 쉬지 못할 정도였다. 레이놀즈는 두 사람이 뿜어내는 한기에 움찔 어깨가 다 떨릴 지경이었다.

"이제 몸은 괜찮아진 모양이군. 또다시 지독한 독설을 내뱉는 걸 보니."

"내가 의식을 되찾은 게 무척이나 유감스러운 모양이군요. 흥, 내가 죽길 바랐을 테지만, 어림없어요. 이대로 허무하게 죽진 않을 테니까요."

"아닙니다, 백작부인. 영주님께선 절대……."

"레이놀즈, 그 입 다물어."

"하지만……."

두 사람의 대화를 듣고 있던 레이놀즈가 스텔라가 잘못 생각하고 있는 부분을 알려주기 위해 끼어들었다. 하지만 로이든은 단호한 표정으로 고갤 가로저었다. 대신 스텔라에게 차가운 말을 쏟아내기 시작했다.

"맞아, 골칫거리가 사라질 것 같아 좋더군. 하지만 이제 어쩔 수 없지. 레이놀즈, 당장 떠날 채비를 하도록 해. 저렇게 펄펄 나는 걸 보니, 내일 새벽까지 기다릴 필요도 없겠어."

"하지만, 아직……."

레이놀즈가 당황한 표정으로 스텔라를 바라보았다. 로이든을 쏘아보는 스텔라의 시선이 아무리 날카롭고 싸늘하다고 할지라도, 헐렁한 드레스 아래 앙상하게 마른 몸은 작은 바람에도 쓰러질 듯 위태로워 보였다. 그리곤 로이든은 그 말을 당장에라도 이행하려는 듯 방을 빠져나갔다. 두 사람만 남겨지자, 스텔라의 표정이 눈에 띄게 서늘해졌다.

"잠깐, 당신이 가져간 내 목걸이는 돌려줘요."

"목걸이? 그걸 왜 나한테서 찾는 거지?"

"그걸 가져갈 사람은 당신밖에 없으니까요."

"도저히 참을 수가 없군. 설마 내가 그 목걸이 속에 있는 손가락만 한 단검이 무서워 가져갔다고 하는 건 아니겠지?"

로이든이 가소롭다는 듯 스텔라를 향해 냉소를 지었다.

"그거야 가져간 사람만 알겠죠. 그러니 당장 돌려줘요. 이 도둑!"

"난, 아니야. 초야 때 외에 당신의 그 알량한 목걸이 따위 본 적 없어."

초야란 말에 스텔라의 얼굴이 미묘하게 굳어졌다. 일부러 초야라는 말을 언급하다니. 스텔라는 주먹을 꽉 쥐곤 단호한 얼굴을 다시 말했다.

"내가 그걸 어떻게 믿죠?"

"믿든 믿지 않든 상관없어. 도둑질은 기사로서의 긍지에 어긋나는 행위야. 기사인 난, 절대, 기사도에 어긋나는 행동은 하지 않거든."

로이든의 말에 스텔라의 입가에 비웃음이 담겼다.

"거짓말. 당신은 내 아버질 배신한 순간, 기사도 역시 버렸잖아요. 그런데 뻔뻔하게 기사도를 운운하다니. 그리고……."

초야 때, 그녀를 능욕한 사람은 그 누구도 아닌 눈앞의 이 남자였다. 정말 뻔뻔하게…….

"그리고 또, 뭐지?"

"약한 여잘 강제로 취하는 잔혹한 호색한. 그게 바로 당신이에요. 술까지 먹이고 정신을 잃은 날 강제로……."

로이든의 눈빛이 차갑게 변했다. 그녀를 바라보던 아름다운 로열 블루에 냉기가 서리더니, 서서히 분노를 뿜어냈다.

챙 소리와 함께 순식간에 스텔라의 가녀린 목에 날카로운 검이 겨눠졌다. 스텔라는 그의 빠른 몸놀림에 피할 수도 없었다. 목에 느껴지는 살기와 검의 서늘한 감촉. 푸른빛을 띤 검 끝이 스텔라의 목덜미를 위협적으로 파고들었다.

"감히 날 능멸하다니. 너 따위가."

그 날 선 살기에 등골이 오싹했다. 위협적인 냉기에 온몸의 솜털이 바짝 날을 세우듯 일어났다. 두려웠다. 소름을 돋게 하는 검은 늑대의 살기에 스텔라의 손끝이 떨릴 정도였다.

하지만 스텔라는 물러서지 않았다. 물러설 수 없었다. 오히려 등을 꼿꼿이 세운 채 로이든을 응시했다. 두려움을 느끼지 않는다면 거짓이었다. 하지만 지고 싶지 않았다. 가장 도움이 필요한 간절한 순간에 아버지에게 등을 돌린 자 앞에서 두려움에 떠는 모습따위 절대 보이고 싶지 않았다.

"능멸…… 이라고 했나요? 그건 능멸이 아니라, 진실이라는 겁니다. 아둔하고 오만한 자의 등을 내려쳐 진실을 일깨우는 채찍 같은 거죠. 그래서 당신이 더 화가 난 것 아닌가요? 내가 진실을 말해서. 감추고 싶었지만, 내가 당신이 배신자에 겁쟁이란 본 모습을 간파해서."

"말은 잘하는군. 놀라워, 여인 따위가 그런 생각을 하다니."

금방이라도 쓰러질 듯 위태로운 모습과는 달리, 궁지를 잃지 않는 귀족의 당당함이 느껴졌다. 로이든을 자신을 쏘아보는 스텔라를 보며, 정말 정신력만큼은 최고라고 인정했다.

하지만 알려줘야 했다. 누가 주인인지. 앞으로 누구 말에 복종해야 하는지를.

“진실이라고 했나? 때론 진실 따위가 얼마나 하찮은 것인지, 너 역시 경험을 통해 똑똑히 알고 있을 텐데?”

“알아요. 치가 떨릴 정도로 너무도 잘.”

“그랬는데도 진실을 운운하다니. 정말 너무도 감상적이군. 아니, 네 힘으로 뭔가 바뀔 것이라고 아직도 생각하는 건지도 모르겠군. 국왕은 달링턴 백작에게 재판의 기회도 주지 않고, 달링턴 백작을 반역자로 처형했다. 너 역시 원수나 다름없는 나의 신부가 되었고. 그런데도 진실이 필요하다는 건가?”

로이든의 말에 스텔라의 손에 힘이 들어갔다. 냉정해야 했지만, 울컥 분노가 치솟았다.

“네가 뭘 할 수 있지? 진실을 안다 해도, 뭘 바꿀 수 있지? 초야 때, 내가 널 강제로 취했는데도 넌 아무것도 할 수 없었다.”

“지금 그 말은, 내 아버지가 반역자가 아니란 사실을 알고 있었다는 뜻인가요? 그런데도 내 아버질 배신한 건가요? 그렇다면, 당신은 쓰레기야.”

그녀의 목을 겨눴던 검이 그녀의 목덜미를 날카롭게 파고들었다. 가느다란 목에서 붉은 피가 흘러내렸다.

“네 말대로 난 쓰레기다. 하지만 넌, 여전히 어리석어. 이 모든 일을 겪은 후에도 한 발짝도 앞으로 나아가지 못하다니. 쯧쯧, 현실을 똑바로 봐. 너에게 필요한 것이 무엇인지. 진실 따위가 어떻게 묻히고, 거짓이 되는지를."

"그럼 당신은요? 당신도 똑같아요."

"똑같지 않아. 나에겐 진실은 중요한 게 아니니까. 그저 네가 고집하는 그 진실보다 나에겐 더 절박한 내 진실이 있었거든. 그것을 위해 쓰레기가 되어야 한다면, 얼마든 될 생각이야. 후회 역시 하지 않아. 다시 그런 순간이 올지라도."

아팠다. 목덜미에 파고드는 검의 날카로움 역시 그랬지만, 이런 자를 아버지가 믿었다는 사실에 분개했다.

대체 왜 아버지 달링턴은 이자를 굳게 믿은 걸까? 이렇게 뻔뻔하고, 어리석은 자를.

"더 절박한 진실이라? 당신이 말하는 당신의 진실이란 게 비루한 변명이 아니길 바라요. 만약, 내가 그 진실을 알게 되었을 때……."

목이 메어왔다. 그래서 스텔라는 마지막 말을 뱉기 전에 마른침을 삼키며, 냉혹한 표정으로 고갤 들었다.

"어쩌면 난 국왕보다 당신을 먼저 죽이고 싶어질지 모르니까."

비루한 변명. 어쩌면 그녀의 말이 맞을 수도 있었다. 귀족으로서의 긍지인 신뢰보다, 가족을 위해 자신을 믿고 있는 자를 배신했으니까.

"맞아, 너에겐 비루한 변명거리일 뿐일지도 모르겠군. 그렇다고, 네 억울함에 대해 원망할 상대를 찾고 싶은 것이라면, 난 사양하지. 그리고 국왕 리처드의 결정은 절대적이다. 만약 그 결정에 맞섰다면, 그것 자체가 반역이란 사실을 똑똑히 기억해. 그러니 죽고 싶지 않거든, 그 입을 조심해야 할 것이다."

"내 아버지는 반역자가 아니야. 절대. 당신, 죽여 버리겠어. 리처드와 한패인 당신을 꼭……. 내 아버지의 주검 앞에 맹세해."

스텔라의 협박에 로이든의 입가에 냉소가 떠올랐다.

"기대하지. 하지만 지금은 내 앞에 무릎을 꿇어야 할 사람은 너야. 스텔라 마리스 달링턴. 지금, 당장!"

날카롭고 예리한 기운이 목덜미를 찔렀다. 서늘한 기운과 함께 목덜미를 따라 흐르는 뜨거운 기운이 극명하게 대비를 이뤘다. 그의 말을 듣지 않는다면, 당장에라도 그녀의 목숨 줄을 끊어놓을 듯 살기를 띤 로이든의 눈빛에 심장이 싸늘해졌다.

"죽음 따윈 두렵지 않다고, 말했을 텐데."

"하지만 두려워해야 할 거야. 지금 내 검에 죽게 된다면, 네가 원하는 복수 같은 건 할 수 없게 될 테니까. 의미 없이 비참하게, 내 손에 개죽음을 당하는 거지."

"그따위 말에 내가 흔들릴 것 같아 보여?"

"뭔가 착각하는 것 같군. 널 흔들려는 것이 아니라, 현실을 깨닫게 해주는 것이다. 네 목적을 이루기 위해선 먼저 네 얼굴에 드러난 적의를 숨겨야 한다는 걸 가르쳐 주는 거지. 무엇보다 먼저 날 속여야 하지 않겠어? 날 속여야, 리처드 역시 속일 수 있다는 걸 잊지 마."

대체 왜 이런 말을 하는 거지? 지금 그녈 죽이려고 그녀의 목에 검을 겨눈 자가 하는 말이라곤 믿어지지 않는 충고였다.

"이건 또 무슨 속셈이죠?"

로이든의 입가가 싸늘하게 비틀렸다. 그의 눈빛은 명백한 도발을 담고 있었다. 스텔라의 자존심과 아버지를 위한 복수. 둘 중 어떤 것이 더 간절한지를 선택하라는 뜻이기도 했다. 더는 불필요한 신경전은 하고 싶지 않으니, 준비될 때까지 납작 엎드리라고 말이다.

"말 그대로다. 내게 복종하는 것. 내가 속을 수 있을 정도로."

"흥, 지는 것이 이기는 것이란 말을 하고 싶은 모양이군요. 하지만 싫어. 다른 사람이었다면…… 당신이 아니라 다른 사람이었다면, 그게 누구든 무릎이라도 꿇고 그의 발을 핥았을 거예요. 아니, 더한 것도 했을 겁니다. 하지만…… 당신에게는 아니에요. 절대 무릎 따위 꿇을 생각 없어요. 난 긍지 높은 달링턴 가의 사람이고, 내 아버지를 죽음으로 몰고 간 배신자에게 고갤 숙일 순 없어요."

"아니, 하게 될 거야."

"윽!"

로이든이 검의 등으로 그녀의 무릎을 가격했다. 그러자 그녀의 다리가 접히며, 힘없이 무너져 내렸다. 강제로 그에게 무릎을 꿇게 된 스텔라는 자리에서 일어나기 위해 안간힘을 썼다.

"힘들 거야. 지금 너는. 내 힘조차 감당하기 힘들면서, 국왕이라니. 그러니 현실에 눈을 떠. 똑똑하게 굴란 말이야."

"으윽!"

어깨를 짓누르는 강한 힘에 스텔라가 바닥으로 쓰러졌다. 하지만 스텔라는 절대 선택 같은 건 하지 않을 생각이었다. 자꾸만 나중을 기약하다, 비굴한 선택을 하게 된다면 처음 가졌던 긍지도 의지도 변질되어 버릴 테니까. 타협 따위 하고 싶지 않았다.

하지만…… 현실은 너무도 냉혹했다.

"하아…… 빌어먹을."

스텔라의 입에서 숙녀라면 절대 입에 담아선 안 되는 욕설이 터져 나왔다.

"싫어. 당장 죽는다고 해도, 내 어리석음을 비웃는다 해도……. 난……."

싫었다. 그녀가 아무것도 할 수 없는 그런 존재라고 해도, 자신의 무기력함에 화가 났지만. 하지만…… 지금은……. 다음 순간 주변이 빙글빙글 돌기 시작했다. 고열이 내린 지 얼마 되지 않아 무리하게 움직인 것이 문제인 모양이었다. 현기증으로 인해 순간 눈앞에 캄캄해졌다. 정신을 차리고 일어나려 했지만, 마룻바닥이 꺼지기 시작했다.

"아직 성치도 않은 몸을 이끌고 나오더니……. 어리석기는."

목에 느껴지던 서늘함이 순식간에 사라졌다. 부산스러운 움직임 사이로 성마른 사내의 목소리가 들려왔다. 그리곤 바닥에 쓰러진 스텔라의 몸이 들어 올려졌다.

"아하, 놔. 놓아……."

스텔라는 그에게 벗어나기 위해 버둥거렸다. 하지만 손끝 하나 움직일 수 없었다.

"침대에 꽁꽁 묶어놓을 수도 없고. 정말 귀찮게 하는군."

짜증 섞인 말과는 달리 로이든은 직접 스텔라를 품에 안고 2층으로 올라갔다. 레이놀즈에게 옮기라고 명하면 그만인 일이었는데도. 로이든은 그의 팔 안에서 죽은 듯 정신을 잃은 스텔라를 물끄러미 내려다보았다. 약했다. 조금만 힘을 주었다간 정말 그녀가 부서져 버릴 것 같았다.

"정말 감당하기 힘든 여자야. 고집은 고래 심줄처럼 세고,

또……."

여타의 숙녀들과는 너무도 달랐다. 말괄량이에 철부지인 레이첼과는 비교도 되지 않을 정도였다. 하지만 그 낯선 성격을 지닌 스텔라가 거슬리진 않았다. 다른 숙녀들과 함께 있을 땐, 지루하고 짜증이 났었는데.

"흔들리지 않는 눈빛 때문인 건가? 아니면, 겁 없이 대드는 성격?"

그의 품에 안긴 스텔라는 긍지 높은 전사에 가까웠다. 그리고 지금 로이든은 스텔라에게 처음으로 호기심이 생겼다. 그가 검을 겨누고 죽이겠다고 협박하는 순간에도 스텔라는 흔들림 없는 눈빛으로 그를 쏘아보았다. 그 검은 눈동자에 담긴 강한 의지가 쉽게 잊히지 않았다.

"만약, 만약에……."

달링턴 백작이 반역죄를 짓지 않았고, 예정대로 두 사람이 혼약을 했다면…… 어땠을까?

문득 그런 생각이 들었다.

"지금 무슨 말씀을 하신 것인지……. 죄송합니다, 다시 한 번 말씀해 주시겠습니까, 영주님?"

어느새 뒤따라와 방문을 열던 레이놀즈가 어리둥절한 표정으로 로이든을 바라보았다.

"아니, 별말 아니었다. 그저 혼잣말을 했을 뿐."

그래, 쓸데없는 생각이었다. 절대 그런 일은 일어날 수 없었으니까. 로이든은 스텔라를 침대에 눕혔다. 그리곤 이불을 끌어다 목까지 덮어주었다.

로이든의 행동을 지켜보는 레이놀즈의 눈동자가 미묘하게 변했다. 자신이 아는 로이든은 여동생 레이첼 외의 여인에게 이렇게 다정하게 구는 사내가 아니었다. 공주인 앨리샤 님께도 눈길 한 번 주지 않는 냉정한 분이었다.

특히나 로이든의 권위를 능멸하며, 비난하는 스텔라를 용서하다니. 레이놀즈는 열린 문틈으로 로이든이 스텔라를 향해 검을 빼내 들었을 때, 당장에라도 붉은 피가 방에 흩뿌려질 것이라고 생각했다. 안으로 들어가 말려야 하는 건 아닌지 걱정할 정도였다. 하지만…… 그의 예상은 빗나갔다.

검을 겨눈 상황에서 로이든이 스텔라에게 했던 말이 아직도 생생했다. 그녀를 굴복시키고, 복종시키려는 것이 아니라. 마치 그의 행동은 그녀에게 현실을 일깨워 주려 하는 것 같았다. 어떻게 해야, 이 상황에서 현명하게 살아남는지. 방법을 가르쳐 주고 있었다.

'정말 처음 있는 일이라, 믿을 수 없군. 검은 늑대가 자신의 말을 거스르는 여인을 용서하다니.'

그때, 놀란 여주인이 방 안으로 달려들어 왔다. 그리곤 침대에 누워 정신을 잃은 스텔라를 보며, 호들갑을 떨며 다가왔다.

"세상에나, 기운 좀 차렸다고 안심했더니. 정말 어쩌자고 이러셨대요? 이 몸을 해서는 1층까지 내려가시다니. 죽고 싶어서 용을 쓰시네요, 쓰세요."

여주인의 말에 로이든이 눈살을 찌푸렸다.

"새벽에 떠날 것이다. 그때까지 잘 지키도록 해."

"예, 쇤네가 오줌을 싸는 한이 있더라도 이곳에 있겠습니다. 그러니 안심…….”

여주인의 변명은 더는 듣고 싶지 않는다는 듯 로이든은 입고 있던 더블릿에서 뭔가를 꺼냈다.

“고통스러워하거든 이걸 먹이도록 해.”

마을에 갔을 때, 의사에게 받아온 진통제와 수면제였다.

“그리고 이건, 수고비다.”

로이든에게 받아 든 금화를 손에 쥔 여주인의 눈동자가 커지다 못해 놀라 튀어나올 기세였다. 그리곤 다시 빼앗길세라 서둘러 금화를 집어 주머니에 넣었다.

“세상에나 이런 큰돈을 주시다니. 염려 붙들어 매십시오. 제가 꼭 지키고 있겠습니다.”

여주인의 말에 로이든이 돌아섰다. 그리곤 방을 빠져나오며, 레이놀즈에게 입을 열었다.

“마구간으로 간다.”

“정말 이대로 떠나실 생각이십니까? 아직 백작부인께선…….”

“곧 다시 비가 올 거야. 비가 내리면, 마차의 바퀴 자국이 남게 되지.”

“그럼 추적자들이 우리의 행보를 읽게 되겠군요.”

“그래. 그러니, 비가 오기 전에 떠나야 해.”

로이든과 레이놀즈는 어둠 속에서 밤새 떠날 차비를 했다. 그리고 동이 트기도 전에 잠에서 깨지 못한 스텔라가 마차에 태워졌다. 지난번과 달라진 점이 있다면, 이번엔 짐짝처럼 운반되는 대신, 푹신한 깃털을 넣은 매트리스도 함께라는 사실이었다.

그렇게 또다시 체스터 가의 기사들이 영지로 향하기 시작했다.

하늘에 검은 먹구름이 몰려와 금방이라도 폭우가 쏟아져 내릴 것 같은 날이었다.

❖

차가운 비가 뺨을 때렸다. 말을 달리는 동안 손등으로 빗물을 닦아내도 그때뿐, 또다시 앞을 볼 수 없을 만큼 빗줄기가 거세졌다. 앞서 말을 달리던 레이놀즈가 말 머리를 돌려, 로이든에게 다가왔다

"영주님, 빗줄기 때문에 도저히 앞으로 나갈 수 없을 것 같습니다. 말들 역시 지쳐 더는 달릴 수 없는 상태고요. 어떻게 할까요?"

얼굴로 뚝뚝 흘러내리는 빗물을 닦아내며 레이놀즈가 더는 불가능하다는 듯 고갤 가로저었다.

"레이놀즈, 비를 피할 곳을 찾도록 해. 이대로 계속 가다간 모두 위험에 빠질 테니까. 최대한 가까운 곳에 야영을 할 수 있는 동굴이 있다면 좋겠는데 말이야."

로이든의 시선이 행렬 끝에 있는 마차로 향했다. 체스터 가의 기사들에겐 이런 폭우쯤 문제되지 않았지만, 아직 병이 회복되지 않은 스텔라에겐 불을 피우고 잠시라도 비를 피할 수 있는 곳이 필요했다.

"바로 비를 피할 곳을 찾아보도록 하겠습니다."

로이든의 명령에 레이놀즈와 기사 한 명이 앞서 달리기 시작했다. 며칠 동안 계속해서 비가 내리고 있었다. 부슬부슬 내리던 비가 장막비로 바뀌고 결국 한 치 앞도 내다볼 수 없을 정도가 되었

다. 하늘을 덮고 있는 검은 먹구름을 바라보던 로이든은 결국 비를 피할 수 있는 곳을 찾아 숲으로 들어섰던 것이다.

"젠장, 무섭게 내리는군."

로이든은 어깨에 한기가 스미는 것을 느끼며, 미간을 좁혔다. 다시 말고삐를 잡아당기던 로이든이 굳은 얼굴로 스텔라가 타고 있는 마차로 시선을 주었다. 지난번과 같은 일이 벌어져, 체스터 가로 가는 여정이 더 지체될까 봐 그녀의 상태가 걱정이 되는 것뿐이었다.

'그래, 단지 그것뿐이야.'

로이든은 마차에서 시선을 거둬들였다. 그리고 행렬의 앞으로 말을 몰았다. 그때, 비를 피할 곳을 찾아갔던 레이놀즈가 돌아왔다.

"영주님, 비를 피할 동굴을 찾았습니다. 생각보다 깊고 넓어 비는 물론 불을 피울 수도 있을 것 같습니다."

"그렇다니 다행이군. 레이놀즈, 넌 나와 사냥을 간다. 그리고 나머지는 동굴로 가도록 해. 제레미, 넌 가자마자 마른 나뭇가지를 모아 불을 피우도록 해."

"네, 영주님. 그런데 마님은 어떻게 할까요?"

제레미가 마차 쪽을 바라보며, 조심스럽게 물었다.

"내가 돌아올 때까지, 그냥 두도록 해. 최대한 빨리 돌아올 것이다. 그때까지 모든 준비를 끝내도록 해."

"네, 알겠습니다."

제레미와 함께 기사들이 야영지를 찾아 이동하자, 로이든과 레이놀즈는 사냥을 위해 산속으로 말을 달렸다. 비가 내리는 며칠 동안 변변한 음식을 먹지 못한 탓인지 일행 모두 추위에 떨고 있었다. 빗속을 뚫고 달리는 강행군에 기사들과 말들 역시 힘이 빠진 상태였다. 그리고 무엇보다 아직 기력을 회복하지 못한 스텔라에게도 음식다운 음식이 필요했다.

"레이놀즈, 오늘은 무슨 일이 있어도 사냥에 성공한다."

"네."

레이놀즈는 잉글랜드에서 로이든 다음으로 가장 활을 잘 쏘는 기사였다. 두 사람이 사냥을 나선 이상, 절대 빈손으로 돌아올 리는 없었다. 로이든의 뒤를 따라 말을 달리는 레이놀즈 역시 오늘은 꼭 사냥에 성공하려는 듯 강한 의지를 보였다. 그렇게 두 사람은 사냥을 위해 더 깊은 산속으로 들어갔다.

❖

며칠 동안 쉬지 않고 빗속을 달리던 마차가 마침내 멈췄다. 스텔라는 다리에서 느껴지는 지독한 통증을 느끼며, 식은땀을 닦아냈다. 등줄기에도 땀이 솟아나왔다. 천천히 몸을 일으킨 스텔라는 드레스 치맛자락을 걷어 올린 후, 부목으로 고정시킨 다리를 확인했다. 시퍼런 멍과 함께 발목이 욱신거렸다.

마차가 달리는 동안 안에서 꼼짝도 할 수 없었던 스텔라는 답답했다. 종종 자갈과 돌부리에 부딪혀 마차가 위험스럽게 흔들렸고, 그러던 중 몇 번이나 스텔라의 몸이 마차 벽에 부딪혔다. 마차에 넣어둔 깃털 시트가 아니었다면, 그녀의 몸 여기저기에 멍이 들었을 게 분명했다.

"진통제라도 있으면 좋을 텐데."

스텔라는 이마에 맺힌 식은땀을 닦아내며 혼잣말을 했다. 사실 로이든에게 다리가 욱신거리니 진통제를 달라고 할 수도 있었지만, 그러고 싶지 않았다. 똥고집이라고 해도 어쩔 수 없었다. 그가 그녀를 비웃으며, 동정하듯 진통제를 건네줄 것을 생각하자, 차라리 뼛속까지 스미는 아픔을 견디는 편히 훨씬 수월할 것 같았다.

"휴, 접골목이라도 구할 수 있으면 좋을 텐데."

아쉬운 표정으로 스텔라가 창문에 달린 커튼을 젖혔다. 그리곤 비가 내리는 숲을 살피기 시작했다. 접골목은 부러진 뼈를 붙이는데 효능이 있는 나무였다. 그녀처럼 타박상이나 멍이 들고 통증이 심한 상황에서 진통제로 제일이었다. 더는 고통을 참을 수 없어 스텔라는 마차 문을 열어 밖의 동태를 살폈다.

조금 전 로이든의 종자 제레미가 마차에 왔었다. 그리곤 로이든과 레이놀즈는 사냥을 갔다며, 곧 돌아올 것이라고 했다. 딴엔 마차 안에 갇혀 있는 자신이 걱정이 되어 온 듯했지만, 스텔라는 알았다는 대답조차 하지 않았다. 제레미가 돌아간 후, 문득 그녀의 머릿속에 한 가지 생각이 스쳐 지나갔다.

로이든과 레이놀즈가 자릴 비우다니. 만약 지금이라면, 그의 손에서 벗어나 도망칠 수 있을 것 같았다. 마침 대부분의 기사들은 동굴 안에 불을 피우느라 정신이 없는 상황이었다. 동굴 안에서 야영을 하려는지, 젖지 않은 푹신한 나뭇잎을 가져다 바닥에 까는 것이 보였다.

"지금이면, 아무도 몰래 도망칠 수 있어. 만약 들켜 붙잡힌다면, 약초를 구하러 갔다고 하면 그만이고."

스텔라는 이마에 흐르는 식은땀을 닦아내며, 옆에 놓여 있는 외투를 집어 들었다. 그리곤 아무렇게나 팔을 꿰고는 서둘러 주위를 살핀 후, 천천히 문을 열었다. 허술한 틈을 타 도망치기엔 지금만큼 좋은 기회가 없었다.

"그래, 어쩌면 이것이 유일한 기회일지도 몰라."

스텔라의 눈매가 단호한 의지로 번득였다. 지금이 기회였다. 로이든에게서 벗어나, 달링턴 영지로 돌아갈 수 있는 기회.

"가야 해. 달링턴 가로 돌아가야 해."

스텔라가 마차를 나왔다. 지금까진 그녀에게 관심을 두는 자는 없는 듯했다. 아마 며칠 전 정신을 잃고 쓰러진 때문인지, 이렇게 도망칠 것이라곤 전혀 예상하지 못한다는 말이 맞을 듯했다.

움찔! 다친 다리가 욱신거렸다. 스텔라는 아픔을 참으며 걷기 시작했다.

후두둑, 나뭇잎에서 떨어지는 빗물이 그녀의 얼굴을 적셨다. 차가웠다. 순식간에 등골이 오싹할 만큼 차가운 냉기에 스텔라는 코트 깃을 바짝 여몄다. 그리곤 비가 내리는 숲 속으로 아무도 모르게 숨어들었다.

❖

빗속을 뚫고 사냥을 나갔던 로이든과 레이놀즈가 두 손 가득 사냥감을 들고 돌아왔다. 활의 명수들답게 그들이 잡아온 사냥감의 양은 배불리 먹고도 남을 정도로 충분한 양이었다. 먹게 될 고기를 생각하자 기분이 좋아졌는지 제레미가 다가와 사냥감을 받아 들었다.

"이렇게 많이 잡아오시다니, 오늘 저녁은 배불리 먹을 수 있겠는데요."

"그래, 그러니 어서 서두르도록 해. 모두가 지쳐 있으니, 배라도 두둑이 채워야 할 테니까."

"네, 영주님. 바로 준비하겠습니다."

제레미가 사냥감을 들곤 손질하기 위해 가지고 나갔다. 로이든은 등에 메고 있던 활과 화살을 레이놀즈에게 건넨 후, 막사 옆에 세워진 마차 쪽을 바라보았다.

아직 깨어나지 않은 건가?

로이든이 미간을 찌푸리며, 마차로 다가갔다. 여인숙을 떠나 여기까지 오는 이틀 내내, 스텔라는 마차 안에서 꼼짝도 하지 않고 있었다. 음식은 물론 물조차 입에 대지 않으며 고집을 피우고 있었다.

"죽으려고 작정한 모양이군."

혼잣말을 내뱉으며, 마차 앞에 선 로이든에게 마부가 다가왔다.

"깨어났나?"

"네, 깨어 계실 겁니다. 이곳에 도착한 직후 마차에서 나오시는 마님을 보았거든요."

"마차에서 나왔다고?"

"네, 답답하셨는지 주위를 산책하시려는 듯 숲으로 가시는 것을 보았습니다."

순간 불길한 예감에 로이든의 눈썹이 무섭게 꿈틀거렸다. 그리곤 거칠게 마차 문을 벌컥 열었다.

"젠장!"

마차 안은 텅 비어 있었다. 있어야 할 여인 대신, 그를 비웃기라도 하듯 싸늘한 냉기가 마차 안을 감돌고 있었다. 로이든의 입에서 정체불명의 거친 욕설이 튀어나왔다. 그러자 옆에 서 있던 레이놀즈가 뭔가 잘못되었다는 것을 깨닫고 다가왔다.

"영주님, 왜 그러십니까?"

"그 쥐방울만 한 여우가 도망친 것 같군."

"네? 백작부인께서 도망을 치셨다고요?"

"그래. 모두가 바쁜 틈을 타, 마차를 빠져나갔다."

로이든이 거칠게 마차 문을 닫고는 돌아섰다.

"아직 성치 않은 몸이신데, 다치시기라도 하면……. 어떻게 할까요?"

"어쩌긴? 잡아야지. 그 다리론 멀리 가지 못했을 거야."

불쑥 뱉어내는 로이든의 말속에 분노가 느껴졌다.

"저희도 함께 가겠습니다."

"아니, 그럴 필요 없어."

로이든은 함께 따라나서려는 레이놀즈를 제지했다. 서둘러 말에 오른 로이든이 레이놀즈에게 말했다.

"지금 일에 대해선 아무도 모르게 해. 그저 답답해 산책을 나간 것이다. 내가 곧 붙잡아올 테니까."

'제기랄! 감히 검은 늑대의 손아귀에서 도망치려는 발칙한 생각을 하다니.'

"하지만 이 넓은 숲에서 영주님 혼자서 백작부인을 찾기는 무리십니다."

"걱정 마. 아마 산을 내려갔을 거야. 달링턴 영지가 반대쪽에 있거든."

조금 전 로이든은 레이놀즈와 함께 숲의 가장 깊숙한 곳에서 사냥을 했었다. 야영지로 돌아오는 길에 스텔라를 만나지 못했다는 건, 그녀가 숲 속으로 들어오지 않았다는 것을 뜻했다. 그렇다면 스텔라는 숲을 내려갔거나, 아니면 절벽 쪽의 험난한 길을 선택했을 게 분명했다.

"그 발로 절벽으로 갔을 리는 없어. 이랏!"

로이든은 서둘러 빗속을 뚫고 말을 달렸다. 감히 내 손에서 벗어날 수 있다고 생각하다니. 로이든은 그녀의 무모한 행동에 화가 났다. 국왕 리처드에 의해 강제로 행해진 혼인이었지만, 어찌 되었든 스텔라 마리스 달링턴은 로이든 체스터의 소유였다. 자신의 허락 없이 죽을 수도, 그리고 도망칠 수도 없었다.

"이번 기회에 누가 주인인지 알려줘야겠군."

❖

비에 젖은 어깨가 오들오들 떨리기 시작했다. 스텔라는 입고 있는 남성용 외투를 바짝 여며, 비가 들어오는 것을 막았다. 하지만 이미 차가운 빗물이 옷은 물론 몸속까지 스며든 후라, 몸이 떨리는 것을 멈출 수가 없었다. 뼛속까지 스미는 냉기. 스텔라는 새파랗게 변한 손등을 보며 온기를 불러일으키기 위해 빠르게 마찰했다.

"하아, 하아."

밭은 숨을 내쉬는 입술에선 더는 입김조차 나오지 않았다. 그나마 접골목을 발견한 것은 천운이었다. 스텔라는 접골목 가지를 품에 안고 비를 피할 수 있는 곳을 찾기 시작했다. 그러다 그녀 한 사람만 겨우 들어갈 수 있는 작은 동굴을 발견하곤, 걸음을 옮겼다.

"작은 돌이 어디 있지?"

스텔라는 바닥에 떨어져 있는 돌 하나를 집어 들었다. 그리곤 접골목을 바닥에 내려놓은 후, 찧기 시작했다. 사실 더 큰 효과를 보기 위해선 접골목을 끓여 달인 물을 먹는 게 좋았을 테지만, 지금은 상처 부위에 붙이는 것만으로 만족해야 할 것 같았다. 접골목을 찾아 비가 내리는 숲 속을 다니다 보니 다친 다리가 더 욱신거렸다. 눈물이 핑 돌 만큼.

"윽, 하아!"

다리를 감쌌던 천을 천천히 푼 후, 돌로 찧은 접골목을 붙였다. 그리곤 다시 천으로 단단히 감기 위해 천을 집어 들었다. 하지만 빗속을 다니는 동안 천이 물에 흠뻑 젖어 있었다. 하는 수 없이 스텔라는 자신이 입고 있는 치마 안쪽의 솔기를 뜯어냈다. 그 천으로 상처 부위의 다릴 단단히 휘감고 나서야 치료를 끝마칠 수 있었다. 동굴의 딱딱한 벽에 등을 기대자, 이마에 식은땀이 솟아 있었다.

"하아, 지금쯤이면 사냥에서 돌아왔겠지?"

아마 지금쯤 그녀가 사라졌다는 사실을 알아챘을 테지. 순간 스텔라는 등줄기에 차가운 냉기가 흘러 몸을 떨었다. 그녀가 도망쳤다는 사실을 알았을 때 분노할 로이든의 얼굴을 떠올리자 자신도 모르게 소름이 끼쳤다.

"휴우, 아직 이 다리로 달링턴 가로 돌아가는 것은 무리인 건가?"

스텔라는 작게 한숨을 내쉬며 꺾어온 접골목을 꼭 붙들었다. 불가능하다고 해도, 자신의 발로 그에게 돌아가는 건 원치 않았다. 그에게 붙잡히더라도 스텔라는 영지로 돌아가는 쪽으로 마음을 굳혔다.

스텔라는 천천히 동굴을 기어나왔다. 아픈 다리를 이끌고 천천히 걸음을 옮기는 동안 또다시 한기가 밀려왔다. 요 몇 주 제대로 된 음식은 물론 편안하게 잠을 자지 못한 탓인지 체력 역시 급격히 떨어져 있었다.

"하아! 약해지는 건 싫은데. 왜 자꾸……."

갑자기 이는 현기증에 스텔라의 몸이 휘청거렸다. 넘어지지 않기 위해 옆에 있는 커다란 나무를 붙들곤 어지러움 증상이 가시길 기다렸다.

"정말 안 되는데. 밀리를 만나기 전까진, 절대 이대로 쓰러질 순 없어."

스텔라는 자신의 성급함을 후회했다. 로이든의 말처럼 자신은 감정만 앞선 멍청이가 분명했다. 왜 자꾸만 마음만 앞서 조급하게 구는 건지 알 수가 없었다. 평소의 냉정함을 잃고 감정적으로 행동하는 자신에게 화가 났다.

"스텔라, 진정해. 냉정해져. 제발!"

감았던 눈을 뜨며 스텔라는 주먹을 꽉 쥐었다. 그리고 마음을 굳게 다잡은 후, 수풀을 헤치고 앞을 향해 걸었다. 그러다 빗소리와 함께 말발굽 소리가 들려왔다.

"설마, 벌써 뒤쫓아온 건가?"

스텔라는 수풀을 지나, 산길 쪽으로 걸어갔다. 하지만 아픈 다리 때문에 속도를 낼 수가 없었다. 그에게 도망치고 있다는 인상을 주지 않기 위해선, 최대한 담담한 얼굴로 그와 마주해야 했다.

하지만 너무 조급했던 탓일까? 불편한 다리로 걷던 스텔라가 폭우로 인해 허물어지기 직전의 돌을 밟은 것이다.

"헙, 아악!"

손써볼 새도 없이 그녀의 몸이 균형을 잃고 순식간에 아래로 떨어지기 시작했다. 다행인 것은 넘어지기 직전 손을 뻗어 돌부리 하나를 붙잡았다는 사실이었지만, 그녀가 잡고 있는 돌 역시 그녀의 무게에 흔들리고 있었다. 스텔라는 긴장한 얼굴로 아래쪽을 바라보았다. 절벽이었다. 떨어지면, 죽을 수도…….

"맙소사. 어떡하지? 이러다간…… 계곡 아래로 빠지고 말겠어."

스텔라는 붙잡고 있는 돌부리를 꽉 쥐곤 위로 올라가기 위해 버둥거렸다. 하지만 손에 힘이 빠져나가기 시작하면서, 올라가기는 커녕 매달려 있는 것조차 버거웠다. 위험했다. 이러다간…… 죽을 수도 있었다. 돌을 붙잡고 있는 스텔라의 손끝에서 피가 났다.

"하아, 하아! 젠장! 망할!"

순간 스텔라는 조금 전, 말발굽 소리가 났었다는 사실을 기억해냈다.

"여기…… 사람 있어요."

아무런 기척이 느껴지지 않았다. 로이든은 생각보다 멀리 있는 모양이었다. 그것도 아니라면, 지나쳐 가버린 걸까?

"여기, 사람 있어요. 살려줘요!"

더는 버티기 힘들었다. 돌부리를 꽉 쥐고 있었지만, 이미 한계치를 넘어섰는지 손에서 힘이 빠져나갔다. 비참했다. 이게 기를 쓰며 살아난 결과라니. 억울함에 눈물이 솟아났다.

"……이든. 로이든! 이 나쁜 놈! 날 찾아내. 당장!"

"정말 귀찮게 하는 여자군."

감정 없는 차가운 목소리가 그녀의 귓속으로 아프게 파고들었다. 그리고 다음 순간, 강한 손이 그녀의 팔을 휘감더니 위로 끌어당겨지는 것이 느껴졌다. 스텔라는 눈을 떠 자신을 끌어당기는 사내를 올려다보았다.

그였다, 로이든.

"감히 내게서 도망치려 하다니. 그 대가가 어떤 것인지, 톡톡히 알게 해주지."

몹시도 싸늘한 목소리였다. 그녀를 쏘아보는 로열 블루의 눈동자 역시 차갑기 그지없었다. 하지만 그의 서늘한 분노에도 불구하고 스텔라는 안도감이 밀려들었다.

"누가 도망쳤다고 이러는 거죠? 그러니 치러야 할 대가 같은 건 없다고 생각해요."

죽었다 살아난 상황에서도 스텔라는 지지 않고 쏘아붙였다. 그 모습이 너무도 황당했는지 로이든이 미간을 찌푸렸다. 그리곤 그의 얼굴이 일순간 일그러졌다. 마치 그녀의 목을 조르려는 것처럼 그의 손이 그녀의 목을 향해 다가왔다. 이제 죽는구나 생각한 순간, 놀라운 일이 벌어졌다.

"하하하, 하하하!"

그가 웃기 시작한 것이다. 비에 젖은 습한 대기를 울리는 청량한 소리. 그 기분 좋은 목소리가 그녀의 가슴을 짓누르던 답답한 감정을 밀어내는 느낌이었다. 또한 그녀의 목을 향했다고 생각한 손은 그녀의 어깨에 닿아 꽉 붙들고 있었다. 절벽 아래로 떨어지지 않게 보호라도 하려는 듯.

"왜 웃는 거죠?"

"당신이란 여자, 정말 독특해. 그리고 재미있어."

"제가 재미있다고요? 정말 특이한 유머 감각을 가지고 계시군요."

이번엔 스텔라가 황당하다는 얼굴로 로이든을 올려다보았다. 스텔라가 보기엔 자신이 아니라, 로이든이란 사내가 무척이나 독특한 사람인 듯했다.

"그래. 정말 재미있어. 날 오랜만에 웃게 했으니, 오늘의 건방진 행동은 용서해 주기로 하지."

"용서라니. 그런 건 필요 없다고 했을 텐데요? 난 도망치지 않았어요. 다리가 너무 아파, 약초를 구하기 위해 나온 것뿐이에요. 그걸 오해한 사람은 바로, 당신인 거구요."

스텔라의 말에 로이든의 얼굴에서 웃음기가 사라졌다. 그리곤 심각한 얼굴로 그녀를 내려다보던 그가 마침내 침묵을 깨고 입을 열었다.

"너의 건방지고 방자한 태도는 참아줄 수 있어. 하지만 네 알량한 거짓말은 아니야."

"뭐라구요?"

"약초는 핑계일 뿐이란 소리야. 넌 나에게서도 도망치려 했어."

로인든의 얼굴은 확신으로 굳어 있었다. 스텔라 역시, 더는 변명거리를 찾지 못했다.

"맞아요. 도망치려 했어요. 하지만 중간에 마음을 바꾸려던 중이었어요. 이 다리론 불가능하다는 것을 깨달았거든요."

"그렇다는 건, 앞으로 다리가 멀쩡해지면 또 도망가겠다는 말로 들리는군."

"그건 모르죠. 기회가 생긴다면, 놓칠 생각은 없으니까."

순간 로이든의 얼굴이 심각하게 변했다. 그리곤 뭔가 생각에 잠긴 듯하더니, 서늘한 얼굴로 그녀를 바라보았다.

"지난번 여인숙에서 했던 말을 정정하도록 하지."

"여인숙에서 했던 말이란 게, 그 명목상이란 뜻인가요? 말해봐요, 그게 무슨 뜻인지."

스텔라를 내려다보는 로이든이 단호한 얼굴로 선언하듯 말했다.

"지금 이 순간부터, 스텔라 마리스 달링턴은 체스터 가의 사람이다."

"말도 안 돼. 누구 마음대로……."

"체스터 가의 주인이며 너의 남편이기도 한 나의 뜻대로. 그러니 체스터 백작부인, 지금부터 내 말에 복종해야 할 거야. 이 이상의 방종은 절대 허락하지 않을 테니까."

그의 말을 인정할 수 없다는 듯 스텔라의 눈빛이 싸늘해졌다. 하지만 로이든은 그녀의 의견 따위 전혀 상관 없다는 듯 그녀를 안고 말이 있는 곳을 향해 걷기 시작했다.

"내려줘요. 놓으란 말이에요. 지금 당장!"

"명령은 네가 아니라, 내 몫이다. 앞으로 너에게 많은 걸 가르칠 생각이야. 제일 먼저 주인을 섬기는 법부터."

"주인이라니, 당신 같은 사내를 절대 인정하지…… 흐흡! 지금 뭐 하는, 당장 비켜…… 흐흡!"

그녀의 저항은 그녀의 입술을 막는 로이든의 강한 입술로 인해 삼켜져 버렸다. 그의 입술은 너무도 거칠었다. 달콤한 과즙이 흐르는 과일을 먹듯 부드럽게 밀려드는 키스가 아니라, 그녀에게 벌을 주기 위한 거칠고 강한 키스였다.

"읍!"

여린 입술이 그의 입술에 통째로 삼켜지자, 스텔라는 숨을 쉴 수가 없었다. 차갑고 습기로 가득한 숲 속에서 그의 입술의 온기는 무척이나 뜨거웠다. 질척하게 들러붙는 나른한……. 순간 밀려드는 묘한 느낌에 그를 밀어내려 했다. 하지만 그의 품에 단단히 안겨 있었기 때문에 쉽지 않았다. 또다시 그의 뜨거운 혀가 차갑게 식은 그녀의 입술을 가르고 입안으로 들어왔다. 스텔라는 그 뜨거움에 화들짝 놀라 그를 확 밀었다. 이번엔 그 역시 순순히 스텔라를 놓아주었다.

"여자의 입술을 막는 데는 이보다 더 효과적인 방법이 없다더니, 맞는 모양이군. 조용해진 걸 보면."

스텔라가 눈을 치켜세우며 그를 쏘아보았다. 마음에 들지 않았다. 그녀를 내려다보는 그의 눈빛과 표정은 여전히 서늘했지만, 뭔가 묘하게 분위기가 변해 있었다. 로이든이 그런 그녀를 향해 냉소를 지어 보였다. 그리곤 또다시 저항하면 키스를 하겠다고 무언중으로 협박을 했다. 하는 수 없이 스텔라는 그의 품에 안겨 좁은 산길을 내려가야 했다.

"내려줘요. 걸을 수 있어요."

"안 돼. 또 도망칠지도 모르는데, 내가 놓아줄 것 같나?"

"이제 도망갈 힘도 없어요. 그리고 전, 절대 도망치려던 것이 아니었다고 했잖아요. 다리가 아파, 접골목을 찾으러 나왔던 것뿐이에요."

"다리가 아팠다고? 왜 말하지 않은 거지?"

"내가 왜 그걸 말해야 하는 건데요?"

로이든이 쏘아붙이는 스텔라를 보며, 작게 한숨을 내쉬었다. 사실 그녀를 붙잡는다면, 누가 주인인지 똑똑히 가르쳐 줄 생각이었다. 그런데 돌부리에 매달려 위험에 처한 상황에서 자신을 부르는 그녀의 목소리에 분노가 사라졌다. 죽음 직전에 부르는 이름이 자신이라니. 그 느낌이 정말…… 뭐라 형언할 수 없었다.

"앞으론 뭐든 말해야 할 거야. 내가 너의 보호자니까."

로이든이 그녀를 말 위에 태웠다. 그 역시 말에 오른 후, 고삐를 붙잡은 채 그녀를 그의 품에 바짝 당겨 안았다.

"떨어지고 싶지 않거든 나에게 기대도록 해."

그 말과 함께 로이든이 말을 달리기 시작했다.

"흐학!"

정체를 알 수 없는 신음이 스텔라의 입에서 새어 나왔다. 그리곤 말에서 떨어지지 않기 위해 본능적으로 그의 품속으로 파고들었다. 힘이 들었다. 그래서인지 그에게 떨어지기 위해 등을 꼿꼿이 세우는 것 역시 부질없는 행동처럼 느껴졌다.

"잘했어. 고집을 피울수록 너만 힘들어질 테니까."

그에게 기댄 스텔라를 내려다보며, 칭찬하듯 말했다. 스텔라가 서둘러 그의 시선을 외면했다.

'남편이라니. 절대 인정할 수 없어.'

스텔라는 그렇게 생각하며, 입술을 깨물었다. 그런데 왜일까? 정신을 바짝 차려야 하는데, 자꾸만 안도감에 긴장이 풀렸다. 아버지를 배신한 자인데……. 그런 자에게 안도감을 느끼다니. 스텔라는 상반된 낯선 감정에 표정이 굳어졌다. 그리곤 그를 외면했다.

❖

체스터 가의 기사들이 기다리고 있는 동굴 야영지에 도착한 로이든이 스텔라를 품에 안아 내렸다. 그리곤 성큼성큼 막사로 걸어가자, 그를 기다리고 있던 체스터 가의 기사들이 서둘러 동굴 밖으로 나오는 것이 보였다. 레이놀즈는 로이든의 품에 안겨 있는 스텔라를 발견하곤 안도하는 듯했다. 하지만 그것도 잠시 진흙투성이에 손에 난 생채기를 발견하곤, 심각한 얼굴을 했다.

"영주님, 백작부인께선……."

"지쳐 잠든 모양이야. 레이놀즈, 뜨거운 물을 준비해 줘. 그리고 마른 옷도. 몸이 너무 차가워. 따뜻하게 해야 할 것 같아."

"설마 정신을 잃은 건 아닐 테죠? 바로 준비하겠습니다."

"아 참, 레이놀즈. 가서 진통제를 가져오도록 해."

"알겠습니다, 영주님."

레이놀즈가 서둘러 기사들에게 마른 옷과 뜨거운 물을 준비하라고 명했다. 그리고 제레미에게 진통제를 가져오라고 명했다.

"레이놀즈 님, 마님께선 괜찮으실 테죠?"

어느새 제레미가 진통제를 가져와 레이놀즈에게 건네며 걱정스러운 듯 물어왔다.

"괜찮을 테니, 걱정 마. 이번에도 영주님께서 살려놓으실 거야."

"네, 분명 그러실 겁니다. 하지만 마님께선 영주님을 싫어하시는 것 같아, 걱정이에요."

제레미의 말에 레이놀즈가 제레미의 어깨에 손을 올려놓으며 안심하라는 듯 말했다.

"제레미, 두 분 사이엔 풀지 못한 깊은 골이 있다. 하지만 백작부인께서도 영주님의 진면목을 보게 될 거야. 그렇게 된다면, 오늘 같은 일은 없을 테지. 세상에서 가장 안전한 울타리가 바로 체스터 백작이란 걸 알게 될 테니까."

레이놀즈의 말에 제레미 역시 동의하듯 고갤 끄덕였다.

"맞아요. 우리 영주님처럼 믿음직하신 분은 세상에 없죠. 전쟁터에 나가도 하나도 두렵지 않을 만큼요."

제레미가 뜨거운 물을 가지러 동굴로 향하자, 레이놀즈는 진통제를 들고 막사로 향했다.

"영주님, 레이놀즈입니다."

"들어와."

서둘러 막사 안으로 들어간 레이놀즈는 로이든에게 다가갔다.

"마른 옷과 약을 가져왔습니다."

"옆에 놓고 나가."

"아닙니다, 제가 돕겠습니다."

"아니, 괜찮아. 어차피 여기서부턴 내가 혼자 할 수밖에 없는 일이니까."

로이든의 말에 레이놀즈의 시선이 침상 아래 아무렇게나 떨어져 있는 젖은 외투로 향했다. 그리고 로이든의 손이 스텔라의 드레스로 향하자, 레이놀즈는 그의 말뜻을 정확히 이해했다. 당혹감에 레이놀즈가 고갤 돌렸다.

"뜨거운 물은 밖에다 놓아두겠습니다. 식사가 필요하다면, 절 부르십시오. 언제든 드실 수 있게 스튜를 준비해 두겠습니다."

"그래, 부탁하지."

레이놀즈가 막사 밖으로 나가자, 로이든이 서둘러 스텔라의 옷을 벗기기 시작했다. 물에 젖은 천이 옷에 달라붙어서인지 옷을 벗기는 것이 쉽지 않았다. 무명으로 된 드레스를 벗겨내자, 비에 젖은 그녀의 몸은 무척이나 차가웠다.

왕궁의 지하 감옥에 한 달 가까이 붙잡혀 있는 동안 마르고 약해진 모양이었다. 더군다나 며칠 전 정신을 잃고 사경을 헤맸던 터라 그녀의 몸은 더 말라 있었다. 그리고 온몸에 나 있는 멍까지.

"깨어나면 강제로라도 먹어야겠어. 살이 오르면 좀 봐줄 만해지겠지."

드레스 자락을 끌어당겨 바닥에 떨어뜨렸다. 그리곤 입고 있는 무명 속옷을 벗기기 위해 손을 뻗었다. 하지만 막상 로이든의 손은 그녀의 속옷을 벗기지 못한 채 허공을 맴돌고 있었다. 벗겨야 했다. 그래야 차가워진 몸을 따뜻하게 할 수 있었다.

"하아, 하아!"

추운 듯 몸을 떠는 스텔라를 보며, 로이든이 단호한 손길로 속옷을 벗기기 시작했다. 젖은 속옷을 벗겨내자 얼음장처럼 차가운 알몸이 드러나기 시작했다. 창백한 피부 위로 소름이 돋아 있었고, 아름다운 융기를 그리며 솟아 오른 가슴 위의 붉은 정점 역시 추위로 단단해져 있었다. 분명 추위 때문이었지만, 그 붉고 아름다운 정점에서 그는 눈을 뗄 수가 없었다. 마른 몸과는 달리 생각보다 여인의 가슴은 컸고 무척이나 부드러워 보였다. 부드러운 가슴과 잘록한 허리 그리고 엉덩이에 이르는 선까지 스텔라의 몸은 남자를 자극하는 묘한 색기가 느껴졌다.

"이런 상황에서 대체 무슨 생각을 하는 건지."

로이든은 씁쓸하게 생각하며 그녀의 몸에서 시선을 돌렸다. 그리곤 레이놀즈가 가져다 준 마른 수건을 집어 들어 스텔라의 몸을 닦기 시작했다.

"영주님 더운 물을 가져왔습니다."

밖에서 들려온 레이놀즈의 목소리에 로이든이 이불을 끌어당겨 그녀의 알몸을 덮었다. 그리곤 막사 밖으로 나가 뜨거운 물이 든 통을 받아 들었다. 다시 안으로 들어온 로이든은 나무로 된 통을 바닥에 놓았다. 다행히 나무통의 크기는 스텔라가 들어가도 될 정도였다. 서둘러 그녀를 안아 들었다.

"뜨거운 물에 몸을 담그면, 조금이라도 따뜻해지겠지?"

로이든은 스텔라를 나무통 안으로 넣기 전에 물의 온도를 확인했다. 서둘러 스텔라를 통에 앉힌 후, 로이든은 그녀를 침상 옆에 기대게 했다. 그리곤 뜨거운 물을 손으로 떠 그녀의 몸에 적시기 시작했다. 그렇게 물이 차가워질 때까지 뜨거운 물로 그녀의 몸을 녹인 로이든은 그녀를 안아 다시 마른 수건으로 닦았다.

"아직도 차가워. 대체 어떤 방법을 써야, 몸에 온기를 되살릴 수 있지?"

의학 지식이 전혀 없는 로이든은 무척이나 난감했다. 서둘러 스텔라에게 마른 옷을 입힌 로이든은 침대에 그녀를 눕히고 그녀의 몸을 마찰해 따뜻하게 했다.

"하아, 하아."

스텔라가 밭은 숨을 뱉어내며, 눈을 떴다. 하지만 이내 눈을 뜰 힘도 없는 듯 다시 감겼다. 아마 정신을 차리지 못하는 이유가 바로, 비를 맞아 몸의 온도가 급격히 떨어졌기 때문인 듯했다. 저체온증. 이러다 심장이 멎기라도 한다면…….

"가져온 해열제는 소용도 없겠군, 젠장!"

스텔라의 입에서 아주 여린 신음이 새어 나왔다. 로이든이 서둘러 그녀의 코에 손을 대어보았다.

"숨이 너무 약해."

무엇보다 몸이 너무 차가웠다. 얼굴은 이미 창백하게 변해 있었고, 몸 역시 이젠 잘게 떨리기 시작했다.

"젠장, 이번엔 진짜 죽을지도 모르겠군."

순간 로이든의 미간이 찌푸려졌다. 어떻게 해야 할지 몰라 그녀의 몸을 무작정 주무르고 있을 때, 밖에서 레이놀즈의 인기척이 들려왔다. 자리에서 일어선 로이든이 서둘러 막사를 나갔다.

"레이놀즈, 차가워진 몸을 따뜻하게 하는 방법을 아나?"

다짜고짜 물어오는 로이든의 얼굴에서 심상치 않은 분위기를 느낀 레이놀즈가 미간을 좁혔다.

"아니요, 알지 못합니다. 혹시 백작부인께서 위독하신 겁니까?"

"몸이 너무 차가워. 저체온증인 것 같은데, 이렇게 놔뒀다간 죽을지도 몰라. 입술은 새파랗게 변한 데다, 몸 역시 얼음장처럼 차가워. 숨결 역시 미약하고."

로이든의 말에 레이놀즈의 표정 역시 심각해졌다. 그리곤 골똘히 생각에 잠겨 있던 레이놀즈가 뭔가 떠오른 듯 입을 열었다.

"한 가지 방법이 있긴 합니다."

"그래, 그게 뭐지? 어서 말해봐."

"영주님의 체온을 나누어 주는 겁니다. 그러니까, 한마디로 남자와 여자가 서로 몸을 맞대고 교합을 할 때가 가장 많은 열이 나오는 법이라고 들었습니다. 백작부인을 안으셔야 합니다."

"그게 무슨? 설마 나보고 정신을 잃은 여자를 안기라도 하라는 거야?"

무표정한 얼굴로 스텔라와 섹스를 하라는 레이놀즈를 보며, 로이든은 미간을 접었다.

"제 말은, 그게 확실하다는 뜻입니다. 제가 아는 방법은 그것뿐이라. 죄송합니다, 영주님."

"그러니까, 몸을 나누는 것 외엔 방법이 없다는 뜻이군."

"제가 아는 한 그렇습니다. 인간의 체온만큼 효과적인 것은 없을 테니까요."

로이든이 심각한 얼굴로 생각에 잠겼다. 그러자 레이놀즈가 다시 입을 열었다.

"하지만 꼭 몸을 나눌…… 필요는 없습니다. 어어, 영주님! 제 말을 끝까지……."

하지만 레이놀즈의 마지막 말을 로이든은 듣지 못했다. 더는 지체할 수 없다고 판단한 로이든은 막사로 들어가 버린 것이다. 안으로 들어온 로이든은 망설일 새도 없이 입고 있던 옷을 벗기 시작했다.

'남녀의 교합이 체온을 올리는데 가장 효과적이라니.'

처음엔 조금 의심스럽긴 했지만, 레이놀즈의 말이 틀린 것은 아닌 듯했다. 사실 그의 몸은 스텔라와 있는 동안 평소보다 뜨겁다 못해 불이 날 것 같았다. 그의 온기를 그녀에게 나눠 줄 수 있는 방법이 섹스라면 망설일 이유가 없었다. 침상으로 다가간 로이든은 스텔라의 드레스를 벗겼다.

그러다 한순간 그의 손이 멈췄다. 묘했다. 조금 전 그녀의 젖은 몸을 닦이고 옷을 갈아입히는 동안, 알몸을 다 본 상황이었지만 다시 벗기려 하니, 순식간에 손이 뜨거워졌다. 레이놀즈의 말에 그의 몸에 숨겨져 있던 본능이 눈뜬 듯했다.

"너무 오랫동안 여자를 멀리한 모양이야. 생각만으로 몸이 순식간에 뜨거워지다니. 제기랄."

로이든은 심각한 상황에서 발정 난 종마처럼 구는 자신의 몸이 마땅치 않았다. 전쟁터를 누비는 동안, 죽음에 대한 긴장감을 이겨내는 덴 이골이 나 있었다. 본능적인 욕망을 참는 것 역시 마찬가지였다.

"그저 체온을 올리기 위한 행위일 뿐이야."

로이든은 스텔라의 옷을 마저 벗겨내곤, 침상 위로 올라갔다. 삐걱, 그의 무게에 의해 침상이 흔들리는 소리가 유난히 컸다.

"쳇! 나쁜 짓이라도 하려는 것 같네."

로이든은 그녀의 옆에 누워 호피로 엮어 만든 이불을 목까지 끌어당겨 덮은 후, 그녀의 몸을 조심스럽게 그의 품으로 끌어당겼다. 맨살에 닿는 차가움에 움찔했다. 시체 같았다. 그 생각이 들자, 더는 헛생각이 들지 않았다. 그저 그녀의 몸을 따뜻하게 해야 한다는 생각이 머릿속에 가득했다. 로이든은 그의 품에 안긴 스텔라의 몸을 온몸으로 문지르기 시작했다.

시간이 흘렀다. 하지만 그의 노력에도 스텔라의 몸은 여전히 차가웠다. 그의 몸의 온도로 그녀를 따뜻하게 하는 것만으론 무리인 듯했다.

"정말 이 방법밖엔 없는 건가?"

로이든은 눈을 질끈 감았다 떴다. 그리곤 그녀를 침상에 똑바로 눕힌 후 그녀의 몸 위로 올라갔다. 6척이 넘는 장신이었기 때문에 그의 몸으로 그녀의 몸을 덮고도 남았다. 로이든은 천천히 몸을 위아래로 움직여 서로의 몸을 마찰시키기 시작했다.

처음엔 어색하게 느껴지는 일이 자꾸만 남녀의 맨살이 부딪히자, 지금까지완 다른 열기가 일기 시작했다. 아마 그 열은 자신의 몸에서 이는 게 분명했다.

후우! 더운 숨을 뱉어내며, 로이든이 더욱 집요하게 그녀와 몸을 비비듯 마찰했다. 천천히 여인의 몸 위에서 몸을 움직이자, 그의 몸속의 피가 뜨겁게 날뛰며 열기를 뿜어냈다. 짙은 욕망으로 숨이 거칠어졌다. 그래서인지 그녀의 몸을 훑어 내리는 그의 움직임이 무척이나 색스럽게 느껴졌다. 눈빛 역시 욕망으로 짙어져 있었다.

"하아, 미치겠군."

단단한 근육질의 몸이 여인의 부드러운 여체 위에서 비벼지며, 마찰할 때마다 숨길 수 없는 야릇한 열감이 일었다. 아무리 외면하려 해도, 자신의 몸에 스치는 나긋나긋한 감촉을 외면하긴 힘이 들었다.

"빨리 정신을 차리는 게 좋아, 스텔라. 계속 이렇게 있다간, 널 진짜로 가져 버릴지도 모르니까."

로이든의 움직임이 관능을 품고 나른하게 움직였다. 그녀의 몸에 찰싹 달아붙어 몸을 움직일 때마다, 두 사람의 몸이 한 덩어리인 듯 엉켜들었다. 그리곤 맨살이 닿을 때마다, 지독히도 농밀한 마찰음이 그의 귓가를 울렸다. 마치 여인과 사랑을 나누는 느낌이었다.

그의 남성이 뜨겁게 반응하며, 그녀의 아랫배를 꾹꾹 찔러댔다. 그나마 다행인 것은 그녀가 의식이 없다는 사실이었다. 그가 그의 남성을 단단히 세우고 있다는 사실을 스텔라가 안다면, 미친 듯이 화를 낼 게 분명했다.

"생각보다 부드럽군."

그의 단단한 가슴에 눌려 일그러지는 스텔라의 가슴이 참을 수 없을 만큼 말캉거렸다. 특히 추위로 단단히 일어선 붉은 정점이 그의 가슴을 스칠 때마다 등줄기에 날 선 쾌감을 만들어냈다. 온몸이 뜨거운 피로 날뛰고, 순식간에 몸이 뜨거워졌다.

"젠장, 나는 죽을 맛이군. 하지만 스텔라의 몸을 데우는 덴 효과적일 것 같군."

그의 체온이 올라갈수록, 그녀의 몸을 따뜻하게 만드는데 훨씬 도움이 되었던 것이다.

"짐승처럼 더 발정해야 된다는 것이군."

뜨거운 숨결이 스텔라의 목덜미를 스쳤다. 로이든은 참을 수 없는 열기를 참아내기 위해 그녀의 머리카락에 얼굴을 묻고 숨을 골랐다. 하지만 그것이 더 그의 욕망을 부채질하기 시작했다. 그녀에게서 나는 짙은 체향에 그의 남성이 불덩어리처럼 더욱 단단해졌다.

"하아! 진짜, 미치겠군."

이번엔 진짜로 그녀의 몸 안으로 들어가고 싶었다. 로이든은 그녀와 함께 보낸 초야를 떠올렸다. 시녀장을 강제로 신방에서 밀어낸 후 로이든이 침대로 돌아왔을 땐, 스텔라는 이미 잠든 후였다. 지쳐 잠든 스텔라를 보며, 로이든은 다행이라고 생각했다.

처음부터 스텔라를 취할 생각 따윈 없었다. 하지만 국왕은 초야의 증거를 요구했고, 로이든은 어떻게 해서든 그 증거를 문 앞에서 그들을 지키고 있는 국왕의 개에게 던져 줘야 했다. 결국 로이든은 잠들어 있는 스텔라의 옆으로 올라왔다. 그리곤 침대 시트 위에 자릴 잡고 앉아 자신의 남성을 붙잡았다.

'훗, 성인인 사내가 자위행위라니.'

그건 이제 막 여인에게 눈을 뜬 소년들만이 하는 일이었다. 하지만 로이든은 잠든 스텔라 옆에서 자위를 했다. 불가능할 것이라 생각했다. 하지만 눈을 감고 스텔라와의 키스를 떠올리자, 그의 몸이 빠르게 반응하기 시작했다. 순식간에 온몸이 뜨거워졌고, 그의 손안에 있는 남성 역시 욕망을 그대로 드러냈다. 짐승처럼 뜨겁고 거친 숨을 뱉어내며, 로이든은 자신의 정액을 시트에 뿌렸다. 그리곤 조금 전 스텔라가 은촛대로 상처를 낸 그의 손등을 검으로 찔러 시트에 피를 묻혔다.

정액의 비릿한 냄새와 섞인 그의 피를 보며, 로이든은 잔뜩 얼굴을 찌푸렸다. 그리곤 재빨리 시트를 둘둘 만 다음, 밖에서 기다리고 있는 시녀장에게 거칠게 던졌다. 다행스럽게도 시녀장은 자신이 건넨 시트에 묻은 초야의 증거를 믿는 눈치였다. 그 당시엔 그저 상황을 모면하기 위해서였다. 그런데 지금은 달랐다. 여자를 품고 싶다는 지독한 본능이 그의 이성을 날려 버릴 것 같았다.

"짐승처럼 느껴지는군."

로이든은 미간을 찌푸렸다. 사경을 헤매고 있는 여인을 상대로 자신은 물건을 세우며 욕정에 눈이 멀다니. 로이든은 애써, 자신이 느끼는 욕망을 눌러 참았다. 그리곤 본능이 아니라, 스텔라를 살리는 것에 집중했다.

그러는 동안 로이든은 체스터 영지로 돌아가자마자, 마음에 드는 창녀 하나를 골라 풀지 못한 욕망을 질펀하게 풀어내리라 맹세했다. 그래야 눈앞의 스텔라를 강제로 안아버리는 불상사가 일어나지 않을 것 같았다.

만약 스텔라를 진짜로 안아버린다면, 모든 게 복잡하게 얽혀들게 분명했다. 초야를 치르지 않았기 때문에 후에라도 자신들의 혼약을 무효화시킬 기회마저도 놓쳐 버리게 되는 것이다.

"으음, 하아."

얼마나 지났을까? 그의 집요한 움직임에 반응하듯 스텔라의 입에서 여린 신음이 새어 나왔다. 고갤 든 로이든이 스텔라를 살폈다. 아직도 그녀의 몸은 차가웠지만, 코를 통해 새어 나오는 숨결이 전보단 더 강해진 것 같았다.

"스텔라, 정신이 좀 드나?"

하지만 스텔라는 여전히 눈을 뜨지 못했다. 로이든은 그녀를 그의 품에 단단히 끌어안았다. 열정적인 연인처럼, 스텔라를 품은 그의 몸짓이 몹시도 격정적이었다. 손을 뻗어 그녀의 등을 열심히 쓸어내렸다. 가느다랗고 섬세한 등뼈가 고스란히 그의 손에 느껴졌다. 그러다 그의 손에 그녀의 부드러운 가슴이 스쳤다.

순간 그의 심장이 무섭게 뛰고 있었다. 목숨을 내걸고 전쟁터에서 적과 싸울 때처럼, 온몸의 신경이 바짝 긴장하고 있었다. 가슴을 스친 것뿐이었지만, 참을 수 없는 열기에 로이든은 숨을 삼키며 눈을 감았다.

타닥타닥, 막사 안을 밝히는 모닥불이 뜨겁게 타올랐다. 따뜻한 온기가 두 사람이 있는 곳까지 전해졌고, 차갑게 식었던 스텔라의 몸에 점점 온기가 어리기 시작했다. 새벽녘이 되어서야 로이든은 까무룩 잠이 들었다. 깊이 잠든 상황에서도 로이든의 팔은 스텔라를 단단히 휘감고 있었다.

3

비가 그쳤다. 아니, 막사 안에 잠들어 있는 스텔라에겐 비가 그쳐 있었다. 유난히 뜨겁게 느껴지는 온기 때문인 건가? 스텔라는 만족스러운 신음을 뱉으며, 따뜻한 온기가 느껴지는 이불 속으로 파고들었다.

'기분 좋아. 내 방에 있는 느낌이야.'

잠들어 있는 스텔라의 입가에 만족스러운 미소가 떠올랐다. 오랜만에 느끼는 평온함이었다.

한 달 전, 아버지 헌팅턴 백작이 반역죄로 몰린 후부터 하루하루가 살얼음판을 걷는 심정이었다. 어디든 조금이라도 힘주어 발을 디디면 차가운 얼음물 속으로 끌려들어 갈 것 같은 불안감에 심장이 꽉 조였다. 숨쉬기가 벅찰 정도였지만, 그 누구에게도 자신의 감정을 말할 수 없었다. 하지만 지금은 마치 아무 일도 일어나지 않았던 그때로 돌아간 것처럼, 안전하게 느껴졌다.

"그럴 리 없는데……."

스텔라는 입 밖으로 자신의 생각을 내뱉었다는 사실도 깨닫지 못한 채 다시 깊은 잠 속으로 빠져들었다. 그런 그녀로 인해, 무척이나 당혹스러워하는 사람이 있다는 사실을 모른 채.

"자면서도 말을 하다니."

로이든은 그의 가슴팍에 얼굴을 묻고 잠이 든 스텔라를 물끄러미 내려다보았다. 검은 머리카락이 얼굴의 반을 가리고 있었다. 투명하리만큼 새하얀 뺨 위로 흘러내린 검은 머리카락이 밤과 낮처럼 대조적이었다. 하지만 가녀린 턱 선과 그 아래로 흘러내리듯 아름다운 호를 그리는 목덜미는 사내의 본능을 자극할 정도로 선정적이었다. 시간이 지날수록 부기와 멍이 가시며, 흉측하게 보이던 얼굴이 서서히 본 얼굴을 찾아가고 있었다.

"자면서도 색기를 뿜어내다니. 혹시 타고난 요부인 건가? 이렇게 정숙한 얼굴을 하고 말이야."

로이든은 온기를 찾아 본능적으로 그의 다리를 휘감은 그녀의 맨다리의 감촉에 더운 숨을 내쉬었다.

"드레스라도 입히지 않았다면, 덮쳤을지도 모르겠군."

조금 전 그녀의 몸에 드레스를 입히지 않았다면, 정말 사달이 나고도 남을 정도로 그의 신체의 일부는 분기탱천해 있었다. 밤새 그의 몸에 닿던 부드럽고 말캉하던 그 감각이 고스란히 그의 몸에 각인돼, 떠올리는 것만으로 뜨거운 열기가 일었다. 잠잠해졌던 그의 몸은 스텔라가 품으로 파고들자, 또다시 뜨겁게 반응하기 시작했다. 로이든은 더는 버티지 못하고 서둘러 침상에서 일어나 앉았다.

"젠장, 전쟁터보다 더 위험하군."

침상에서 빠져나온 로이든은 바닥에 떨어져 있는 옷을 입기 시작했다. 바지에 다리를 꿰는 동안 그의 중심이 아프게 치솟은 것을 제외하곤 불편한 것은 없었다. 로이든은 바닥에 놓아둔 장작을 들어 모닥불 안으로 밀어 넣었다.

타닥타닥, 수그러들던 불꽃이 다시 일었다.

"영주님, 레이놀즈입니다. 체스터 영지에서 연락이 왔습니다."

막사 밖에서 들려온 레이놀즈의 목소리에 로이든의 눈빛이 짙게 변했다.

"체스터 영지에서? 심각한 일은 아니겠지?"

로이든이 잔뜩 굳은 목소리로 물으며, 막사를 나갔다. 곧이어, 비밀스러운 대화라도 나누는 듯 두 사람의 목소리가 점점 작아졌다. 자릴 옮기는 모양이었다. 그때, 잠들어 있다고 생각한 스텔라가 부스스 침상에서 몸을 일으켰다. 그리곤 자신이 왜 로이든의 침상에 누워 있는지 알아내기라도 하려는 듯 미간을 좁혔다.

"대체 어떻게 된 거지? 분명, 숲에서 날 구한 그가 말에 태운 것까진 기억이 나는데……."

그 후론, 사실상 암흑이었다. 아무것도 기억이 나지 않았다. 그리고 잠에서 깨어났을 때, 자신은 로이든과 함께 침상에 있었다. 믿을 수 없게도.

자면서 느꼈던 따뜻한 온기. 분명 모닥불의 온기라고 생각했다. 하지만 그 온기는 분명, 로이든이었다.

"말도 안 돼. 그와 같은 침상을 쓰다니."

그때, 밖에서 인기척이 들렸다. 순간 스텔라는 망설였다. 잠든 척을 할까도 했지만, 스텔라는 깨어 있는 쪽을 택했다. 막사의 천이 들리자, 서늘한 공기가 뺨에 닿았다. 그리고 그 차가운 공기와 함께 로이든이 안으로 들어왔다. 막사 안으로 들어서던 로이든은 잠에서 깨어나 침상에 앉아 있는 스텔라를 발견하고 한순간, 걸음을 멈췄다.

"깨어났군."

"어떻게 된 거죠? 내가 왜 이곳에 있는 건지 말해줘요."

"우습군. 말을 타고 오는 동안 정신을 잃은 널, 내 막사에 눕혔을 뿐인데 말이야."

별일 아닌 것에 예민하게 군다는 듯, 로이든이 거만한 표정으로 스텔라를 보았다. 그 모습에 스텔라의 눈빛이 날카로워졌다.

"정말 그게 단가요?"

"그럼 뭐가 있다는 거지? 설마 정신을 잃은 널, 안기라도 했다는 건가?"

"아니라면, 됐어요."

스텔라가 차갑게 쏘아붙였다. 하지만 여전히 그를 믿지 않는 듯 의심을 거두지는 않았다. 그 눈빛에 로이든의 입가에 냉소가 떠올랐다. 뭔가 마땅찮은 표정이었다.

"달링턴, 어제 내가 했던 말, 기억하고 있을 테지?"

로이든의 물음에 스텔라가 조개처럼 입을 꼭 다물었다. 그녀가 애써 모르는 척하려 하자, 로이든의 눈빛이 사나워졌다.

"기억하지 못한다면, 다시 얘기하는 수고를 베풀도록 하지. 스텔라 마리스 달링턴, 이제부터 넌 체스터 가의 사람이다. 그 말인즉슨, 넌 내 말에 복종해야 한다는 거야."

"체스터 백작부인으로 날 인정한다는 말인가요?"

"맞아. 그러니 더 이상의 방종은 용납하지 않을 생각이다."

"정말 제멋대로군요."

"맞아, 난 충분히 그럴 권리가 있거든. 그리고 무엇보다, 넌 내 말을 따라야 할 거야. 조금 전 체스터 영지에서 전갈이 왔는데, 자신을 달링턴 가의 유모라고 주장하는 여인이 성에 와 있다고 하더군."

"뭐라구요? 밀리를 말하는 건가요?"

"이름은 말하지 않았지만, 달링턴 가의 유모가 밀리뿐이라면 그런 것이겠지. 그러니 그 여인을 만나고 싶거든, 앞으로 모든 행동에 자중해야 할 거야."

스텔라가 분노를 참으며 주먹을 꽉 쥐었다.

"말도 안 돼. 당신, 밀리를 체스터 성에 감금해 놓은 거군요. 날 협박하기 위해서."

스텔라의 눈동자에 그를 경멸하는 듯 서늘한 감정이 서렸다.

"당신이란 사람, 정말 최악이야. 힘없는 사람에게 협박이나 일삼는……."

"머리가 있다면, 생각이란 걸 했으면 좋겠군. 내가 왜 하찮은 유모 따위를 감금한다는 거지? 난, 아량을 베푼 것뿐이야. 이젠 돌아갈 곳이 없어진, 병든 여인에게 말이야."

"병이 들다니, 밀리가 아픈 건가요? 얼마나요?"

스텔라의 얼굴에 순식간에 그늘이 졌다. 정말 밀리라는 그 유모를 무척이나 아끼는 모양이었다.

"궁금하다면, 직접 체스터 성에 가서 알아보도록 해. 네가 어제처럼 또 도망쳤다간, 시간만 낭비할 뿐이니까."

스텔라가 입을 꾹 다물곤 그를 노려보았다. 하지만 분노라는 감정과 상반되게, 마음 한 켠이 기쁨으로 들뜨기 시작했다. 그렇지 않아도 너무도 간절히 밀리의 생사를 궁금해하고 있었다. 그래서 도망쳐 달링턴 가로 가려 했던 것이다. 그런데 이렇게 밀리의 생사를 알게 되다니. 체스터 영지에 도착하면 유모 밀리를 만날 수 있다고 생각하자, 안도감이 밀려왔다.

"다행이야. 밀리가 무사해서."

스텔라를 바라보던 로이든이 심각한 얼굴로 입을 열었다.

"이제 네 선택 여하에 모든 것이 달려 있다는 사실을 잊지 마. 우선은 아침부터 먹도록 하지. 앙상하게 마른 얼굴로 네가 아끼는 밀리를 볼 생각은 아니겠지? 오히려 걱정이나 끼치지 않으면 다행이겠군."

"……."

입술을 깨무는 스텔라를 보며, 로이든이 재미있다는 얼굴을 했다. 그리곤 막사를 나갔다가, 잠시 후 그릇 가득 김이 모락모락 나는 스튜를 가지고 들어왔다. 어제 사냥에서 잡아온 토끼 고기로 스튜를 만든 모양이었다. 그릇을 탁자 위에 내려놓은 로이든은 그 앞에 자릴 잡고 앉았다.

"먹도록 해. 빨리 먹을수록, 출발 역시 빨라질 거야. 그러니 괜한 고집으로 시간 낭비하지 마."

로이든의 말에 스텔라가 입을 꾹 다물었다. 결국 스텔라는 천천히 침상에서 내려와 후들거리는 다리로 탁자까지 걸어왔다. 그의 맞은편에 자릴 잡고 앉자, 이마에 식은땀이 배어 나왔다. 아직 다 낫지 않은 다리에 무게가 실리자 고통이 밀려들었다.

"여기."

로이든이 스텔라 앞으로 그릇을 밀었다. 그러자 스튜가 든 그릇에 독이라도 든 듯 쏘아보던 스텔라가 마침내 숟가락을 들었다. 다행히 한 번 입안으로 음식이 들어가자, 비어 있던 위장에서 비명을 지르며 음식을 흡수했다. 스텔라는 그의 앞에서 게걸스럽게 스튜를 비우지 않기 위해 애써야 할 정도였다.

"말을 잘 듣는군. 잘했어."

로이든이 거의 바닥을 드러낸 그릇을 보며 만족스러운 얼굴을 했다.

"밀리를 빨리 보고 싶어서 그런 것뿐이니 좋아할 필요 없어요."

"상관없어. 어떤 이유에서건 내 말에 복종하면 그만이니까. 한 시각 후에 출발할 거야. 다행히 비가 잦아들었거든."

로이든이 빈 그릇을 들어 올렸다. 하지만 막사를 나가기 전, 주머니에서 뭔가를 꺼내 스텔라 앞에 놓았다.

"이게 뭐죠?"

"접골목은 산에 버려두고 왔으니, 이게 필요할 거야."

로이든이 막사를 나갔다. 스텔라는 탁자에 놓여 있는 약병을 집어 들었다. 진통제였다. 순간 다리에서 느껴지는 아픔이 가시는 느낌이었다. 약병을 손에 든 스텔라가 막사의 입구를 쏘아보았다.

"정말 사람 헷갈리게……."

한숨이 새어 나왔다. 하아, 로이든의 소유라. 지참금 한 푼 없이 한 강제적인 결혼. 잉글랜드에서는 결혼하면서 여자가 가져오는 지참금은 중요한 의미였다. 하지만 스텔라는 남편의 재산을 늘려 주는 지참금을 가져오지 못했으니, 그녀 자체가 그의 재산이었다. 그의 말에 무조건 복종해야 했다. 이제 가문의 대를 이어주는 암말처럼 하찮은 존재였으며, 만약 남편의 명령을 어겼을 땐 매질을 당하거나 목숨을 잃어도 거부할 수 없었다.

"싫어. 내 남편은 내가 직접 선택할 거야. 신분과 상관없이 내가 인정할 수 있는 그런 사람으로."

인정할 수 없다는 듯 스텔라의 눈동자가 차갑게 빛났다. 그 순간, 스텔라의 머릿속에 묘안이 떠올랐다. 그래, 체스터 영지까지 가는 동안 그가 자신에게 질려 포기하게 만들면 그만이었다.

'학을 떼고 도망치면, 정말 좋을 텐데. 아니, 꼭 그렇게 만들면 돼.'

자신의 뜻을 로이든에게 관철시키기 위해선 지독히도 괴롭고 지루한 싸움이 될 테지만, 이 방법이 최선일 것 같았다. 스텔라의 입가가 의미심장한 미소가 떠올렸다. 눈동자 역시 예리하게 빛났다.

❖

다행히 비가 그친 덕분인지, 산맥을 넘어 체스터 영지로 가는 로이든 일행의 발걸음이 처음과는 달리 가벼웠다. 하지만 정작 로이든은 시간이 갈수록 죽을 맛이었다.

"젠장! 빌어먹을 스텔라."

며칠 전부터 자신을 대하는 스텔라의 태도가 완전히 바뀌어 있었다. 그래서인지 로이든은 신경이 바짝 곤두선 상태였다. 대체 왜 스텔라가 그런 행동을 하는지 짐작하지 못하는 것은 아니었지만, 무시하고 넘길 수가 없었다. 그래서인지 로이든은 지금 발에 가시가 박힌 맹수처럼 안절부절못했다.

오늘 역시 아침부터 계속된 스텔라와의 신경전에 잔뜩 예민해져 있던 로이든은 결국 산맥을 넘는 중간에 발견한 호수 옆에서 잠시 쉬어가기로 결정했다. 일행들과 잠시 떨어져 로이든은 혼자가 되었다. 그리곤 팽팽하게 긴장된 신경을 누그러뜨리기 위해 차가운 물에 몸을 담갔다. 시간이 흐르자, 불쾌하던 마음이 천천히 가라앉기 시작했다.

목욕으로 한결 기분이 좋아진 로이든은 따사롭게 내리쬐는 햇빛에 몸을 말렸다. 그러다 한순간 스륵 잠이 들었다. 사실 스텔라가 도망친 그날부터 또다시 도망치는 것을 막는다는 이유로 두 사람은 한 막사, 한 침상을 사용하고 있었다. 그래서인지 로이든은 며칠 동안 잠을 설칠 수밖에 없었다. 그녀의 향기와 신경을 자극하는 온기와 자꾸만 몸이 불끈불끈 치밀어 오르는 열기에 딱 미치고 팔딱 뛸 지경이었다.

얼마나 지났을까? 단잠에서 깬 로이든의 눈에 낯익은 옷이 바람에 흔들리고 있었다.

"옷이 깃발처럼 흔들리고 있군."

말을 뱉어낸 순간, 로이든이 놀라 벌떡 일으켰다. 젠장! 몸을 일으킨 로이든이 서둘러 커다란 나무가 있는 쪽으로 걸어갔다. 그리곤 나뭇가지 위에 깃발처럼 펄럭이고 있는 옷이 자신의 옷이란 걸 깨달은 순간, 주먹을 꽉 쥐었다.

"빌어먹을, 대체 누가?"

따질 겨를도 없이 로이든이 주위를 두리번거렸다. 그리곤 기다란 나뭇가지를 발견하곤 그것을 집어 들었다.

"젠장, 또 스텔라 짓이군. 윽!"

쐐기풀의 날카로운 가시가 그의 맨다리를 할퀴었다. 근육질의 다리에 피가 배어 나왔다. 다리를 할퀴는 쐐기풀을 무시한 채 가까스로 나무에 걸린 옷을 내려 입었다. 그리고 스텔라를 혼쭐내기 위해 씩씩거리며 신발에 발을 꿴 순간…… 욕설이 튀어나왔다.

"신발에 진흙을 넣다니. 이번에 잡히기만 하면, 절대 가만두지 않겠어."

신발을 벗어 호수에서 신발에 잔뜩 들어 있는 진흙을 씻어내기 시작했다.

"윽, 지독한 냄새. 대체 뭘 넣은 거야?"

"말똥이에요. 저기 주위에 널려 있더라고요."

언제 왔는지 스텔라가 조금 떨어진 곳에서 신발에서 말똥과 섞인 진흙을 씻어내고 있는 로이든을 재미있다는 듯 바라보고 있었다. 그녀는 아주 멀끔한 모습으로 머리카락을 손끝으로 쓸며, 거드름까지 피우고 있었다.

"스텔라, 또 네 짓이군."

당연한 걸 왜 묻느냐는 얼굴로 스텔라가 로이든을 바라보았다.

"그럼 나 말고 누가 있겠어요. 일행 중에서 백작님께 적의를 가진 사람은 저뿐인데."

스텔라가 로이든의 충실한 기사들이 쉬고 있는 곳을 보며, 입을 삐죽였다.

“지금 이 순간 이후, 너의 어처구니없는 장난은 절대 용납하지 않겠어. 그러니 당장 그만두는 게 좋을 거야.”

“싫다고 한다면?”

“스텔라!”

“왜요, 백작님!”

스텔라를 쏘아보는 로이든의 눈썹이 꿈틀거렸다. 차라리 그를 죽이겠다며 소리칠 때가 더 나았던 것 같았다. 적의를 드러낼 때는 몰랐는데, 장난기 가득한 표정으로 그를 난처하게 만드는 스텔라를 보며 자꾸만 이상한 감정이 밀려들었다. 이건 짜증과 분노와는 달랐다. 그녀의 장난질에 당해 화가 나는 한편, 묘하게 심장이 간질거렸다. 그리고 지금은 그런 그녀가 귀엽다는 미친 생각까지 들었다. 제기랄!

“무슨 꿍꿍이지? 설마 내가 너한테 질려, 널 놓아줄 것이라고 생각하는 건 아니겠지?”

로이든의 말에 스텔라의 검은 눈동자가 흔들렸다.

‘칫, 짐작대로 그런 꿍꿍이가 있었군.’

“소용없는 일이야. 이런 장난질 따위로 날 화나게 만들 순 없을 거야.”

“그래요? 알았어요.”

스텔라가 순순히 대답했다. 그리곤 기사들이 있는 곳으로 가기 위해 몸을 돌렸다. 로이든은 그런 그녀를 뒤로한 채 신발을 바닥에 내려놓고는 한쪽 발을 밀어 넣었다.

“으악!”

첨벙! 너무도 순식간이었다. 돌아갔다고 생각했던 스텔라가 강한 힘으로 그를 밀어 호수에 빠뜨린 것이다.

"스텔라, 거기 서! 망할 계집!"

물에 빠진 로이든이 소릴 질렀다. 절대 화를 내지 않겠다던 말을 한 게 불과 몇 분 전이란 사실을 잊은 듯 로이든의 눈빛에서 불이 뿜어져 나왔다. 씩씩거리며 호수 밖으로 나온 로이든은 스텔라를 붙잡기 위해 그녀에게 다가오기 시작했다.

"설마 아직 완쾌도 되지 않은 약한 여자인 날 때리려는 건 아니겠죠?"

서슬 퍼런 로이든의 눈빛에 스텔라가 약한 척을 했다.

"네가 약하다고? 거짓말 그만해. 너무 가식적이니까."

"흥, 속지도 않네."

"정말 대체 왜 이러는 거지? 성격이 변한 것처럼 느껴지는 건 내 착각인 건가?"

로이든이 비아냥거리며, 숙녀답지 못한 스텔라의 행동을 꼬집었다.

"성격이 변한 것이 아니라, 원래 이 성격이었어요. 어떤 배신자와 내 아버지를 반역 죄인으로 몰아 처형시킨 자로 인해 독해진 것일 뿐. 백작님께선 저에 대해 아무것도 모르잖아요."

로이든이 눈을 가늘게 뜬 채, 스텔라를 노려보았다.

"앞으로 내 본모습을 더 자주 보게 될 거예요. 기대하세요. 전 완전, 미친 망아지거든요,"

"미친 망아…… 뭐라고?"

"놀랄 것 없어요. 난 욕도 아주 잘해요. 런던 부둣가의 선원들처럼 품위 따윈 전혀 없죠. 그러니 나에게 예의 같은 건 기대도 하지 말아요. 예의 같은 건, 애저녁에 버렸으니까."

의기양양하게 웃으며 스텔라가 그에게 도망치듯 뛰어가 버렸다. 로이든은 흠뻑 젖은 채 스텔라를 쏘아보며 한숨을 내쉬었다.

"며칠 전엔 내 안장에 가시를 박아놓더니, 오늘은 날 물에 빠뜨리기까지 하다니. 정말 영악하기 그지없어. 내 신경을 살살 긁는 덴 도가 텄군."

로이든은 젖은 옷을 입은 채로 어기적어기적 걸어 일행이 있는 곳으로 돌아가기 시작했다. 순간 스텔라의 뒷모습을 쏘아보던 로이든의 입가가 냉소로 비틀렸다.

"이교도의 법전에 이런 말이 있다고 했었지, 아마? 눈에는 눈, 이에는 이라는."

❖

로이든은 서둘러 젖은 옷을 벗었다. 그러자 옆에 서 있던 제레미가 걱정스러운 얼굴로 그에게 옷을 건넸다. 옷을 다 갈아입은 로이든이 젖은 머리를 손으로 털어내고 있을 때쯤, 레이놀즈가 다가왔다.

"무슨 일이십니까, 영주님. 옷을 입으신 채 호수에 빠지시다니."

"어쩌다 보니, 발을 헛디딘 것뿐이야."

"발을요?"

"그래."

레이놀즈는 로이든의 말에 어리둥절한 얼굴을 했다. 두 사람 사이에 어색한 침묵이 흐르자, 로이든은 난처한 기색을 드러내며 시선을 돌렸다. 그러다 마차 앞에 걸터앉아 있는 스텔라와 시선이 마주쳤다. 스텔라는 뻔뻔스럽게도 아무것도 모른다는 얼굴로 콧노래까지 부르고 있었다.

"백작부인께 하실 말씀이 있으십니까? 제가 모셔올까요?"

"아니, 그럴 필요 없어. 레이놀즈, 마을에 다녀와야겠다. 떨어진 식량과 부족한 물건을 구입해야 할 것 같거든."

"마을에요? 제가 다녀오겠습니다."

"아니야, 내가 다녀올 테니 넌 이곳에 남아 야영 준비를 하도록 해. 여기서 하룻밤 묵어가야겠어."

"알겠습니다, 영주님. 그럼 짐을 들어야 하니, 제레미를 데려가는 것이 좋을 것 같습니다."

"아니, 그럴 필요 없어. 함께 갈 사람이…… 있거든."

로이든이 스텔라가 있는 마차 쪽으로 고갤 돌렸다.

"백작부인과 동행하시려는 것입니까?"

"그래. 어차피 여인이 필요한 물건은 내가 사지도 못할 테니까."

말이 끝나기가 무섭게 로이든이 스텔라에게 향했다. 자신에게 다가오는 로이든을 본 스텔라가 긴장한 얼굴을 했다.

"무슨 일이시죠?"

"마을에 갈 거야."

"마을에요?"

"그래. 그러니 준비하도록 해."

"저도 가는 건가요?"

"너와 나. 단둘이 갈 거야. 나머지 사람들은 우리가 돌아올 때까지 해야 할 일이 있거든. 도움도 되지 않고 방해만 되는 네가 가는 편이 좋지 않겠어? 서둘러, 지금 바로 떠날 테니까."

방해라는 말에 스텔라의 입가가 마땅찮은 듯 씰룩였다.

"지금 당장 말인가요?"

"그래. 말을 타고 갈 거야."

로이든이 스텔라의 손목을 붙잡곤 말이 있는 곳으로 걸어가기 시작했다.

"잠깐만, 기다려요. 사실 전 말을……."

스텔라가 그의 손에 끌려가지 않기 위해 버둥거렸다.

"내가 함께 가기로 결정했으니, 따라야 할 거야. 방해자가 되고 싶지 않다면."

로이든의 말에 스텔라가 레이놀즈의 명령에 일사불란하게 움직이는 기사들을 보았다. 그의 말처럼 다리가 아픈 스텔라는 방해자일 뿐이었다. 인정하고 싶지 않지만.

"알았으니, 놓아주세요. 내 발로 걸어갈 테니까요."

"안 돼."

순식간에 스텔라의 몸이 위로 들려지나 싶더니, 말에 태워졌다. 그녀를 감싸 안은 그의 단단한 팔과 등에 닿는 가슴이 벽처럼 단단하게 느껴졌다.

"레이놀즈, 이곳을 부탁해."

"걱정 말고 다녀오십시오, 영주님."

"이랏!"

두 사람을 태운 말이 달리기 시작했다. 스텔라는 등을 꼿꼿이 세운 채 최대한 그의 가슴에 자신의 등이 닿지 않게 하려 했다. 하지만 가파른 산길이라 자세를 유지하는 것이 쉽지 않았다.

“죽고 싶지 않다면, 날 붙잡도록 해.”

그녀의 귓가에 낮게 속삭이는 그의 목소리가 들리자 스텔라가 눈을 치켜떴다. 골탕 먹이려는 속셈이 분명했다.

“설마 조금 전 일에 대한 복수는 아니겠죠?”

스텔라의 말에 로이든의 입가가 싸늘하게 굳었다.

“난 당신처럼 속 좁은 사내가 아니야. 하지만 정 못 믿겠다면, 네 마음대로 생각해. 말에서 떨어지는 건, 내가 아니라 너니까.”

불쾌한 듯 말하는 로이든을 보며, 스텔라는 입을 삐죽였다.

‘사내가 되어서 복수를 하려 하다니, 정말 치사해. 좋아. 지금 해보자는 거지?’

스텔라는 그에게 기대는 대신, 말의 안장을 단단히 붙잡았다. 그리곤 말에서 떨어지지 않기 위해 다리에 힘을 주었다. 고집스럽게 버티는 스텔라를 보며, 로이든의 입가에 차가운 냉소가 떠올랐다. 하지만 냉소와는 달리, 로이든은 긴 팔을 이용해 그녀를 보호하듯 감싸 안았다. 그렇게 고집쟁이 두 사람을 태운 말이 마을을 향해 쏜살같이 달리기 시작했다.

❖

두 사람이 도착한 마을은 생각보다 컸다. 도로를 따라 늘어서 있는 상점가 역시 물건을 구입하기 위해 들른 여행객들로 붐비고 있었다. 로이든은 여인숙에서 운영하는 마구간에 말을 매어놓은 후, 아직 말 위에 앉아 있는 스텔라를 올려다보았다.

"손 내밀어. 도와줄 테니까."

"아니요, 혼자 할 수 있어요."

"그럼 마음대로 해."

내려올 수 있으면 내려와 보라는 듯, 로이든이 마구간의 나무 기둥에 느긋하게 기대섰다. 그녀가 말에서 내려오는 모습을 지켜보려는 모양이었다. 그 모습에 스텔라는 이를 악물었다. 마을까지 오는 동안 말에서 그에게 기대지 않기 위해 팔과 다리에 얼마나 힘을 주었는지, 말 위에 앉아 있는 지금도 허벅다리 안쪽이 부르르 떨리고 있었다. 분명 아직 성치 않은 다리로 땅에 발을 내딛는다면, 바닥에 보기 흉하게 주저앉을 게 분명했다. 스텔라는 말 뒤에서 내려오기 위해 힘을 주었다.

"어, 이상하네."

하지만 마음과는 달리 몸에 힘이 들어가지 않아 자꾸만 말 위에 주저앉았다.

"쉽게 내려올 수 있는 방법을 두고 고집 피울 것 없어. 부탁만 해, 도와달라고."

"필요 없다고 했잖아요. 혼자 할 수 있어요."

스텔라가 그의 손을 밀어냈다. 그리곤 있는 힘껏 몸을 일으켰다.

"어어, 허어엇!"

"정말 귀찮게 하는군. 처음부터 이렇게 내렸으면 될걸."

순식간에 바닥으로 떨어지려는 스텔라를 두 팔로 받아 안았다.

얼떨결에 그의 품에 안겨 버린 스텔라가 당황한 듯 그를 밀어냈다.

“그럴 필요 없다고 했잖아요. 아무튼 고마워요.”

서둘러 그에게서 떨어진 스텔라가 몸을 꼿꼿이 세운 후, 걸음을 옮기기 시작했다.

“흐헙!”

발을 내딛는 순간, 당황한 스텔라가 본능적으로 옆에 서 있던 로이든의 옷자락을 붙잡았다. 다리가 후들거릴 뿐만 아니라, 다리에 힘이 들어가지 않아 바닥에 주저앉을 것 같았다.

“무슨 문제라도 있는 건가?”

“아니요, 전혀요.”

“내가 보기엔 걷지 못하는 것 같은데? 이번에도 부탁만 해. 도와줄 테니까.”

“그럴 필요 없다고 했잖아요. 혼자 걸을 수 있어요.”

스텔라의 고집에 로이든은 마음대로 하라는 듯 앞서 걷기 시작했다. 혼자 남겨진 스텔라는 로이든의 등을 쏘아보고는 천천히 발을 떼기 시작했다.

“누가 질 줄 알고.”

스텔라는 이를 악물었다. 그리곤 넘어지지 않고 걷기 위해 안간힘을 썼다. 하지만 노력과는 달리 그녀의 걸음걸이는 웃기기 짝이 없었다. 어기적어기적 걷는 모양새가 숙녀로서의 우아함과 품위와는 거리가 멀어 보였다.

그때, 상점가로 걸어가던 로이든이 걸음을 멈추는가 싶더니 그녀에게 다시 걸어오는 것이 보였다. 그녀를 또 놀리고 싶은 모양이었다.

"상관 말고 어서 가…… 흐헙! 지금 뭐 하는 거예요. 당장 내려줘요."

"웃음거리가 되고 싶지 않거든, 얌전히 있어."

"이게 더 웃음거리예요. 지금도 사람들이 우리들을 이상한 눈으로 쳐다보기 시작했으니까요."

"내가 널 바닥에 내려놓는다면, 오히려 사람들이 날 비난할 거야. 다릴 다친 자신의 여자를 걷게 했다고. 그러니 어서 치맛자락을 좀 끌어 올리도록 해. 핑계를 대야 할 테니까."

로이든이 치맛단 아래로 슬쩍 보이는 그녀의 다리를 눈으로 가리켰다. 이제 혼자 걷는 데는 크게 무리가 없었지만, 상처 부위에 접골목을 붙여놓은 탓에 아직 붕대를 감아놓은 상태였다. 사실 다리가 후들거리는 것보다 더 큰 문제는 후들거리는 다리로 걷다 보면, 이제 다 아물어가는 다리가 또다시 아파지는 것이었다.

"무엇을 도와드릴깝쇼."

스텔라가 그의 말에 반박하기도 전에 사람은 잡화점 앞에 멈췄다.

"양모로 만들어진 담요를 찾고 있는데. 구할 수 있을까?"

"당연히 있습지요. 그리고 더 필요한 것은 없으시고요?"

잡화점 주인이 두 사람을 호기심 어린 눈빛으로 번갈아 보는 게 느껴졌다. 아마 잡화점 주인의 눈엔 잘생긴 귀족이 다릴 다친 부인을 무척이나 위하는 것처럼 보이는 듯했다.

"여기 있는 물건들 알아서 대충 챙겨주게. 여행 중이라 많이 필요하거든."

"하지만 이 많은 걸 다 가져가시려면 마차가 필요할 텐데요?"

어이없는 주문에 스텔라가 보다 못해 끼어들었다.

"혹시 병에 절여진 채소나 과일을 살 수 있을까? 고기 역시 훈연된 것이면 더욱 좋고. 오래 저장할 수 있는 감자도 가져다주었으면 하는데."

스텔라의 말에 난처한 얼굴로 서 있던 주인의 표정이 밝아졌다. 그리곤 열심히 고갤 끄덕이며, 대답했다.

"그거라면, 당연히 있습지요. 제가 창고에 가서 가져올 테니 잠시만 기다리십시오."

주인이 창고로 물건을 가지러 간 사이 스텔라가 앞에 놓여 있는 붉은색 사과 하나를 집어 한입 베어 물었다.

와삭, 와삭! 상큼한 사과 향과 함께 달콤한 과즙이 입안을 가득 채웠다.

"물건을 사는 게 서투시군요. 만약 제가 아니었다면, 이 잡화점을 통째로 사실 뻔했다는 걸 잊지 마세요. 오, 이것 맛있는데요. 사과도 몇 개 사는 게 좋겠어요. 사실 전, 야생 딸기를 더 좋아하긴 하지만, 그건 구할 수 없는 것 같으니까."

말끝을 흐리며 사과를 달게 먹던 스텔라가 로이든에게 사과 하나를 건넸다. 하지만 로이든은 사과를 받아 드는 대신, 사과를 든 그녀의 손 쪽으로 고갤 숙였다.

"먹여줘. 보시다시피 내 손은 널 안고 있어서 말이야."

순간 스텔라가 미간을 좁혔다. 지금 나 보고 직접 먹여달라는 거냐는 듯 로이든을 바라보았다.

"그럼 나중에 먹는 게 좋겠어요. 어엇!"

스텔라가 사과를 다시 광주리에 내려놓으려는 순간, 어찌할 틈도 없이 그녀의 손에 들려 있던 사과를 와삭 베어 물었다.

와삭, 와사삭! 그가 입을 더 벌려 다시 사과를 베어 물었다. 그 순간 두 사람의 시선이 마주쳤다. 두 사람의 얼굴이 너무도 가까워져 있었다. 사실 그의 품에 안긴 후부터 너무 가깝다고 생각은 했었다. 하지만 눈이 마주친 지금, 그 사실이 너무도 크게 다가왔다. 그에게서 나는 청량한 체향과 더불어 달콤한 사과 향이 두 사람을 감쌌다.

와삭, 와삭! 스텔라의 시선이 사과를 씹느라 움직이는 그의 입술로 향했다. 모양 좋은 입술에 달콤한 사과즙이 묻어 있었다. 스텔라는 자신도 모르게 손을 뻗어 그의 입술에 묻은 사과즙을 닦아 주었다.

"아, 사과즙이 묻어서."

자신의 행동에 놀란 스텔라가 화들짝 손을 거둬들였다. 그러자 그의 눈빛이 한껏 짙어지면서 입가에 미소가 떠오르는 것을 볼 수 있었다.

"아이처럼 다 묻히고 먹다니."

그의 미소에 스텔라의 심장이 들썩거렸다. 그래서인지 스텔라는 괜스레 새초롬하게 톡 쏘아댄 후, 사과를 베어 물었다. 하지만 그녀의 머릿속은 자꾸만 조금 전 그녀의 손에 닿았던 부드러운 감촉에 쏠려 있었다. 심장에 비수를 꽂을 정도로 차갑고 냉혹한 말을 뱉어내던 입술이라 무척이나 싸늘할 것이라고 생각했었다. 하지만 그의 입술은 단정하고 매력적인 모양새만큼이나 촉감까지 좋았다.

"맛있군. 또 맛보고 싶을 만큼."

그의 목소리에 정신을 차린 스텔라가 그를 올려다보았다. 그리곤 자신의 손에 들린 사과를 먹고 싶다는 듯 바라보는 로이든을 보자, 얼른 뒤로 감췄다.

"이건 제 것이에요. 더 드시고 싶거든, 직접 드세요."

당황한 스텔라가 괜스레 사과를 와삭 베어 물었다. 평소와 달리 유치하게 구는 자신이 너무도 생경했다. 더군다나 그의 입술을 보고 섹시하다고 생각하다니. 미친 게 분명했다.

"욕심이 많군. 그걸 다 먹겠다고 하다니."

아쉬운 듯 그의 붉은 혀가 자신의 입술에 묻은 달콤한 사과 과즙을 훑는 것이 보였다. 그 나른한 행동이 스텔라의 눈을 붙잡았다. 남자가 이렇게 섹시해도 되는 걸까? 그렇게 생각한 순간, 스텔라는 입에 있던 사과를 다 씹지도 않은 상태에서 꿀꺽 삼켰다.

"딸꾹, 딸꾹!"

"혼자 먹겠다고 욕심을 부리더니만. 벌 받았군."

"그런 게 아니라…… 딸꾹. 딸꾹!"

"등이라도 두드려 줘야 하나? 아니면, 물을 마셔야 하는 건가?"

로이든이 계속 딸꾹질을 하는 스텔라를 보며, 어떻게 해야 할지 모르겠다는 듯 말했다.

"괜찮…… 딸꾹. 곧 멈출…… 딸꾹!"

"더 이상 말하지 마."

로이든이 주위를 두리번거렸다. 그러다 액세서리며, 여자들을 위한 장신구를 파는 상점을 발견하곤 그곳으로 걸어가기 시작했다.

"어딜 가는 거죠? 딸꾹!"

"너 역시 필요한 물건을 구입해야 할 테니, 그곳으로 가는 거야."

로이든이 스텔라를 안고 상점 안으로 들어가자, 안에서 얘길 나누고 있던 마을의 여인들이 두 사람을 향해 고갤 돌렸다. 그리곤 아름다운 여인을 품에 안고 나타난 잘생긴 귀족을 보곤 놀란 듯 눈을 동그랗게 떴다.

"내 아내가 발을 다쳐서 그러는데, 앉을 만한 의자가 있을까?"

"아, 네. 누추하지만, 여기에 의자가 있답니다."

여주인인 듯 보이는 여인이 서둘러 로이든에게 자릴 내주었다. 그러자 로이든은 스텔라를 의자에 앉힌 후 상점 안을 살피기 시작했다.

"여기 있는 물건들을 사고 싶은데, 이 정도면 될까?"

무슨 물건을 사겠다고 결정도 하지 않은 상황에서 로이든이 주머니에서 금화를 꺼내, 여주인에게 건넸다. 그러자 여주인의 눈이 화등잔만 해지며 황송한 듯 고갤 조아렸다.

"이 정도면, 이 가게 안에 있는 물건 중 원하시는 것을 다 사고도 남으실 겁니다."

"그리고 부탁 하나 하지. 물을 좀 줬으면 하는데. 딸꾹질이 멈추지 않아서."

딸꾹, 딸꾹!

로이든의 말이 채 끝나기도 전에 그 말을 증명이라도 하듯 스텔라가 딸꾹질을 했다. 그러자 여주인은 무슨 상황인지 알겠다는 듯 서둘러 안으로 들어갔다. 잠시 후 물병을 들고 나온 여주인이 스텔라에게 건넸다.

"고마워요."

"고맙긴요, 마님. 이렇게 자상하고 잘생기신 나리를 남편으로 두시다니, 정말 복 받으셨어요."

여주인의 말에 스텔라가 로이든을 바라보았다. 아기자기하게 꾸며진 가게 안에서 사내다운 그의 매력이 더욱 두드러져 보였다. 쳇, 정말 여주인의 말처럼 화가 나게 잘생긴 얼굴이었다. 거기다, 온몸에서 풍기는 당당한 기품 역시 사람들의 눈을 사로잡기에 충분했다.

"스텔라, 필요한 물건이 있으면 다 사도록 해. 난 잡화점에 가서 필요한 물건이 더 있나 봐야겠어. 곧 오지."

"그럴실 필요 없습니다, 영주님. 다 사면, 밖으로 나갈게요."

"아니야. 내가 올 때까지 여기서 기다리도록 해."

"그럴 필요 없……."

그녀의 말이 끝나기도 전에 로이든이 상점을 나가 버렸다. 스텔라는 잡화점으로 가는 그를 쏘아보며, 입을 삐죽였다. 정말 제멋대로라니까.

"세상에나, 어쩜 저리도 남자다우실까? 마님은 좋으시겠어요. 저런 분을 남편으로 맞으시다니 말이에요."

로이든의 뒷모습을 바라보는 여주인의 눈에 부러움이 뚝뚝 떨어지는 듯했다.

"그렇긴 하지. 하지만 사람은 보이는 게 다는 아니거든."

스텔라의 목소리에 담긴 싸늘함에 여주인은 물론 옆에 앉아 황홀한 듯 로이든을 바라보고 있는 여인들이 스텔라를 돌아보았다.

"어머나, 자세히 보니 마님 얼굴이……. 설마, 멍 자국은 아니겠지요? 제가 얼굴에 바를 약을 좀 가져다 드릴게요. 아 참, 런던에서 온 최상품의 화장품도 있는데, 가져오겠습니다."

여주인이 스텔라의 얼굴에서 푸르스름한 멍 자국을 발견하곤 놀란 얼굴로 재빨리 안으로 들어갔다. 그리곤 이것저것 물건들을 한 아름 안고 나타났다.

"얼굴 좀 보여주세요. 제가 발라 드릴게요."

여주인이 안쓰러운 표정으로 스텔라의 얼굴에 약을 발라주었다.

"귀하신 분께서 어쩌다가……."

"남편 때문이야."

"예? 조금 전 나가신 그분이요?"

"그래. 그분 취향이 약간 독특하거든."

취향이 독특하다니…… 분명 스텔라의 말속에 담긴 뉘앙스는 그가 성적으로 무척이나 특이한 취향을 갖고 있다고 말하는 것처럼 들렸다.

"설마, 밤일 중에 마님을 때리신다는 건가요? 저렇게 점잖은 얼굴을 하고서요?"

"그것뿐이 아니야. 저렇게 완벽한 신사의 모습을 하고, 쾌락을 위해선 남녀 가리지도 않지."

스텔라의 말에 세 명의 여인들이 질린 얼굴을 했다. 사실 귀족들 중에서 어린 소년을 좋아하는 사람들이 있다는 얘긴 들어 알고 있었다. 하지만 저렇게 남자답고 완벽하신 분이 소년 취향이라니.

"세상에, 이렇게 아름다운 부인을 놓고 다른 남자라니. 쯧쯧!"

"그러게 말이에요. 그래서 마님 얼굴을 이렇게 만들어놓으신 거군요. 나리의 빌어먹을 남자 애인에게 질투를 하셔서요. 그 마음 충분히 이해한답니다. 제 남편도 술집 창녀에게 빠져, 내겐 눈길조차 주지 않거든요."

순간 스텔라는 마시고 있던 물을 뿜을 뻔했다. 자신이 한마디 던지자마자, 마을의 여인들은 자신들만의 방식으로 모든 이야기를 만들어내고 있었다. 갑자기 등장한 남자 애인이라니. 거기에다 내가 그 남자 애인을 질투하는 불쌍한 여인이 되어 있었다.

"뭐, 그렇지."

스텔라는 물병을 내려놓으며, 피식 웃었다. 여인들이 뱉어내는 말에 너무 놀란 덕분인지 계속되던 딸꾹질 역시 멈춰 있었다.

"마님, 우리 가게에서 필요한 물건이 있다면 다 가져가세요."

"응, 그게 무슨 말이야?"

"마님은 아름다우신 분이세요. 마님의 치명적인 매력으로 그 남자 애인을 쫓아버리란 말입니다. 여기, 이걸 가져가도록 하세요. 이건 남자들이 먹기만 하면 사흘 밤낮을 마님 침실에 묶어둘 수 있는 묘약이랍니다. 오늘 밤, 나리의 술잔에 타 먹게 하세요. 그리곤 마님께서 주실 수 있는 최고의 쾌락을 주시는 겁니다. 부끄러움 따윈 침실에선 잊어버리시고요. 그럼 다신 남자 애인을 찾는 일은 없을 테니까요."

"그리고 이것도."

옆에 있던 여자가 검은색으로 된 작은 천을 건넸다.

"이건 뭔데?"

스텔라가 받아 든 검은색의 천을 펼치자, 손바닥만 한 속옷이 눈에 들어왔다. 이건 가린다는 차원이 아니라, 헐벗었다는 말과 너무도 잘 어울리는 속옷이었다.

"아니야, 이건 필요 없어."

"아니요. 꼭 가져가세요. 이걸 입고, 오늘 밤 나리를 기다리세요. 절대 잠옷은 입지 마시구요. 그럼, 마님께 홀딱 빠져 밤낮 가리지 않고 마님만 찾게 될 거예요. 사내란 은근히 침대에서 요부 같은 여인을 좋아하거든요."

여인의 충고에 스텔라의 귓불이 새빨개졌다.

"이것도 필요할 것 같아요. 이건 남자의 성욕을 자극하는 사향 주머니인데, 드레스 안쪽에 품고 계세요. 그럼 짐승처럼 발정해, 마님 엉덩이만 쫓아다닐 테니까요."

"아니야, 난……."

그저 장난으로 시작한 것이 이젠, 감당할 수 없을 만큼 난처한 상황이 되어버렸다. 여인들은 앞다투어 남자를 유혹하는 물건을 스텔라에게 내밀었고, 여주인은 그것을 꾸러미에 싸는 중이었다. 그럴 필요 없다고 하는데도, 여인들은 다 안다는 측은한 얼굴을 할 뿐이었다.

'어쩌다가 이런 상황이 되었는지…….'

스텔라가 난처한 얼굴로 입술을 깨물었다. 그리곤 결국 여인들이 건네는 꾸러미를 받아 들 수밖에 없었다. 평생 입을 일 없는 손바닥만 한 속옷이며, 남자를 유혹하는 사향 주머니. 그리고 미약이라니. 줄줄이 등장하는 여인들의 필살기에 어리둥절해 있는 동안, 잡화점에 갔던 로이든이 돌아왔다.

"다 샀다면 돌아가지. 어두워지면, 산길이라 위험할 거야."

로이든이 가게 안으로 들어가자, 여인들의 표정이 싸늘하게 변했다. 그리곤 조금 전 그를 보며 황홀해하며 바라보던 시선과는 반대로, 그를 마치 적이라도 된 듯 쏘아보기까지 했다. 마치 자신의 바람난 남편을 보듯이.

"아, 네. 이제 다 샀어요."

스텔라가 자리에서 일어나려고 하자, 어느새 로이든이 다가와 그녀를 번쩍 안아 들었다.

"짐은 네가 드는 게 좋겠어."

로이든의 말에 스텔라가 조금 전 구입한 요상한 물건이 잔뜩 든 꾸러미를 품에 바짝 당겨 안았다. 그렇지 않아도 꾸러미 안에 있는 물건들을 그에게 들킬지도 모른다는 생각을 하자, 심장이 쪼그라들었다.

"마님, 꼭 성공하세요."

"한주먹거리도 안 되는 그 피라미, 한 방에 날려 버리세요."

그때, 언제 왔는지 제레미가 상점 안을 기웃거리는 것이 보였다. 그러다 스텔라를 품에 안고 있는 로이든을 발견하곤, 제레미가 서둘러 가게 안으로 들어왔다.

"여기 계셨군요, 영주님. 마님."

"제레미, 넌 가서 잡화점에 있는 물건들을 말에 싣도록 해."

"네, 영주님. 어, 마님. 마님께서 들고 계신 짐도 저에게 주세요. 제가 가서……."

"아니야…… 괜찮아."

스텔라가 제레미에게 짐을 빼앗길세라 바짝 꾸러미를 당겨 안았다. 그러자 가게 안에 있던 여주인이 소리치듯 말했다.

"안 돼요. 그건 마님 물건입니다. 그러니 마님께서 들고 가실 겁니다. 그렇죠, 마님?"

순간 여주인의 날카로운 목소리에 스텔라가 여주인을 돌아보았다. 그리고 그 순간 깨달았다. 여주인은 제레미를 여자들의 최대의 적이라도 되는 듯 표독스럽게 쏘아보고 있었다. 그 눈빛에 제레미가 놀란 듯 움찔 몸을 굳히는 것이 보였다. 아마, 마을의 여인들은 스텔라가 말한 소년 애인을 제레미라고 생각하는 모양이었다.

'아, 정말 미치겠네.'

"제레미, 괜찮아. 내가 들게."

스텔라는 괜스레 제레미에게 미안했다.

"네, 알겠습니다. 마님."

제레미가 지옥에서 도망치듯 상점 밖으로 나가자, 스텔라는 안도의 한숨을 내쉬었다. 스텔라와 로이든 역시 상점을 나서는데, 여주인이 마지막까지 두 사람을 뒤쫓아 나왔다.

"마님, 오늘 밤 꼭 사용하세요. 꼭 성공하실 겁니다."

여주인의 말에 스텔라의 얼굴에 새빨갛다 못해 온몸이 붉게 변했다. 스텔라의 반응에 그때까지 말없이 지켜보고 있던 로이든이 이상하다는 듯 입을 열었다.

"대체 여자들끼리 무슨 말을 했기에 이런 반응인지 모르겠군. 남자들의 목을 조르자고 작당이라도 한 것처럼 말이야. 아님, 내 흉이라도 본 건가?"

"흉이라니, 절대 아니에요. 그냥, 여인들끼리 농담을 주고받았을 뿐이에요."

"농담 여러 번 했다간, 저 여자들의 서슬에 목이 달아날 것 같더군. 그나저나, 오늘 밤 꼭 사용하라는 게 뭔지 말해주겠어?"

"백작님관 아무 상관 없는 물건입니다. 그러니 백작님께선 관심 끊으세요."

당혹스러움에 스텔라는 발끈하며 소릴 질렀다. 자신의 경솔함에 바로 후회하긴 했지만, 이미 소릴 지른 후였다.

"정말 너란 아인 독특해. 이젠 이유도 없이 발끈 화를 내다니. 내가 너에게 그렇게 편한 존재인 건가?"

"잊으신 모양인데, 전 언제 어느 때나 백작님께 화가 나 있답니다."

스텔라가 날카롭게 쏘아붙이자, 로이든이 작게 한숨을 내쉬었다.

"내가 어떻게 잊겠어. 눈만 뜨면, 날 죽이겠다고 위협하는 상황인데 말이야. 설마, 오늘 꼭 사용하는 게 독은 아니겠지?"

로이든이 비아냥거리며 말했다. 독이라……. 어쩌면 독일지도 몰랐다. 미약 역시 독의 일종이었으니까.

"그거야 모르죠. 이제 내려주세요."

마구간에 도착한 스텔라가 그의 품에서 내려오기 위해 버둥거렸다. 로이든은 그녀를 내려놓는 대신 자신의 말 위에 태웠다.

"제레미와 함께 타고 가겠어요."

"민폐야. 이미 제레미가 타고 온 말엔 짐을 다 실었거든."

로이든이 스텔라가 보물처럼 안고 있는 꾸러미로 손을 뻗었다.

"아니에요, 이건 제가 가지고 있을게요."

당황한 스텔라가 재빨리 꾸러미를 옆으로 감췄다. 순간 로이든의 미간이 좁아졌다. 하지만 이내, 어깰 으쓱할 뿐 더는 강요하지 않았다.

"영주님, 짐을 다 실었습니다."

"좋아, 바로 출발한다."

로이든이 서둘러 말에 올랐다. 말고삐를 붙잡으며, 로이든이 남은 한 팔로 스텔라의 허릴 단단히 휘감는 게 느껴졌다. 그러자 자연스럽게 스텔라는 그의 품에 안기는 형태가 되었다.

"나에게 기대는 게 좋을 거야. 이번엔 짐을 끌어안고 있느라, 안장도 붙잡지도 못할 테니까. 아니면, 지금이라도 짐을 제레미에게 주든지."

순간 스텔라는 망설였다. 하지만 스텔라는 꾸러미 안에 있는 물건을 로이든에게 들키느니, 차라리 야영지로 돌아가는 동안 그에게 몸을 기대는 쪽을 선택했다. 스텔라가 그에게 순순히 몸을 기대오자, 로이든은 미간을 찌푸렸다. 대체 무슨 물건이 들어 있기에 저리도 악착같이 지키는 건지. 의문이 들었지만, 로이든은 모르는 척하기로 했다. 사실 그 가게를 쭉 둘러본 결과 그 안엔 단검 같은 무기는 없었다.

로이든이 한 팔로 그녀의 허릴 단단히 붙잡았다. 그녀의 허릴 휘감는 강한 힘에 놀란 스텔라의 몸이 긴장으로 굳어졌다.

"힘을 빼도록 해. 자꾸 나무토막처럼 몸에 잔뜩 힘을 주었다간, 우리 둘 다 말에서 떨어져 목뼈가 부러질 테니까."

로이든의 말에 스텔라는 최대한 몸에서 힘을 빼려 했다. 하지만 잘되지 않았다. 그의 몸에 자신의 몸이 닿고, 살짝 스칠 때마다 스텔라의 어깨가 긴장으로 굳어지는 건 어쩔 수 없었다.

"이랴!"

이내 두 사람을 태운 말이 달리기 시작했다. 그나마 그의 팔이 그녀의 허릴 붙잡아서인지 말에서 떨어질 위험은 사라졌다. 하지만 말에서 떨어질 위험이 사라지자 다른 위험이 두 사람을 덮쳤다. 빠른 속도로 말을 움직일 때마다 꼭 맞붙은 두 사람의 몸이 리드미컬하게 움직이며 부딪혔다. 순식간에 나른한 열감이 일었다. 바람결에 스텔라의 검은 머리카락이 흩날려 그의 얼굴을 스쳤다. 달콤하고 신비로운 여인의 체향이 자꾸만 심장을 간질였다. 마치 격렬한 사랑을 나누는 남녀의 행위처럼 두 사람의 몸이 나른하게 맞닿았다.

"떨어져요. 지금 당장."

그녀의 엉덩이를 찌르는 뜨거운 뭔가가 그의 남성이란 사실을 깨달은 스텔라가 화들짝 놀라며 그에게 소리쳤다. 그리곤 불끈거리는 불기둥에서 멀어지기 위해 스텔라가 엉덩이를 움찔거렸다.

"하아, 젠장. 가만히 좀 있어."

뜨거운 숨결과 함께 그녀의 귓가를 스치는 로이든의 신음 소리에 스텔라가 움직임을 멈췄다. 순간 심장이 움찔거렸다. 노골적인 남자의 욕망을 담은 목소리가 목덜미를 타고 나른한 열기를 불러일으켰던 것이다.

"제발 그만 움직여. 여기서 더 움직였다간, 나도 어쩌지 못할 테니까. 그랬다간 목뼈가 부러지는 것으론 끝나지 않을 거야. 말을 세우고 널 숲으로 데려가, 당장 가지고 말 테니까."

욕망을 참아내는지 잔뜩 쉰 로이든의 목소리가 무척이나 섹시하게 들렸다. 그의 목소리에 당황한 스텔라가 움직임을 멈추곤 몸을 굳혔다.

설마, 지금 날 원한다는 건가? 믿을 수 없지만 그의 몸에 변화를 보건대, 성적으로 자신에게 끌리는 것이 맞는 듯했다.

"말을 잘 듣는군."

귓불을 스치는 뜨거운 숨결에 스텔라가 어깨로 귀를 가렸다.

"알았으니까, 빨리 가요. 어서요!"

지금 이 순간 스텔라가 할 수 있는 일은 얌전히 있는 것뿐이었다. 그러자 로이든 역시 더욱 속력을 냈다. 난처한 것은 비단 스텔라만은 아니었다. 순간, 동시에 두 사람의 입에서 더운 한숨이 새어 나왔다.

말이 속도를 낼수록, 좁은 안장 사이에 두 사람의 몸이 하나처럼 달라붙었다. 한 번 의식하기 시작하자, 모든 신경이 더욱 예민하게 반응했다. 스텔라는 바지를 뚫고 나올 것처럼 단단해진 그의 남성 때문에 당혹스러워 그를 쳐다보지도 못한 채 고갤 숙여야 했다.

마침내 두 사람을 태운 말이 야영지에 도착했다. 서둘러 말에서 내린 로이든은 스텔라를 말안장에 그대로 남겨둔 채 재빨리 그곳을 벗어났다. 바지를 뚫고 나오려는 듯 불끈 솟아오른 자신의 분신을 들키지 않기 위한 행동이었지만, 기사들에겐 로이든과 스텔라가 또 싸웠다는 인상을 주었다.

레이놀즈가 서둘러 스텔라를 말에서 내려주었다. 그리곤 안됐다는 듯 스텔라를 바라보았다.

"백작부인, 힘드셨을 텐데 막사에서 쉬시는 것이 좋겠습니다."

"아니에요, 전 마차에 잠깐 가 있을게요."

스텔라는 막사에서 로이든을 보느니, 차라리 혼자 편하게 있을 수 있는 마차로 향했다. 그러자 기사들의 의심은 확신으로 굳어졌다.

잠시 후, 제레미가 도착했다. 레이놀즈는 스텔라와 로이든 사이에 무슨 일이 있었는지 제레미를 추궁했지만, 제레미 역시 이유를 알 수 없다는 듯 어깨를 으쓱해할 뿐이었다.

“아 참, 마을 여인들이 그러는데 영주님께서 이상한 취미가 있으신 모양이에요.”

“이상한 취미?”

“네. 두 분께서 말을 타고 먼저 출발하신 후, 나이 지긋한 아주머니께서 제게 그러셨거든요. 영주님께서 남자를 좋아하는 것은 단지 호기심일 뿐이라고. 그러니 영주님 곁엔 얼씬도 하지 말라고요.”

“뭐, 영주님께서 동성……. 말도 안 되는 소리.”

“하지만 사실 영주님께선 여자에게 흥미가 많은 건 아니시잖아요. 우린 시간만 있으면, 루시네 집에 가서 여자 꽁무니를 쫓느라 정신이 없지만 영주님은 한 번도 루시네 집에서 여자를 안은 적이 없었…… 헙!”

제레미의 말에 레이놀즈가 그의 엉덩이를 냅다 걷어찼다.

“쓸데없는 소리 그만하고, 저녁이나 만들어. 또다시 말도 안 되는 소릴 했다간, 네 입을 찢어줄 테다.”

레이놀즈의 으름장에 제레미가 서둘러 두 손으로 입을 가렸다. 그리곤 저녁을 만들기 위해 후다닥 도망치는 것이 보였다. 기사들 역시 레이놀즈의 눈치를 보며, 흩어지기 시작했다.

“말도 안 돼. 영주님께서 사내를 좋아하시다니.”

레이놀즈는 단호한 표정을 지었다. 하지만 각자의 자리로 돌아가는 몇몇 기사들은 그 의구심을 떨쳐 내지 못하는 눈치였다. 사실 제레미 말처럼 로이든은 루시의 집에 갔을 때도 창녀들에겐 눈길 한번 주지 않고 술만 마셨었다.

"미쳤군, 미쳤어. 그 쥐방울 녀석의 말에 이런 생각이나 하다니."

레이놀즈는 똥이라도 씹은 얼굴로 말을 살피기 위해 걸음을 재촉했다.

❖

첨벙, 첨벙! 로이든은 차가운 물에 몸을 담그며, 몸속의 뜨거운 피를 식혔다. 하지만 그의 중심부의 열기는 시들기는커녕, 오히려 차가운 물속에서도 더욱 생생하게 요동쳤다. 레이놀즈가 부르는 소리를 못 들은 척 외면하고 서둘러 호수로 왔으니 망정이지, 자칫했다간 그를 기다리고 있던 체스터 가의 기사들 앞에서 불끈 솟아오른 그의 아랫도리 상태를 고스란히 들킬 뻔했다. 그가 스텔라에게 발정하고 있다는 사실을.

"젠장!"

이렇게 지독한 욕망을 느낀 것은 처음이었다. 전쟁 중, 목숨을 위협하는 날 선 긴장감을 잊기 위해 간혹 여인을 안은 적은 있었다. 하지만 그때뿐, 오히려 몸에 들러붙는 불쾌한 감정으로 인해 로이든은 아무리 힘들어도 더는 여인을 안지 않았다.

다른 사내들은 끊임없이 여자를 안았지만, 흥미가 생기지 않았다. 동물적인 쾌락을 쫓는 관계엔 크게 의미를 두고 있지 않다는 게 이유였다. 아마 그것은 로이든의 부모님의 영향이 컸다. 두 분은 다른 귀족가의 부부들처럼 의무로 이루어진 관계가 아니라, 진심으로 서로를 사랑했다. 그래서인지 로이든은 감정적인 교류 없이 몸만을 탐하는 행위를 경멸했다. 그런데 지금 자신은 스텔라를 성적으로 원하고 있었다.

"결혼을 하면, 그런 관계가 될 수 있을 것이라고 생각했었는데……."

로이든은 스텔라와 정략혼이 결정되었을 때, 스텔라와 결혼을 하면 오직 그녀에게만 충실할 것을 다짐했다. 그녀를 깊이 사랑하는 것은 아니었지만, 부부라는 신뢰가 주는 힘은 클 테니까.

하지만 그 모든 것이 국왕 리처드에 의해 깨어져 버렸다. 그녀에게 그는 배신자일 뿐, 신뢰를 주는 남편이 아니었다. 이미 그녀와 로이든 사이엔 배신에 대한 분노와 원망이 가득할 뿐이었다.

"강제로 한 결혼 서약이라니. 하아!"

호수에서 나온 로이든은 손으로 젖은 머리카락을 거칠게 쓸어 넘겼다. 호수에 비쳐 든 달빛에 조각처럼 완벽한 얼굴이 드러났다. 그를 집어삼킨 뜨거운 욕망 때문인지 달빛에 비친 로열 블루의 눈동자가 묘하게 나른했다. 물에 젖은 단단한 근육질의 몸 역시 뜨거운 열기를 뿜어내며, 주위의 차가운 공기를 바짝 태웠다.

매혹적이란 말이 지금 그에게 너무도 잘 어울렸다. 짙은 어둠 속, 달빛을 등진 그는 인간의 눈을 현혹시키는 마력이 느껴졌다. 몸속에 들끓고 있는 욕망을 채우지 못한 그는 독이 잔뜩 오른 맹수 같았다.

지독히도 아름답고 야한 맹수.

이제 돌아갈 시각이었다. 더 늦어진다면, 레이놀즈를 비롯해 기사들이 그를 걱정할 수도 있었다. 로이든은 야영지로 돌아가기 위해 바닥에 놓아둔 옷을 집어 들었다. 그리곤 대충 몸을 닦은 후,

다리에 바지를 꿰었다.

바스락, 바스락!

사냥감은 아니었다. 만약 토끼나 노루였다면, 이 정도로 경계심이 없지는 않을 테니까. 다시 풀 위를 걷는 발걸음 소리가 들려왔다. 옷자락이 풀을 스치는 소리도.

“레이놀즈인 건가? 쳇, 기다리다 못해 데리러 온 모양이군.”

로이든이 천천히 바지를 끌어 올리곤, 단추를 잠갔다. 그리곤 셔츠를 집어 들려는 순간, 낯익은 여인의 목소리에 잠잠해졌던 그의 남성이 불끈 힘이 들어가는 것이 느껴졌다.

“젠장!”

“엇, 나는……. 죄송합니다.”

그의 욕설을 들었는지, 스텔라가 당황한 표정으로 고갤 돌리는 것이 보였다. 로이든의 눈엔 그런 스텔라의 모습이 마치 맹수에게 산 채로 잡혀 먹히기 위해 온 사냥감처럼 보였다. 그리고 그는 절대 사냥감을 보고 그냥 지나치지 않는 포식자였다.

그의 몸이 이성보다 먼저 움직였다. 발걸음을 돌리려는 스텔라의 손목을 강하게 붙잡고는 그를 향해 돌려세웠다. 짙은 여인의 향이 그의 폐부를 찔렀다.

“네 탓이다. 가까스로 참고 있는 날, 제 발로 찾아온 건 바로 너니까.”

밀어낼 틈도 없이 스텔라의 몸이 그의 품에 갇혀 버렸다. 그리곤 놀라 벌어진 입술을 뚫고 강한 혀가 밀고 들어왔다.

“흡!”

순식간에 여린 입술이 허기진 맹수에 의해 먹혔다. 사내의 강한 힘과 뿜어져 나오는 열기에 여인은 당황한 채 입술이 범해지는 것을 두고 볼 수밖에 없었다. 덫에 걸린 사슴처럼, 스텔라는 꼼짝도 하지 못했다.

❖

마을에서 돌아온 후 스텔라는 로이든과 마주치지 않기 위해 마차에서 할 일 없이 시간을 보냈다. 그러다 문득 자신의 행동에 한숨을 내쉬었다.

'대체 내가 왜 그를 피해야만 하는 거지? 결례는 내가 아니라, 그 사람 몸이 한 건데 말이야.'

결국 스텔라는 저녁을 먹기 전, 호수에서 몸을 씻기 위해 마차를 나왔다. 그러다 모닥불 주변에서 분주하게 요리를 하고 있던 제레미가 그녀를 발견하고 고갤 숙여 아는 척을 했다. 평소 같았으면 쪼르르 달려와 그녀에게 뭐 필요한 것이 없느냐고 물었겠지만, 저녁 시간이 다 되어가는 터라 음식 준비에 바쁜 모양이었다. 스텔라 역시 제레미에게 눈으로 인사를 건네곤, 호수로 발걸음을 옮겼다.

"백작부인, 어딜 가시는 길이십니까? 제가 동행하겠습니다."

"아니에요, 레이놀즈. 호수에 가려던 참이었거든요."

호수라는 말에 레이놀즈의 얼굴이 살짝 굳어졌다. 하지만 스텔라는 어두운 탓에 그의 변화를 눈치채지 못했다.

"그럼, 다녀오십시오."

"저기, 그런데 백작님은……."

"아마, 막사에 계실 겁니다."

"그래요? 다행이군요."

스텔라의 입가에 안도의 미소가 떠오르자, 레이놀즈는 순간 양심의 가책을 느꼈다. 왜냐하면, 로이든은 막사가 아닌, 호수에 있었기 때문이었다.

'절대, 영주님의 취향을 의심해서가 아닙니다. 그저 부부시니…….'

레이놀즈가 아무것도 모르는 채 호수로 가는 스텔라를 보며, 양심의 가책을 느끼는 동안 스텔라는 부지런히 걸음을 재촉했다. 하지만 잠시 후, 호수에 도착한 스텔라는 눈앞에 상반신을 드러낸 채 서 있는 로이든을 발견하곤 그대로 걸음을 멈췄다.

'어떡하지? 왜 그가 여기 있는 거지?'

놀란 스텔라가 발길을 돌리려 했다. 하지만 웬일인지 발걸음이 떨어지지 않았다. 그녀의 시선 역시 로이든의 탄탄한 맨가슴에 달라붙었다. 서늘함이 묻어나는 잘생긴 얼굴과 군살 없이 매끈한 몸은 어둠 속에서도 느낄 수 있을 만큼 완벽했다.

그때, 로이든이 고갤 들었다. 처음엔 스텔라를 보고 놀란 듯했지만, 차츰 그의 고요하던 눈동자가 감정을 담고 짙어지기 시작했다. 파괴적이고 거역할 수 없는 맹수의 강인함. 스텔라는 그 눈빛에 사로잡힌 듯 꼼짝도 할 수 없었다.

"난…… 여기 있는 줄 몰랐어요. 죄송합니다."

자릴 뜨기 위해 스텔라가 등을 돌렸다. 하지만 이미 늦은 후였다. 사내의 뜨겁고 강한 손이 그녀의 손목을 붙잡더니, 거칠게 돌려세웠다. 순식간에 두 사람을 감싼 공기가 변했다. 욕망을 숨기지 않는 그의 열기에 스텔라는 시선을 피하기 위해 고갤 숙이려 했다.

“네 탓이다. 가까스로 참고 있는 날, 제 발로 찾아온 건 바로 너니까.”

그의 손이 그녀의 턱을 단단히 붙잡더니 옆으로 살짝 기울였다. 그리곤 집어삼키듯 뜨거운 혀가 그녀의 입술을 열고 안으로 들어왔다.

“흣!”

작은 신음과 함께 놀라 벌어진 입술 틈으로 그가 혀를 밀어 넣었다. 여린 혀가 단단히 휘감겼다. 뿌리까지 뽑을 듯 강하게 빨아 당기는 그 나른함에 스텔라는 움찔 몸을 떨었다. 저릿한 아픔과 함께 눈에 눈물이 고였다. 아픔과 함께 등줄기를 타고 짙은 쾌감이 그녀를 흔들었다.

“놓아주…… 하아.”

순간 두려웠다. 처음 느껴보는 강렬한 감각에 스텔라가 그를 밀어내려 했다. 하지만 그의 팔이 그녀의 허릴 휘감고는 더욱 그녀를 끌어안았다. 순식간에 두 사람의 몸이 한 치의 틈도 없이 맞닿았다. 벗어나야 했다. 위험했다. 자신의 입술을 탐하는 사내의 열기에 스텔라의 머릿속에 경고의 불빛이 켜졌다.

“안 돼. 참고 있던 내게 온 건, 너야.”

“아니에요. 난 몰랐…….”

“유혹할 의도가 없었다고 해도, 날 자극한 건 너다. 날 이렇게 만든 건.”

로이든의 입술이 다시 그녀를 찾았다. 저항할 사이도 없이 스텔라의 몸이 바닥에 눕혀졌다. 그녀의 몸 위로 그의 무게가 느껴지는 동시에 그의 손이 그녀의 드레스 앞섶을 풀어 헤치기 시작했다.

"잠깐…… 기다려요. 흐흡!"

그의 커다란 손이 그녀의 둥근 가슴을 힘껏 그러쥐었다. 가녀린 그녀의 몸에서 유일하게 부드럽고 풍만한 곳이 그의 손에 의해 순식간에 일그러졌다.

"하아, 스텔라."

더운 숨결을 뱉어내며, 그의 입술이 멀어졌다. 하지만 이내 그의 입술이 그녀의 귓불을 스치는가 싶더니, 어느새 그의 손에 붙잡혀 있던 새하얀 가슴의 정점을 물었다. 달콤한 과즙이 흘러나오는 열매를 맛보듯 그의 혀가 붉은 정점을 휘감더니, 강하게 빨아 당겼다.

"흑!"

등줄기를 타고 흐르는 낯선 감각에 스텔라의 어깨가 떨리기 시작했다. 그의 입술에서 놓여난 스텔라의 입술에선 참으려 했지만 거친 신음이 새어 나왔다. 믿을 수 없었다. 누가 올지도 모르는 호수에서 자신이 증오하는 남자에게 범해지는 지금, 그녀가 느끼는 감정은 믿을 수 없게도 혐오감이 아니란 사실이었다.

당연히 그와 다시 섹스를 하게 된다면, 온몸에 뱀이 기어가듯 지독한 혐오감에 치가 떨릴 것이라고 여겼었다. 국왕에 의해 강제로 그의 신부가 되었을 뿐, 그녀는 여전히 그를 증오하고 있었으니까.

하지만 몸이 그녀의 마음을 배신하고 있었다. 믿을 수 없게도 마치 익숙한 듯 그의 몸에 반응하며, 쾌락에 몸을 떨고 있었다.

"싫…… 어요. 당장, 비켜요."

하지만 이미 짙은 욕망에 사로잡힌 로이든은 그녀의 말을 듣지 못했다. 대신 그녀의 가슴을 희롱하듯 빨며 애무하던 그의 입술이 다시 그녀의 입술을 찾았다. 농밀하게 이어지는 느릿한 키스에 스텔라의 몸이 또다시 반응하며 뜨거워졌다.

싫었다. 그가 아니라, 그가 주는 쾌락에 반응하는 자신이 너무 싫었다.

"흐읍!"

움찔 어깨를 굳히며, 로이든이 그녀의 입술에서 떨어졌다. 입에서 비릿한 피 맛이 느껴졌다. 스텔라가 그를 밀어내기 위해 혀를 깨물었던 것이다. 아릿한 아픔에 한순간 멀어졌던 로이든의 입술이 다시 그녀의 입술을 옭아매듯 덮쳐 왔다.

"흡, 하아!"

그녀를 누르는 힘에 그녀의 등이 딱딱한 바닥에 짓눌러졌다. 스텔라는 그에게서 벗어나기 위해 버둥거렸다. 그 순간 그의 손이 스텔라의 치맛자락을 헤치고 맨다리를 쓸며 안으로 들어왔다. 놀란 스텔라가 몸을 굳혔다.

"소리를 지르겠어요."

입술이 떨어진 틈을 이용해 스텔라가 싸늘하게 말했다. 그녀의 협박에 로이든의 입가에 냉소가 어렸다.

"지를 테면 질러. 어차피 넌 내 아내야. 체스터 가의 기사들은 주인이 자신의 여자를 안는 것에 대해 아무런 말도 하지 않을 거야. 오히려 체스터 가의 후계자가 생길지도 모르는 일이니, 기뻐할지도 모르지."

"뭐라고요? 당신이란 남잔 정말……."

"짐승이라고 말할 생각이라면, 좀 더 참신한 단어를 찾도록 해. 짐승이란 말로는 날 멈추게 하진 못할 테니까."

"으흣! 아하, 비켜요."

그의 손이 그녀의 가슴을 움켜쥐었다. 그의 손안에서 봉긋하게 솟아오른 가슴이 터질 듯 부풀었다. 그가 그녀의 목덜미에 얼굴을 묻었다. 예민한 귓불을 혀로 쓸어내리자, 뜨거운 열기와 함께 더운 숨결이 목덜미에 느껴졌다. 스텔라는 오싹한 쾌락에 몸이 떨렸다.

"포기해. 그게 좋을 거야. 나 역시 널, 억지로 안고 싶지 않으니까."

"정말 웃기는군요. 이게 강제가 아니면 뭐라는 거죠? 당신은 지금 날……. 히힉!"

그의 혀가 그녀의 예민한 귓불을 쓸었다. 순간 놀란 스텔라가 움찔 몸을 떨며, 그의 혀를 피해 도망치려 했다. 하지만 그의 혀가 집요하게 그녀의 귓불을 쓸고 핥았다.

"말과 반응은 다르군. 인정해. 너 역시 날 원하고 있다는 것을."

비웃음이 담긴 그의 목소리에 스텔라가 그를 쏘아보았다. 그의 말을 부정할 수 없어 더 화가 났다.

"초야 때문이에요. 당신과 치른 초야 때문에 본능적으로 반응할 뿐이라고요."

스텔라가 그를 노려보며 쏘아붙였다. 그녀에겐 그가 첫 남자였고, 싫어하는 마음과는 달리 몸은 그에게 반응하고 있었다. 그 이유를 이것 외엔 설명할 길이 없었던 것이다.

"초야라고?"

"그래요. 당신이 강제로 날 안아서 그런 거예요."

그녀를 응시하는 로이든의 눈매가 가늘어졌다. 설마, 모르는 건가? 스텔라의 표정으로 보건대, 정말 모로는 모양이었다. 순간, 로이든의 눈동자가 날카로워졌다.

"정말 그렇게 생각하는 건가? 내가 초야 때 널 강제로 안았다고."

"그럼 아니란 건가요? 초야의 증거를 국왕에게 보냈잖아요. 당연히……."

스텔라가 더는 말하고 싶지 않다는 듯 입을 다물었다. 로이든은 놀라는 중이었다. 여인들은 초야를 치른 후, 몸의 변화를 깨달을 줄 알았었다. 하지만 스텔라는 초야를 치른 후, 계속 고열에 시달렸고 다리의 통증 역시 느끼고 있어서인지 자신이 아직 순결한 몸이란 사실을 깨닫지 못한 듯했다.

"생각지도 못했는데, 정말 재미있군."

로이든이 힘을 주어 스텔라의 손을 붙잡았다. 그러자 스텔라의 어깨가 떨리는 것이 느껴졌다. 추위 때문이 아니라, 울음을 참기 위해서인 듯했다. 그를 외면한 채 어둠을 응시하고 있는 스텔라의 얼굴에선 짙은 절망감이 느껴졌다. 어둠처럼 비참한 현실을 외면하고 싶다는 듯 꽉 다물린 스텔라의 턱이 미세하게 떨리고 있었다.

그 모습에 로이든의 심장이 움찔거렸다. 자신의 몸에 깔린 채 반쯤 풀어 헤쳐진 그녀의 모습은 강제로 유린당하기 직전의 모습이었다. 그녀의 말처럼, 자신이 짐승처럼 그녀를 겁탈하려 한 것이다. 그가 가장 경멸하는 행동을 자신이 하려 하다니.

"이번엔 뭐지? 싸움 대신, 동정심을 유발하려는 모양이군."

마음과는 달리, 스텔라를 향해 쏟아내는 말들은 가시투성이였다. 그러자 지금껏 그를 외면하고 있던 스텔라가 고갤 휙 돌렸다. 자존심이 상한 듯 그를 쏘아보는 눈빛 역시 평소의 모습으로 되돌아와 있었다. 그 모습에 로이든은 안도감이 밀려들었다. 보고 싶지 않았다. 그녀가 힘없이 우는 모습 같은 건. 마음이 쓰여 미칠 것 같았다.

"동정심이라니. 당신에게 동정받느니 차라리 짓밟히는 것이 나아. 마음대로 해요. 이깟 몸 따위 더는 중요하지 않으니까."

스텔라는 울컥 솟아나는 분노에 목이 꽉 조여 더는 말을 잇지 못했다. 가까스로 화를 삼킨 스텔라가, 싸늘한 목소리로 다시 입을 열었다.

"당신, 절대 용서하지 않아. 내 손으로 당신의 숨통을 꼭 끊어놓고 말겠어."

로이든의 눈매가 날카로워졌다. 자신을 죽이겠다고 협박하는 스텔라를 보며, 왠지 심장이 아릿했다. 지금까지와는 뭔가 다른 느낌이었다. 동정에서 생긴 연민이 아니라, 지켜주고 싶다는 순수한 열망이었다.

몸속에 들끓던 욕망 역시 썰물처럼 빠져나갔다. 뜨겁던 피가 싸늘하게 식어버릴 정도로 오싹했다. 마음에 들지 않았다. 자신을 쏘아보는 스텔라의 눈빛에 담긴 감정이 분노라는 사실이. 이 감정이 뭔지 알 수 없었지만, 지금 자신을 바라보는 이 눈빛은 결코 아니었다.

"기대되는군. 내 목에 검을 댄 순간이."

서걱거리는 감정을 추스르며, 그가 몸을 일으켰다. 그리곤 감정 없는 목소리로 입을 열었다. 스텔라 역시 서둘러 자리에서 일어서며, 드레스를 끌어 올렸다.

"변하지 마. 순순히 널 내게 주지도 말고. 난, 타고난 사냥꾼이지. 그러니 잡은 먹잇감보단 죽을힘을 다해 도망치는 것에 매력을 느끼거든. 지금 너처럼."

로이든이 바닥에 떨어져 있던 옷을 집어 들었다. 그리곤 셔츠와 더블릿을 거칠게 입으며 스텔라를 뒤로한 채 야영지로 돌아가 버렸다.

혼자 남겨진 스텔라는 어둠 속에서 로이든을 죽일 듯 쏘아보았다. 그러다 무릎에 얼굴을 묻었다. 안도감보단, 자신의 상황이 너무도 비참했다. 어둠 속에 몸을 웅크린 채 앉아 있는 스텔라의 어깨가 미세하게 떨리고 있었다. 숲을 지나 계곡을 휘감고 그녀의 등을 두드리는 바람이 무척이나 스산했다.

잠시 후, 스텔라가 자리에서 일어섰다. 조금 전과는 달리 스텔라의 눈빛은 강한 의지로 빛나고 있었다.

"웃기지 말아요, 로이든 체스터. 꼭 방법을 찾고 말 테니까. 당신을 가장 처절하게 상처를 입히고, 내 발아래 무릎 꿇고 살려달라고 사정하게 만들 방법을."

하지만 지금은 감정이 아닌 이성적으로 생각해야 할 때였다. 무엇보다 체스터 성에서 그녀를 기다리고 있는 밀리를 만나는 것이 먼저였다.

"스텔라, 복수가 하고 싶거든 똑똑하게 굴어. 그를 이용할 방법을 찾아. 널 위해 그가 리처드에게 검을 들게 만들어야 해. 그리고 마지막 순간에 그가 아버지께 했던 것처럼, 그를 철저히 배신하면 되는 거야."

스텔라의 눈동자가 싸늘하게 빛났다. 그래, 그 방법이 있었다. 말을 밖으로 내뱉고 나니, 그것이 가장 최선의 방법처럼 느껴졌다.

"좋아. 철저히 이용하는 거야. 그가 그랬던 것처럼."

❖

잠에서 깬 로이든이 침상에서 몸을 일으켰다. 밤새 뒤척인 탓에 온몸의 근육이 뻐근했지만, 자신의 옆자리가 비어 있는 것을 본 순간 저절로 미간이 찌푸려졌다. 그녀가 도망쳤다가 그에게 붙잡혀 온 후부터, 두 사람은 밤엔 같은 막사에서 생활해 왔었다.

하지만 어젯밤 스텔라는 끝내 막사로 오지 않았다. 그 역시 그녀를 억지로 막사 안으로 데려오지 않았다. 만약 그녀가 옆에서 함께 자게 된다면, 억지로 참아내고 있는 열기를 끝까지 뿌리칠 자신이 없었다. 아마 스텔라는 비좁은 마차에서 몸을 웅크린 채 쪽잠을 잤을 게 분명했다.

"나와 자느니, 불편함을 감수하겠다는 말이군."

바지에 다리를 꿰며 로이든은 생각에 잠겼다. 이제 체스터 영지에 도착하려면 일주일도 채 남아 있지 않았다. 그동안 스텔라가 마차에서 자길 고집한다면, 체스터 가의 기사들 앞에서 자신의 체면이 말이 아닐 게 분명했다. 로이든은 실크 셔츠 위에 더블릿을 입으며, 스텔라에게 갈 채비를 했다. 그리곤 오늘 이후, 마차에서 자는 일 따위 허락하지 않겠다고 단단히 일러둘 생각이었다.

"영주님, 레이놀즈입니다."

"이른 아침부터 무슨 일이지?"

"그게, 나와보셔야 할 것 같습니다."

레이놀즈의 재촉에 로이든이 막사를 나왔다. 그러자 그를 기다리고 있던 레이놀즈가 눈으로 야영지 한쪽을 가리켰고, 그곳엔 냄비를 들고 분주하게 움직이고 있는 스텔라가 있었다.

"지금 스텔라가 저기서 뭘 하는 거지?"

로이든이 눈을 가늘게 뜨고 모닥불 앞에서 분주하게 뭔가를 만들고 있는 그녀를 믿을 수 없다는 듯 쏘아보았다. 그리고 그 옆엔 똥 마려운 강아지마냥, 어쩔 줄 몰라 하는 제레미가 서 있었다.

"그게 아침을 만드시는 모양입니다."

"스텔라가 직접 아침을 만들었다고?"

"네. 제가 일어났을 땐, 이미 백작부인께서 제레미와 함께 음식을 만드시고 계셨습니다."

대체 어떻게 된 일인지 알 수 없었지만, 스텔라는 체스터 영지의 요리사 벤처럼 음식을 만들고 있었다. 더 놀라운 것은 그녀가 끓이고 있는 냄비에서 제법 맛있는 냄새가 난다는 것이었다. 공복이라 음식 냄새에 반응해 입안에 침이 고이기까지 했다.

"요리라니. 정말 볼수록 신기한 여자군."

"그러게 말입니다. 평범한 여인처럼 백작부인께서 음식을 만드시다니. 사실 제레미가 지금껏 열심히 음식을 만들긴 했지만, 맛은 영 꽝이었던 터라. 저희에겐 불행 중 다행이지만 말입니다."

레이놀즈의 말에 로이든이 스텔라를 어떻게 믿을 수 있느냐는 듯 보았다.

"독이라도 넣지 않았다면, 다행이겠지."

"독이라구요? 설마요. 제가 보기엔 백작부인께선 음식을 가지고 장난을 치는 분처럼 보이진 않으셨습니다."

레이놀즈가 절대 그럴 리 없다는 듯 말했다. 그런 레이놀즈를 보며, 로이든이 조금 의아한 얼굴을 했다. 스텔라를 만난 지 이제 이주일이 조금 넘었을 뿐이었다. 그런데 사람을 쉽게 믿지 않은 레이놀즈가 스텔라를 감싸고돌다니. 로이든은 새삼, 스텔라를 물끄러미 응시했다.

"본 모습을 몰라서 하는 말이다. 나에겐 죽이겠다고 협박을 일삼는 여자야. 그런데 넌 아무런 의심도 않고 믿는 눈치군."

"그거야, 영주님께서 여인을 다루는 방법에 서투시니 그러는 것이고요. 아마, 어젯밤에도 백작부인의 속을 잔뜩 긁어놓으셨을 테지요. 그래서 화가 나, 마차에서 주무신 것 아닙니까? 제발 잘해 드리세요. 저렇게 아름다우신 분은 흔치 않으니까요."

레이놀즈가 은근슬쩍 스텔라의 편을 들었다. 레이놀즈의 말에 로이든이 음식을 만들고 있는 스텔라를 응시했다. 얼굴에 있던 멍이 사라지고 부기 역시 가시자, 흉측하던 그녀의 얼굴은 어느새 아름다운 본모습을 되찾고 있었다.

잉글랜드에서 가장 아름다운 숙녀라고 일컬어지더니, 그것이 사실이었던 모양이었다. 새하얀 피부와 이목구비 뚜렷한 얼굴. 그리고 검고 윤기 나는 머리카락이 아름다운 얼굴을 감싸고 있었다. 아침 햇살을 받고 서 있는 스텔라는 아름다움을 넘어서, 뭔가 신비한 매력이 느껴졌다. 심장이 두근거릴 만큼.

"쳇, 체스터 가의 가장 용맹한 기사인 레이놀즈 너마저 저 예쁜 얼굴에 넘어간 모양이군."

로이든이 놀리자 레이놀즈가 얼굴을 붉혔다. 하지만 부인하진 않았다.

"아름다우신 것만은 사실이니까요. 저희들의 충성을 받으실 만큼 고결하고, 귀품이 넘치시는 분이시라고 생각합니다. 사실 전, 백작부인의 아름다운 외모보단 고집에 반했지만요."

계속되는 레이놀즈의 칭찬에 로이든이 입술을 비틀었다. 고집이라. 레이놀즈의 말처럼, 보통 고집이 센 여인이 아니었다. 또한 절대 약한 모습을 보이지 않는 것도 그랬다. 어느 순간이건 스텔라는 귀족으로서의 긍지와 품위를 잃지 않았다.

"정말 단단히 홀렸군."

하지만 이상하게도 레이놀즈의 과한 칭찬이 불쾌하지 않았다. 오히려 자신이 칭찬을 받기라도 한 듯, 어깨가 으쓱해졌다. 괜스레 기분 좋기까지 했다.

"이제 다 된 모양이군. 저 음식에 독약이 들었는지, 아니면 독약보다 더 고약한 맛을 하고 있을지 알아볼 차례군."

로이든이 스텔라가 있는 곳으로 걸음을 옮겼다. 그러자 그릇에 음식을 담아 제레미에게 건네던 스텔라가 고갤 들었다.

"아침을 만든 모양이군."

"네, 이제부터 음식은 제가 만들었으면 합니다."

"그거야 맛을 본 후에 결정하도록 하지. 그리고 다음부턴, 내가 일어날 때까지 막사에서 기다리도록 해."

로이든이 스텔라가 들고 있던 그릇을 받아 들곤 의자로 쓰는 그루터기 위에 앉았다. 그러자 제레미가 나무 숟가락을 로이든에게 건네며, 눈을 빛냈다.

"영주님, 새벽부터 마님께서 정성 들여 만드신 것입니다. 어서 드셔보세요."

하지만 로이든은 그릇에 담긴 스튜를 물끄러미 내려다볼 뿐, 잠시 망설였다.

"어제 보니, 이 숲엔 독으로 쓰이는 풀이 많더군요."

로이든이 숟가락으로 뜨거운 김이 모락모락 나는 스튜를 맛보려는 순간, 언제 왔는지 스텔라가 불쑥 입을 열었다. 그를 내려다보는 스텔라의 눈빛엔 그가 어떤 마음인지 다 알고 있다는 듯 조소가 떠올라 있었다.

"독초가 있다면, 해독제로 쓰이는 풀도 있을 테지."

그 말과 함께 로이든이 스튜를 먹었다. 순간 로이든이 스텔라를 올려다보았다. 믿을 수 없게도 맛있었다. 이번에도 스텔라는 그의 생각을 읽은 듯 고갤 까닥인 다음, 다시 스튜가 끓고 있는 냄비로 걸어가 버렸다.

"먹을 만은 하군. 어서 먹도록 해."

로이든의 말에 기사들 역시 아침을 먹기 시작했다. 스텔라가 끓인 스튜를 맛본 기사들이 여기저기서 감탄사를 내뱉으며, 분주하게 숟가락을 움직이기 시작했다.

"세상에나, 영지에서 먹어본 이후 이렇게 맛있는 음식은 처음입니다. 더 먹어도 되겠습니까, 마님?"

"당연하죠. 냄비 가득 끓였으니, 많이 드세요."

스텔라가 미소까지 지어가며 기사들의 그릇에 직접 스튜를 담아주었다. 그러자 기사들이 너 나 할 것 없이 더 먹기 위해 줄을 서기 시작했다.

"이런 재주를 갖고 있었다니, 의외군. 설마, 음식으로 기사들의 마음을 홀리려는 건 아니겠지?"

"저도 정말 놀랐습니다. 체스터 성의 요리사만큼은 아니지만, 버금가는 실력임에 틀림없는 것 같습니다."

레이놀즈의 말에 로이든 역시 동의했다. 여행 내내 제레미의 맛없는 음식을 계속 먹어서인지, 특히나 더 맛있게 느껴졌다.

"제레미, 백작부인을 이곳으로 모셔오도록 해."

"네, 영주님."

제레미가 서둘러 스텔라에게 다가갔다.

"이제 제가 하겠습니다, 마님. 어서 영주님 옆으로 가보세요. 찾으십니다."

제레미의 재촉에 스텔라가 어쩔 수 없이 로이든에게 다가왔다. 스텔라가 옆자리에 앉자, 제레미가 그릇에 스튜를 담아 그녀에게 건넸다.

"시장하실 텐데 어서 드십시오, 마님."

"고마워, 제레미."

로이든은 스텔라가 음식을 먹는데도 눈길 한 번 주지 않았다. 그리곤 그릇을 다 비운 로이든은 자리에서 일어나 레이놀즈와 함께 막사 안으로 들어가 버렸다. 스텔라는 혼자 남아 천천히 음식을 먹었다.

잠시 후, 냄비 가득 끓였던 스튜가 동이 났다. 그리곤 체스터 가의 기사들은 오랜만에 느끼는 만족스러운 포만감에 행복했다. 스텔라 역시 아침 식사를 끝내고 자리에서 일어서는데, 아직 자릴 뜨지 않은 기사들이 그녀를 보고 있었다.

"무슨 일이시죠?"

"저기 마님, 맛있는 아침을 먹게 해주셔서 감사합니다."

"감사합니다, 마님."

쭈뼛거리며 어색해하던 기사들이 스텔라에게 감사의 말을 건네고 서둘러 자릴 떴다. 스텔라는 문득 체스터 가의 남자들은 감정 표현이 서툴다는 사실을 문득 깨달았다.

'뭐, 그 주인에 그 기사들이겠지.'

그 어색함이 스텔라는 싫지 않았다. 사교계에 익숙한 귀족들의 입에 발린 칭찬보다 몇 배는 진심처럼 느껴졌다.

"제레미, 앞으로 요리는 내가 해도 될까?"

"마님께서요? 저야 당연히 좋지만…… 영주님께서 허락하실지는."

"걱정 마, 허락하실 거야. 대신 앞으로도 계속 날 도와줄 수 있겠니, 제레미?"

"당연하지요, 마님. 제게 시키실 일이 있으면 뭐든 말씀하세요. 열심히 하겠습니다."

스텔라는 만족스러운 듯 웃었다. 위장을 채워주는 여인을 남자들은 종교처럼 숭배한다고 했다. 그리고 그것을 스텔라는 조금 전 증명해 보였던 것이다. 종교처럼 그녀를 숭배하게 만들고 사람들의 마음을 얻는 것. 그 첫걸음이 이제 시작되었다.

4

사흘 동안 강행군이 계속되었다. 이제 얼마 남지 않은 여정을 앞당기기 위해 로이든은 이른 새벽 출발해 저녁 늦게까지 말을 달렸다. 그리곤 스텔라가 만든 간단한 음식을 먹고는 그녀와 같은 막사, 같은 침상에서 잠이 들었다. 그렇게 사흘을 달리고 나니 강철 체력이라고 정평이 나 있는 체스터 성의 기사들 역시 하나둘씩 지치기 시작했다.

결국 로이든은 지친 기사들을 쉬게 하려는지 일찌감치 야영지를 정하고 여장을 풀기 시작했다. 그리곤 사흘 내내 그녀에게 눈길 한번 주지 않았던 것처럼, 오늘 역시 스텔라에게 아무런 말도 건네지 않은 채 레이놀즈와 사냥을 가버렸다.

"누가 어디 가는지 알고 싶데? 도끼눈을 해가지곤 날 노려보기나 하고."

스텔라는 멀어져 가는 로이든을 쏘아보며, 입을 삐죽였다. 그날 계곡에서의 일 이후, 그는 철저히 그녀를 무시하고 있었다. 그녀 역시 원하는 일이었지만, 밤새도록 같은 막사 안에서 감도는 싸늘한 공기는 갈수록 참기 힘들었다.

무엇보다 잠결에 뒤척이다 그녀의 팔이 그의 몸에 닿기라도 할라치면, 기분 나쁠 정도로 그녀의 팔을 밀어냈던 것이다. 그의 태도에 스텔라 역시 자신이 마치 역병이라도 된 것 같아 불쾌했다.

"제레미, 오늘은 감자 요리를 할까 하는데. 바구니에 감자 좀 담아서 가져다주겠니?"

"감자 요리요? 제가 가서 얼른 가져오겠습니다. 아마, 영주님께서 사냥을 가셨으니 통통하게 살이 오른 토끼를 많이 잡아 오실 겁니다. 토끼 고기 스튜에 감자를 넣어 삶으면 최고죠."

감자 요리란 말에 제레미가 환하기 웃으며, 마차에 실려 있던 감자를 가져왔다. 스텔라에게 바구니를 건넨 제레미가 강아지처럼 눈을 빛내며, 말했다.

"마님, 다음엔 뭘 할까요?"

"내가 감자를 씻어오는 동안, 솥에 물을 끓여주겠니? 그리고 영주님께서 잡아 오신 토끼는 네가 손질해 줬으면 좋겠어."

"그건 걱정 마세요. 제가 다 하겠습니다. 그런데 마님은 괜찮으신 거죠?"

제레미가 스텔라의 눈치를 살피며 슬쩍 물어왔다.

"뭐가?"

"그러니까, 영주님과요. 요 며칠 싸우신 건 아닌지 걱정이 돼서……."

"그런 일 없으니, 걱정하지 않아도 돼."

"그렇다니 다행입니다. 사실 영주님께서 겉보기엔 무뚝뚝하고 무서워 보이시지만, 마음은 그렇지 않거든요. 사실 마님께서 아프셨을 때, 두 번씩이나 영주님께서 밤새 간호를 하실 정도로 정이 많으신 분이랍니다. 그땐 다들 마님께서 돌아가시지 않을까 생각했었거든요. 하지만 지극 정성으로 간호한 덕에 이렇게 건강하게 살아 계시게 돼, 얼마나 다행인지 모르겠습니다."

두 번이나 날 간호했다고? 대체 언제를 말하는 거지? 처음 그녀가 고열에 정신을 잃고 여인숙에서 깨어났을 땐, 그녀 옆에 여주인이 있었다. 그렇다면 비를 맞고 로이든에게 잡혀온 날을 말하는 건가? 하지만 전혀 기억이 없는데…….

"백작님께서 날 직접 간호를 하셨다고?"

"네, 그렇다니까요. 처음 머물렀던 여인숙에서 다 죽어가시는 마님을 밤새 간호하셨지요. 의사도 가망 없다고 하셨는데 말입니다."

"밤새 간호했던 게 백작님이셨다고? 여주인이 아니라?"

"네, 밤새 마님 곁을 지키신 분은 백작님이셨습니다. 그리고 숲에서 마님을 모시고 온 날도 그랬습니다. 젖은 옷을 손수 다 갈아입히시고, 그게 뭐더라……. 그래, 마님 몸이 차가워져서 위험한 상황이었을 때도 밤새 마님 곁을 지키며, 모닥불을 피우셨다고 레이놀즈 님께서 그러셨습니다. 그러니 제 말을 믿으세요. 표현이 서투실 뿐, 영주님은 잉글랜드 최고의 기사, 검은 늑대입니다. 검은 늑대는 자신의 여인에게 목숨을 거는 법이거든요. 아마, 국왕 폐하보다 더 훌륭하고 대단한 사람일 겁니다."

로이든에 대해 말하는 제레미의 얼굴엔 자부심으로 가득했다. 자신이 모시는 주군에 대한 긍지로 넘치는 종자라. 스텔라는 눈을 가늘게 뜨고 제레미가 했던 말을 곱씹어보았다.

'그가 날 밤새 간호했다고?'

인정머리라곤 하나도 없는 로이든과는 전혀 어울리지 않는 모습이라 상상이 잘되지 않았다. 하지만 제레미 역시 그런 일로 거짓말을 할 것 같진 않았다. 하지만 여전히 믿을 수 없는 건 사실이었다.

"그래. 백작님께선 훌륭하신 분이신 것 같네. 그럼 난 감자를 씻어 가지고 올게."

스텔라가 조금은 얼떨떨한 얼굴로 바구니를 들고 시냇가로 향했다. 깨끗한 물을 보자 조금 전 로이든에 대한 생각은 순식간에 사라져 버렸다. 사실 스텔라는 사흘 동안 제대로 씻지 못한 탓인지, 물을 보자 씻고 싶다는 간절한 마음뿐이었다.

하지만 환한 낮이라, 누가 올지 알 수 없는 상황에서 목욕을 하는 건 힘들 것 같았다. 대신 스텔라는 바구니를 옆에 내려놓은 후, 주변을 살폈다.

"잠깐 발을 담그는 건 괜찮겠지? 사냥에서 돌아오려면 시간이 걸릴 테니까."

스텔라는 혼잣말을 되뇌며 드레스의 소매를 걷어 올렸다. 그리곤 조심스럽게 치맛자락을 위로 끌어당기자, 새하얗고 모양 좋은 종아리가 드러났다. 신발과 스타킹을 벗는 스텔라의 입가가 기대감으로 미소가 떠올랐다. 얼굴과 목을 닦고 차가운 물에 발을 담근 게 다였지만, 지금은 그 정도면 충분했다. 목욕은 모두가 잠든 밤에 하면, 될 테니까.

"하아, 기분 좋다."

사실 깨끗한 물을 보자, 스텔라는 몸을 씻는 것보다 더 시급한 일이 떠올랐다. 입고 있는 속옷을 빠는 것. 로이든과 마을에 갔을 때 이것저것 많은 물건을 구입했지만, 정작 평소에 입어야 할 옷과 속옷은 구입하지 못했던 것이다.

꾸러미 안에 가득 들어 있는 손바닥만 한 망사 속옷과 가터벨트는 정말 깨는 물건이었다. 그것 외에도 대부분의 물건이 여자가 남자를 유혹하기에 적당한 것들뿐이라 더 민망하기 그지없었다.

"밤에 빨래도 해야겠어. 내일 당장 입을 속옷이며, 드레스도 없으니. 휴!"

스텔라는 한숨과 함께 제레미가 조금 전 했던 말을 다시 떠올렸다.

"내가 죽든 말든 눈 하나 깜빡하지 않을 것 같은 얼굴을 하고선. 믿을 수 없어. 날 걱정해 간호를 했다니."

스텔라는 여전히 심각한 얼굴을 했다. 하지만 결국 그녀는 고갤 가로저으며 그를 머릿속에서 밀어냈다.

"만약 그랬다 하더라도 뭔가 꿍꿍이가 있었을 거야. 죄책감을 줄이려는 속셈일지도 모르지. 배신이란 건 기사에게 치명적인 것이니까."

스텔라는 그렇게 결론을 지었다. 그것 외엔, 그 상황을 규정하기가 힘들었다. 그가 자신을 걱정할 이유는 전혀 없었으니까.

길 위에서의 생활이 길어지고 있었다. 낮엔 하루 종일 흔들리는 마차에 있어야 했고, 밤엔 시냇가 옆이나 산에서 야영을 하는 날

이 많아지다 보니 씻을 엄두는 내지도 못한 채 지쳐 잠이 드는 날이 많았다. 최근엔 새벽부터 일어나 요리를 하다 보니, 밤이 되면 손 하나 까닥할 수 없을 정도로 피곤했다.

사실 처음엔 그가 잠들 때까지 잠을 이루지 못했었지만, 피로가 쌓이기 시작하자 이젠 그와 함께 같은 침상에서 잔다는 사실을 까맣게 잊을 정도로 깊이 잠들 때가 많았다.

"이러다가 녹초가 되어버릴지도 모르겠어. 그럼, 안 되는데."

스텔라는 피곤에 지친 얼굴로 천천히 옆에 있는 바위에 몸을 기댔다. 몸을 기대자, 눈꺼풀 역시 스르륵 감겼다. 오늘 새벽에도 일찍 일어나서인지 졸음이 밀려왔다.

"아주 잠깐만……. 잠깐만 이러고……."

스륵, 꽉 쥐고 있던 스텔라의 손이 치마단 아래로 떨어졌다. 순식간에 곤히 잠이 든 것이다.

시간이 지나갔다. 스텔라가 달콤한 잠에 빠져 있는 동안, 해가 기울며 어느새 따가운 오후의 햇살이 스텔라의 얼굴을 내리비췄다. 잠이 든 상태에서도 스텔라는 햇살을 피하기 위해 미간을 찌푸렸다.

그때 스텔라의 얼굴에 그늘이 드리웠다. 사내의 커다란 손이 내리쬐는 햇빛을 가렸다. 그리고 그녀를 물끄러미 내려다보는 로이든의 시선은 못 박힌 듯 그녀의 얼굴에 향해 있었다. 사냥에서 돌아온 그는 스텔라가 보이지 않자, 토끼 손질을 하겠다는 핑계로 시냇가로 스텔라를 찾아 나섰다.

"토끼 손질은 핑계가 맞았군."

잠든 스텔라를 본 순간, 로이든은 자신의 본심을 깨달았다. 그녀를 계속 무시하고 있었지만, 매 순간 그의 시선은 그녀의 시선을 피해 그녀를 좇고 있었다.

“좀 더 먹어야겠어.”

햇빛 아래서 본 스텔라의 얼굴은 창백했고, 야위어 있었다. 밤새 그의 옆에 누워 뒤척이더니, 혼자 있다고 생각해서인지 이런 차가운 바닥에 앉아 잠이 들어버린 듯했다.

“내가 없다고 생각하니 마음이 놓인 것일 테지.”

또다시 로이든이 미간을 찌푸렸다. 사실 밤새 잠을 자지 못하는 건 그 역시 마찬가지였다. 자신에게 등을 돌린 채 최대한 그에게 닿지 않기 위해 긴장해 있는 그녀의 등을 바라보았다. 그러다 그녀의 목덜미가 긴장으로 미세한 경련이 일 때쯤, 잠이 든 척 고른 숨을 내쉬었다. 그의 숨소리를 들은 스텔라 역시 긴장을 푼 채 잠을 청했다.

“칠칠맞기는. 이런 데서 잠이 들다니.”

로이든은 감자가 든 바구니 옆에 토끼 네 마리를 던져 놓았다. 그리곤 입고 있던 코트를 벗어 그녀의 어깨를 덮어주곤, 그녀 옆에 자릴 잡고 앉았다. 손을 뻗어 딱딱한 바위에 머릴 기댄 채 잠든 스텔라를 끌어당겨 그의 어깨에 기대게 했다.

그때, 발자국 소리가 나더니 레이놀즈가 모습을 드러냈다.

“영주님, 백작부인께서 보이지 않으십니다. 한참 전에 감자를 씻겠다고 나가셨다는데, 아직 돌아오시지…….”

“쉿!”

로이든이 레이놀즈에게 조용히 하라는 듯 손가락을 입술에 가져다 댔다. 재빨리 걸음을 멈춘 레이놀즈가 로이든의 어깨에 기댄 채 잠이 들어 있는 스텔라를 보고 상황을 이해한 듯 고갤 끄덕였다.

"이건 제가 가져가겠습니다."

레이놀즈가 눈치 빠르게 옆에 놓여 있던 감자 바구니와 아직 손질하지 못한 토끼를 집어 들었다.

"오늘 저녁은 제레미에게 맡기는 게 좋겠어."

"네, 그렇게 전하겠습니다. 지금껏 저희를 위해 수고하셨으니, 지칠 만도 할 겁니다. 그럼 가보겠습니다."

잠든 스텔라를 보며, 레이놀즈가 조금은 미안한 얼굴을 했다. 그리곤 두 사람만 있을 수 있도록 남겨둔 채 서둘러 야영지로 돌아갔다.

또다시 두 사람만이 남게 되었다. 로이든은 곤히 잠든 스텔라의 얼굴을 물끄러미 바라보았다. 곧은 이마와 섬세한 콧날. 그리고 자신에게 독설을 쏟아낼 때면 그 입을 막고 싶을 정도로 얄미웠던 입술이었다. 하지만 또 다른 의미에서 로이든은 스텔라의 입술을 막고 싶었다. 너무도 간절하게.

"달겠군. 지난번 사과 과즙처럼."

가녀린 목덜미가 눈에 들어왔다. 그리고 숨을 쉴 때마다 드레스 자락을 슬쩍 밀어 올리며 부풀어 오른 가슴도. 로이든이 손을 뻗어 그녀의 뺨에 달라붙어 있던 머리카락을 떼어주었다. 그 순간, 손끝에 닿는 감촉에 뜨거운 숨이 새어 나왔다.

"후우!"

단전에 피가 몰렸다. 그녀의 몸을 상상하고 손끝이 닿는 것만으로도 이렇게 피가 들끓다니. 오랫동안 금욕한 탓인지, 스텔라에

대한 욕망은 쉽게 사라지지 않았다. 억지로 그녀의 입술에서 시선을 돌린 로이든의 눈에 그녀의 맨발이 들어왔다. 차가운 물속에서 발을 들어 올리자, 오래 담그고 있었는지 색이 변해 있었다.

"정말 작군. 상처는 다 나은 건가?"

발목을 고정시켰던 부목과 붕대가 사라진 스텔라의 발은 너무도 작고 연약했다. 발목 역시 그의 손에 쥐고도 남을 정도로 가늘었다. 로이든이 주머니에 있는 손수건을 꺼내 그녀의 발을 닦아주었다. 감기에 걸려 열이라도 나면, 힘든 건 자신이라며 변명하는 것도 잊지 않았다. 그때, 잠에서 깼는지 스텔라가 눈을 번쩍 떴다.

"지금 뭐 하는 거죠?"

로이든은 대답 대신 그녀의 발을 마저 닦은 후, 아무렇지 않게 주머니 속으로 손수건을 쑤셔 넣었다.

"야영지로 돌아가는 게 좋겠어."

로이든이 자리에서 일어서더니, 말과는 달리 갑자기 옷을 벗기 시작했다. 놀란 스텔라가 자리에서 벌떡 일어섰다. 그리곤 주위를 살피기 시작했다.

"감자 바구니라면, 레이놀즈가 가져갔어. 오늘 저녁은 제레미가 만들 거야. 그러니 저녁 먹기 전까지 쉬도록 해."

"네? 하지만 제 일인데……."

"네가 또 쓰러지기라도 하면, 곤란한 건 우리야. 또 시간이 지체될 테니까. 그러니 모두를 위한다면, 그만 쉬도록 해. 이건 체스터 영주로서의 명령이다."

"백작님께선 가지 않으실 건가요?"

"지금부터 목욕을 할 생각이야. 만약 함께하겠다면, 말리진 않을 생각인데. 어때?"

셔츠의 단추를 풀며, 로이든이 유혹하듯 말했다. 그러자 당황한 스텔라가 서둘러 바닥에 놓인 신발을 신었다.

"아니요, 사양하겠습니다. 혼자 즐기세요."

그에게 붙잡힐세라 도망치듯 걸어가는 스텔라를 보며 로이든이 씁쓸하게 웃었다. 그리곤 그녀의 등을 향해 소리쳤다.

"다신 이런 곳에서 잠드는 일은 없도록 해. 배가 고픈 들짐승들이 먹잇감을 찾아 어슬렁거릴지도 모르니까."

"뭐라구요?"

스텔라가 뒤를 돌아보았다. 하지만 로이든의 맨 등이 눈에 들어오자, 재빨리 고갤 돌렸다. 이제 막 저물어가는 햇빛 속에서 사내의 넓은 등과 날렵한 허리선이 선명하게 들어왔다. 그리고 탄탄한 엉덩이 아래 쭉 뻗은 긴 다리까지. 이미 그녀의 머릿속에 그의 벗은 몸이 각인되듯 남겨진 후였다.

첨벙, 첨벙!

등 뒤로 물소리가 났다. 스텔라는 돌아볼 엄두가 나지 않는 듯 입술을 깨물며 야영지로 돌아가기 시작했다. 물살을 가르며 천천히 움직이는 그가 자꾸만 신경이 쓰였다. 그리고 그녀의 어깨에 걸쳐진 그의 옷에서 익숙한 그의 체향이 느껴졌다. 스텔라는 그 남성답고 청량한 향을 애써 무시한 채 걸음을 재촉했다.

❖

모닥불을 사이에 두고 로이든의 시선이 자꾸만 스텔라에게 향했다. 저녁 식사 내내 스텔라를 바라보는 로이든의 뜨거운 시선을 눈치채지 못한 기사들이 없을 정도로, 그의 시선은 무척이나 노골적이었다.

스텔라는 그녀를 향해 날아드는 로이든의 시선을 무시한 채 토끼 고기와 감자를 먹는 데 집중했다. 하지만 그의 시선이 신경 쓰여 감자가 목에 걸려 넘어가지 않아 고역이었다.

'오늘은 대체 무슨 변덕인 거지? 며칠 동안 눈길조차 주지 않더니, 오늘은 날 잡아먹을 듯 쳐다보다니. 날 곤란하게 하려는 건가?'

스텔라는 로이든에게서 최대한 멀리 떨어진 곳에 자릴 잡고 앉아 있었다. 하지만 그것이 문제였다. 야영지 중앙에 피워놓은 모닥불보다 더 뜨거운 그의 눈빛을 기사들 역시 보게 된 것이다. 결국 그릇에 있는 고기를 반도 먹지 못한 채 스텔라가 자리에서 일어섰다. 그러자 기다렸다는 듯 제레미가 그녀에게 다가왔다.

"마님, 이것 좀 드셔보세요. 영주님께서 사냥을 가셨다가 따오신 거랍니다."

제레미가 내민 그릇엔 야생 딸기가 한가득 들어 있었다.

"어서요. 향이 어찌나 좋은지. 씻는 동안 입에 침이 고여 혼났다니까요."

"난 됐으니까, 네가 먹어도 좋아."

"안 됩니다. 이건, 영주님께서 마님께 드리기 위해 따오신 것이니까요. 남은 한 알까지 모두 마님께서 드셔야 합니다."

제레미의 말에 스텔라가 그릇을 받아 들었다. 뭐야? 그때, 내가 사과보다 야생 딸기를 더 좋아한다는 말을 기억하고 있었던 건가?

스텔라는 머릿속에 드는 의문을 떨쳐 내며, 모두가 지켜보고 있는 가운데 야생 딸기 하나를 집어 입안에 넣었다. 향긋한 딸기 향과 함께 달콤한 과즙이 그녀의 입안에서 톡 터졌다.

"정말 맛있네."

스텔라가 제레미에게 딸기 하나를 건넸다. 그러자 제레미는 고갤 가로저으며, 로이든 쪽을 바라보았다.

"영주님께 드리세요. 전 정말 괜찮습니다."

"아니, 난……."

"어서요. 사냥 중에 일부러 절벽 꼭대기까지 올라가신 모양이에요. 마님께 드리고 싶으셨나 봐요."

제레미가 스텔라만 들을 수 있도록 작게 속삭였다. 스텔라는 그 말을 믿을 수 없었다. 자신에게 주기 위해 절벽 꼭대기까지 일부러 올라갔다니.

"제레미! 쓸데없는 소리 그만하고, 어서 뒷정리를 하도록 해. 사흘 후면, 영지에 도착한다. 그러니 내일은 새벽에 출발할 거야."

로이든이 자리에서 일어서더니 제레미에게 그릇을 건넸다. 그리곤 스텔라에겐 시선조차 주지 않고 막사로 들어가 버렸다.

"마님, 마님도 어서 들어가 보세요."

"아, 난……."

벌써 막사로 들어가고 싶지 않았지만, 제레미의 재촉에 스텔라는 야생 딸기가 든 그릇을 꼭 붙든 채 막사로 갈 수밖에 없었다. 이제 막사에서 로이든과 함께 침상을 나눠 쓰는 일이 익숙해지긴 했지만, 오늘은 괜스레 긴장이 됐다.

사실 철저히 그녀를 무시할 때는 한결 편했지만, 오늘은…….

"대체 무슨 변덕이지?"

저녁 내내 그녀를 바라보던 그의 시선을 떠올리자, 스텔라는 또다시 당혹스러움에 입술을 깨물었다. 그리고 손에 든 야생 딸기를 들고 막사 안으로 들어갔다.

"여기 단추 좀 풀어주겠어?"

셔츠를 벗던 로이든이 그녀에게 불쑥 팔을 내밀었다. 한 번도 없던 일이라, 스텔라는 조금 당황했다.

"바위에 오르다 손을 다쳤더니, 혼자 할 수가 없어서 그래."

단호하게 거절하려던 스텔라가 로이든의 말에 어쩔 수 없이 그에게 다가왔다. 그리곤 천천히 셔츠의 단추를 푸는 데 열중했다.

또다시 그의 시선이 느껴졌다. 그의 시선을 무시하려 했지만, 자꾸만 입안이 바짝 타들어갔다. 그의 시선을 신경 쓰기 시작하자, 괜스레 손끝 역시 떨려 단추를 푸는 것도 마음대로 되지 않았다.

"요리는 언제 배운 거지?"

"어머니께서 일찍 돌아가셨어요. 그래서 철이 들 무렵에, 유모인 밀리에게 직접 배웠어요. 더 커선 음식 만드는 데 흥미가 있어서 달링턴 가의 요리사에게도 본격적으로 배웠고요."

"그랬군. 체스터 가의 요리사 역시 솜씨가 대단하지."

"그런가요?"

"특히 여자들이 좋아하는 디저트 종류를 잘 만드는 모양이야. 레이첼이 무척 좋아했거든. 난 단 음식은 딱 질색이라, 별로였지만."

"아, 그렇군요. 단 음식은 숙녀들이 가장 좋아하는 음식 중의 하나죠."

스텔라의 손이 그의 소매에서 떨어졌다. 단추를 다 푼 것도 있었지만, 그의 입에서 레이첼이란 여인 이름이 나오자 순간 기분이 나빠졌다.

"야생 딸기 역시 레이첼이 좋아했던 모양이군요. 종종 따다 주었나요?"

셔츠에서 팔을 빼내던 로이든이 움직임을 멈추고 스텔라를 바라보았다. 뭔가에 기분이 상한 듯 불쾌한 얼굴로 야생 딸기가 담긴 그릇을 집어 드는 스텔라를 보며, 왜 화가 났는지 알 수가 없어 눈살을 찌푸렸다.

"좋아했지. 그래서 숲에 갈 때면, 따다 주곤 했거든."

로이든의 말에 스텔라의 눈매가 서늘해졌다. 꼭 다문 입매 역시 더욱 굳어지는 것이 보였다.

'설마……. 지금 레이첼이 내 여동생이란 걸 모르고 있는 걸까? 그래서 질투를……?'

"지금 레이첼에게 질투를 하는 건 아니겠지?"

"질투라니. 절대 아니에요. 내가 왜 그런 걸 한다는 거죠? 난 당신에게 아무런 관심도 없는데 말이에요."

"하지만 이상하군. 레이첼에 대해 말하는 동안, 몹시 불쾌한 얼굴이었거든."

로이든이 놀리듯 말하자, 스텔라가 그의 말을 강하게 부정했다.

"난 그저, 백작님께서 했던 말을 떠올렸던 것뿐이에요. 제게 백작부인으로서의 의무를 다하라고 명령한 건 백작님이셨습니다. 그래서 억울하단 생각이 든 것뿐이에요. 백작님께선 제 남편으로

서의 의무 같은 건 지킬 생각이 없는 것 같아서요."

"아, 남편으로서의 의무라. 그럼 스텔라 당신은 지금부터, 백작 부인으로서의 모든 의무를 다하겠다는 뜻인 건가?"

로이든의 입가에 의미심장한 미소가 떠올랐다. 그 모습에 스텔라는 입술을 깨물었다.

"그래요. 앞으로 그럴 생각입니다."

그녀의 대답에 로이든이 눈을 가늘게 떴다. 대체 무슨 꿍꿍이인지 알아내려는 듯.

"진심은 아니겠지?"

"진심입니다."

"그래? 그럼, 나 역시 결정을 해야겠군."

결정이라고? 대체 무슨 결정을 또 한다는 거지?

로이든이 셔츠를 벗어 침대 위에 내려놓은 후, 그녀에게 다가왔다. 그가 가까워질수록 스텔라는 긴장으로 등을 꼿꼿이 세웠다. 그가 그녀 앞에 멈춰 섰다.

"스텔라, 앞으로 그댈 체스터 가의 백작부인으로 인정하지. 또한 그대가 백작부인으로서 의무를 다한다면, 나 역시 그럴 생각이다."

그가 손을 뻗어 야생 딸기를 하나 집어, 입에 넣고는 천천히 씹기 시작했다. 스텔라의 시선이 저절로 딸기를 먹는 그의 모양 좋은 입술로 향했다. 그리고 그다음 순간, 눈이 마주친 그의 눈동자 속엔 숨기지 않은 날것 그대로의 욕망이 서려 있었다.

"그럼, 남편으로서 첫 번째 의무를 이행해야겠군. 지금 당장."

말이 끝남과 동시에 로이든이 그녀의 손목을 붙잡고 일으켜 세웠다. 순식간에 그녀를 두 팔로 안아 든 후, 침상으로 걸어가기 시작했다.

"잠깐, 백작님. 지금 뭐 하시는……. 놓아줘요. 당장요!"

"말이 다르군. 분명 그댄, 지금부터 백작부인으로서의 모든 의무를 다하겠다고 했으면서 말이야. 설마, 아내로서 남편의 욕망을 채워주는 의무는 하지 않겠다고 하는 건 아니겠지?"

"그야, 당연하지 않나요? 우리 결혼은 강제로……."

"맞아, 우리 결혼은 국왕에 의해 억지로 이루어진 것이지. 하지만 그대가 백작부인으로서 의무를 다하겠다고 결심한 순간, 우리 관계 역시 변했다는 걸 잊지 마. 무엇보다 국왕이 우리 두 사람의 결혼을 부인하기 전까진, 깨어질 수 없다는 것도."

어느새 침상에 눕혀진 스텔라는 그의 손에서 벗어나기 위해 침상 가장 안쪽으로 몸을 움직였다.

"날 위해 자리까지 비켜주다니. 고맙다고 해야겠는걸? 난 또, 그대가 날 발로 걷어찰 줄 알았거든."

말투까지 아주 느끼하게 변한 그가 침상 위로 올라왔다. 그리곤 그녀의 팔을 붙잡곤 그의 품으로 끌어당겼다.

"잠깐, 기다려요. 저랑 얘기를……."

로이든이 고갤 가로저었다. 대화 같은 건 필요 없었다. 지금 그에게 가장 간절한 건, 그녀의 입술이었다. 그리고 며칠 전부터 식을 줄 모르고 고갤 쳐드는 욕망을 풀어내는 것이었다.

"이야긴 다음에. 지금은 다른 것이 더 급하거든."

그가 그녀의 몸 위로 올라왔다. 몸 위에 느껴지는 그의 무게감에 스텔라는 당혹스러운 얼굴로 막사로 들어오는 입구 쪽을 바라보았다. 마음 같아선 당장에라도 그를 힘껏 밀어내며, 막사 밖으로 뛰쳐나가고 싶었다. 하지만 그건 생각뿐이었다.

견뎌야 했다. 이미 초야를 치른 두 사람이었다. 로이든에 의해 이미 순결을 잃었고, 그는 부정할 수 없는 그의 남편이었다.

'견딜 거야. 아버지가 반역자란 오명을 벗기고, 리처드에게 복수하기 위해, 눈앞의 남자에게 몸을 내주는 것 따위 아무것도 아니야. 나 역시 그를 철저히 이용하기로 결심했잖아. 그러니, 괜찮아.'

그를 밀어내려던 스텔라가 저항을 멈췄다. 그러자 그녀의 입술에 키스하려던 로이든이 그녀를 내려다보았다.

"정말 마음을 굳힌 모양이군."

스텔라는 아무런 대답도 하지 않은 채 그를 올려다보았다. 바로 코앞까지 다가온 로열 블루의 눈동자에 자신의 얼굴이 담겼다.

"날 가져요. 최대한 거칠게. 내가 아무것도 생각할 수 없게요. 그것이 바로, 내가 원하는 거예요."

그녀의 말에 답하듯 더는 기다릴 수 없는지 그의 입술이 그녀의 입술을 삼켰다. 지독히도 뜨거웠다. 입술을 삼키고 단번에 먹어치우려는 듯 빨아 당기는 그의 열기에 스텔라는 눈을 꼭 감았다. 로이든은 여린 입술 안으로 뜨거운 혀를 밀어 넣으며, 남편으로서 가장 은밀한 의무를 수행하기 시작했다.

❖

순식간에 밀려든 거친 열기에 스텔라는 입술을 깨물었다. 심장이 무섭게 뛰고 있었다. 그에 대한 두려움이 사라지자, 그가 불러일으키는 뜨거움에 발끝까지 오므라드는 느낌이었다. 낯설지만, 거부할 수 없는 감각에 온몸이 화끈거렸다.

하지만 마음 한편에선 처음으로 느끼는 열기에 자꾸만 도망치고 싶다는 생각이 들었다. 그가 뿜어내는 열기가 그녀의 온몸을 태워 버릴 것 같은 느낌 때문에 스텔라는 눈을 뜨고 그와 시선을 마주하는 게 겁이 났다.

외면하고 싶다는 그 마음에 스텔라는 그저 눈을 꼭 감고 그가 주는 쾌락을 온몸으로 견딜 뿐이었다. 귓불을 쓸고 그녀의 몸 곳곳에 자신의 것이란 사실을 각인시키듯 입을 맞췄다.

"야생 딸기 맛이 나. 개인적으로 사과 향이 더 좋았던 것 같아."

귓가에 낮게 울리는 목소리가 귓불을 스쳤다. 그의 더운 숨결에 몸을 떨며 스텔라는 그가 따왔다던 야생 딸기의 달콤함을 떠올리며 입술을 깨물었다. 가느다란 목덜미에, 드레스가 벗겨진 그녀의 여린 어깨 위에도 그의 입술이 닿았다. 그의 손이 그녀의 드레스 앞섶을 끌어 내리자, 가슴을 감싼 속옷이 그대로 드러났다. 참을 수 없다는 듯 다급하게 속옷을 밀치고 들어온 손이 둥글게 부풀어 오른 가슴을 한껏 움켜쥐었다.

"하아."

꾹 다물고 있던 입술을 통해, 더운 숨결이 새어 나왔다. 거칠고 야만스럽게 몸을 겹쳐 왔던 초야와는 달리 깨지기 쉬운 그릇마냥, 그의 손길이 무척이나 조심스러웠다. 이런 건 그녀가 원하는 것이 아니었다. 그녀의 머릿속에 웅크리고 있는 죄책감을 떠올리지 않게 거칠게 다뤄달라고 했건만. 로이든은 그 반대로 애가 타고, 온 신경이 곤두설 만큼 느릿느릿 그녀의 몸을 탐했다. 그녀가 그에게 마치 소중한 사람이듯.

"그만. 제발 이러지 말아요."

견디다 못한 스텔라가 그를 밀어냈다.

"이러는 건, 싫습니다. 내가 원하는 건, 이런 것이 아닙니다. 거칠게, 그러니까……. 아무것도 생각할 수 없게……."

그리곤 싸늘한 표정으로 고갤 가로저었다. 그러자 로이든이 의외라는 듯 스텔라를 내려다보았다.

"의외군. 정숙한 얼굴을 하고는 거친 걸 원하다니. 보기보단 정열적이군. 하지만 난, 그런 걸 좋아하지 않아."

"잠깐, 내 말은 그게 아니라……."

스텔라의 얼굴이 새빨갛게 달아올랐다. 거칠게 다뤄달라고 한 것은, 지금처럼 착각하고 싶지 않아서였다. 그의 배려를 원치 않는다는 것, 두 사람의 관계가 보통 부부와 같은 것이 아니란 사실을 일깨우고 싶다는 뜻이었다. 감정적으로 연결된 행위가 아니라, 욕망을 채우는 행위 자체이길 원했다.

의무. 그래 서로를 배려하고 소중히 여기는 감정을 배제한 철저한 의무만을 원했다. 그런데 그가 그녀 말뜻을 다른 쪽으로 해석하다니.

"제가 원하는 건 이런 것이 아닙니다."

"진정하도록 해. 유감스럽지만, 널 안는 건 체스터 영지에 도착하고서다."

그리고 또 하나. 막사에서 창녀를 안 듯 스텔라를 안고 싶지 않았다. 그녀를 체스터 백작부인으로 인정했으니, 그에 맞는 대우를 해줄 생각이었다.

"그게 무슨 말이죠?"

"싸구려 창녀처럼 널 이런 곳에서 안고 싶지 않다는 뜻이야."

로이든의 말에 스텔라의 얼굴이 굳어졌다.

"아니요. 제가 원하는 것이 바로 그런 것이에요. 백작님께 창녀처럼 안기는 것."

"진심이야?"

"네, 진심이에요."

로이든이 눈을 가늘게 뜨곤 스텔라를 쏘아보았다. 고집스럽게 자신을 창녀라고 말하는 스텔라를 보자, 로이든은 불쾌감에 기분이 상했다.

"네 마음이 어떠하든 상관없어. 난 널, 백작부인으로 대할 테니까."

서로를 쏘아보는 두 사람의 시선이 고집스럽게 맞닿았다. 절대 양보할 수 없다는 듯.

"원치 않아요. 여기서 당장 날, 안아요. 어서요."

"안 돼."

"흥, 그렇담 좋아요."

스텔라가 갑자기 침상에서 일어났다. 그리곤 그가 벗기다 만 드레스를 벗기 시작했다. 그녀의 행동에 놀란 로이든이 손을 뻗어 그녀의 손을 붙잡았다.

"스텔라, 지금 뭐 하는 거지?"

"보면 몰라요? 지금 백작님을 유혹하는 거잖아요. 백작님께서 절 안지 않으신다고 하니, 이렇게 할 수밖에요."

로이든은 그의 손을 뿌리치려는 스텔라의 손목을 강한 힘으로 붙잡았다. 이 황당하기 그지없는 상황이 길어지자, 로이든은 화가 났다.

"이제 그만하도록 해."

"그만둘 수 없어요. 백작님께서 착각하시는 것 같으니까요."

"내가 뭘 착각했다는 거지?"

"우리가 보통의 부부가 아니란 사실요. 이 혼인은 국왕에 의해 강제로 행해진 것이란 것도. 내가 당신을 증오하고 있다는 것 역시 잊고 있는 것 같아서요."

스텔라의 손목을 붙잡은 로이든의 손에 힘이 들어갔다. 작고 가녀린 손목을 부러뜨릴 것처럼 꽉 붙잡았지만, 정작 로이든은 그 사실을 모르는 듯했다.

"읏!"

스텔라의 입에서 고통에 찬 신음이 새어 나왔다. 그제야 로이든은 스텔라의 손목을 놓아주었다.

"어떻게 잊겠어. 네가 매 순간 날 죽일 듯 쏘아보는데. 난 그저, 널 불쌍하게 여긴 것뿐이야. 그래서 널, 창녀가 아니라 최소한 백작부인으로 대우를 해주려던 것뿐이었다. 하지만 네가 원하지 않는다니, 앞으론 다신 그런 어리석은 생각 따위 하지 않을 거야."

"처음부터 그런 건 원하지도 않았어요. 특히 당신의 동정심 따위."

스텔라가 불쾌한 표정으로 그를 쏘아보았다. 동정심이라니. 그녀가 절대 원치 않는 것이 바로, 그것이었다. 배신자에게 받는 동정심이라.

"날 안을 생각이 없다고 하셨으니, 전 자야겠군요. 이런 의미 없는 대화 역시 피곤하거든요."

스텔라가 그를 외면했다. 그리곤 그를 향해 등을 보이곤 침상에 누웠다. 그 모습은 분명 그를 거부하는 무언의 행동이었다.

"내게 안기지 못해 실망한 모양이군."

"뭐라구요?"

스텔라의 고개가 휙 돌아 그를 쏘아보았다. 말도 안 된다는 듯이.

"실망할 필요 없어. 영지에 도착하면, 몇 날 며칠을 침대에서 내려가지 못할 정도로 안아줄 테니까."

질탕한 농담과는 달리 로이든의 표정은 그 어느 때보다 싸늘했다. 그 모습에 스텔라는 인상을 썼다. 몇 날 며칠을 침대에 있는다고? 그게 가능해?

"협박하시는 건가 본데, 그럴 수 없을 거예요. 밧줄로 날 침대에 묶는 걸 절대 용인하지 않을 테니까요."

"밧줄로 묶는다고?"

순간 로이든은 황당한 표정으로 스텔라를 바라보았다. 뭔가 말이 되긴 했지만, 조금씩 말의 의미가 어긋나 있었다.

"설마 지금 내가 침대에서 내려가지 못하게 한다는 말의 의미를 감금시킨다는 말로 받아들인 건 아닐 테지?"

"그럼 아니란 건가요?"

스텔라가 자신을 바보로 아냐는 듯 톡 쏘아붙였다. 그러자 싸늘한 냉소로 가득했던 그의 입가가 조금은 누그러지더니, 피식 웃음을 터뜨렸다.

"남자와 여자 사이에 일어나는 행위에 대해 아는 게 없군."

단정적으로 말하는 로이든의 태도에 스텔라는 자존심이 상했다.

"모르긴 뭘 모른다는 거죠? 저도 알 건 다 알아요. 남녀 간에 벌어지는 그……."

"섹스."

순간 스텔라의 뺨이 붉어졌다. 음담패설과는 전혀 관계 없을 것 같은 로이든의 입에서 섹스라는 말이 자연스럽게 흘러나오자, 괜스레 민망해졌다.

"섹스에 대해 잘 안다고 하니 하는 말인데. 혹시 그 섹스가 한 번에 끝나지 않는다는 사실은 알고 있나? 아마, 내가 널 안게 된다면 한 번에 끝나지 않을 것 같아서 말해두는 거야."

한 번으로 그치지 않는다고? 그렇다는 건, 설마 하룻밤 동안 여러 번 섹스를 할 수 있다는 건가? 그게 가능해?

"날 놀리는 것이라면, 이제 그만해요. 여러 번이나 가능하다니, 짐승도 아니고. 날 겁주려는 것이라면, 그런 거짓말은 하지 않아도 돼요. 겁먹고 도망가는 일 따윈 없을 테니까요."

스텔라가 말도 안 된다는 듯 말하자, 로이든이 미간을 찌푸렸다.

"정말 섹스에 대해 잘 아는 건 맞나?"

"다 안다니까요. 책에서도 읽었고, 또 하녀들이 하는 말을 들었어요. 그 말들 중 하룻밤에 여러 번 섹스를 했다는 말은 없었다고요. 헙! 지금 뭐 하는……. 당장 놔줘요."

하지만 로이든은 스텔라의 손을 놓아주지 않았다. 대신 단단히 붙잡은 손을 그의 남성에 가져다 댔다. 뜨겁고 단단한 그의 일부가 그녀의 손바닥에서 살아 숨 쉬는 생명체마냥, 불끈거렸다.

이젠 얼굴뿐만 아니라, 온몸이 새빨갛게 달아올랐다. 그 생경한 느낌에 스텔라는 그의 얼굴을 마주 볼 수가 없었다. 서둘러 그의 남성에서 손을 뗀 스텔라가 그를 쏘아보았다.

"믿지 못하겠다면, 영지에 도착하면 증명해 보이도록 하지. 그러니, 각오하도록 해."

"섹스가 각오까지 필요한 일인지 몰랐네요. 걱정 마세요. 각오는 백작님께서 하셔야 할 테니까요."

스텔라가 자존심이 상했는지 큰소리를 쳤다. 그 모습이 로이든은 황당하게도 귀엽다는 생각이 들었다.

"이거 흥분되는군. 그런데 이건 알고 있나? 남녀가 직접 섹스를 하지 않고도 그에 필적하는 쾌락을 즐길 수 있는 방법이 있다는 걸 말이야."

스텔라는 얼굴이 붉어지려는 것을 가까스로 참아냈다. 순간 스텔라는 걱정이 되기 시작했다. 자신이 아는 섹스는 후계자를 낳기 위한 행위일 뿐이었다. 하지만 섹스에 대해 말하는 로이든을 보자, 자신이 모르는 세계가 있을지도 모른다는 생각이 들었다.

금욕적인 얼굴을 하고 섹스의 유희에 대해 말하는 그가 두려워지기 시작했다. 어쩌면 눈앞의 로이든이야말로 여인의 몸을 탐하는데 맛이 들린다면, 타고난 끈기와 집요함으로 최고의 카사노바가 될지도 모른다는 생각이 들었다.

'아니야. 그런 게 가능할 리 없어. 섹스는 그저, 후계자를 낳는 행위일 뿐이야.'

"섹스의 유희에 대해 말하고 싶은 거라면 남성 전용 클럽으로 가세요. 백작님을 위해 다릴 벌려줄 여자들이 아주 많을 테니까요."

스텔라가 불쾌한 듯 고갤 돌리며 바짝 이불을 끌어당겨 목까지 덮었다.

"손끝이라도 내 몸에 닿는다면 물어뜯어 주겠어요."

한껏 앙칼진 목소리로 말하곤, 스텔라는 눈을 감았다. 등 위에서 그가 피식 웃는 소리가 들렸다. 사실 자신 역시 마지막 말을 뱉고 나서 그렇게 말한 자신의 혀를 깨물어 버리고 싶었다. 조금 전까지만 해도 당장 자신을 안으라며 드레스를 벗을 땐 언제고. 손끝이라도 닿으면 물어뜯어 버리겠다니.

그때 막사의 불이 꺼졌다. 다행이었다.

"푹 자도록 해. 오늘은 섹스의 유희에 대해 가르쳐 줄 생각이 없으니까. 대신 이것 한 가지만은 확실히 하지. 난 절대 클럽 따윈 가지 않아. 내 욕망은 백작부인인 네가 채워줄 테니까."

"그 입 좀 다물어요. 이 짐승!"

스텔라가 소릴 지르고는 이불을 확 뒤집어썼다. 뒤집어쓴 이불 위로 그가 웃고 있는 게 느껴졌다. 그리고 어둠 속에서도 두 사람 사이에 감도는 팽팽한 긴장감 역시도. 위험스럽고 나른한 열기에 두 사람은 쉽게 잠을 이루지 못했다.

시간이 흘러 새벽녘이 되어서야 두 사람은 잠이 들었다. 무의식 중에 따뜻한 온기를 찾듯 등을 보이고 잠들었던 스텔라가 로이든이 있는 쪽으로 몸을 돌렸다. 로이든은 본능적으로 그를 향해 돌아선 스텔라를 바짝 끌어당겼다. 그의 품에 안긴 스텔라는 날을 세우던 때와는 달리 곤히 잠들어 있었다.

❖

덜컹 소리와 함께 마차가 멈췄다. 스텔라가 창문을 열고 밖을 보자 마을의 전경이 한눈에 들어왔다. 마을은 생각보다 큰 규모였다. 무엇보다 지금 마을은 한창 축제 중인지 마을 입구부터 사람들로 북적이고 있었다.

들뜬 축제 분위기와 함께 마을의 전통인 듯 향긋한 향을 뿜어내는 꽃이 집집마다 걸려 있는 것을 보자, 스텔라 역시 조금은 기분이 좋아지는 느낌이었다. 마을의 큰길을 따라 쭉 늘어선 상점가엔 진귀한 물건들로 가득했고, 구경 나온 마을 사람들 역시 흥분을 감추지 못하고 있었다.

“이틀 후엔 체스터 영지에 도착할 거야. 오늘은 이 마을 여인숙에서 하룻밤을 보내고, 새벽에 출발할 계획이야. 주인에게 말해놓았으니 안에 들어가서 쉬도록 해.”

어느새 스텔라의 마차 앞에 선 로이든이 스텔라에게 말했다.

“이 마을에 머문다고요? 그럼, 저녁에 구경 가도 되나요? 축제가 열리는 것 같은데요.”

“난 저녁에 레이놀즈와 해야 할 일이 있어서 함께 갈 수 없어.”

“제레미와 함께 갈게요. 그러니 신경 쓸 필요 없어요.”

스텔라의 대답에 로이든이 생각에 잠긴 듯 미간을 좁혔다. 마을 축제에 그녀가 간다는 사실이 마음에 들지 않는 모양이었다.

“다신 도망 같은 건 안 가요. 체스터 성에 내 유모가 날 기다리고 있다면서요."

"좋도록 해. 대신, 너무 늦지 않게 돌아와야 할 거야. 새벽에 출발할 테니까."

"걱정 마세요. 바람 좀 쏘이려는 것뿐이니까요."

스텔라가 마차에서 내리려 하자, 로이든이 손을 뻗어 넘어지지 않게 붙잡아주었다. 그의 신사적인 행동에 스텔라는 어쩔 수 없이 미소를 지어 보였다.

"축제 구경 하나에 이렇게 좋아하다니, 여자들은 참 신기한 존재야."

"그러니 남자들은 숙녀들의 마음을 모른다는 거예요. 안타깝지만, 백작님은 인기남이 되시는 건 힘들 것 같군요."

"다른 숙녀에겐 관심 없어. 난 내 여자에게만 인기 있으면 그만이니까."

순식간에 스텔라의 뺨이 붉어졌다. 내 여자라니. 설마 그건 날 두고 하는 말은 아닐 테지?

스텔라는 너무도 뻔뻔하게 낯 뜨거운 말을 하는 로이든을 애써 모르는 척했다. 하지만 그의 입가에 어리는 미소를 보자, 놀림당하는 기분이 들었다.

"난 소유욕이 강한 만큼 상대에게도 같은 걸 요구하는 편이지. 물건 외엔 다른 사내에겐 눈길도 주지 마."

"뭐라고요?"

스텔라가 황당한 얼굴로 로이든을 노려보았다. 하지만 그는 이미 여인숙으로 걸어가는 중이었다. 자세히 보니 이 여인숙의 주인인 듯 보이는 중년의 사내가 로이든이 부르길 기다리며 서 있었다.

"백작님, 돌아오셨군요. 서둘러 떠나시더니, 런던에 갔던 일이 생각보다 빨리 해결된 모양입니다요."

"뭐, 어떤 의미에선 그렇지."

로이든이 굳은 얼굴로 애매하게 대답했다. 그러자 눈치 빠른 세드릭은 서둘러 스텔라 쪽으로 관심을 보였다.

"그런데 저기 함께 오신 아름다운 숙녀분은 누구신가요? 런던에서 함께 오신 방문객이신 모양이군요."

로이든이 스텔라를 돌아보았다. 평범한 드레스 차림이었지만, 세드릭의 말처럼 스텔라는 무척이나 아름다웠다.

"체스터 백작부인이시다."

"체스터 백작부인이시라면, 백작님의……."

"그래."

로이든의 대답에 세드릭은 믿기지 않는 듯 다시 스텔라를 보았다. 그리곤 환하게 웃으며, 축하의 말을 건넸다.

"세상에나, 이렇게 기쁠 수가. 반역 죄인의 재판에 참석하시기 위해 런던에 가신 줄 알았더니, 그게 아니라 결혼 때문이셨군요. 축하드립니다, 백작님."

세드릭의 말에 로이든이 살짝 눈살을 찌푸렸다. 돌아보지 않았지만, 스텔라 역시 세드릭의 말을 들었다는 사실을 알 수 있었다.

"고맙군."

"사실 백작님의 약혼이 깨졌다는 소식에 한동안 체스터 영지엔 안주인 자리가 비겠구나 싶었거든요. 그런데 정말 다행입니다. 저렇게 아름다우신 분을 신부로 맞으시다니. 그나저나 레이첼 님은 어디에 계신가요? 지난번에 레이첼 님께서 저에게 구해달라고 했던 물건이 도착했는데, 도통 들르시지 않아서 성으로 사람을 보낼까 생각 중이었답니다."

"그 물건은 내가 가져가도록 하지. 지금 레이첼은 여행 중이거든."

"여행 중이셨군요. 어쩐지 갑자기 보이시지 않으셔서 궁금해하던 참이었답니다. 그럼 레이첼 님께서 언제 돌아오시는지 말씀해 주십시오. 그때에 맞춰 보내 드리겠습니다."

"아니, 그럴 필요 없네. 곧 돌아올 테니까. 내가 가지고 가는 게 좋겠어."

생각보다 로이든의 목소리에 힘이 들어간 모양이었다. 세드릭이 로이든의 차가운 태도에 당황한 듯 서둘러 고갤 끄덕였다.

"네, 그럼 떠나시기 전에 마차에 실어놓겠습니다. 그나저나 전 체스터 백작님께서 돌아가신 후 이렇게 오래도록 떨어져 계신 적은 처음인 것 같군요. 많이 그리우시겠어요."

"곧 돌아올 거야."

로이든이 아무렇지 않은 얼굴로 고갤 돌렸다. 그러다 그를 바라보고 있던 스텔라와 눈이 마주쳤다. 그를 바라보는 스텔라의 차가운 태도에 로이든은 쓴웃음을 지었다.

"세드릭, 백작부인께 방을 안내해 드리게. 목욕물을 준비해 주었으면 하는데, 될까?"

"당연히 되고말고요. 마누라에게 말해 목욕물을 준비하도록 시키겠습니다. 방은 언제나 묵으시는 2층에 마련해 두겠습니다."

"그래, 부탁하지."

세드릭이 건물 안으로 들어가자 로이든이 스텔라에게 다가왔다.

"세드릭은 네가 달링턴 백작의 딸인지 몰라. 앞으로 체스터 영지에서 지내는 동안 이런 일은 종종 일어날 테고, 더 곤란한 상황이 있을지도 모르지. 하지만 그때마다 이렇게 싫은 표정을 짓는다면, 모두가 불편해질 거야. 그러니 감정이 밖으로 넘치지 않도록 조심하도록 해."

"반역자의 딸이 체스터 백작부인이란 사실이 부끄러운가요? 이해해요. 저 역시 아버지를 배신한 사람의 아내가 되었다는 사실이 부끄럽긴 매한가지니까."

가시 돋친 말로 로이든의 심장에 생채기를 내고 싶었다. 그리고…… 자신에게도.

"넌 인정하고 싶지 않겠지만, 난 받아들일 생각이야."

"그럼, 영지 사람들에게 내가 반역자의 딸이란 사실을 말할 생각인가요?"

"네가 선택하도록 해. 어떤 것이 좋은지. 난 이번 문제는 네 의견을 따를 생각이니까. 참고로 체스터 성의 고용인들은 입이 무겁지. 걱정할 필요가 없다는 뜻이야."

"당분간은 비밀로 하는 게 좋겠어요."

"결정되었군. 이제 안으로 들어가도록 해. 세드릭의 아내가 모든 걸 준비해 줄 거야. 난 레이놀즈와 상의할 일이 있어서 가봐야 하거든."

"바쁘신 것 같은데, 어서 가보세요."

스텔라가 로이든을 지나쳐, 여인숙으로 걸어갔다. 이상했다. 자꾸만 심장에 묵직한 돌이 올려진 듯 답답했다.

"소인 세드릭이라고 합니다. 2층 두 번째 방입니다. 필요한 게 있으시면 제 여편네에게 말씀하시면 됩니다. 편히 쉬십시오."

스텔라가 고갤 끄덕인 후, 문을 열고 안으로 들어갔다. 그리곤 2층으로 올라가는 계단 쪽으로 가는데, 그녀를 호기심 가득한 눈으로 바라보는 여인들을 발견하곤 고갤 돌렸다.

유독 진한 화장과 어깨며 풍만한 가슴을 노골적으로 드러낸 여인들의 모습을 보건대, 이곳에서 운영하는 술집의 일하는 여인들인 듯했다.

"백작부인, 이쪽입니다. 제가 뜨거운 목욕물을 준비해 두었답니다."

중년의 후덕해 보이는 인상의 여인이 스텔라를 불렀다. 세드릭의 아내인 모양이었다. 여주인 역시 눈동자엔 호기심으로 가득했다. 그럴 수밖에 없을 테지. 반역자의 처형을 보기 위해 런던에 갔던 젊은 영주가 신부를 데려왔으니까.

"정말 아름다우세요. 그래서 백작님께서 부인께 첫눈에 반하신 모양이에요. 여자에겐 도통 관심도 없으신 분이셨는데, 이렇게 급하게 혼인까지 하시다니."

로이든이 여인에게 관심이 없다고? 스텔라는 믿기지 않는 얼굴로 여주인을 바라보았다.

"정말 백작님께선 여자에겐 관심이 없으셨나?"

"그럼요. 종종 이곳에 레이놀즈 님을 비롯해 체스터 가의 기사분과 들르시지만, 술만 드실 뿐 우리 아이들에겐 눈길 한 번 주지 않으셨거든요."

스텔라의 질문을 새 신부의 질투라고 생각한 모양이었다. 그래서인지 여주인은 더욱 신이 난 듯 입을 열었다.

"걱정 마세요. 이렇게 아름다우신 분을 신부로 맞이하셨는데, 다른 여인이 눈에 들어오시겠어요? 무엇보다 백작님은 검은 늑대시잖아요. 늑대는 오직 하나의 암컷에게만 목숨을 걸죠."

"검은 늑대라……."

"네, 검은 늑대요. 별명을 얼마나 잘 지었는지. 정말 백작님은 잘생긴 데다, 멋지시기까지 하다니까요."

여주인은 부러운 눈으로 스텔라를 보았다. 그리곤 살짝 얼굴을 붉히며, 은근한 목소리로 덧붙였다.

"아마, 밤에도 열정적인 분이실 테죠?"

"뭐, 남자들이 항상 그렇지. 하룻밤에 한 번으로 끝나는 법이 없거든."

로이든이 했던 말을 비꼬기 위해 한 말이었다. 하지만 여주인은 그것을 진심으로 받아들인 듯 박수까지 치며 고갤 열심히 주억거렸다.

"세상에나. 내 그럴 줄 알았다니까요. 부인께선 좋으시겠네요. 부인께 홀딱 빠진 백작님을 차지했으니까요."

뭐야? 그가 한 말이 거짓말이 아닌 거야? 스텔라는 미간을 찌푸린 채 입고 있는 드레스를 벗기 시작했다.

"세상에나 피부 좀 봐. 정말 도자기 같네요. 머리카락 역시 얼마나 매끄러운지. 그 귀하다는 실크보다 더 아름다운 것 같아요."

여주인이 스텔라의 옷을 받아 들며, 스텔라의 검은 머리카락을 바라보았다.

"내 머리카락은 너무 어두워. 대신 금발이 눈부시도록 아름답지."

스텔라는 자신의 머리카락이 마음에 들지 않는 듯 말했다. 그러자 여주인이 고갤 가로저으며, 그녀의 말을 부정했다.

"아니요, 소인의 눈엔 금발보다 부인의 이 흑발이 훨씬 아름다운 것 같아요. 어서 탕 속으로 들어가세요. 제가 목욕 수발을 들겠습니다."

스텔라가 천천히 뜨거운 목욕통 안으로 들어갔다.

"여기, 이건 향낭이랍니다. 남자들이 좋아하는 향이지요."

여주인이 목욕통 안에 향긋한 향이 물씬 풍기는 꾸러미를 집어넣으며 말했다.

"잠깐만 계세요. 제가 가서 갈아입으실 만한 옷들을 가져오겠습니다."

"그래 주겠어? 사실 갑자기 일어난 일이라, 여행 준비를 하나도 못 했거든. 입을 옷도 마땅치 않았고."

"걱정 마세요, 부인. 제가 가장 좋은 것으로 가져오겠습니다."

여주인이 신이 난 얼굴로 방을 빠져나갔다. 그러자 스텔라는 목까지 몸을 담그곤 천천히 눈을 감았다. 역시 뜨거운 목욕이 가장 좋았다. 스텔라는 기분 좋은 듯 오랜만에 입가에 미소가 번졌다.

❖

로이든과 레이놀즈가 여인숙 건물 안으로 들어섰다. 이미 1층 탁자 위엔 로이든 일행을 위한 저녁 식사가 마련되어 있었다. 로이든은 주위를 두리번거리며 스텔라를 찾았다. 그러자 음식을 내오던 세드릭이 눈치를 채곤 서둘러 답했다.

"백작부인께선 제레미와 함께 축제에 가셨습니다. 덕분에 제 마누라도 축제에 가는 바람에 일은 제 몫이 되어버렸지만요."

식탁에 음식을 내려놓은 세드릭이 서둘러 부엌으로 나머지 음식을 가지러 갔다.

"마님께서 마을 축제에 가신 겁니까? 영주님도 함께 가시지 그러셨습니까? 함께 가셨으면, 좋아하셨을 텐데요."

"제레미와 함께 가는 걸 더 좋아할 거야. 그나저나 하던 얘기나 마저 해봐. 루이가 전갈을 보내왔다고 했었던 것 같은데?"

"아, 예. 조금 전, 국왕의 기사단을 따라갔던 루이가 전갈을 보내왔습니다. 지금 레이첼 님을 데리고 간 자들의 행렬이 남쪽에 있는 국왕 소유의 수도원으로 향하고 있답니다."

"비밀 수도원으로 가는군. 우선 목적지를 확인했으니, 수도원 안에 우리 측 사람을 심어야겠어. 가능한지 알아보도록 해."

"그건 걱정하지 마십시오. 잉글랜드에 검은 늑대인 영주님을 존경하고 따르는 이가 많습니다. 분명, 비밀 수도원 안에도 영주님의 눈이 되어줄 자가 있을 겁니다."

"그랬으면 좋겠군."

로이든이 작게 한숨을 내쉬었다. 하필 국왕의 비밀 수도원으로 향하다니. 레이첼을 그들의 손에서 되찾아오는 것이 점점 힘들어지고 있었다.

"그런데 정말 가보지 않으셔도 되겠습니까?"

"어딜?"

"마님께요. 분명 좋아하실 겁니다."

"내일 새벽에 출발해야 해. 나까지 밖에 나가 돌아다녔다간, 일정에 차질이 생길 뿐이야."

"늦어져 봤자, 이제 하루하고 반나절밖에 남지 않았습니다. 그리고 여행 내내 우리들을 위해 요리를 해주신 마님이십니다. 그 정도는 충분히 기다릴 수 있습니다. 그렇지 않나?"

"네, 그렇습니다."

레이놀즈의 물음에 식탁에 앉아 있던 기사들이 일사불란하게 입을 모아 대답했다. 그 모습을 보고 있자니, 어느새 체스터 가의 기사들이 스텔라를 어떻게 생각하는지 새삼 느낄 수 있었다.

"여자에게 홀려도 단단히 홀렸군."

로이든이 기사들을 비꼬자, 레이놀즈를 비롯한 기사들은 머릴 긁적일 뿐 부정하지 않았다.

"참내!"

이상했다. 자신이 아끼는 기사들이 자신의 반려인 스텔라를 존경하고 아낀다고 생각하자 괜스레 기분이 좋아졌다.

"쓸데없는 소리 그만하고, 다들 식사나 하도록 해."

로이든의 한마디에 기사들이 일제히 저녁을 먹기 시작했다. 로이든 역시 앞에 놓인 먹음직스러운 음식들을 보며, 입맛을 다셨다.

하지만 왜일까?

선뜻 음식으로 손이 가지 않았다. 대신 그의 머릿속은 온통 마을 축제에 가 있는 스텔라에게 향해 있었다.

❖

"마님, 이것 좀 드셔보세요. 양고기인데, 정말 맛이 끝내준다니까요."

제레미가 얼마나 맛있는지 입술 가득 소스를 묻힌 채 스텔라에게 고기를 내밀었다.

"아니야, 난 됐으니 많이 먹도록 해. 다른 게 먹고 싶으면, 얘기해. 백작님께서 돈을 넉넉히 주셨으니까."

스텔라는 제레미에게 손목에 낀 금화 주머니를 흔들어 보였다. 장난기 가득한 그 모습에 지나가던 사람들이 하나같이 스텔라를 돌아보았다. 시골 마을과는 어울리지 않는 교양 있는 목소리와 기품 있고 우아한 자태의 스텔라는 하늘의 별처럼 어둠 속에서도 빛이 났다.

"실례하겠습니다. 여기, 아가씨의 아름다움엔 발끝만큼도 미치지 못하지만, 제 선물을 받아주시겠습니까?"

그때 귀족처럼 보이는 사내가 스텔라에게 다가왔다. 그리곤 정중한 태도로 스텔라에게 머리 장식을 내밀었다. 귀족 사내가 내민 머리 장식은 조금 전, 제레미와 함께 구경하던 물건이었다.

"고맙지만, 사양하겠습니다."

스텔라가 싸늘한 표정으로 남자를 외면하고 돌아섰다. 그러자 이번에 귀족 사내가 그녀의 앞길을 가로막으며 다시 말을 걸었다.

"놀라게 해드렸다면, 죄송합니다. 전 아놀드 백작이라고 합니다. 이곳에서 얼마 떨어지지 않은 곳에 제 영지가 있답니다. 그러니 그렇게 경계하실 필요는 없습니다, 레이디."

스텔라의 거절을 신분을 밝히지 않은 때문이라고 생각한 아놀드가 서둘러 자신을 소개했다. 그리곤 눈앞의 아름다운 숙녀를 홀린 듯 바라보았다. 사실 런던에서 돌아오는 길에 잠시 들른 마을에서 이렇게 아름다운 숙녀를 만나게 되리라곤 전혀 예상치 못했었다. 그래서 아놀드는 최대한 그녀가 어디의 누구인지 알고 싶었다.

"그러시군요. 하지만 괜찮습니다. 저 역시 물건을 살 충분한 돈을 가지고 있거든요. 제레미, 가자."

"네, 마님."

스텔라가 옆에 서서 눈치를 보고 있던 제레미를 불렀다. 하지만 아놀드는 그녀를 쉽게 놓아줄 생각이 없는 모양이었다.

"제가 가시는 곳까지 동행하겠습니다. 이곳은 귀하신 숙녀분께서 혼자 다니실 만큼 치안이 좋은 곳이 아니거든요."

"제겐 제레미라는 기사가 있답니다. 그러니 상관 마시고……."

"이 작은 소년보단, 제가 더 믿음이 가실 겁니다."

아놀드가 어깰 펴곤 근육질로 이뤄진 자신의 가슴을 앞으로 들이밀었다. 평소에도 자신의 몸에 자신감이 있는지, 스텔라의 시선이 그의 몸으로 향하자 더욱 으스댔다. 그 모습에 스텔라가 불쾌한 듯 미간을 좁혔다. 정말 머리에 뇌라는 것이 없는 모양이었다. 싫다고 거절하는데도 알아채지 못하다니.

"필요 없다고 했습니다. 이 이상의 무례는 용납하지 않겠습니다. 그러니 당장 물러서세요."

스텔라가 싸늘한 목소리로 말했다. 그제야 아놀드는 스텔라가 자신의 도움을 진짜 거절했다는 사실을 눈치챘는지, 주춤 뒤로 물러서는 것이 느껴졌다.

"그럼 어디 사시는 누구신지만 알려주십시오. 조만간 방문을……."

아놀드의 말이 채 끝나기도 전에 스텔라가 그를 지나쳐 걸어갔다. 그러자 그녀를 놓칠까 조급해 있던 아놀드가 스텔라의 손목을 붙잡곤 자신 쪽으로 돌려세웠다.

"이게 무슨 짓이죠? 당장 놓아요."

"제발 부탁입니다, 레이디. 이름만이라도……."

"아놀드, 무슨 일이지?"

순간 스텔라의 시선이 본능적으로 로이든에게 향했다. 불쾌한 듯 잔뜩 찌푸리고 있는 로이든이 스텔라의 손목을 붙잡고 있는 아놀드의 손을 거칠게 떼어냈다. 그리곤 그녀를 붙잡아 그에게로 끌어당겼다. 마치 그의 소유를 주장하듯 로이든의 얼굴엔 차가운 냉기가 어려 있었다.

"영주님, 그렇지 않아도 부르러 가려던 참이었습니다."

그제야 옆에 서 있던 제레미 역시 마음이 놓인 듯 로이든에게 말을 건넸다.

"제레미, 넌 이제 가봐도 좋아."

"예."

제레미가 서둘러 자릴 떴다. 그리고 그곳엔 세 사람만이 남아 있었다.

"체스터 백작님, 여기서 보게 되다니 반갑군요."

하지만 아직 상황 파악을 하지 못한 아놀드가 갑자기 나타난 로이든을 보고 놀란 듯 어정쩡한 태도로 말을 건넸다.

"난 전혀 반갑지 않군, 아놀드. 내 아내인 스텔라에게 무슨 볼일이라도 있는 건가?"

순간 아놀드의 얼굴이 멍해졌다.

"체스터 백작부인이라면…… 설마 그 재판장에서 보았던 흉측한 모습의 달링턴을 말하는 건 아니겠지요?"

아놀드가 스텔라를 뚫어져라 바라보았다. 하지만 아무리 보아도 재판장에서 보았던 그 더럽고 흉측한 여인이라곤 생각할 수도 없었다. 지금 그들 앞에 서 있는 숙녀는 눈이 튀어나올 정도로 우아하고 기품이 넘쳤으며, 사교계에서 최고로 손꼽힐 만큼의 미모를 지닌 여인이었다.

"맞아, 국왕 폐하께서 허락하신 내 유일한 혼인 상대지."

"하지만…… 이렇게 아름답다니. 믿을 수가 없군요. 믿을 수가."

"아놀드, 정말 무례하기 짝이 없군. 이제 알았으니, 그만 가보도록 하게."

로이든의 차가운 태도에 살짝 움츠러드는가 싶더니, 어느새 스텔라의 아름다운 외모에 홀린 듯 그의 시선이 또 스텔라에게 향해 있었다.

"죄송합니다. 체스터 백작부인. 제 무례를 용서하십시오."

아놀드가 고갤 숙이며, 자신의 무례를 사과했다. 그러자 스텔라는 건성으로 고갤 끄덕이며, 대답했다.

"그땐 어쩔 수 없는 상황이었으니, 놀라시는 건 당연하다고 생각합니다. 그럼, 저흰 가보겠습니다. 그만 돌아가요."

스텔라가 로이든의 팔을 잡아끌며 돌아가자고 재촉했다. 로이든이 자신의 팔을 꽉 붙잡은 스텔라의 손 위로 손을 겹쳤다. 그리곤 한결 부드러워진 얼굴로 스텔라를 바라보았다.

"그래, 늦었군. 아놀드 백작, 우린 이만 실례하겠네."

"조만간 제 영지로 두 사람을 초대하고 싶습니다. 백작부인, 꼭 방문해 주시길 기대하고 있겠습니다."

아놀드의 초대에 스텔라는 예의상 고갤 끄덕였다. 사실 아놀드 백작의 영지에 갈 생각 같은 건 전혀 없었다. 그 역시 재판장에 있었다는 사실 하나만으로 국왕과 한패라는 생각이 들었으니까.

"괜찮나? 놀란 모양이군."

"놀란 게 아니라 불쾌했을 뿐이에요. 상대의 거절에도 불구하고 자신의 생각만을 관철하려는 그 무례하고 뻔뻔한 태도가요."

"손목은 괜찮나?"

로이든이 아놀드에게 붙잡혔던 손목을 들어 천천히 확인했다. 가느다란 손목이 붉게 변해 있었다. 붉은 흔적을 보자, 로이든의 입에서 욕설이 튀어나왔다.

"쳇! 우악스럽게도 붙잡았군."

"아프지 않아요. 내 피부가 약할 뿐이니까."

스텔라가 손을 빼려 했다. 하지만 로이든은 그녀의 손을 놓는 대신 더욱 단단히 붙잡았다.

"자꾸 벌레가 꼬여 안 되겠어. 앞으론 나와 동행하는 것이 아니라면, 어디든 가면 안 돼."

"뭐라고요? 이제 보니, 폭군이었군요."

"폭군이라도 상관없어. 내 말 명심 하도록 해."

로이든이 스텔라에게 재차 말했다. 하지만 스텔라 역시 입을 비

죽일 뿐 대답하지 않았다. 대신 길을 따라 진열되어 있는 좌판에서 푸른빛의 보석이 박힌 브로치를 발견하고 집어 들었다.

"마음에 들며 사도록 해."

"아니에요. 백작님께서 주신 돈으로 살 순 없어요."

스텔라가 거절하자, 로이든이 주머니에서 동전을 꺼내 주인에게 건넸다.

"이걸 사겠네."

"역시 보는 눈이 있으시군요. 이건 귀한 아쿠아마린이라는 보석이랍니다."

장사꾼이 서둘러 아쿠아마린을 로이든에게 건네며 말했다.

"아쿠아마린이라고?"

"네, 그렇습니다. 이 보석을 가지고 있는 사람은 미래를 볼 수 있는 능력이 생긴다고들 하지요."

장사꾼의 말에 사기라는 듯 로이든이 코웃음을 쳤다. 하지만 스텔라는 아쿠아마린이란 보석에 흥미가 생긴 듯 눈을 빛내며 물었다.

"정말 이 보석을 가지고 있으면, 미래를 볼 수 있는 능력이 생긴다는 건가요?"

"그렇습니다, 마님. 자신의 미래는 물론 자신이 사랑하는 사람의 미래 역시 볼 수 있다고들 하다군요."

스텔라가 장사꾼의 말에 홀딱 빠진 듯 아쿠아마린을 바라보고 있었다. 그러자 로이든이 들고 있던 아쿠아마린 브로치를 스텔라의 드레스에 달아주었다.

"예쁘군."

"필요 없어요."

스텔라가 당황한 듯 드레스에서 브로치를 떼어내려 했다. 그러자 로이든이 딱딱한 얼굴로 말했다.

"필요 없다면 버려."

로이든의 말에 스텔라는 어떻게 해야 할지 몰라 망설였다.

"혼인 선물이라고 생각해."

그건 더 싫었다. 원치 않는 혼인을 상기시키는 물건이 될 테니까. 스텔라가 드레스에 브로치를 떼어내 로이든에게 건네려 했다. 그러자 그녀를 쏘아보고 있던 로이든이 그녀의 턱을 붙잡곤 천천히 들어 올렸다.

"대체 얼굴에 뭘 한 거지?"

"얼굴이요? 아, 입술만 바른 건데, 이상한 가요?"

"야생 딸기 같아서."

"그러고 보니 색깔이 닮은 것도 같네요."

어색하게 대답하곤 스텔라가 로이든의 손을 밀어내곤 걷기 시작했다. 그러다 축제를 구경하느라 정신이 팔린 남자와 부딪힐 뻔했다.

"조심해."

순식간에 단단한 팔이 그녀의 허릴 휘감더니, 품으로 끌어당겼다. 놀란 스텔라가 고갤 들어 로이든을 올려다보았다.

두근, 두근! 청량한 그의 체향과 섞여 사향 냄새가 났다. 그 향에 자꾸만 스텔라의 심장이 무섭게 뛰었다.

"괜찮나?"

"네, 괜찮아요."

당황한 스텔라가 그에게서 벗어나기 위해 한 발짝 뒤로 물러서려 했다.

"예쁘군."

그의 예기치 않은 속삭임에 스텔라는 걸음을 멈추었다. 그리곤 천천히 고갤 들었다. 그의 시선이 그녀의 입술에 고정되어 있었다. 그의 의도는 너무도 분명했다. 키스. 그는 지금 그녀에게 키스를 하려는 게 분명했다.

"놓아줘요. 돌아가야 하잖아요."

더운 열기에 스텔라가 그의 시선을 피했다. 로이든이 그녀의 턱을 붙잡고는 그를 보게 했다.

"나와 함께 있으니, 상관없어."

더운 숨결이 그녀의 입가를 스쳤다. 심장이 바짝 조여들었다. 하지만 그녀의 예상과는 달리, 로이든은 그녀의 입술을 쏘아볼 뿐, 키스는 하지는 않았다.

이상했다. 오히려 입술이 닿았을 때보다, 그의 시선이 닿는 것이 그녀를 더욱 긴장하게 했다. 입술이 따끔거리고, 시선으로 키스를 당한 듯 아릿한 느낌까지 들었다. 긴장감에 스텔라는 본능적으로 붉은 혀를 내밀어 마른 입술을 축였다.

펑, 퍼펑! 펑!

그 순간 어두운 하늘에 폭죽이 터졌다. 붉고 아름다운 불빛을 본 스텔라가 놀란 얼굴로 하늘을 올려다보았다.

"로이든, 폭죽이에요. 하늘에서 폭죽이…… 흐읍!"

그 말을 끝으로 스텔라는 더는 하늘에서 터지는 폭죽을 볼 수 없었다. 그녀의 입술을 삼키며, 진한 키스를 해오는 그로 인해 눈꺼풀이 무겁게 가라앉았던 것이다. 대신 그녀의 머릿속에 하늘에서 반짝이는 폭죽보다 더 환하고 황홀한 폭죽이 터지고 있었다.

❖

축제에서 돌아온 스텔라는 잠옷으로 갈아입은 후, 침대에 누웠다. 여인숙으로 함께 돌아온 로이든은 방으로 들어오는 대신 레이놀즈와 상의할 것이 남아 있다며, 먼저 자라고 했다. 혼자 계단을 오르며 스텔라는 왠지 모를 실망감에 밖으로 나가는 로이든을 돌아보기까지 했다.

"후우, 미친 게 분명해."

스텔라는 고갤 가로저으며, 그에 대한 생각을 하지 않으려 했다. 대신 침대에 누워 잠을 청했지만, 쉽게 잠이 오지 않았다. 그가 돌아오기 전에 잠들어 버리려 했는데, 자꾸만 심장이 두근거려 잠을 잘 수가 없었다.

억지로 눈을 감고 잠을 청하기 위해 애를 쓰고 있을 때쯤, 등 뒤로 문이 열리는 소리가 들렸다. 스텔라는 꼭 감은 눈을 뜨지 않고는 그의 움직임에 집중했다. 그는 탁자로 걸어가더니, 옷을 벗는 듯했다.

"스텔라, 잠들지 않았다는 것 알아. 좀 일어나 봐. 할 얘기가 있어."

로이든이 침대 가장자리에 앉았는지, 침대가 그의 무게에 흔들렸다.

"스텔라."

다시 그가 그녀를 불렀다. 하는 수 없이 스텔라가 침대에서 일어나 앉았다.

"무슨 일이죠? 만약 축제에서·있었던 얘길 하려는 것이라면……."

"그 얘기가 아니야. 스텔라, 지금부터 내가 하는 말을 잘 듣도록 해."

우선은 키스에 대한 얘긴 아닌 모양이었다. 그리고 그 순간, 두 사람 사이에 형성된 기묘한 분위기 역시.

"체스터 영지에 도착하면, 당신과 난 지금까지처럼 같은 방을 사용하게 될 거야. 그것이 체스터 가문의 불문율이니까."

"하지만 대부분의 귀족들은 따로 침실을 쓰죠."

스텔라 역시 지지 않고 말했다.

"다른 사람들이 뭘 하든 상관없어. 난 체스터 가문의 사람이고, 내 부모님께서 그러셨듯이 너와 혼인을 한 이상 같은 침실을 쓸 생각이야."

"하지만 우리 결혼은 정상적으로 맺어진 것이 아니잖아요. 그러니 예외로 쳐야 한다고 생각해요."

"네 말대로 우리 결혼은 정상적인 것이 아니지. 아마, 우린 둘 중 하나가 나가떨어지기 전까지 계속 답이 없는 싸움으로 시간을 낭비하게 될 거야. 지금부터 내가 하려는 말은 서로 시간 낭비를 하지 말자는 거야."

"어떻게 그게 가능하다는 건지 모르겠군요. 전, 아버지께서 다시 살아 돌아오지 않는 한 불가능한 일인데 말이에요."

스텔라의 대답에 로이든이 작게 한숨을 내쉬었다. 그녀는 사랑하는 아버지와 함께 영지와 신분까지 모든 것을 잃은 상태였다. 아마 그 상실감을 이겨내는 덴 아주 오랜 시간이 걸릴게 분명했다. 하지만…….

"알아, 네가 지금 어떤 심정인지. 그래서 하는 말이야. 난 너와 싸우고 싶지 않거든."

그의 말에 스텔라가 입술을 꾹 다물었다. 그리곤 다음 말을 하라는 듯 고갤 살짝 끄덕였다.

"협상을 하고 싶어. 나는 너에게 남편이란 이름으로 안전한 울타리를 제공해 줄 생각이야. 내가 있는 한, 국왕을 비롯해 그 누구도 너를 죽일 수 없도록."

"내가 당신을 죽일 텐데?"

"상관없어. 어차피 넌, 달링턴 백작의 누명을 벗기고 리처드에게 복수하기 전까지 내 도움이 필요할 테니까. 그때까진 내가 살아 있는 게 너에게 유리할 거야."

로이든의 말에 스텔라가 눈을 가늘게 떴다. 그의 말을 믿을 수 없었던 것이다.

"지금 진심으로 당신을 이용하라고 내게 말하는 건가요? 내가 당신을 배신할 텐데도?"

"그래, 마지막 순간엔 네가 날 배신한다 해도 별수 없지. 우선은 나 역시 리처드의 눈을 속여야 하는 상황이니까."

"설마, 당신도 리처드에게 약점을 잡힌 건가요?"

"맞아, 그래서 네 도움이 필요해."

순간 스텔라는 골똘히 생각에 잠겼다. 대체 리처드에게 무슨 약점을 잡혔기에 이렇게 나오는지 궁금했다. 하지만 그가 무슨 약점을 어떻게 잡혔던 그녀와는 상관없었다. 그의 제안이 그녀에겐 절대적으로 유리했고, 가장 필요한 것이었으니까.

"좋아요, 그럼 난 뭘 해야 하죠?"

"스텔라 마리스 체스터가 되는 것. 넌, 체스터 백작부인으로서의 의무를 다하면 돼."

"그 의무에 상속자를 낳아야 한다는 것도 당연히 포함되는 건가요?"

"그래, 포함되어 있어. 국왕은 너와 이혼하는 것을 허락하지 않을 것이고, 나에겐 체스터 영지를 물려줄 후계자가 필요하니까. 난 내 뒤를 이를 아이가 사생아라는 오명을 쓰게 하고 싶지는 않거든."

이미 그럴 것이라고 생각했지만, 스텔라는 그의 대답을 듣자 주먹을 꼭 쥐었다.

"결정하기 전에, 마지막으로 묻고 싶은 말이 있어요. 당신은 내 아버지가 반역자라고 생각하나요?"

스텔라의 질문에 로이든의 얼굴이 심각해졌다. 그리곤 그 어느 때보다 진지한 얼굴로 스텔라를 바라보았다.

"리처드에게 약점이 잡혔다고 했던 말, 사실이야. 그 약점으로 인해 달링턴 백작님께 등을 돌렸지만, 한 번도 달링턴 백작님께서 반역을 했다고 생각하진 않았어. 그건 진심이야."

로이든의 말에 스텔라는 참고 있던 숨을 내쉬었다. 그의 입으로 아버지께서 반역을 하지 않았을 것이란 답을 듣자, 조금은 마음이 가벼워지는 느낌이었다.

"당신이 죄책감을 느낀다고 해서, 당신을 용서할 것이라고 생각한다면 오산이에요. 난 백작님 말씀처럼, 백작님을 철저히 이용할 생각이니까."

스텔라의 말에 로이든 역시 진지한 얼굴로 고갤 끄덕였다.

"나 역시 마찬가지야. 그러니 마음에 둘 필요 없이 날 이용해도 좋아."

로이든은 스텔라에게 자신의 여동생 레이첼이 달링턴 백작 때문에 국왕 리처드에게 납치되었다는 사실을 말하지 않았다.

어쩌면 스텔라가 리처드와 대면한 마지막 순간, 그가 내밀 수 있는 비장의 카드가 될 것 같은 예감 때문이었다. 스텔라와 레이첼을 맞바꿀 수 있는.

"한 가지 조건이 있어요."

"조건이라니, 그게 뭐지?"

"나에게 검술을 가르쳐 줘요."

"검술이라니, 숙녀인 네게 말인가?"

"당신은 잉글랜드 최고의 기사라고 들었어요. 그러니 가르쳐 줘요. 이번 일을 겪으면서, 나를 보호할 사람은 나밖에 없다는 생각을 했어요. 난 스스로 날 지키고 싶어요."

로이든은 스텔라를 물끄러미 응시했다. 헐렁한 무명 잠옷을 입은 스텔라는 무거운 검도 제대로 잡지 못할 만큼 약해 보였다. 하지만 이상하게도 침대 위에 앉아 있는 스텔라에게선 숨길 수 없는 고귀함이 느껴졌다. 뼛속까지 고귀한 귀족. 그녀에겐 마치 왕족들만이 갖는 당당함이 있었다.

"좋아, 가르쳐 주지. 하지만 힘들어 포기하고 싶어질 거야. 숙녀에겐 견딜 수 없을 만큼 고된 일이니까."

"그건 내가 알아서 해요. 백작님, 백작님의 제안 받아들일게요."

스텔라의 대답에 로이든이 목에 걸려 있던 줄에서 반지를 풀어냈다. 그리곤 스텔라에게 건넸다.

"이게 뭐죠?"

"대대로 체스터 백작부인에게 전해지는 반지야. 이걸 끼도록 해."

손바닥에 놓인 묵직한 반지를 본 스텔라가 망설이는 얼굴로 그를 올려다보았다.

"손을 내밀어봐."

결국 로이든이 반지를 집어 들어 스텔라의 네 번째 손가락에 반지를 밀어 넣었다.

"좀 크군. 돌아가면 줄일 수 있을 거야."

스텔라는 그녀의 손가락에서 반짝이는 반지를 내려다보았다. 처음 재판장에서 국왕 리처드에의해 강제로 결혼을 하게 되었을 땐, 이런 관계가 되리라곤 전혀 예상치 못했었다.

기분이 이상했다. 그녀를 새롭게 옥죄는 작은 족쇄였지만, 그 무게감이 싫지 않았다.

"새로운 계약이군요. 그리고 이 반진, 그 증표고."

"그래, 새로운 계약이야."

5

잉글랜드 북동부 스카버러(Scarborough)의 체스터 성.

마침내 잉글랜드 북동부 스카버러에 위치한 체스터 성에 도착했다. 해안가 절벽 위에 위치한 체스터 성의 성체는 웅장함 자체였다. 새벽안개에 휩싸인 고딕 양식의 성은 침범할 수 없는 굳건함과 함께 신비함을 더했고, 성 아래 펼쳐진 비옥한 농토에는 밀들이 가득했다. 스텔라는 이곳 체스터 성이야말로 그녀가 원했던 풍요로움과 안전함을 가진 곳이란 사실을 깨달았다.

풍부한 해산물과 비옥한 농토. 그리고 산을 넘어오면서 보았던 최상품의 양모를 생산해 내는 양들까지. 이곳 주인의 세세한 배려의 손길이 느껴지는 완벽한 땅이었다.

"드디어 도착했군."

로이든이 스텔라가 탄 마차를 돌아보았다. 그러자 창문을 열고 밖을 내다보고 있는 스텔라와 눈이 마주쳤고, 천천히 그녀를 향해 다가왔다.

"이곳이 바로 체스터 성이다. 앞으로 그대가 안주인으로 있어야 할 곳이지. 익숙해져야 할 테니, 잘 봐두도록 해."

스텔라는 한결 부드러워진 로이든의 얼굴을 보며, 마침내 그의 영역 안에 들어왔음을 실감했다. 그리고 그와 한 새로운 계약 역시 시작되었음을 의미했다.

'체스터 백작부인으로서의 의무라. 내가 잘해낼 수 있을까?'

스텔라는 손이 낀 묵직한 반지를 내려다보며, 천천히 숨을 내쉬었다. 그리곤 결심이 선 듯 단호한 표정으로 말했다.

"걱정 말아요. 백작님께서 절 배신하지 않는 한, 저 역시 제 의무에 충실할 생각이니까."

그녀를 바라보는 로이든의 시선을 지나쳐 굳게 닫혀 있는 체스터 성의 문을 응시했다. 성채의 뒤가 바로 절벽이라면, 성의 앞엔 해자가 설치되어 마치 호수 위에 떠 있는 것처럼 느껴졌다.

"생각보다 아름다운 곳이에요."

"아마 잉글랜드에서 가장 아름답고 견고한 성이라고 자부해도 좋아."

평소라면 거만한 태도의 로이든에게 반감을 느끼고 그의 의견을 부정했겠지만, 지금만은 그럴 수 없었다. 스텔라 역시 체스터 성이야말로 잉글랜드에서 가장 아름다운 성일지도 모른다는 생각이 들었던 것이다.

"냉혹한 검은 늑대하고는 어울리지 않는 곳이군요."

"이젠 당신과 어울리는 성이지. 네가 바로, 이 성의 안주인이니까."

로이든의 말에 스텔라가 입술을 깨물었다.

"약속은 꼭 지켜야 할 거예요."

"너 역시 마찬가지야."

그때, 성체의 망루에서 누군가 그들을 발견하고 움직이는 것이 보였다. 잠시 후 덜컹 소리와 함께 거대한 성문이 천천히 열리기 시작했다. 성을 지키던 문지지가 로이든을 발견하고 검은 늑대가 새겨진 깃발을 망루에서 흔드는 것이 보였다.

"스텔라, 이쪽으로 와."

"네……?"

로이든이 허릴 굽혀 스텔라가 탄 마차의 문을 열었다. 그리곤 순식간에 마차 안에 있는 스텔라의 손목을 붙잡더니, 그녀를 힘껏 끌어당겼다.

"잠깐, 백작님!"

어느새 로이든의 품에 안겨 말 위에 앉게 된 스텔라는 크게 저항할 수도 없었다. 주변의 기사들은 물론, 도개교가 내려오면서 성안에 있던 병사들 역시 모습을 드러내기 시작했던 것이다.

"마차에 있겠어요."

"얌전히 있도록 해. 설명 없이 성의 사람들에게 네 존재를 알리는 방법으로 이것만큼 효과적인 것은 없을 테니까."

로이든이 입고 있던 망토를 벗었다. 그리곤 선명하게 검은 늑대가 수놓아진 망토를 스텔라에게 입히기 시작했다.

"이건 또 왜?"

"곧 알게 될 거야."

로이든이 스텔라를 바짝 당겨 안은 후, 말의 고삐를 잡아당겼다. 행렬의 맨 앞으로 간 로이든은 천천히 도개교를 건너 체스터 성으로 들어갔다. 이른 새벽이었지만, 기다리고 기다려 온 주인의 귀가였기에 체스터 성의 모든 고용인들이 나와 그를 맞았다.

그때 로이든을 발견하고 고갤 숙이던 체스터 성의 사람들이 검은 늑대 문장이 수놓아진 망토를 뒤집어쓴 스텔라를 발견하곤 놀란 얼굴을 했다. 하지만 이내, 그곳에 모인 모든 사람들이 바닥에 무릎을 꿇어앉기 시작했다.

대체 뭐야? 로이든을 두려워하는 거야?

스텔라는 갑자기 무릎을 꿇고 앉아 고갤 숙이고 있는 사람들을 보며, 미간을 좁혔다. 하지만 그녀의 생각과는 달리 체스터 성의 사람들의 표정은 한결같이 들뜬 얼굴이었다.

"영주님, 기다리고 있었습니다."

체스터 성의 집사로 보이는 남자가 앞으로 나와 로이든과 그 일행을 맞았다.

"내가 없는 동안 별일은 없었겠지?"

"특별한 일은 없었습니다. 중간에 연락을 드린 것처럼, 방문객이 한 명 있었습니다."

집사인 월터의 말에 스텔라의 시선이 밀리를 찾아 움직였다. 그러다 성의 하인들 사이에 섞여 있는 유모 밀리를 발견하곤 그녀를 부르려 했다.

"잊지 마, 너는 지금 체스터 백작부인이란 걸."

로이든이 스텔라를 붙잡으며, 낮게 속삭였다. 그러자 스텔라는 고갤 끄덕이며, 밀리에게서 시선을 돌렸다.

"체스터 성의 고용인들과 인사를 나누는 게 먼저야. 그리고 그 후에."

"네, 알고 있어요. 그런데 왜 사람들이 하나같이 바닥에 무릎을 꿇고 있는지 궁금하군요."

"그건 백작부인에게 예를 갖추는 거야. 그것이 바로, 체스터 성의 전통 중의 하나거든."

"전통이라구요? 하지만 백작님께선 저에 대해 한마디도 하지 않았어요. 그런데 어떻게 내가 백작부인인 줄 알았는지 모르겠군요. 차림새도 귀족 같지 않을뿐더러, 애첩이라고 생각할 수도 있는 거잖아요."

스텔라의 싸늘한 목소리에 로이든의 입가에 냉소가 어렸다.

"말하지 않아도 아는 방법이 있어. 바로 이것. 대대로 체스터 가의 남자들은 자신의 신부를 데려올 때, 검은 늑대가 그려진 문장의 천으로 감싸는 전통이 있지. 네가 검은 늑대의 보호 아래 있다는 것을 알리는 거야."

"아!"

그제야 스텔라는 도개교를 건너기 전, 로이든이 자신을 망토로 감싼 이유를 알게 된 것이다.

"이제 알았다면, 백작부인으로 당당하게 행동하도록 해."

로이든의 말에 스텔라가 등을 펴고 고갤 들었다. 그리곤 체스터 성의 고용인들을 향해 하나하나 눈인사를 건네기 시작했다. 그 모습이 마치 여왕이 자신의 백성을 대하듯 당당했고, 숨길 수 없는 위엄이 느껴졌다.

로이든은 순식간에 분위기가 변한 스텔라를 보며 감탄했다. 화장기 없는 창백한 얼굴에 장식 하나 없이 그의 검은 망토를 뒤집어쓰고 있었지만, 그녀에게선 숨길 수 없는 빛이 뿜어져 나왔다.

"제게 당부할 게 있으면 말해줘요."

"지금은 없어. 충분히 잘하고 있으니까."

"그렇다니 다행이에요."

"밀리는 걱정 마. 체스터 성에서 잘 지내고 있었을 테니까."

"걱정 같은 건 안 해요. 밀리는 강하거든요."

스텔라의 말에 로이든이 밀리를 바라보았다. 평범한 인상에 마른 체형의 중년 여인은 한결같은 눈으로 스텔라만을 좇고 있었다. 하지만 스텔라의 강하다는 말과는 달리 주름진 여인의 눈동자엔 눈물이 그렁그렁 맺혀 있었다. 꾹 참고 있는 듯 보였지만 살짝만 건드리면, 툭 터져 버릴 것 같았다.

"고마워요. 밀리를 보호해 줘서."

"너에게 고맙다는 말을 듣게 되라곤 전혀 예상치 못했는데, 의외로 기분이 좋군."

로이든이 농담조에 스텔라가 멋쩍은 얼굴을 했다. 하지만 이내, 평소의 서늘한 표정으로 돌아왔다.

"아무리 당신을 미워한다고 해도 이성조차 사라지진 않았거든요."

"지금까지 여인이란 이성이 아니라 눈물과 감정으로 이루어진 존재라고 생각했었는데. 아닌 모양이야. 넌, 항상 날 놀라게 해. 그리고 내 생각을 바꾸게 만드는 유일한 존재이기도 하지."

"대체 어떤 여인들을 만났기에 그런 생각을 하게 되었는지 모르겠군요. 앞으론 더 바뀌게 될 거예요."

"신선하겠군. 아니, 흥미진진하다고 해야 할까?"

"호락호락하지 않을 것이란 게 맞을 것 같군요. 혹시, 백작님의 레이첼 양께선 눈물이 많았었나요?"

이 순간, 왜 불쑥 레이첼의 얘길 꺼냈는지 스텔라 역시 이유를 알 수 없었다. 하지만 스텔라는 그가 알고 있는 숙녀가 누군지 궁금했고, 확인하고 싶었다. 말로 뱉어낸 순간 후회했지만 이미 엎질러진 물일 뿐이었다.

"레이첼이라고?"

"네, 레이첼 양이요."

순간 로이든의 입매가 깊어졌다. 눈동자 역시 깊어지더니 숨길 수 없는 애정으로 반짝이는 것이 보였다. 레이첼을 떠올리는 것만으로 기분이 좋은 듯.

"눈물이 많긴 했지. 하지만 눈물보단 웃음이 많았다는 게 맞을 거야."

로이든의 말에 스텔라의 몸이 바짝 긴장했다.

"웃음이 많은 여인을 좋아하시는 모양이군요."

"맞아. 화를 내는 여인보단, 웃음이 많은 여인이 훨씬 좋아."

스텔라의 입매가 눈에 띄게 굳어졌다. 그리곤 차가운 목소리로 톡 쏘아붙였다.

"죄송하군요. 화만 내는 여인이라서요."

스텔라의 차가운 태도에 로이든의 눈동자가 깊어졌다. 그리곤 뭔가 말하려는 순간, 뒤에 서 있던 레이놀즈가 헛기침을 했다.

"영주님, 지금 모두들 기다리고 있습니다."

그제야 로이든은 스텔라와의 대화에 정신이 팔려 그의 명령을 기다리고 있는 고용인들을 잊고 있었다는 것을 깨달았다.

"체스터 백작부인이시다. 오늘부터 백작부인의 명령은 나의 명령과 같다."

로이든이 정식으로 체스터 성의 고용인들에게 스텔라를 백작부인으로 소개했다. 그리곤 서둘러 말에서 내리더니, 아직 말 위에 앉아 있는 스텔라에게 손을 뻗었다.

"내 손을 잡아."

"손을요?"

"이것 역시 관례야. 혼인을 한 체스터 성의 남잔 자신의 여인을 안고 성으로 들어가야 해. 그것이 신부에게 하는 맹세기도 해."

신부에게 하는 맹세? 아마, 그 맹세란 평생을 함께하자는 것일 테지만, 국왕에 의해 강제로 혼인을 한 스텔라에게 해당 사항이 있는 건지 몰라 잠시 망설였다.

"어서, 스텔라. 내 사람들 앞에서 날 웃음거리로 만들 생각은 아니겠지?"

그녀만 들을 수 있게 낮게 속삭이는 로이든을 스텔라는 다시 한 번 내려다보았다. 그리곤 천천히 손을 뻗어 그의 손을 붙잡았다.

"엇!"

"긴장할 것 없어. 떨어뜨리진 않을 테니까."

로이든이 스텔라를 품에 안고 체스터 성의 현관으로 걸어가기 시작했다. 그러자 집사인 월터가 뛰어가 현관문을 열었다. 로이든은 고갤 숙이고 옆으로 비켜선 월터를 지나쳐, 성안으로 들어갔다.

스텔라는 로이든의 품에 안겨, 처음으로 체스터 성의 내부를 볼 수 있었다. 밖에서 보았을 때와 마찬가지로, 내부 역시 잘 관리되어 온 듯 무척이나 아름다웠다. 견고한 성체 안에 품은 아름다운 내부는 아늑했고, 섬세한 조각품들로 가득했다. 바닥에 깔린 페르시아 카펫 역시 최고급이 분명했다. 로이든이 계단을 오르려 하자, 스텔라가 그의 팔을 붙잡으며 말했다.

"이제 내려줘요."

"아직 아니야. 체스터 성의 관례는 부부가 함께 기거하는 침실까지야."

로이든은 나선형의 계단을 올라가, 첫 번째로 보이는 복도로 걸어갔다. 그리곤 복도 끝 섬세하게 조각된 마호가니 문 앞에 멈췄다.

"여기가 앞으로 우리가 머물 곳이다."

안으로 들어간 로이든이 그녀를 침대 위에 내려놓았다. 그러자 스텔라가 침대에서 몸을 일으킨 후 방 안을 살피기 시작했다.

"가구 하나 없다니, 너무 삭막하군요. 커튼도 너무 어둡고."

"마음에 들지 않는다면 바꿔도 좋아. 어차피 난 가구 따위엔 관심도 없으니까. 그럼, 난 나가봐야 해. 오랫동안 성을 비워 살펴봐야 할 곳이 많거든."

"이제 체스터 가의 의식이 끝난 모양이군요. 이 망토를 벗어도 되는 건가요?"

스텔라가 망토를 벗어 로이든에게 건넸다. 그러자 망토를 받아 든 그가 침대 위에 그것을 내려놓았다.

"말하지 않은 것이 있는데, 초야에 이 망토를 깔고 그 위에서 사랑을 나누지. 곧 사용하게 될 테니, 잘 가지고 있도록 해."

"뭐라구요? 당장 가져가요!"

스텔라가 당황한 얼굴로 망토를 집어 들어 그에게 던졌다. 하지만 이미 로이든은 방을 나간 후였다. 바닥에 떨어진 망토를 노려보며, 스텔라는 작게 한숨을 내쉬었다. 스텔라는 한참을 그렇게 서 있다가 천천히 바닥에 떨어진 망토를 검지와 엄지로 살짝 집어 들었다. 그리곤 다신 보고 싶지 않는다는 듯 침대 아래로 밀어 넣어 버렸다.

잠시 방 안을 서성이던 스텔라는 천천히 방을 나왔다. 1층으로 내려가기 위해 계단을 내려가는데, 그녀의 짐을 들고 계단을 올라오던 하녀와 마주쳤다.

"저기, 물어볼 것이 있는데."

"말씀하세요, 마님. 전 캘리라고 합니다. 올해, 열아홉이 되었답니다."

"그래, 캘리. 혹시 얼마 전 체스터 성에 왔다는 방문객이 어디에 있는지 알 수 있을까?"

"아, 밀리를 말씀하시는군요. 밀리는 3층에 있습니다."

"3층이라고?"

"네. 하녀장이신 앤이 주인님이 돌아오시기 전까지 그곳에서 지내라고 명령하셨거든요. 사실 대부분의 고용인들은 별채에서 지내지만, 밀리는 고용인은 아니라고 했거든요."

"아, 그랬군. 고마워, 캘리."

"고맙기는요. 당연히 제가 할 일이었습니다, 마님. 앞으로 필요한 것이 있으면 절 찾으십시오. 제가 마님의 전속 하녀거든요."

"그래."

"저기 이 짐은 어떻게 할까요?"

"2층 끝에 있는 방에 가져다줘. 앞으로 그곳에서 생활하게 될 테니까."

"2층 끝 방 말인가요?"

캘리가 조금 놀란 얼굴로 되물었다.

"응, 갈색 마호가니 문이 있는 부부 침실. 그럼, 부탁할게."

스텔라는 여전히 놀라 입을 다물지 못하는 캘리를 남겨둔 채 밀리를 만나기 위해 3층으로 올라가기 시작했다. 캘리는 짐을 방으로 가져가며, 다시 한 번 믿을 수 없다는 듯 고갤 가로저었다.

'맙소사, 영주님께서 마님과 함께 방을 쓰시다니. 믿을 수가 없군.'

잠시 후, 체스터 성의 하인들 사이에 백작 부부가 한 침실을 사용한다는 소문이 빠르게 퍼져 나갔다. 타인이 자신의 공간에 들어오는 걸 죽기보다 싫어하는 로이든 체스터 백작이 자신의 공간에 백작부인을 들여놓다니.

그것은 전적으로 그녀를 믿고 신뢰한다는 뜻이기도 했지만, 다른 의미에서 신부에게 푹 빠졌다는 뜻이기도 했다. 그 사실을 전혀 알지 못하는 스텔라는 밀리를 만난다는 생각에 빠르게 계단을 오를 뿐이었다.

❖

로이든은 레이놀즈와 함께 연병장으로 갔다. 그가 떠나 있던 두 달 동안 병사들의 훈련 상태를 확인하고 무기고를 정비하기 위해서였다.

"영주님, 돌아오셨군요."

"런던에 가신 일은 어떻게 되셨습니까? 반역자는 처형되었나요?"

"그것보다 레이첼 아가씨는 어떻게 되셨습니까? 설마, 아직 국왕에게서 구해내지 못하신 겁니까?"

한꺼번에 쏟아지는 질문에 로이든의 얼굴이 굳어졌다. 그가 런던에 간 목적, 그 목적을 이루지도 못한 채 국왕 리처드가 던져 준 위험한 짐을 데리고 영지로 돌아올 수밖에 없었던 것이다.

"반역자는 처형되었다. 그리고 난, 국왕 폐하의 명에 따라 혼인 서약을 한 후 체스터 백작부인을 데리고 돌아왔다."

"혼인 서약이라니. 혹시 국왕의 감시자를 영주님께 보낸 것입니까?"

"아니, 국왕의 감시자는 아니다. 그러니 그런 의심은 버리도록 해."

로이든이 단호한 목소리로 스텔라에 대해 쏟아지는 질문을 잘라냈다. 그러자 기사들 역시 로이든의 말에 수긍한 듯 고갤 끄덕였다.

"그럼, 레이첼 님의 행방은 알아내신 겁니까?"

"레이첼은 국왕의 기사들에 의해 남부의 비밀 수도원으로 가는 중인 것 같다. 우리 측 정보원을 붙여놓았으니 곧 레이첼의 행방을 정확히 알 수 있을 것이다. 대신 오늘부터 난, 전쟁 준비를 할 생각이다."

전쟁이라는 말에 기사들의 얼굴이 조금씩 어두워지기 시작했다.

"설마 전쟁 상대가 국왕 폐하십니까? 하지만 그건, 반역입니다."

기사 중 한 명이 말도 안 된다는 듯 조심스럽게 입을 열었다. 그러자 로이든은 이미 생각을 굳혔다는 듯 단호하게 말했다.

"레이첼을 구하는 행위가 반역이라면, 반역이겠지. 하지만 난, 포기할 생각 없다. 그러니 여기서 결정하도록 해. 난 강요는 하지 않는다."

로이든이 연병장에 모여 있는 기사들을 하나하나, 둘러보았다. 로이든의 말에 그곳에 모여 있는 기사들의 얼굴이 굳어 있었다. 반역이란 힘든 일이었고, 기사로선 절대 해서는 안 되는 불명예였다. 하지만 잠시 후, 생각에 잠겨 있던 기사들의 얼굴에서 두려움이 사라졌다. 그리고 평소처럼 신뢰 가득한 눈으로 그들의 유일한 주인인 로이든을 바라보았다.

"저흰 국왕 폐하가 아닌, 영주님께 충성 맹세를 한 기사들입니다."

"체스터 백작가에 소속된 기사이니, 당연히 영주님과 함께하는 것이 맞습니다."

"저희 역시 국왕 폐하가 아니라, 영주님과 함께 목숨을 걸고 전쟁터를 누볐습니다. 검은 늑대의 깃발 아래서요."

"저흰 검은 늑대들입니다. 당연히 영주님을 따를 생각입니다."

그 길이 잉글랜드의 국왕에게 반역을 하는 길이라도. 기사들이 순식간에 로이든 앞에 무릎을 꿇었다. 연병장에 있던 기사들은 물론, 로이든의 곁에 서 있던 레이놀즈까지 무릎을 꿇자, 로이든의 표정이 비장해졌다. 신뢰 가득한 눈으로 그의 앞에 부복한 채 충성을 맹세하는 기사들을 보며, 힘주어 말했다.

"나 역시 잊지 않겠다, 오늘의 이 약속을."

그 뜻을 이해한 기사들이 고갤 끄덕였다. 그들의 주인 역시, 그들이 위험한 상황에 처한다면 그것이 반역일지라도 꼭 구해내겠다는 약속이었다. 검은 늑대의 약속은 불멸이란 걸 그들은 너무도 잘 알고 있었다.

"레이놀즈, 대장간으로 간다."

잉글랜드에서 가장 용맹하다고 일컬어지는 기사들이었다. 검은 늑대 군단, 그들은 지금껏 검은 늑대의 문장을 어깨에 걸치고 왕의 기사로서 전쟁터를 누벼왔다. 하지만 지금 그들은 왕의 기사가 아닌, 오직 검은 늑대의 기사단이 된 것이다.

그리고 검은 늑대의 기사단의 용맹함과 함께 그들의 최강 무기인 검. 그것이 가능한 이유는 바로, 철을 제련하는 뛰어난 제련술을 가진 대장장이가 체스터 성에 있기 때문이었다.

기사들의 검과 방패, 그리고 갑옷을 만들어내는 기술이 왕실 대장간을 능가한다는 소문이 날 정도로 위협적인 기술을 가졌기 때문에 국왕 리처드는 언제나 체스터 가를 견제하며 날카롭게 가시를 세우곤 했다.

레이첼을 볼모로 붙잡은 이유 역시, 같은 맥락이었다.

체스터 성의 꼭대기, 망루에 세워둔 깃발이 바다에서 불어온 바람에 흔들리고 있었다. 금방이라도 날카로운 이를 드러내며 싸울 것처럼 보이는 검은 늑대의 문장이 하늘을 달리듯 펼쳐졌다. 그 강력한 기운이 체스터 성을 휩싸고 있었다.

❖

3층 밀리의 방에선 그리운 향기가 났다. 스텔라는 자신을 보자마자 눈물을 흘리는 밀리를 꼭 끌어안았다. 그렇게 두 여인은 서로의 품에 안겨 살아 있다는 사실에 안도했다. 스텔라는 다리가 불편한 밀리를 침대에 앉히고, 그 앞에 무릎을 꿇고 엎드렸다. 그리곤 지친 듯 밀리의 다리에 얼굴을 묻었다. 너무도 그리웠다. 이 따뜻함이. 온기가.

"이렇게 있으니, 집에 돌아온 것 같아."

스텔라가 고갤 들어 밀리를 올려다보았다. 그러자 밀리가 눈물이 그렁그렁한 눈으로 스텔라를 내려다보며, 그녀의 머리카락을 다정하게 쓸어주었다.

"어서 일어나세요. 그렇게 바닥에 무릎을 꿇고 있으면, 다리에 멍이 들 겁니다. 예쁜 다리에 멍이 들면, 제가 다 속상하다니까요."

"멍 같은 건 상관없어. 밤새 이러고 있을 거야."

차가움을 벗어던진 스텔라는 아이처럼, 밀리의 다리에 얼굴을 묻었다. 그리곤 말괄량이 소녀마냥, 바닥에 무릎을 꿇고는 일어날 생각을 하지 않았다.

"그럼 침대에 좀 누우세요. 피곤해 보이세요."

"그럼, 그럴까?"

스텔라가 바닥에서 일어나, 침대 위로 올라갔다. 그리곤 밀리가 어디 갈세라 그녀의 손을 꼭 쥐었다.

"한 달 사이에 왜 이렇게 야위셨어요?"

밀리가 스텔라의 갸름한 얼굴을 쓸며, 안타까운 듯 말했다.

"야위긴? 이게 런던 숙녀들 사이에서 누구나 가지고 싶어하는 최신 유행 스타일인 것 몰라? 어떤 숙녀들은 일부러 창백한 얼굴을 하기 위해 얼굴에 백분 가루를 바르기도 한다고 했어."

"하지만 아가씨의 피부는 백분 가루가 필요 없을 만큼 하얗죠. 전 지금까지 세상에서 우리 아가씨만큼 아름다운 분을 전 본 적이 없거든요."

밀리의 말에 서늘하기만 하던 스텔라의 입가에 미소가 어리며, 소녀처럼 얼굴을 붉혔다.

"알아. 내가 어머니를 닮았다고 했었지?"

"네. 그분은 아가씨처럼 고귀하고, 당당하신 분이었답니다. 마님을 품에 안고 계실 때면, 자부심에 제 어깨가 다 으쓱할 정도였답니다. 제가 모시는 두 분께선 그 누구보다 아름다우셨거든요. 특히 그분께서도 마님처럼 검은 머리카락이셨답니다."

"어머니께서 검은 머리셨어? 내가 본 초상화엔 분명, 갈색이었던 것 같은데."

스텔라가 고갤 갸웃하며, 밀리를 올려다보았다. 순간 밀리의 눈동자가 당황한 듯 흔들렸다. 하지만 이내 손으로 자신의 머릴 쥐어박는 시늉을 하며 한심하다는 듯 말했다.

"제가 이렇다니까요. 이제 나이가 들었나 봐요. 마님의 머리카락 색을 헷갈리다니. 그나저나 입고 있는 옷은 어디서 구하셨어요?"

밀리가 스텔라가 입고 있는 면으로 만들어진 드레스를 보며 안타까운 표정을 지었다. 평생을 비단으로 된 옷을 입고 생활해 오던 그녀였다. 그런데 시골 처녀들이 입을 법한 옷을 입고 있는 스텔라를 보자, 자신들의 상황을 실감할 수밖에 없었다. 그리고 아까부터 묻고 싶었지만, 차마 입이 떨어지지 않아 묻지 못하는 것이 있었다.

국왕에게 끌려갔던 스텔라가 로이든 체스터의 신부가 되어 돌아오다니. 밀리는 스텔라에게 일어났을 엄청난 일들을 떠올리자, 차마 겁이 나 묻지 못했다.

"지하 감옥에 갇혀 있었어. 그나마 이 옷은 돌아오는 길에 백작님께서 구해주신 옷이야."

"백작님께서요?"

"그래."

스텔라의 얼굴에 그늘이 졌다. 그리곤 작게 한숨을 내쉬며, 꼭꼭 숨겨놓았던 이야기를 털어놓기 시작했다.

"국왕이 강제로 혼인 서약을 하게 만들었어. 죽고 싶지 않거든, 원수와 혼인하라고."

"아가씨!"

"백작님 역시 원치 않았어. 하지만 백작에게도 국왕은 협박을 했지. 나와 혼인하지 않으면, 날 죽이겠다고. 그래서 혼인하게 된 거야."

밀리가 죄책감에 고갤 들지 못하는 스텔라의 손을 꼭 잡아주었다.

"전, 아가씨께서 살아 계셔서 다행이라고 생각합니다. 그러니 자책 같은 건 하지 마세요. 그 일로 마음 아파하지도 마시구요. 어쩔 수 없는 선택이셨습니다. 그러니 달링턴 백작님 역시 아가씨를 이해해 주실 겁니다."

"하지만 아버지께서 돌아가셨어. 난…… 살아 있고."

잠시 말을 멈춘, 스텔라의 눈동자에 분노가 서렸다. 살아 있는 자신을 용서할 수 없다는 듯이.

"무엇보다 아버지를 배신한 자에게 목숨을 구걸해야 했어. 원치 않았지만, 결과는 그래."

치욕스럽게도 스텔라는 그의 여자가 되었다. 초야를 치른 이상, 그녀의 순결은 그의 것이었고, 더는 결혼 무효를 국왕께 신청할 수도 없었다.

아니, 국왕은 절대 허락하지 않을 게 분명했다. 스텔라의 삶을 지옥으로 만들기 위해, 강제로 시킨 결혼이었으니까.

"아가씨!"

밀리가 스텔라의 손을 꽉 잡았다. 하지만 떨림이 멈추지 않았다.

"아가씨, 아가씬 용감하신 겁니다. 치욕과 분노를 이기고, 살기 위해서가 아니라 달링턴 백작님을 위해 살아남으신 것일 테니까요."

순간, 울컥 눈물이 흘러넘쳤다. 밀리는 알고 있었다. 구차하게 자신이 살아남은 이유를. 다른 사람들이 다 손가락질한다 해도, 밀리만은 알아주었다. 자신이 아버지 달링턴 백작의 무죄를 증명해 가문의 명예를 회복하려 한다는 것을.

"흐흑, 흐흑! 울지 않기로 맹세했는데……. 모든 것이 다 끝날 때까지, 절대……. 흐흑!"

한 번 터져 나온 감정은 순식간에 그녀를 흔들어놓았다. 참고 참아, 더는 참을 수 없는 지경이 되어서인지 눈물이 폭포처럼 흘러내렸다.

"아가씨, 우리 아가씨. 불쌍해서 어째요. 우리 아가씨!"

밀리가 스텔라를 꽉 끌어안았다. 억지로 감정을 억누르기 위해 입술을 깨무는 스텔라를 보며, 밀리 역시 가슴으로 울었다. 스텔라에게 해야 할 말이 있었다.

달링턴 백작이 반역죄로 몰려 죽게 된 이유. 그 진짜 이유를 스텔라에게 말해야 했다. 하지만 밀리의 입이 얼어붙은 듯 차마 떨어지지 않았다. 그 진실을 알게 되었을 때 오는 감당할 수 없는 상황이 두려웠다. 그리고 그 진실을 알게 되었을 때, 스텔라는 더는 목숨을 부지할 수 없을지도 몰랐다.

"아가씨, 참지 마세요. 참고 억누르면, 병이 된답니다. 그러니 오늘만 우세요. 제 품에서 딱 오늘만."

밀리가 다정하게 그녀의 등을 쓸어주었다.

"밀리, 밀리. 흐흑."

눈물이 흘러내려 온 얼굴을 적셨다. 자신의 처지가 너무 한심했다. 서글펐다. 순식간에 변해 버린 자신의 신분. 그리고 어떤 이유에서건, 자신이 살아남은 이유가 너무 구차한 변명처럼 느껴져 죽고 싶었다.

"용서할 수가…… 없어. 나…… 스스로가."

사실 가장 용서할 수 없는 것은 그 누구도 아닌 바로 자신이었다. 치욕스럽게 살아남은 자신. 귀족가의 숙녀로서 자부심과 긍지마저 버린 자신의 선택이.

"용서할 수가……."

"아가씨, 사람은 누군가를 용서할 수 있는 존재가 아니랍니다. 그저 신만이 용서란 관용을 베푸실 뿐이죠. 이건 제가 아는 어떤 고귀하고 고귀하신 분께서 저에게 남기신 말씀이랍니다."

"고귀하신 분? 그게 누군데?"

"그분은 정말 현명하고 강하신 분이셨습니다. 아름다우신 외모 못지않게 자부심과 긍지로 넘치시는 분이셨습니다. 모두들 그분을 사랑하셨지요. 지금의 아가씨처럼요."

"그런 분을 내가 닮았다고?"

"네. 아가씨께선 그분을 닮으셨습니다."

'그 어떤 분보다 고귀하고 아름다우신, 샤론 님을.'

"기뻐. 내가 그런 분을 닮았다니."

"네, 닮으셨어요. 아니, 더 용기 있고, 현명하세요. 그러니 제 말을 믿으세요. 아가씬 아가씨의 몫의 삶을 사시면 됩니다. 분명 그만한 이유가 있을 테니까요."

"하지만 선택은 내가 했어. 내게 내밀어진 손을 잡은 건, 나였어. 바꿀 수 있었는데, 내가……."

"그게 아가씨의 운명이었다면 어쩌시겠어요?"

"내 운명이라고? 내가 한 선택까지도, 정해져 있었다는 거야?"

스텔라가 낮게 읊조렸다. 그러자 밀리가 고갤 끄덕였다.

"네. 운명이었던 겁니다."

이상했다. 자신을 바라보는 밀리의 시선에서 뭔가 알 수 없는 묘한 감정이 서려 있었다.

그게 뭐지? 비밀…… 그래, 말할 수 없는 비밀 같은 것이.

"밀리, 혹시 말이야. 나에게 할 말 같은 게 있는 거야? 내가 모르는 아버지에 대해, 넌 뭔가 알고 있는 거야?"

스텔라의 질문에 밀리가 물끄러미 그녀를 응시했다. 하지만 이내 고갤 가로저으며 말했다.

"없습니다."

"그래, 그렇지? 내가 모르는 걸, 네가 알고 있을 리 없지."

스텔라는 그날, 달링턴 백작이 런던에 가기 전 상황을 떠올렸다. 평소와 다른 것이 무엇이었는지를.

"아가씨, 제가 곁에 있을 테니 눈 좀 붙이세요. 저녁이 되려면 아직 시간이 있답니다."

밀리의 말에 스텔라가 폭신한 베개에 얼굴을 묻었다. 순식간에 감정을 한꺼번에 폭발시켜서인지 몹시도 고단했다.

"자면 안 되는데……."

로이든이 그녀를 찾을지도 몰랐다. 그리고 백작부인으로서 고용인들에게 정식으로 인사도 해야 했다.

"제가 깨워 드릴게요. 그러니 안심하고, 주무세요."

"그래 줄래?"

눈물에 젖은 눈꺼풀이 무겁게 내려앉았다. 그리고 그렇게 시간이 흘렀다. 유리창으로 들어오던 햇살이 점점 기울어, 어느새 환하던 방 안이 어두워지기 시작했다. 밀리는 짧은 시간 수척해져 버린 스텔라를 내려다보며, 눈물을 훔쳤다. 가슴이 무너져 내렸다.

'죄송합니다, 샤론 님. 제가 아가씨를 지켜 드리겠다고 약속을 했는데……'

밀리가 잠든 스텔라의 머리카락을 쓸어 넘기고 있을 때, 거칠게 방문이 열렸다. 놀란 밀리가 고갤 들자, 문 앞에 차가운 표정의 로이든이 서 있었다.

"영주님, 여긴 무슨 일로……."

"잠들었나?"

"아, 네. 조금 전 잠이 드셔서……."

로이든이 방 안으로 들어왔다. 그리곤 탁자 위에 놓인 촛대에 불을 붙이자, 어두웠던 방 안이 환해졌다.

"데려가려고 왔다."

"하지만 곤히 잠드셔서……. 부탁입니다, 영주님. 오늘 하루만 함께……."

"안 돼. 스텔라는 이제 체스터 백작부인이란 사실을 잊지 말도록 해."

단칼에 밀리의 부탁을 거절한 로이든이 스텔라를 데려가려는 듯 침대로 다가왔다. 하지만 차갑고 냉정한 말과는 달리 깊이 잠든 스텔라를 물끄러미 내려다보았다. 잠시 후, 로이든이 입고 있던 더블릿을 벗었다. 그리곤 더블릿으로 스텔라의 상체를 감싼 후, 두 팔로 그녀를 안아 올렸다.

"흐음."

그의 품에 안긴 스텔라는 잠결이었지만, 로이든의 품으로 익숙한 듯 파고들었다. 기분 좋은 한숨까지 내쉬는 스텔라를 보자, 로이든의 입가에 살짝 미소가 떠오른 것도 같았다. 그 모습에 밀리는 놀라움을 삼켰다. 아무리 잠결이긴 했지만, 스텔라가 누군가의 품에 안기다니. 절대 있을 수 없는 일이었다.

"그럼, 쉬도록 해."

로이든이 스텔라를 안고 방을 나갔다. 혼자 남겨진 밀리는 넓고 믿음직한 로이든의 등을 보며 두 손을 꽉 마주 잡았다. 스텔라를 품에 안고 걸어가는 그를 보자, 그라면 스텔라를 보호해 줄 수 있겠다는 확신이 들었다.

국왕에 의해 한 강제 혼약이라곤 했지만, 어쩌면, 정말 어쩌면……. 이 모든 것이 이미 예정되어 있는 운명일지도 모른다는 생각이 들었다.

"샤론 님, 제발. 아가씨를 지켜주세요. 샤론 님의 유일한 혈육인 아가씨를."

❖

침대에 스텔라를 내려놓은 후, 로이든은 한동안 그녀를 내려다보았다. 스텔라가 저녁 시간이 다 되었는데도 식당으로 내려오지 않자 처음엔 그에 대한 반항이라고 생각했었다. 하지만 2층 침실이 비어 있는 것을 보자, 덜컥 심장이 내려앉았다.

설마 밀리라는 유모와 도망친 것은 아니겠지? 라는 의문을 떨쳐 버리지 못한 채 계단을 오르는데 하녀인 캘리가 스텔라가 3층에 있다는 말을 전해왔다. 안도와 함께 한순간 그냥 그곳에 놓아둘까도 했지만, 로이든은 스텔라를 데려오기로 마음을 정했다. 그녀를 의심해서가 아니라, 그의 옆에 두어야겠다는 생각뿐이었다.

"흐음."

깃털로 된 베개에 얼굴을 묻으며 스텔라가 기분 좋은 듯 이불

속으로 파고들었다. 침대 옆으로 다가간 로이든이 벽에 걸린 등불 하나를 껐다. 그러자 방 안은 조금 전보다 어두워졌다.

"운 건가?"

어둠에 익숙해지자, 로이든은 창문을 통해 들어온 달빛으로 스텔라의 얼굴을 살폈다. 촉촉이 젖은 풍성한 속눈썹이 갸름한 얼굴에 짙은 음영을 만들어냈다.

"휴우."

한숨과 함께 로이든의 손끝이 그녀의 뺨을 건드렸다. 잠든 스텔라는 평소의 고집스러운 모습과는 달리 너무도 연약해 보였다. 상처 입기 쉬운 섬세한 유리그릇. 소중하게 다루지 않으면 산산이 부서져 버릴 것 같았다. 이것이 그에게 숨겨온 스텔라의 진짜 모습인 건가? 자신의 편이라고 생각한 사람에게만 드러내는 민낯 같은 그런.

"아버지……."

꽉 닫힌 눈가에 또다시 눈물이 맺혔다. 순간 로이든의 손이 그대로 굳어졌다. 스텔라가 온기를 찾아 그의 손에 얼굴을 묻은 것이다. 손에 닿는 매끄럽고 보드라운 감촉에 로이든의 눈동자가 짙어졌다.

"미친 게 분명해."

그의 시선이 그녀의 입술로 향한 동시에 그의 손끝이 입술을 쓸었다. 그 작은 움직임에 스텔라의 입술에서 더운 숨이 새어 나왔다. 숨결이 손끝에 닿자, 로이든의 몸 한 부분이 뜨거워졌다.

"정말 미쳤군. 시도 때도 없이 발정하다니."

로이든이 서둘러 스텔라의 입술에서 손을 거둬들였다.

똑똑! 노크 소리와 함께 로이든이 침대에서 한 발짝 떨어졌다.

"주인님, 캘리입니다. 마님의 짐을 가지고 왔습니다. 마차 구석에 놓여 있던 꾸러미인데, 제가 그걸 가져다 놓는다는 걸 깜빡 잊어 버려서요. 마님께서 찾으실 것 같아 서둘러 가져왔습니다."

"들어와."

하녀인 캘리가 낯익은 꾸러미를 들고 안으로 들어오다, 침대에 잠들어 있는 스텔라를 발견하곤 걸음을 멈췄다.

"마님께선 주무시고 계시군요. 저녁은 방으로 가져올까요?"

"그래 주겠나?"

"곧 바로, 준비하겠습니다. 이 짐은 어디에 놓아둘까요?"

"저기 한쪽에 놓아둬. 마님께서 정리할 테니까."

"네, 알겠습니다."

캘리가 꾸러미를 한쪽 벽에 놓아두었다. 하지만 방을 나가는 대신, 로이든에게 할 말이 있는 듯 잠시 머뭇거렸다.

"무슨 일이지?"

"그게 마차 안의 짐을 정리하다 보니, 마님 짐이 많지 않으신 것 같아서요. 당장 갈아입으실 옷도 마땅치 않으신 것 같기도 하고……."

캘리의 말에 로이든의 시선이 스텔라가 입고 있는 옷으로 향했다. 그러고 보니, 스텔라가 지금 입고 있는 옷은 여동생인 레이첼이 입었던 드레스와는 다른 것 같았다. 영지 내의 평범한 여인들이 입는 옷에 더 가까웠다.

"내일 재단사를 부르도록 해. 필요한 게 있다면, 마님께서 알아서 주문하실 것이다."

"네, 알겠습니다. 그럼, 주인님 식사도 이곳으로 가져올까요?"

"아니, 그럴 필요 없어. 곧 내려갈 테니까."

"네, 바로 준비하겠습니다."

캘리가 문을 닫고 나가자, 로이든은 창가로 걸어갔다. 모든 것이 그대로였다. 아름답고 평온한 체스터 성의 밤. 다만 변한 것이 있다면, 레이첼 대신 스텔라가 이곳에 있다는 사실이었다.

로이든이 잠든 스텔라를 응시했다. 그녀를 바라보는 로이든의 눈동자가 복잡한 감정으로 흔들렸다. 하지만 이내 서늘한 냉기가 어렸다. 차가운 모습으로 방을 나가 버리자, 방 안에 감돌던 온기가 사라지기 시작했다.

❖

똑똑, 똑똑!

"마님, 앤입니다. 마님, 일어나셨으면 들어가겠습니다."

스텔라는 밖에서 들려오는 하녀장 앤의 목소리에 눈을 떴다. 아마 한동안 인기척이 없자, 걱정이 되었던 모양인지 앤이 조심스럽게 문을 열고 안으로 들어오는 것이 보였다.

"마님, 일어나셨군요. 대답이 없으셔서, 허락도 없이 들어왔습니다. 죄송합니다."

40대 중반으로 보이는 앤은 검은색 제복 차림에 부드러운 인상의 여인이었다.

"아니야. 내가 좀 피곤했던 모양이야. 평소엔 늦잠 같은 건 자지도 않는데 말이야."

조금은 멋쩍은 얼굴로 침대에서 일어나 앉은 스텔라를 보며, 앤이 환하게 웃었다.

"여행 도중 많이 앓으셨다고 들었습니다. 그래서 주인님께서도 일어나실 때까지 깨우지 마시라고 했지만, 어제 아침에 도착한 이후 식사를 하지 않으셔서……."

"몇 시나 됐지?"

"정오가 다 되었습니다."

정오라니. 스텔라가 서둘러 침대에서 내려왔다. 이렇게 오래도록 잠을 잔 건 처음이었다. 아마 오랜만에 밀리와 함께 푹신한 침대에서 잠을…….

"어, 여긴……."

"어젯밤 주인님께서 3층에서 잠드신 마님을 모시고 오셨답니다. 한시라도 떨어져서 주무시고 싶지 않으셨던 모양입니다."

창문의 커튼을 열며, 앤이 말해주었다.

"아, 그랬어?"

"우리 주인님께서도 아버님을 닮으신 게 분명합니다. 전 주인님께서도 겉모습은 무척이나 냉정하신 분이셨지만, 마님껜 무척이나 다정하신 분이셨거든요. 어젯밤, 마님을 품에 안고 침실로 오는 동안 얼마나 조심스러우시던지. 마님께서 깨어나실까 봐서요. 사실 레이첼 아가씨께도 다정한 오라버니셨지만, 그건 어린아이를 다루는 것과 같은 것이었답니다."

"레이첼 아가씨라고?"

"네. 주인님의 여동생분이시지요. 지금은 아주 멀리 여행 중이시라고 들었습니다. 너무도 갑작스럽게 떠나시는 바람에 저흰 주인님께만 전해 들었지 뭡니까. 아마, 레이첼 아가씨께서도 주인님의 혼인 소식을 들으셨을 테니 곧 성으로 돌아오실 겁니다."

오라버니라니. 레이첼이…….

"여동생…… 이었구나."

"네. 평소엔 차갑기 그지없으신 분이시지만, 레이첼 아가씨께만은 얼마나 다정하신지. 마님껜 더욱 애틋하실 겁니다."

"아마, 그러진 않을 거야."

스텔라가 앤의 말을 부정했다. 그저 두 사람은 새로운 계약에 의해 맺어진 부부일 뿐이었다. 의무에 의한 관계.

"네?"

"혈육보단 애틋하지 않을 것이란 뜻이었어. 그런데 영주님께선 어디에 계시지?"

"새벽에 일어나셔서 연병장에서 훈련하는 기사들을 살펴보셨습니다. 그리고 지금은 마을에 가셨습니다."

"마을에?"

"네. 아마 2년 전까지 체스터 성에서 대장장이를 하던 자를 만나러 가셨을 겁니다. 종종 중요한 물건을 만들고 싶으실 때면, 찾아가시곤 했거든요."

"언제 돌아온다는 말은 없었고?"

"저녁때쯤엔 들어오실 겁니다. 훗!"

스텔라는 갑자기 미소 짓는 앤을 보며, 의아한 얼굴을 했다. 그러자 이미 다 알고 있다는 듯 은근한 눈빛으로 다시 말했다.

"주인님께서도 마님을 보고 싶어하실 겁니다."

"뭐? 아, 난……. 그게 아니라."

"그럼 어서 내려오세요. 식사를 하신 후에 마을에서 온 재단사를 만나야 하거든요."

"재단사라니? 난 부른 적 없는데."

"주인님께서 부르셨습니다. 콜린은 대대로 체스터 백작가 안주인의 옷만 만들어온 사람이니, 마님께 맞는 옷을 만들어줄 겁니다."

"그래, 곧 내려갈게."

"세숫물을 준비해 올리겠습니다. 잠시만 기다려 주십시오, 마님."

앤이 방을 나가자, 스텔라는 창가로 다가갔다. 창문을 열자, 시원하고 상쾌한 바람이 안으로 들어왔다. 스텔라는 바람이 날리는 검은 머리카락을 귀 뒤로 쓸어내리며, 바다와 함께 펼쳐진 영지의 아름다운 전경을 홀린 듯 바라보았다.

체스터 성은 절벽 위에 지어진 아름다운 천연 요새였다. 그녀가 서 있는 침실은 깎아지른 절벽 아래까지 한눈에 볼 수 있는 곳이라서 그런지, 스텔라는 마치 자신이 절벽 위에 선 느낌을 받았다.

마치 지금의 자신처럼. 순간 스텔라의 눈매가 날카로워졌다. 부드럽던 입매 역시 고집스럽게 닫혔다.

"해낼 수 있어. 그것이…… 무엇이든."

❖

재단사 콜린은 다행히 평범한 인상의 여인이었다. 달링턴 가의 재단사가 남자였던 것과는 달리, 스텔라는 여자인 체스터 가의 재단사가 마음에 들었다.

"마님, 이것 좀 보세요. 이 비단은 특별히 체스터 백작가의 안주인을 위해 준비해 놓은 것이랍니다. 지난번 대상인들이 영지를 방문했을 때, 이 옷감은 꼭 구입해야 한다고 영주님을 설득했지요. 영주님의 신부님을 위해 가장 아름답고 우아한 드레스를 만들겠다고요."

재단사 콜린은 가져온 실크 천을 꺼내 스텔라에게 대보며, 수다를 떨기 시작했다. 처음 만났는데도 스스럼없이 말을 걸어오는 콜린을 보며, 참 유쾌한 사람이라고 생각했다.

"마님의 검은 머리카락과 아주 잘 어울리네요. 내가 그럴 줄 알았다니까요."

옆에 서 있던 하녀 캘리가 스텔라의 윤기 나는 검은 머리카락을 부러운 듯 바라보았다.

"푸른빛이 감도는 머리카락이라니. 전 살아생전 이리 아름다운 머리카락은 처음 본다니까요."

콜린 역시 캘리의 말에 동의하듯 황홀한 눈빛으로 스텔라를 바라보았다. 정말 아름다운 숙녀였다. 아직 얼굴엔 핏기가 없고 긴 여행에 지쳐 수척해져 있었지만, 그건 편히 쉬고 맛있는 음식을 충분히 섭취하면 해결될 일이었다.

"그나저나, 마님. 마을에 한 번 와보시는 건 어떠세요? 황급히 오는 바람에 제가 미처 가져오지 못한 옷감이 많거든요."

콜린은 급하게 오느라 다 챙겨오지 못한 옷감들을 떠올리며, 조심스럽게 물었다.

"마을에?"

"네. 마을 사람들도 성의 새 주인이신 마님을 뵙길 바랄 것입니다. 사실 저흰 영주님의 신부님을 계속 기다리고 있었거든요."

"날 기다렸다고?"

"네. 체스터 영지엔 아주 예전부터 전해오는 전설 같은 이야기가 있답니다. 그 이야기엔 검은 늑대와 함께 아름다운 여인이 나온답니다. 그리고 그 여인을 사랑하게 된 검은 늑대는 강력한 힘을 갖게 되고, 그 힘으로 영지를 지켜낸다는 내용이지요."

"그런 이야기가 있었어?"

"네. 더 많은 내용이 있긴 하지만, 우선 이야기의 골자는 그런 것이랍니다. 검은 늑대를 지배하는 여인, 그리고 그 여인으로 인해 위험으로부터 영지를 지켜낸다는 것. 그래서 체스터 영지의 사람들은 새로운 성의 안주인을 기다리는 것이지요."

"영지를 지켜낸다라. 난 그런 사람이 아니야."

스텔라가 고갤 가로저으며, 콜린의 말을 부정했다. 그러자 콜린은 스텔라를 향해 웃어 보일 뿐 더는 그 전설에 대해 얘기하지 않았다. 대신…….

"마님께서도 좋아하실 겁니다. 마을로 오는 길이 해안가와 맞닿아 있어 아름답거든요. 영주님과 함께 오세요. 그러면 마을 사람들 역시 좋아할 겁니다."

"영주님께서 시간이 되실 때 가보도록 할게. 아 참, 지금 영주님께선 마을에 가셨다고 했지?"

스텔라가 캘리를 돌아보며 말했다.

"네, 가신 지 한참 되셨으니 곧 돌아오실 겁니다. 아마 오랫동안 자릴 비우셨다 돌아오셨으니, 궁금하셨을 테지요. 전에도 일주일에 한 번은 꼭 영지를 돌아보시며, 크고 작은 문제를 해결해 오셨거든요."

캘리의 말에서 느껴지는 로이든은 무척이나 괜찮은 영주인 모양이었다. 성의 하녀는 물론, 마을의 모든 이들에게 신뢰를 받고 있는 듯 보였다.

"이제 다 끝난 건가?"

"예, 마님. 치수는 잿으니 빠른 시일 안에 런던에서 유행하는 드레스로 만들어오겠습니다. 그리고 여기."

콜린이 소파 위에 놓아두었던 옷을 스텔라에게 건넸다.

"이건 지난번에 레이첼 아가씨께서 주문하신 옷이랍니다. 하지만 지금 여행 중이시라 안 계시니, 마님께서 입으시는 것이 좋을 것 같아 가져왔답니다. 제가 아가씨껜 나중에 더 예쁜 옷을 만들어 드리면 되니, 부담 없이 입으셔도 된답니다."

"아니야. 그럴 필요까진 없어."

"그렇게 하세요, 마님. 레이첼 아가씨도 분명 이해하실 겁니다. 우선은 이 평상복으로 갈아입으시는 게 좋겠습니다. 아마, 영주님께서도 좋아하실 겁니다."

캘리의 말에 스텔라가 콜린이 가져온 드레스들을 바라보았다. 하나같이 아름다운 드레스였다. 하지만 자신의 것이 아니었다.

"안 되겠어. 내 것이 아니니까. 기다릴게."

스텔라가 자리에서 일어났다. 뭔가 그 자리가 불편해졌다. 자신을 아무런 거리낌 없이 받아들이는 그들의 태도가 그녀의 마음을 무겁게 했다. 그리고 콜린에게 전해 들은 체스터 성에 전해지는 이야기를 들어서인지, 더 그랬다.

조금 전과는 달리 서늘해진 스텔라의 태도에 캘리가 긴장한 얼굴로 고갤 숙였다. 그리곤 재빨리 사과했다.

"불쾌하게 했다면 죄송합니다, 마님. 절대 그런 의도는 없었습니다."

"불쾌해서 그런 게 아니야. 피곤해서 신경이 예민해진 것 같아. 난 이만, 올라가 쉬어야겠어."

"제가 얼른 가서 목욕물을 준비하도록 하겠습니다."

"아니야, 그럴 필요는……."

스텔라가 붙잡을 새도 없이 캘리가 응접실을 나갔다. 그러자 옆에 서 있는 콜린도 짐을 챙기는 것이 보였다.

"마님, 쇤네도 이만 가보겠습니다. 서둘러 옷을 만들려면, 시간이 부족할 것 같아서요."

재단사인 콜린까지 스텔라에게 인사를 한 후 밖으로 나가자, 스텔라는 참고 있던 한숨을 내쉬었다. 답답했다. 목에 걸린 가시처럼.

❖

뜨거운 용광로 안에서 형태를 갖추어가는 검을 보며, 로이든은 굳은 얼굴을 했다. 체스터 성에도 대대로 이어져 오는 대장간이 있었다. 하지만 2년 전 지금까지 대장간을 맡아왔던 빅터가 몸이 쇠약해져 마을로 내려와야 했다. 그 후, 빅터의 추천으로 존슨이 그 뒤를 이어 체스터 성의 대장간을 맡고 있었다.

"존슨이 경험이 부족해, 영주님의 마음에 차실지 모르겠습니다."

자신을 찾아온 로이든을 보며, 빅터가 죄인처럼 면목 없어 했다. 사실 존슨 역시 뛰어난 대장장이였지만, 빅터만큼은 아니었다.

"그런 얼굴을 할 필요 없다. 내가 오늘 이곳에 온 것은 오래 동안 영지를 떠나 있었기 때문에 들른 것뿐이야. 그리고 부탁할 것도 하나 있고 해서."

"부탁이라니, 그런 말씀 마십시오. 제가 영주님께 뭔가를 해드릴 수 있어 기쁠 따름이지요. 하지만 이젠 손이 떨려, 예전만 못해 아쉬울 뿐입니다."

"예전만 못하지. 하지만 아직까지 잉글랜드 최고라는 건 맞아."

로이든의 말에 주름진 빅터의 얼굴에 미소가 어렸다. 주인에게 아직까지 인정받고 있다는 자부심 때문인지 그 어느 때보다 힘이 느껴졌다.

"제가 가진 비루한 능력을 그렇게까지 크게 봐주시니, 몸 둘 바를 모르겠습니다. 제가 뭘 해야 하는지 말씀해 주십시오."

"여인도 쉽게 사용할 수 있는 검을 하나 만들어줬으면 해."

"호신용 단검을 말씀하시는 겁니까?"

"아니, 기사들이 쓰는 검이 필요해. 하지만 호신용 단검도 필요할지도 모르겠군. 그것도 함께 만드는 게 좋겠어. 최대한 가볍게. 손목이 너무 가늘거든."

"체스터 가에 새로운 종자가 들어온 모양이군요. 최대한 빨리 만들어 드리겠습니다."

빅터의 말에 로이든이 살짝 미간을 좁혔다.

"부탁하지. 레이놀즈, 우린 그만 돌아간다."

로이든이 레이놀즈와 함께 대장간을 나왔다.

"호신용 단검은 마님께 드리실 생각이십니까?"

"레이놀즈, 혹시 검술과 창술에 관심이 있는 숙녀를 본 적 있나?"

"검술과 창술에 관심이 있는 숙녀라니. 아니요, 전 한 번도 그런 분을 본 적도, 들어본 적도 없습니다."

"나도 그래. 내가 아는 숙녀들은 햇빛을 싫어해서 집 안에만 있었거든. 오후 티타임을 위해 피크닉을 가는 게 다지."

"레이첼 아가씨께서 저에게 검술을 배우고 싶다고는 하셨습니다. 하지만 그것도 어린 시절 잠시 잠깐뿐이었고요. 그런데 그런 숙녀가 있다면, 저 역시 만나고 싶군요."

레이놀즈의 말에 로이든이 잠시 생각에 잠긴 듯 말이 없었다.

"함께 훈련을 하게 될 거야."

"그게 무슨……? 혹시 빅터의 말대로 제가 모르는 종자가 새로 들어오는 겁니까?"

"종자는 아니야. 하지만 그 비슷할지도 모르겠군."

여전히 알 수 없는 말을 되풀이하는 로이든을 보며, 레이놀즈가 고갤 갸웃했다. 감을 잡을 수 없다는 얼굴이었다.

"스텔라에게 검술을 가르쳐 주기로 약속했어. 우리와 함께 훈련을 하게 될 거야."

"대체 그게 무슨……?"

레이놀즈가 어리둥절한 표정을 했다. 잠시 후, 로이든의 말을 이해한 그가 놀란 듯 입을 다물지 못했다.

"지금, 마님께서 기사들과 같이 연병장에서 훈련을 하신다는 말씀이십니까?"

"그래. 제레미와 함께 검술과 창술을 가르치도록 해, 레이놀즈."

놀란 레이놀즈와는 달리 로이든의 태도는 무척이나 평온했다. 그래서 더 놀랐는지도 몰랐다.

"맙소사. 숙녀에게 검술을 가르치다니. 하지만 영주님께선 여인이 연병장에 들어오는 걸 극도로 싫어하시지 않으셨습니까? 그래서 지금껏 체스터 가의 연병장은 금녀의 공간이란 불문율까지 생겨났을 정도니까요."

로이든 역시 알고 있었다. 지금껏 로이든이 고수해 온 규칙이었으니까.

"그렇게 됐으니, 더는 아무것도 묻지 마."

"기사들 역시 싫어할 겁니다. 여인이 연병장에 들어오면, 부정타 모든 전투에서 패한다는 속설을 믿는 자들이 많거든요."

"그것 역시 미신일 뿐이다."

알고 있었다. 그렇지만 미신을 믿는 기사들에겐 아주 중요한 일이었다. 로이든의 단호한 태도에 레이놀즈는 더는 아무런 말도 하지 못했다. 하지만 두 사람 모두 알고 있었다. 스텔라가 연병장에서 훈련을 하는 게 힘들다는 사실을. 각자 말에 오른 두 사람은 묵묵히 체스터 성을 향해 말을 몰았다.

해가 지고 있었다. 로이든은 마을을 벗어나 성에 가까워질수록 평소보다 들뜬 기분이 들었다. 그의 등 뒤로 붉고 아름다운 석양이 떠올라 있었다.

❖

뜨거운 물에서 하는 목욕은 언제나 만족스러웠다. 거기다 목욕통에 풀어놓은 향유의 은은한 향기에 스텔라의 입가에 미소가 떠올랐다. 뜨거운 물에 몸을 담그고 있던 스텔라는 물이 식을 즈음, 밖으로 나왔다. 태양빛에 바짝 마른 수건으로 몸을 닦고 나자 갑자기 배가 고파졌다. 간만에 느끼는 식욕이었다.

스텔라는 화장대 앞에 앉아 젖은 머릴 수건으로 닦아내며, 거울에 비친 자신을 바라보았다. 오랫동안 뜨거운 목욕통에 몸을 담그고 있어서인지 창백하던 뺨에 붉은 홍조가 드리워져 있었다. 그리고 그녀의 몸에선 달콤하고 은은한 향기가 배어 있었다.

“식당에 내려가기 전에 밀리에게 가봐야 하는데.”

스텔라가 수건을 내려놓은 후, 문 쪽으로 귀를 기울였다. 조금 전, 드레스를 가지고 왔던 캘리가 마을에 갔던 로이든이 돌아왔다고 전했던 것이다. 아마 방으로 곧장 오지 않는 걸로 보아, 아직 일이 끝나지 않은 모양이었다.

“그럼 아직 시간이 있다는 건데…….”

스텔라가 서둘러 자리에서 일어섰다. 그리곤 방문을 열고 복도로 나온 스텔라는 3층으로 가기 위해 걸음을 옮겼다.

“어딜 가는 거지?”

불쑥 눈앞에 나타난 로이든 때문에 스텔라가 걸음을 멈췄다. 이제 막 해가 지기 시작한 복도는 어두웠다. 그리고 어둠 속에서 그녀를 응시하고 있는 로이든은 평소보다 더 위압적으로 느껴졌다.

"마을에 가셨다고 들었는데, 돌아오셨군요."

스텔라가 본능적으로 뒤로 물러서지 않기 위해 애쓰며, 그를 올려다보았다. 그러자 로이든이 눈을 가늘게 뜨고 그녀를 살폈다. 아직 다 마르지 않은 머리카락이 그녀의 뺨과 어깨에 달라붙어 있었다. 로이든이 손을 뻗어 그녀의 젖은 머리카락을 손끝으로 건드렸다.

"목욕을 한 모양이군."

"아, 네."

갑작스러운 그의 행동에 스텔라의 심장이 뛰었다. 그에게 붙잡힌 머리카락을 빼기 위해 한 발짝 물러서려 하자 로이든이 그녀의 손목을 꽉 붙잡았다.

"나도 목욕을 해야겠어."

"제가 캘리를 불러 오……."

"아니, 그럴 필요 없어. 목욕 시중은 스텔라 네가 들면 되니까."

스텔라는 그에게 손목을 붙잡힌 채 욕실로 가야만 했다. 말도 안 돼. 로이든의 목욕 시중이라니…….

"잠깐, 기다려 봐요. 전 지금까지 한 번도 누군가의 목욕 시중을 들어본 적 없어요. 아마, 백작님을 불편하게 할 겁니다."

"상관없어. 그런 불편쯤 참아낼 수 있을 정도로 난, 인내심이 강한 사람이니까."

"하지만……."

"스텔라, 명령이야. 앞으로 내 목욕 시중을 드는 사람은 네가 될 거란 뜻이야."

명령이란 그 한마디에 스텔라가 저항을 멈췄다. 그리곤 냉정한 모습으로 대답했다.

"그렇군요. 의무라면, 어쩔 수 없죠. 약속을 지키는 수밖에."

갑작스럽게 태도를 바꾼 스텔라를 보며, 로이든이 미간을 좁혔다. 뭔가 불쾌했다. 그가 원하는 것은 이런 것이 아니었던 모양이었다.

"이제 놓아주셔도 됩니다. 더는 도망가지 않을 테니까요."

스텔라가 그에게 붙잡힌 손목을 잡아당겼다. 그리곤 그에 앞서 욕실로 걸어가기 시작했다.

"제기랄, 왜 이렇게 불쾌한 거지?"

로이든은 앞서 걷는 스텔라를 보며, 인상을 썼다. 그의 명령을 따르는 스텔라를 보며, 만족해야 했다. 그런데 왠지 그녀의 태도가 마음에 들지 않았다.

젠장, 예전에 없던 변덕까지 생기다니. 로이든은 복도를 걸으며, 욕설을 내뱉었다. 하지만 문제는 그다음이었다. 스텔라가 자신의 목욕 시중을 들 것이라고 생각하자, 복부 아래가 뻐근해지기 시작했다.

"젠장! 미치겠군."

❖

첨벙, 첨벙. 젖은 수건을 집어 든 스텔라가 물에 젖은 로이든의 넓은 어깨를 닦아 내렸다. 코앞에 그의 몸이 있었다. 아니, 수건으로 그의 몸을 닦아낼 때마다 손끝에 그의 맨살이 닿았다. 그럴 때마다, 그의 근육이 그녀의 손에 반응하듯 돌처럼 단단해지길 반복했다.

"머릴 감겨 드릴까요?"

"그래 주겠나?"

로이든이 목욕통에 기대어 고갤 들었다. 그리곤 스텔라가 머릴 감기기 쉽게 눈을 감았다. 스텔라는 젖은 수건을 내려놓은 후, 캘리가 가져다 놓은 비누로 로이든의 머리를 감기기 시작했다. 눈을 감은 로이든의 얼굴이 눈에 들어왔다. 시선을 돌리려 했지만, 반듯하고 잘생긴 그의 얼굴에 자꾸만 시선이 갔다.

가까이에서 본 그의 몸은 정말 아름다웠다. 군살 없는 근육질의 몸은 무쇠처럼 단단했다. 장신의 몸에서 뿜어져 나오는 강한 힘. 그 무섭도록 아름다운 마력에 스텔라는 시선을 뗄 수가 없었다.

"내 몸이 마음에 드는 모양이군."

눈을 감고 느긋하게 목욕을 즐기던 로이든이 눈을 떴다. 서늘한 로열 블루의 눈동자가 스텔라를 올려다보고 있었다. 이미 그녀가 무슨 생각을 하고 있는지 다 알고 있다는 듯이.

"자세히 보지 않으면, 비눗물이 영주님의 눈으로 들어갈지도 모르거든요. 그러니 그런 착각은 하지 않으셨으면 좋겠군요."

"그래? 난 또, 내 몸에서 눈을 떼지 못하는 줄 알았지. 그럼 느긋하게 내 몸을 감상할 시간을 줘야겠군."

그 말과 함께 로이든이 헹굼 물 쪽으로 손을 뻗었다. 그리곤 머리에 물을 부어 비눗물을 깨끗하게 씻어냈다. 순식간에 말끔해진 로이든이 스텔라에게 손을 붙잡았다.

"잠깐, 지금 뭐 하려는……. 안 돼요. 당장 앉으시라고요."

로이든이 자리에서 일어서려 하자, 스텔라가 그의 팔을 붙잡고는 아래로 잡아당겼다. 그러자 로이든은 그런 스텔라를 재미있다는 듯 바라보았다.

"왜, 내가 일어서면 안 되는 이유라도 있나?"

"그야 당연히……."

하지만 스텔라는 다음 말을 잇지 못했다. 그저 눈을 흘기며 입술을 깨물었다. 다 알고 있으면서 그런 행동을 하다니. 지금 그는 알몸이었다. 한마디로 그가 일어서면, 그의 모든 걸 아주 가까이에서 보게 된다는 의미였다.

"당연히 뭐지?"

"그러니까……. 내 말은……."

스텔라가 입을 꾹 다물었다. 그가 지금 그녀를 놀리고 있다는 사실을 눈치챈 것이다.

쳇! 정말 못됐다니까!

"다 벗고 있잖아요. 그러니 일어서지 말아요."

"스텔라 우린 부부야. 남편이 아내 앞에서 알몸을 보이는 건 부끄러운 게 아니라, 당연한 거야."

"하지만 우린……."

우린…… 평범한 부부가 아니었다. 순식간에 스텔라의 얼굴이 새빨갛게 달아올랐다. 사실 호수에서 알몸인 그를 본 적이 있긴 했지만, 그땐 어둠 속이었고 뒷모습뿐이었다.

"이런 순진한 모습도 귀엽군."

로이든이 그녀의 턱을 붙잡고는 그를 보게 했다. 그에 의해 억지로 그를 보게 된 스텔라는 싸늘한 눈으로 그를 쏘아보았다. 마음에 들지 않았다. 그에게 턱이 붙잡혀 얼굴을 붉히는 것도 그랬지만, 그의 육체를 보고 감탄하는 자신은 더 싫었다.

"이제 보니 외모에 대해 자부심이 무척이나 강하신 분이셨군요. 전 쓸데없이 지성보다 근육이 더 많은 무뢰한은 딱 질색인데 말이에요."

스텔라가 로이든의 근육을 품평하듯 바라보며, 냉소를 지었다. 하지만 로이든은 그녀의 말에 불쾌해하는 대신 재미있다는 듯 눈을 빛냈다.

"나 역시 그래. 입만 열면, 자신의 마음과 반대되는 거짓말만 내뱉는 여인은 질색이지. 지금 너처럼."

"아악!"

첨벙! 순식간에 벌어진 일이었다. 스텔라가 그의 손에 붙잡힌 채 목욕통 속으로 끌려들어 갔다.

"당장 놔요. 지금 뭐 하는……."

스텔라가 일어나기 위해 버둥거렸다. 하지만 목욕통 안은 두 사람이 함께 움직이는 것이 힘들 정도로 좁았다. 그리고 입고 있는 드레스가 물에 젖기 시작하자, 마음대로 몸을 움직이는 것 역시 여의치 않았다.

"좋은 향기가 나는군."

"뭐라고요?"

"향유를 쓴 건가?"

버둥거리는 스텔라가 움직임을 멈추고 그를 올려다보았다. 그러자 로이든이 스텔라를 단단히 그의 다리 위로 끌어당겨 앉힌 다음, 그녀의 목덜미에 코를 박았다. 그의 얼굴이 그녀의 예민한 목덜미에 닿자, 스텔라는 본능적으로 몸을 굳혔다.

"다 젖었잖아요. 대체 왜 이러는 건지 모르겠군요."

불쾌한 표정으로 스텔라가 그를 밀어내려 했다. 하지만 아무리 밀어도 그와의 거리는 너무 가까웠다. 대신 스텔라는 그를 밀어내기 위해 그의 가슴에 올려놓았던 손을 떼어냈다. 그러다 또다시 두 사람의 몸이 좁은 목욕통 안에서 더욱 가까워졌다. 그의 허벅지에 걸터앉아 있었기 때문인지, 서로 내쉬는 숨결까지도 고스란히 느껴졌다. 더욱 난처한 건, 그녀가 깔고 앉아 있는 부분이 시간이 갈수록 단단해지고 있다는 사실이었다.

"정말 몰라?"

그의 목소리가 젖어 있었다. 귓가에 닿는 숨결이 뜨거워서인지 스텔라는 흠칫 몸을 떨며, 손으로 귀를 가렸다.

"내가 그걸 어떻게 알아요. 당장, 놓아줘요."

스텔라가 아무것도 모른다는 듯 두 사람 사이에 흐르는 팽팽한 성적 긴장감을 부인했다.

"끝까지 시치미를 뗄 생각인 모양이군. 그럼, 직접 알려줄 수밖에."

당황한 스텔라가 두 손으로 입술을 가렸다. 그의 시선이 그녀의 입술로 향해져 있었던 것이다. 그 모습에 로이든이 쿡 웃음을 터뜨렸다.

"키스를 하는 곳이 꼭 입술만은 아닌데. 그건 모르는 모양이군."

그가 고갤 숙였다. 그리곤 그녀의 입술이 아닌 그녀의 젖은 귓불을 뜨거운 혀로 살짝 건드렸다. 그리곤 그녀가 그를 밀어내기 전에 뜨거운 입술로 그녀의 귓불을 깨물며, 키스라도 하듯 빨아

당겼다.

"흣, 싫어요."

"쉿, 조용히 해. 그렇게 소릴 지르면, 밖에서 우리가 뭘 하는지 다 알아챌 테니까."

로이든의 말에 스텔라가 입술을 깨물었다. 사실 욕실 밖엔 하인들이 헹굴 물과 로이든의 옷을 들고 대기 중이었다.

"당신이란 사람은 정말……."

"기회를 놓치지 않는 사람이지. 언제 어디서건."

또다시 그의 입술이 목덜미를 스쳤다. 그리곤 느릿느릿 그녀의 목덜미에 맺힌 물을 혀로 핥아 닦아주었다. 순식간에 스텔라의 입술에서 작은 신음이 새어 나오려 했다. 등줄기에 느껴지는 나른한 감각에 솜털까지 바짝 세워지는 느낌이었다. 스텔라는 애써 자신이 느끼는 감정을 무시한 채 냉정한 모습을 유지하려 했다.

"여잘 많이 안아본 모양이군요. 어쩌면 호색한에 바람둥이일지도."

"왜 그렇게 생각하지?"

"유혹에도, 그리고 키스에도 능하단 생각이 들었거든요."

"키스에 능숙하다고? 그 말은, 내 키스가 마음에 들었다는 것이군."

그녀를 놀리듯 그의 입꼬리가 슬쩍 위로 말려 올라갔다. 스텔라는 그의 뻔뻔한 태도에 자꾸만 심술이 났다.

"그리 흡족하진 않았어요. 사람들이 말하길, 남녀의 키스는 황홀경은 물론 머릿속에서 종소리가 들린다고 하더니 순 거짓말……. 흐흣!"

말이 다 끝나기도 전에 그의 손가락이 그녀의 턱을 붙잡았다. 그리고 턱을 살짝 옆으로 기울이더니, 입술을 겹쳐 왔다.

"하아……. 싫어…… 흡!"

그를 밀어내기 위해 입을 연 순간, 그의 입술이 깊숙이 파고들었다. 달콤한 열기와 함께 심장을 할퀴는 낯선 감각이 온몸을 휘감았다. 이상했다. 그에게 붙잡혀 키스를 할 때마다, 스텔라는 지독한 열감에 몸이 떨렸다. 그가 누구란 사실조차 잊어버릴 만큼.

"하아, 흐흡!"

그의 혀가 더욱 깊숙이 들어왔다. 그리곤 부드럽게 그녀의 혀를 휘감고는 강하게 빨아 당겼다. 부드러움과 강한 힘이 동시에 느껴지자, 아랫배 안쪽 한 부근에 열기가 어리기 시작했다. 그의 손이 그녀의 젖은 드레스를 헤치고 들어왔다. 그리곤 단단하게 일어선 젖꼭지를 엄지와 검지로 붙잡곤 살짝 비틀었다.

"흣!"

그녀는 갑작스러운 쾌락에 떨리기 시작했다. 위험했다. 모든 걸 잊게 하는 그의 키스가. 그리고 그녀를 무력하게 만드는 그의 지배력이 스텔라는 두려워졌다. 그와 키스하는 내내 스텔라는 심장이 들뜨고, 나른한 갈증에 허덕이는 느낌이었다. 더 원했다. 한 번 맛본 다디단 꿀을 맛본 벌새처럼, 더 지독한 단맛을 원했다.

"아아, 스텔라!"

그 역시 그녀와 똑같은 열기를 느낀 듯 더욱 깊숙이 혀를 묻어왔다. 그리곤 가슴을 쥔 그의 손이 더 많은 걸 원하는 듯 나른하게 움직였다. 그녀의 입술과 혀를 휘감고 빨아 당기던 그가 갑자기 그녀에게서 떨어졌다.

"윽!"

놀란 눈으로 스텔라를 바라보던 로이든의 입술에서 붉은 피가 새어 나왔다. 키스를 하던 스텔라가 그의 혀를 깨문 것이다.

"원치 않아요. 이런 키스 따위. 절 안고 싶다면, 욕망만을 취하세요. 이렇게 유혹할 필요 없이, 그냥 굴복시키란 뜻이에요. 계약으로 이뤄진 관계니, 의무에만 충실하고 싶어요. 감정적으로 얽히는 관계는 싫습니다. 계약 위반입니다."

스텔라가 자리에서 벌떡 일어섰다. 그리곤 젖은 치맛자락을 움켜쥐곤 목욕통을 나왔다.

"당장, 멈춰."

"싫습니다."

스텔라가 금방이라도 욕실을 나가려 하자, 로이든이 자리에서 일어나 그녀의 팔을 강하게 붙잡았다.

"잘 들어. 이제부터 이것이 너와 나의 새로운 관계다."

"뭐라구요?"

"네 말처럼, 난 널 강제로 굴복시켜 널 취할 생각 같은 건 없어. 그러니 앞으로 나에게 안기고 싶거든, 날 유혹해야 할 거야. 그래야 날 움직일 수 있어. 네가 원하는 대로, 날 조종하길 원한다면, 날 유혹해."

스텔라가 로이든을 올려다보며 주먹을 꼭 쥐었다. 조금 전과는 달리 차가운 얼굴로 그녀를 바라보는 그의 눈빛이 심상치 않았다.

"제가 영주님을 유혹하는 일은 평생 없을 겁니다. 아마, 영주님은 영주님의 욕망에 못 이겨 절 강제로 굴복시켜, 절 취하실 테니까요."

스텔라가 절대 그런 일은 없을 것이라며, 당당하게 선언했다. 그러자 로이든의 입가에 비웃음이 떠올랐다.

"과연 그럴까?"

"네, 전 의무 외엔 아무것도 원치 않아요."

"아니. 넌 원하게 될 거야. 강압에 의해서 날 받아들이는 것이 아니라, 네 스스로 네 몸을 열어 날 받아들이게 될 거야. 넌, 마음이 가지 않는다면 몸 역시 열리지 않는 사람이니까."

"초야 때 이미 강압적으로 열린 적이 있다는 것을 잊으신 모양이군요."

스텔라의 말에 로이든의 입가가 비틀렸다. 그리곤 강한 힘으로 스텔라를 끌어당기더니, 조금 전의 부드러움과는 달리 스텔라의 입술을 거칠게 빨아 당겼다. 순식간에 스텔라의 몸이 싸늘하게 굳어졌다. 아픔 외엔 느껴지지 않는 메마른 키스가 길어질수록 로이든의 말처럼 그녀의 몸이 열리기는커녕 눈에 띄게 굳어져 갔다.

"윽!"

또다시 입안에 피 맛이 느껴졌다. 그녀가 깨문 그의 입술이 터져, 또다시 피가 흐르는 모양이었다. 지금까지와는 달리 배려라고는 찾아볼 수 없는 차가움에 심장이 서늘했다. 오히려 다행이라고 생각해야 했다. 하지만…….

"이제 나가도 좋아."

순간 그녀를 옥죄던 힘이 사라졌다. 강하게 붙들고 있던 입술도, 그녀를 끌어당겼던 손도.

"당장 나가도록 해. 만약 가지 않겠다면, 네가 원하는 대로 널 이곳에서 안겠다."

마음대로 하라고 해야 했지만, 스텔라는 꼼짝도 할 수 없었다. 그녀를 바라보는 로이든의 싸늘한 눈동자엔 오직 사내의 뜨거운 정염으로 빛나고 있었다.

"내일 새벽, 연병장으로 나오도록 해."

"연병장이라면, 검술을 가르쳐 준다는 건가요?"

"약속이니까. 그러니 생각과 의지를 지닌 명예로운 숙녀답게 잘 견디도록 해."

로이든의 뜻밖의 말에 스텔라가 그를 올려다보았다.

"고된 훈련으로 나가떨어지게 만들 심산인 모양이지만, 난 절대 물러서지 않을 거라고요. 각오는 되어 있으니까."

스텔라가 욕실 문을 열고 밖으로 나갔다. 그리곤 놀란 얼굴로 서 있는 하인들을 지나쳐, 서둘러 자신의 방을 걸어갔다.

로이든은 다시 목욕통 안에 몸을 깊이 묻었다.

"빌어먹을. 욕망만 채우면 끝인데. 일을 더 복잡하게 만들어 버렸군."

그녀의 말처럼 본능에 따라 그녀를 굴복시키고 그녀를 취하면 그만이었다. 하지만 그것이 마음에 들지 않았다. 그래서 쉬운 길이 있는데도, 그것이 맞는데도 로이든은 복잡하고 어려운 길을 선택해 버린 것이다.

6

이른 새벽 계단을 내려오던 스텔라는 걸음을 멈추고 자신이 입고 있는 옷이 마음에 들지 않는지 연신 치맛자락을 만지작거렸다. 최대한 움직이는데 걸리적거리지 않게 단순한 드레스를 챙겨 입었지만, 문제는 안에 입고 있는 속옷이었다. 숙녀라면 겹겹이 갖춰 입어야 하는 갑옷을 연상시키는 속옷 때문에 아무리 단순한 형태의 드레스를 입어도 여전히 곰처럼 묵직한 느낌이었다.

"달링턴에 있었다면, 바지라도 입었을 텐데. 그곳에선 남자 옷을 입는 게 하나도 어렵지 않았었는데, 여기선 안 되는 일이겠지?"

스텔라는 잔뜩 풀이 죽은 얼굴로 혼잣말을 내뱉었다. 로이든에게 검술을 배우고 싶다고 했던 건, 어린 시절부터 달링턴 백작에 의해 검술을 배워왔었기 때문이었다. 더욱이 이번 일을 겪으면서 스텔라는 스스로 자신을 지키지 못했을 때 벌어지는 일들로 인해 많은 상처를 받았었다.

"스텔라 님, 이렇게 일찍 어쩐 일이세요?"

놀란 표정으로 계단을 내려오던 밀리가 스텔라를 발견하곤, 서둘러 계단을 내려왔다. 그러자 그런 밀리를 보며, 스텔라 역시 미간을 좁혔다.

"밀리야말로 새벽부터 웬일이야. 너야말로 다리가 아파 일찍 깬 거야?"

내려가던 계단을 다시 올라가며, 스텔라가 밀리 앞에 섰다. 그러자 밀리가 고갤 가로저으며, 부드럽게 웃었다.

"제 다린 걱정 마세요. 모처럼 아가씨께서, 아니, 마님께서 돌아오셔서 푹 쉬었더니 많이 좋아졌답니다."

"그럼 더 자지 않고?"

"오랜만에 뵌 마님 얼굴이 수척해지신 것 같아, 제 손으로 아침을 차려 드리고 싶었답니다. 제가 얼른 고기 스튜와 산딸기 파이를 만들어 드릴게요."

산딸기 파이란 말에 스텔라의 입안에 침이 고였다.

"산딸기는 있어?"

"집사인 월터님께서 백작님과 함께 마님께서 돌아오시고 계시다는 말씀을 듣고, 제가 매일매일 산에 가서 신선한 산딸기를 따왔답니다. 돌아오시면, 만들어 드리고 싶어서요."

"밀리……."

순간 스텔라는 다음 말을 이을 수 없었다. 울컥 치밀어 오른 감정에 목이 따끔거렸다. 밀리가 이곳에 왔을 때엔, 그녀의 생사도 모르는 때였다. 그리고 얼마 뒤 그녀가 살아 있다는 사실을 알고는 언제 도착할지도 모를 그녀를 기다리며, 매일매일 산에 가서 산딸기를 땄을 밀리를 생각하자 심장이 뜨거워졌다.

"마님, 전 마님께서 살아 돌아오셔서 기쁘답니다. 그 어떤 것보다, 마님께서 무사하셔서요. 그러니 그런 얼굴 다시는 하지 마세요. 아주 예전에, 제가 믿고 따르던 고귀하신 분께서 그러셨습니다. 남겨진 사람에겐 그 또한 이유가 있는 법이라고."

밀리의 주름진 눈을 바라보며, 스텔라가 밀리의 말을 곱씹듯 다시 물었다.

"남겨진 사람에겐 살아야 할 이유가 있다는 거야?"

"네, 그렇게 말씀하셨습니다."

"밀리, 그럼 난 뭘까?"

"그건……."

밀리가 할 말이 있는 듯 입을 열었다가, 황급히 입을 다물었다. 그리곤 안타까운 눈으로 스텔라를 바라보았다. 하지만 스텔라는 자신만의 생각에 잠겨 어스름한 새벽빛 속에서 자신을 바라보는 밀리의 표정을 알아채지 못했다.

"그래, 내가 꼭 찾을 거야."

살아남은 이유를. 스텔라의 눈동자가 강한 의지로 반짝였다.

"네, 꼭 찾으셔야죠."

'스텔라 아가씨께서 잃어버렸던 것들을…… 꼭 다시 찾으셔야 합니다.'

그렇게 생각한 순간, 밀리의 머릿속에 섬광처럼 뭔가 스쳐 지나갔다. 스텔라가 살아남아, 체스터 백작부인이 되어 돌아온 것.

'어쩌면…… 이것이야말로 정해진 운명이었던 걸까? 검은 늑대의 신부가 된 것은.'

"검은 늑대라고 부르나 봐."

"네?"

불쑥 뱉어낸 스텔라의 목소리에 밀리가 고갤 들었다.

"이곳 영주 로이든 체스터 백작 말이야. 검은 늑대라고 불린대. 잉글랜드 최고의 전사이자, 잔혹한 기사라고."

"제가 보기엔 그리 잔혹한 분처럼 보이진 않았습니다. 성에 있는 고용인들 역시 영주님을 두려워하지 않고 있었고요."

"아니, 나에겐 잔혹한 자야. 내 아버지를 죽음으로 몰고 간 사람이니까. 하지만 또…… 내겐 그 잔혹한 자의 힘이 필요해."

"……."

"그래서 나, 오늘부터 검은 늑대의 기사가 될까 해. 최고의 전사라는 그에게 검을 배울 생각이야."

"검을요?"

"밀리 너도 알잖아? 아버님께서 비밀리에 나에게 검술을 가르쳤다는 걸."

"하지만 이제 아가씬 체스터 백작부인이십니다. 그게 가능할 리……."

"가능해. 이미 체스터 백작께서 허락한 일이니까."

"믿을 수 없군요. 영주님께서 마님께 검술을 가르쳐 주신다고 했다니. 자신의 신부에게 검술을 가르치는 귀족은 한 번도 본 적이 없거든요."

"그래서 일찍 일어난 거야. 체스터 가의 연병장에서 훈련하기 위해. 다른 기사들과 함께 말이야."

"그렇지만……. 체스터 가의 기사들이 좋아할까요?"

분명 받아들이지 못할 게 뻔했다. 여인이, 그곳도 귀족가의 숙녀가 기사들과 함께 섞여 훈련을 받는다니. 밀리는 눈살을 찌푸리며, 생각에 잠겼다. 대체 체스터 백작은 무슨 생각으로 스텔라 마님께 검술을 가르쳐 준다고 했을까?

"받아들이게 할 거야."

"쉽지 않을 겁니다. 남자들의 공간에 여인이 들어가는 것은요."

"쉽지 않겠지. 사실 나 역시 두려워. 하지만 괜찮아. 그가 약속했으니까. 어떻게든 될 거야."

부우우웅! 부우우웅~

그때, 어둠을 뚫고 새벽 훈련을 알리는 뿔피리 소리가 들려왔다.

"이제 가봐야 해. 훈련이 시작되려나 봐."

스텔라가 밀리의 손을 힘주어 꽉 붙잡은 후, 계단을 내려가기 시작했다.

"조심하세요, 마님. 그러다 넘어지십니다."

밀리가 계단을 뛰듯 내려가는 스텔라를 향해 소리쳤다. 그러자 걱정 말라는 듯 밀리를 돌아보며 손을 흔들어 보였다. 밀리는 모처럼 달링턴 가에 있을 때처럼 활기를 찾은 스텔라를 보며, 안도했다. 어떤 이유에서건 스텔라가 죽지 않고 살 이유를 찾겠다고 했으니, 그 사실에 만족했다.

"서둘러야겠어. 훈련을 끝마치고 돌아오셨을 땐, 달콤한 걸 드시고 싶으실 테니까."

밀리 역시 계단을 내려가 부엌으로 향했다.

하지만 얼마 지나지 않은 시각, 연병장에서 훈련을 받고 있어야 할 스텔라가 잔뜩 찌푸린 얼굴로 부엌에 앉아 있었다. 밀리가 건네는 산딸기 파이를 먹으며, 애써 태연한 얼굴을 하려 했지만 자꾸만 화가 나는 모양이었다.

"이럴 줄 알고 있었던 게 분명해. 그런 자의 약속을 믿었던 내가 바보지."

스텔라가 연병장 쪽을 쏘아보며 혼잣말을 했다.

"검은 늑대의 연병장이 근육 멍청이들의 성역이었다니. 칫, 여성 불가침의 공간이라고?"

조금 전 스텔라는 연병장 안으로 들어가 보지도 못한 채 쫓겨났던 일을 떠올렸다. 그리고 그런 그녀를 보며, 로이든은 아무런 말도 하지 않았다. 그저 차가운 표정으로 그녀를 바라볼 뿐이었다.

"두고 봐. 꼭 그 연병장에 들어가 검술을 배우고 말 테니까."

❖

정오가 넘은 시각, 침실 창문 앞에 선 스텔라는 연병장에서 훈련을 하고 있는 체스터 성의 기사들을 날카로운 눈빛으로 쏘아보았다. 로이든과 했던 약속대로라면, 그녀 역시 연병장에서 함께 훈련을 받아야 했다. 하지만 스텔라는 훈련을 받는 대신, 이렇게 무력하게 그들을 지켜봐야 했다.

그때 달칵 소리와 함께 방문이 열렸다. 아침 훈련이 힘들었는지, 태양빛에 그을린 로이든의 구릿빛 얼굴이 땀에 젖어 흥건했다. 저 정도라면 입고 있는 옷 역시 흠뻑 젖어 있을 것 같았다.

방으로 들어오던 로이든 역시 창가에 기대 서 있는 스텔라를 발견하곤 잠시 걸음을 멈췄다. 하지만 이내 방 안으로 들어오더니 훈련을 위해 입은 묵직한 갑옷을 벗기 시작했다.

"좀 도와주겠어?"

순간 스텔라는 자신의 귀를 의심했다. 뻔뻔한 얼굴로 당연하다는 듯 말하는 로이든을 보자, 스텔라의 미간이 급격히 좁아졌다.

"일부러 그런 건가요? 체스터 가의 기사들이 날 받아들이지 않을 것이란 걸 알고 한, 약속이었냐는 뜻입니다."

담담하게 말하려 했는데, 생각보다 감정적인 목소리였다. 하지만 화가 나 있는 지금, 이성적으로 그에게 따질 수가 없었다. 스텔라의 날카로운 목소리에 갑옷을 벗던 로이든이 스텔라를 바라보았다.

"아니라고 한다면 믿을 텐가?"

"제가 믿어야 하는 건가요?"

"믿든 믿지 않든 상관없어. 하지만 일부러 그랬냐는 물음엔 아니다가 답이야."

"그럼 왜 검은 늑대의 연병장은 여인은 들어갈 수 없다는 사실을 말하지 않은 거죠? 왜 거짓말을 한 거냐고요? 이건 거짓말이에요. 날 속인 거라고요."

"거짓말한 적 없어. 오히려 너의 행동에 당황스러운 건 나다. 체스터 가의 연병장뿐만 아니라, 잉글랜드의 그 어떤 연병장에서도 여인을 기사로 받지 않는다는 걸 너 역시 알고 하는 말이라고 생각했으니까. 아니었나?"

"그거야 당연히……."

순간 스텔라가 입술을 깨물었다. 그건 로이든의 말이 사실이었다. 체스터 가의 연병장뿐만 아니라, 그 어디에서든 여자를 기사로 받아들이는 곳은 잉글랜드엔 없었다.

"하지만 당신이 책임자잖아요. 연병장에 있는 기사들이라면, 당신 말 한마디면 죽음까지도 불사하는 충성스런 검은 늑대의 기사들이었어요. 딱 한마디만 해주었다면, 난 그 연병장에 들어갈 수 있었다고요."

"그랬겠지. 하지만 난 내 기사들 앞에서 꼭 지켜야 할 원칙을 어긴 자가 되겠지. 목숨을 내걸고 날 따르는 자들에겐 그 어떤 상황에서도 공정함을 유지할 수 있는 주인을 원하지. 그것이 신뢰거든. 나보고 그런 주인이 되라는 건 아니겠지? 그것도 너 때문에."

"……."

"무엇보다 난 너에게 검술을 가르쳐 준다고 했을 뿐, 기사들을 설득하는 것까지 도와주겠다는 말은 한 적은 없는 걸로 기억하는데?"

로이든이 창가에 서 있는 스텔라를 보며 꼭 집어 말했다. 그리곤 그녀에게 팔을 내밀었다. 그의 종자가 하는 것처럼, 어서 옷을 벗기라는 듯.

"난 당신의 종자가 아니에요. 옷을 벗고 싶다면, 제레미를 부르세요."

"옷 하나 벗자고 지금껏 힘들게 훈련한 제레미를 부르라는 건가? 야박하군. 그리고 무엇보다 이것은 백작부인인 당신 일이기도 해."

로이든 역시 물러날 생각이 없는 듯 강경한 태도를 보였다. 스텔라 역시 마찬가지였다. 교묘하게 상황을 그에게 유리한 쪽으로 바꿔 버린 그에게 여전히 화가 났다.

"싫습니다."

"아이처럼 굴 생각인 모양이군. 뭐, 여자들이야 불리하면 이성이 아니라 감정적으로 행동하는 것은 흔한 일이니까. 하지만 넌 조금 다르다고 생각했는데, 내 생각이 틀린 것이었군."

실망이라도 했다는 듯 말하는 로이든을 보며, 스텔라가 발끈했다. 그가 그녀를 도발하고 있다는 사실은 그의 입가에 떠오른 미소를 통해 충분히 짐작할 수 있었다. 그리고 그의 도발에 응하지 않는 것이 최선이란 것도 알고 있었지만…….

"뭘 하면 되는 거죠?"

스텔라가 주먹을 꽉 쥐고 그에게 다가가기 시작했다. 그리곤 로이든 앞에 선 스텔라가 물었다.

"이 끈을 먼저 풀도록 해."

끈이라. 스텔라가 로이든이 말하는 끈을 찾기 위해 두리번거렸다. 하지만 자신보다 두 뼘은 더 큰 그였기에 쉽지 않았다.

"정말 귀찮게 하는군."

까칠한 말과는 달리 로이든이 살짝 허릴 굽혔다. 그러자 더블릿 위를 덧댄 가죽을 풀 수 있는 끈이 보였다.

"이렇게 하면 되는 건가요?"

스텔라가 손을 뻗어 어깨에 묶여 있는 가죽끈을 풀었다. 그러자 가슴과 등 쪽을 감싸고 있던 묵직한 갑옷이 스륵 바닥에 떨어지려 했다.

"어엇!"

놀란 스텔라가 바닥에 떨어지려는 갑옷을 향해 손을 뻗었다. 하지만 그녀가 한 손으로 잡기엔 갑옷의 무게는 너무 무거웠다.

"조심해. 이건 한 손으로 들 수 있는 게 아니니까."

로이든이 서둘러 그녀가 들고 있는 갑옷을 받아 들었다. 그리고 그의 품으로 넘어진 스텔라의 허리 역시 단단히 휘감았다. 순식간에 그의 단단한 품에 안겨 버린 스텔라가 놀라 고갤 들었다. 그녀가 그에게 벗어나기 위해 가슴을 밀었다.

"산딸기 냄새가 나는군."

"아, 밀리가 산딸기 파이를 만들었거든요."

"단 걸 무척이나 좋아하는 모양이야."

로이든이 이해할 수 없다는 듯 말했다. 하지만 그의 눈동자는 스텔라의 입술을 마치 다디단 산딸기 파이라도 된 양 바라보고 있었다.

"뭐, 그렇죠. 영주님께선 싫어하시나요?"

"특별히 즐기진 않지."

로이든의 대답에 스텔라가 그제야 이해가 간다는 듯 고갤 끄덕였다. 그리곤 그를 비웃듯 차가운 목소리로 말했다.

"앞으로 영주님께서도 단 음식을 즐기는 것이 좋겠어요. 영주님의 차갑고 성마른 성격은 달콤한 음식을 즐기지 않아서 생긴 것 같으니까요. 아마 단 음식을 즐기다 보면 그 가시 같고 모나고 꼬인 성격도 조금은 부드러워…… 흡. 지금 뭐 하는……."

놀란 스텔라가 고갤 뒤로 뺐다. 하지만 그에게 단단히 허릴 붙잡혀 있었기 때문에 소용없는 행동이었다. 그가 고갤 숙이자, 어느새 두 사람의 거리는 서로의 숨결까지 뺨에 닿을 정도로 가까워져 있었다.

"뭐 하는 거냐구요?"

"고단수가 분명해. 입가에 산딸기 잼을 묻히고서는 달콤한 음식을 즐기지 않는다고 비난하다니."

"아, 이건……."

스텔라가 손을 뻗어 입가에 묻은 잼을 닦으려 했다. 하지만 로이든이 먼저였다. 그가 스텔라의 손목을 붙잡더니, 의미심장한 미소를 지었다.

"유혹할 땐 언제고, 들키니 발뺌을 하려는 모양이군. 하지만 늦었어."

대체 뭐라는 거야? 유혹하려다 들켜 발뺌을 한다고? 그렇게 생각한 순간 그의 입술이 더욱 가까워졌다.

"유혹이라니, 그런 게 아니에요. 뭔가 단단히 오해를……."

"오해였대도 풀 생각 없어. 이미 늦었거든. 난 너의 충고에 따라, 지금부터 단 음식을 즐기기로 했으니까."

그의 입술이 입가에 닿았다. 뜨거운 혀가 그녀의 입술에 묻은 산딸기 잼을 핥자, 스텔라의 눈동자가 놀라 커졌다.

"맛있군."

순간 스텔라의 얼굴이 붉게 달아올랐다. 분명 그녀의 입술에 묻은 산딸기에 대한 평이었지만, 마치 그녀 자신이 산딸기가 된 기분이었다. 특히 그녀를 내려다보는 그의 눈빛이 그녀의 생각을 더욱 부채질했다.

"밀리가 많이 만들어놓았을 겁니다. 드시고 싶으시면 부엌으로 가보세요.”

스텔라가 그를 밀어내며 고갤 돌리려 했다. 하지만 그의 손에 단단히 붙잡혀 있는 터라, 쉽게 그에게서 벗어나지 못했다. 스텔라가 그를 휙 쏘아보았다.

“나에게 왜 이러는 거죠?”

“내가 뭘 했다는 거지?”

“날 왜 그런 눈으로 보냐고 묻는 거예요. 수컷 늑대가 암컷을 원할 때 보이는 그런 눈빛이요.”

“내가 발정 난 늑대 같다는 건가?”

그의 물음에 대답할 생각 따윈 없었다. 만약 그렇다고 한다면, 당장에라도 그녀를 침대에 눕히고 그녀를 가져 버릴 것 같았으니까. 그의 눈빛이 순식간에 뜨거운 열기를 품고 그녀를 쏘아보고 있었다.

“아니에요. 제가 잘못 생각한 모양입니다.”

스텔라가 더는 말싸움 같은 건 하고 싶지 않다는 듯, 자신이 한 말을 부정했다. 그러자 재미있다는 듯 그의 입가에 의미심장한 미소가 떠올랐다.

“겁이 나는 모양이군. 평소엔 절대 자신의 잘못을 인정하지 않았으면서 말이야.”

“겁이 나다니. 절대 아닙니다. 잘못 아신 거예요.”

“그래? 하지만 왜 난, 그런 것 같지?”

가까운 거리에서 두 사람의 시선이 마주쳤다. 스텔라는 로이든의 눈동자에 담긴 장난기를 읽자, 어느새 냉정함을 되찾기 시작했다. 그리곤 그에게 벗어나기 위해 그의 발등을 있는 힘껏 밟았다.

“윽, 스텔라!”

“장난 그만해요. 앞으론 발등을 밟는 것으론 끝나지 않을 테니까요.”

로이든이 뒤로 물러섰다. 그러자 스텔라는 의기양양한 얼굴로 그를 올려다보며 말했다.

“무슨 일이 있더라도 체스터 가의 연병장에 들어가고 말 겁니다. 그리고 체스터 가의 기사들 모두가 날 받아들였을 때, 영주님께선 저와 했던 약속을 지켜야 할 겁니다.”

“좋아. 약속하지. 모두가 인정한다면, 나 역시 막을 이유가 없으니까.”

로이든의 대답을 들은 스텔라가 방을 나가려는 듯 문 쪽으로 걸어가기 시작했다.

“어딜 가는 거지?”

“제 일거수일투족을 영주님께 모두 보고해야 한다는 약속은 없었습니다. 앞으로 백작부인으로서 의무에 해당되는 것에만 약속을 충실할 이행할 생각인, 제 개인적인 일엔 신경 끄셨으면 좋겠군요.”

코웃음을 치며, 스텔라가 방을 나갔다.

“훗, 기세는 여전하군. 걱정할 필요 없겠어.”

로이든은 마저 옷을 벗은 후, 땀에 젖은 몸을 씻기 위해 욕실로 향했다. 몸속에 이는 야릇한 열기에 몸 한쪽이 뻐근해 걷는 것이 불편하게 여겨졌다.

“젠장, 아내가 있는데도 금욕이라니. 내가 미친 짓을 하는군.”

❖

사락, 사락. 최대한 소리를 내지 않고 코트를 입으려 했지만, 조용한 방 안에 천이 스치는 소리가 들리는 것을 막을 순 없었다. 스텔라는 조심스럽게 침대 위에 누워 있는 로이든을 곁눈질했다. 다행히 그는 깊이 잠들어 있는지 고른 숨소리를 내며 미동도 하지 않은 채였다.

"검은 늑대라고 해서 걱정했더니……."

스텔라는 그가 깨어날까 걱정이 되어, 바짝 긴장한 채 행동하던 자신이 바보처럼 여겨졌다. 잠시 긴장을 푼 스텔라는 서둘러 침실 문을 열고 밖으로 나왔다. 아직 아무도 일어나지 않은 이른 새벽이었다. 스텔라는 코트 깃을 바짝 여미곤, 서둘러 복도를 따라 걷기 시작했다.

잠시 후, 잠들어 있다고 생각했던 로이든이 시트를 걷고 일어나 앉았다. 닫힌 문을 날카로운 눈으로 쏘아보던 그가 침대에서 내려왔다.

"또 무슨 일을 꾸미려는 건지, 원."

그와 한 침대를 쓰는 걸 죽기보다 싫어하던 스텔라가 어젯밤엔 피곤하다는 이유로 먼저 침대에 든 것부터가 수상했다. 로이든은 평소보다 더 깊이 잠든 척 코까지 골며 잠든 척했다. 그러자 아니나 다를까, 스텔라가 침대에서 일어나더니 수상한 행동을 하기 시작했다. 로이든은 실눈을 뜨고 그녀의 행동을 지켜보았다.

그런데…… 급기야 스텔라는 옷을 잔뜩 껴입고는 방을 빠져나갔다.

"설마 또, 도망이라도 치려는 건 아니겠지?"

문득 든 생각에 로이든이 미간을 좁혔다. 그럴 리 없었다. 하지만 무슨 생각을 하는지 종잡을 수 없는 스텔라였기 때문에 로이든은 그 사실을 간과할 수 없었다.

"칫, 정말 포기를 모르는군."

침대에서 나온 로이든이 서둘러 벗어놓았던 옷을 입기 시작했다. 그리곤 스텔라를 뒤쫓기 위해 서둘러 방을 나왔다. 오래지 않아 저택을 나온 로이든은 달빛 아래서 연병장 쪽으로 걸어가는 스텔라를 찾을 수 있었다.

"이 시각에 연병은 왜?"

성을 나갈 것이란 예상과는 달리 연병장으로 향하는 스텔라를 보며, 로이든이 눈살을 찌푸렸다. 설마 검과 창을 물에 던져 못 쓰게 만들려는 건 아니겠지?

여행을 하는 동안 그를 골탕 먹이기 위해 스텔라가 했던 일을 떠올리자, 로이든의 얼굴이 불쾌한 듯 굳어졌다. 로이든은 그녀의 행동을 제지하기 위해 서둘러 연병장 안으로 들어갔다. 하지만 다음 순간, 로이든은 재빨리 어둠 속으로 몸을 숨기곤 그녀를 지켜보기 시작했다.

"대체 뭘 하는 거야?"

믿을 수 없었다. 창과 검을 물에 던져 녹슬게 만들 것이라 생각했던 스텔라가 모두가 잠든 밤, 스텔라는 연병장에서 낮 동안 기사들이 들고 훈련을 했던 검과 창을 들고 휘두르는 것이 보였다.

처음엔 등불 하나 없이 어두운 연병장에서 그녀가 훈련을 하는 것이라고 생각했었다. 하지만 그것도 잠시, 창과 검을 들고 부지런히 한곳으로 옮기기 시작했다. 로이든은 눈살을 찌푸리며 그녀를 주시했다.

가끔 구름 밖으로 드러난 달빛에 의해 스텔라가 부지런히 연병장 안을 돌아다니며 훈련이 끝난 후 대충 바닥에 던져 놓았던 무기들을 정리하는 것을 볼 수 있었다. 그리고 정리한 무기들은 내일 행해질 훈련을 위해 깨끗하게 손질하는 것 역시 잊지 않았다.

"이런 방법으로 기사들의 마음을 돌릴 수 있다고 생각하는 건가? 아무도 알아주지 않을 텐데 말이야."

스텔라의 예기치 못했던 행동에 로이든은 코웃음을 쳤다. 하지만 마음속으론 좀 놀라고 있었다. 사실 로이든 역시 훈련 후 아무렇게 바닥에 뒹굴고 있는 창과 검을 보며 눈살을 찌푸린 적이 한두 번이 아니었기 때문이었다. 아무리 훈련용이라곤 해도, 전쟁터에 나가면 자신의 생명을 지켜줄 무기가 될 수 있었다. 평소 함부로 방치하는 것이 마음에 들지 않았던 것이다.

"어제 새벽 곁눈질로 연병장을 본 게 다인데, 그걸 놓치지 않다니."

로이든은 스텔라의 예리한 관찰력에 다시 한 번 혀를 내둘렀다. 그때 스텔라가 일을 다 끝마쳤는지 연병장 입구로 걸어오는 것이 보였다. 로이든은 서둘러 연병장을 빠져나가 방으로 돌아왔다. 옷을 벗고 침대에 누워 잠이 든 척을 했다.

잠시 후, 조심스럽게 방문이 열리는 것을 느낄 수 있었다. 부스럭 소리가 들리더니 침대가 흔들렸고, 스텔라가 침대에 눕는 것이 느껴졌다. 어둠 속에서 그녀의 시선이 느껴졌다.

"휴우."

낮게 울리는 여인의 숨소리. 로이든은 천천히 감았던 눈을 떴다. 벌써 아침이 되어가고 있었다. 짙은 어둠뿐이던 방 안이 서서히 밝아왔다.

로이든은 여린 그녀의 등을 바라보았다. 그러다 검은 머리카락이 흘러내려 선명하게 드러난 가녀린 스텔라의 목덜미에 향했다. 새벽 공기에 차가워진 귓불이 붉게 변해 있었다. 순간 손을 뻗어 차가워진 그녀의 몸을 따뜻하게 해주고 싶다는 생각이 들었다. 하지만 로이든은 손을 뻗는 대신, 그녀를 바라볼 뿐이었다. 그러는 동안 입안이 바짝 타들어갔다. 잠잠하던 몸 안의 피가 또다시 뜨겁게 날뛰기 시작했다.

무의식중에 그가 손을 뻗었다. 여린 목덜미를 지나, 귓불에 손끝이 닿으려는 찰나 로이든은 정신이 든 듯 가까스로 손을 거둬들였다. 뜨거운 열기를 삼키며, 로이든이 스텔라에게 등을 돌렸다. 하지만 아무리 등을 돌려도 로열 블루의 눈동자에 담긴 열기는 쉬이 가시지 않았다.

❖

스텔라는 체스터 성의 하녀장인 앤을 따라 부엌으로 들어갔다. 부엌에선 요리사와 하녀들이 점심을 준비하기 위해 바쁘게 움직이고 있었다.

"마님, 이쪽입니다."

갑작스러운 스텔라의 등장에 분주하게 음식을 만들고 있던 체스터 성의 고용인들이 한순간 움직임을 멈췄다. 그리곤 서둘러 이

마에 흐르는 땀을 닦아내며, 요리사인 루터가 스텔라에게 다가왔다.

"마님, 요리사 루터라고 합니다. 잠시만 기다리신다면, 곧 점심을 대령하겠습니다."

"맛을 좀 봐도 될까?"

"네, 당연하지요. 여기 그릇에 음식을 담아 가져다주겠어? 마님께서 드시고 싶다고 하시는군."

요리사의 말에 옆에 있던 캘리가 서둘러 그릇에 음식을 담아왔다. 스텔라는 캘리에게 그릇을 받아 든 후, 천천히 맛을 보았다.

"영주님께서 칭찬하실 만한 솜씨야. 향은 물론 맛도 좋고."

"감사합니다, 마님. 서둘러 준비하겠습니다."

영주인 로이든이 칭찬했다는 말에 요리사의 얼굴이 밝게 상기되는 것을 볼 수 있었다.

"아니, 사실은 그것 때문에 온 게 아니야."

"점심을 더 일찍 드시고 싶으신 것이 아니셨습니까?"

"아니야. 점심은 평소와 같은 시각에 먹을 거야. 대신 연병장의 기사들의 식사를 준비하는 곳이 어딘지 알려주겠어?"

"거긴 왜? 사실 기사들의 숫자가 워낙 많아, 그분들의 식사는 이곳에서 준비할 수가 없답니다. 그래서 연병장 근처에 세워진 건물에서 기사들의 모든 식사를 전담해 만들고 있거든요. 그런데 그건 왜……?"

"그냥 좀 궁금해서. 캘리!"

"예, 마님."

"거기가 어딘지 함께 가주겠니?"

"네, 제가 안내해 드리겠습니다."

스텔라에게 접시를 받아 든 캘리가 탁자 위해 접시를 내려놓았다. 그리곤 드레스 위에 걸친 앞치마를 벗으려 했다.

"그 앞치마 필요 없으면, 내가 좀 썼으면 하는데."

스텔라의 말에 캘리가 놀라 고갤 가로저었다.

"아닙니다, 마님. 이건 더러워져서 마님께서 입으실 만한 것이 못 됩니다. 필요하시다면 제가 가서 새 앞치마를 가지고 오겠습니다."

당황한 캘리가 새 앞치마를 가지러 자릴 떴다. 그사이 부엌에 있던 하녀장 앤이 안절부절못한 얼굴로 스텔라 옆에 섰다.

"마님, 그곳은 불결한 곳입니다. 마님께서 가실 곳이……."

"책잡기 위해 가는 것이 아니니 걱정할 필요 없어. 대신, 저녁 먹기 전에 집사에게 서재에서 좀 봤으면 한다고 전해주겠어?"

"집사님을요? 네, 그렇게 전하겠습니다."

"마님!"

새 앞치마를 챙겨 나온 캘리가 문 앞에서 스텔라를 불렀다. 그러자 스텔라가 앤을 돌아보았다.

"부탁이 있는데, 들어주겠어?"

"뭐든 분부만 내리십시오, 마님."

"밀리가 다리가 아파서 거동이 불편해. 점심을 방까지 가져다 주겠어?"

"그거야 문제없습니다. 걱정 마시고 다녀오십시오."

"부탁할게, 앤."

❖

오전 훈련을 끝낸 로이든이 얼굴에 흐르는 땀을 수건으로 닦으며, 연병장 입구로 시선을 주었다. 그리곤 스텔라를 찾았다.

"오늘은 불길하게 잠잠하군. 새벽에 그렇게 일을 했으니 당연한 건가?"

로이든은 깨끗하게 정리되어 있는 잘 닦인 창들을 다시 한 번 바라보며, 미간을 찌푸렸다. 그때 훈련을 끝마친 레이놀즈가 젖은 셔츠를 벗으며 로이든에게 다가왔다.

"레이놀즈, 오늘은 유난히 연병장이 깨끗하군."

"저 역시 연병장에 왔다가 창과 검들이 말끔하게 정리되어 있는 것을 보고 놀랐답니다. 제레미가 밤사이 정리한 모양입니다. 칭찬이라도 해야 할 것 같습니다."

제레미라…… 다들 그렇게 생각하는 게 당연하겠지?

밤새도록 연병장을 정리하고 무기들을 손본 사람이 스텔라인 걸 알면 어떤 반응을 보일지 로이든은 문득 궁금해졌다. 아니, 분명 여자는 절대 들어와선 안 되는 공간에 스텔라가 들어왔다고 분명 화를 낼지도 몰랐다. 지금껏 그 역시 당연하게 생각해 왔던 일이었지만, 로이든의 미간이 찌푸렸다.

더는 연병장에 들어오지 말라고 말려야 하는 건가? 기사들 중 한 사람이라도 스텔라가 연병장에 들어와 무기에 손을 댔다는 것을 알기라도 한다면…… 문제가 커질지도 몰랐다.

처음엔 그저 확인하고 싶었었다. 스텔라의 의지가 얼마나 강한지. 모두가 불가능하다고 생각한 벽을 만났을 때, 그녀가 어떻게 행동하는지 궁금하기도 했다. 아니, 어쩌면 자신은 스텔라를 마음에서 밀어낼 이유를 찾고 있었는지도 몰랐다. 스텔라가 특별하지 않다고. 다른 여인들처럼, 금방 포기해 버리길 원했는지도 몰랐다. 자신의 삶에 안주하며, 평범해지길 원했는지도. 그의 바람처럼 된다면, 자신 역시 그녀에게 실망하고 밀어낼 수 있을 것 같았다. 자꾸만 그녀에게 가는 마음을 멈출 수 있을 것 같았다. 하지만…….

"마음에 안 들어."

"네? 마음에 안 드십니까? 제레미에게 더 말끔히 청소하라고 단단히 이르겠습니다."

로이든이 레이놀즈를 돌아보았다. 자신이 머릿속에 있던 말을 입으로 불쑥 뱉어낸 모양이었다.

"아니야, 그럴 필요 없어. 휴우, 덥군. 등목 좀 해야겠어."

"제가 해드리겠습니다."

레이놀즈가 연병장 구석에 있는 우물 쪽으로 시선을 돌렸다. 하지만 이미 그곳엔 훈련을 받은 후, 흘린 땀을 씻어내기 위해 모여든 기사들로 인산인해를 이루고 있었다.

"밖으로 나가야 할 것 같습니다."

"그래, 그게 좋겠어."

로이든이 땀에 젖은 셔츠를 벗으며 연병장 입구로 향했다. 그러는 동안에도 로이든의 생각은 어느새 스텔라에게 향해 있었다.

"세상에나, 영주님. 마님이십니다."

마님? 그럼 그렇지. 로이든이 고갤 들어 스텔라를 찾았다. 하지만 없었다. 보이는 건 기사들의 점심을 준비하느라 바삐 움직이는 체스터 가의 하인들만 있을 뿐이었다.

"어디 있다는……."

그때 그의 눈에 한 하녀가 들어왔다. 똑같은 앞치마에 광주리를 들고 분주하게 움직이고 있었다. 하지만 로이든은 그 하녀에게서 눈을 뗄 수가 없었다.

"스텔라……?"

"마님께서 왜 하녀들처럼 음식을 만드시고 계시는지 모르겠습니다. 설마, 성에서의 생활이 힘드신 걸까요? 그래서 영주님의 눈치를 보시느라…… 저렇게 하녀들이 하는 허드렛일을……."

로이든은 레이놀즈의 말을 무시한 채 잔뜩 굳은 얼굴로 스텔라에게 걸어갔다. 광주리에 담긴 감자를 솥에 넣으려던 스텔라가 로이든의 시선을 느낀 듯 고갤 들었다.

"세상에나. 영주님이세요, 마님."

그때 옆에서 스텔라의 일을 돕고 있던 캘리가 스텔라에게 속삭였다. 스텔라는 로이든의 시선을 무시한 채 들고 있던 광주리의 감자를 솥에 넣었다. 그리곤 광주리를 캘리에게 건넨 후, 아주 천천히 로이든 앞에 섰다.

"영주님, 이곳엔 무슨 일로……."

"그건 내가 묻고 싶은 말이군, 스텔라. 이곳에서 대체 뭘 하는 거지? 그것도 그런 차림으로 이런 일을 하다니."

"이 차림이 어때서요? 일하는 데 무척이나 실용적인 옷이라고 생각합니다. 그리고 영주님께서 말씀하신 이런 일이란, 체스터 가의 기사들의 점심을 준비하는 것이고요. 전 이곳의 안주인으로서 체스터 가의 사람들을 위해 최선을 다하는 것뿐인데, 뭐가 문제인지 모르겠군요.”

뭐가 문제냐는 듯 미소까지 짓고 있는 스텔라를 보며, 로이든이 미간을 좁혔다.

“정말 영악하군.”

“오해세요. 전 영악하게 구는 것이 아니라, 정말로 최선을 다하는 중이거든요.”

로이든의 눈빛이 스텔라를 쏘아보았다. 그녀의 진심을 읽으려는 듯.

“지체 높은 귀족가의 여인이 하인들이 할 법한 일을 하면서?”

“네. 전 그렇게라도 해야 할 정도로 절박하거든요. 그 사실을 영주님께서 아직 깨닫지 못하신 것뿐.”

로이든은 스텔라의 손을 내려다보았다. 잡일을 하느라 거추장스러웠던지 스텔라는 소매까지 걷어붙이고 있었다. 그래서인지 유난히 희고 가느다란 팔이 햇살 아래 그대로 드러나 있었다. 로이든이 눈살을 찌푸리며, 소매를 끌어 내렸다.

“품위 없게 속살을 드러내다니. 좋아. 그렇게 일이 하고 싶다면, 날 따라오도록 해.”

“네?”

“레이놀즈, 넌 연병장 안으로 돌아가도 좋아. 내 등목은 마님께서 도우실 테니까.”

레이놀즈가 로이든과 스텔라를 번갈아 보았다. 그리곤 스텔라에게 고갤 숙여 보인 다음, 서둘러 연병장으로 걸어가기 시작했다.

“영주님, 잠깐만 기다려 주세요. 전 아직 할 일이…….”

"내가 마님을 데려가고 싶은데, 그래도 되겠지?"

"네, 영주님. 이미 마님께선 충분히 도움을 주셨습니다. 감사합니다, 마님."

하인의 말에 로이든이 고갤 끄덕인 후, 스텔라의 손목을 붙잡고 걷기 시작했다.

"아, 그게. 잠깐만……."

"훈련을 했더니 덥군. 빨리 씻고 싶어."

로이든에게 끌려가며, 스텔라는 그의 벗은 등을 바라볼 수밖에 없었다. 그의 말처럼 그에게서 뜨거운 열기가 뿜어져 나오고 있었다. 목덜미를 따라 흘러내리는 굵은 땀방울이 단단해 보이는 그의 등 근육 위로 흘러내렸다. 햇살 아래 드러난 그의 벗은 몸을 보자, 괜스레 귓불이 붉어졌다. 뒤뜰에 있는 우물가에 도착한 로이든은 스텔라의 손을 놓아주었다. 그리곤 두레박으로 우물물을 길었다.

"뭐 해, 가까이 오지 않고."

로이든이 시원한 물이 담긴 두레박을 스텔라에게 건넸다.

"목이 마를 텐데, 마시도록 해."

"괜찮아요. 나보다 더 목이 마른 분은 영주님 같으시니, 먼저 드세요."

"어서."

시원한 물을 보자, 스텔라는 갈증이 났다. 로이든에게서 두레박을 건네받은 스텔라가 천천히 물을 마셨다. 시원했다. 물을 다 마신 스텔라가 로이든에게 두레박을 건네자, 그가 갈증이 났었던지 벌컥벌컥 물을 마시는 것이 보였다.

그의 강인해 보이는 목을 따라 물이 흘러내렸다. 그리고 단단한 가슴 근육을 적신 후, 입고 있는 바지 아래로 사라졌다. 물을 다 마신 로이든이 두레박에 남아 있는 물을 머리 위로 부었다.

"왜 이리 덥지."

그가 시원한 물로 몸을 씻는 걸 보자, 스텔라 역시 등목을 하고 싶었다. 차가운 물이 몸에 닿자 로이든은 만족스러운 얼굴을 했다.

"주세요. 제가 해드릴게요."

스텔라가 로이든에게서 두레박을 받아 들자, 로이든은 천천히 바닥에 엎드렸다.

"스텔라!"

"말씀하세요. 듣고 있으니까."

스텔라가 천천히 그의 등에 물을 부으며 대답했다. 하지만 정작 스텔라를 부른 로이든은 선뜻 말을 꺼내지 않았다.

말해야 하는 건가? 연병장에 밤이든 낮이든 들어올 생각 말라고? 하지만 결국 로이든은 말하지 않는 쪽을 택했다.

"아무것도 아니야. 뭐든 무리하지 마."

"무슨 말이죠?"

"신중하게 행동하란 뜻이야. 그게 무엇이든. 이제 서둘러 주겠나? 덥군."

"아, 네."

그의 재촉에 스텔라는 그의 말속에 담긴 뜻을 생각할 겨를도 없었다. 서둘러 그의 등에 물을 부었고, 땀투성이인 그의 몸을 깨끗하게 하는데 몰두했다.

❖

평소보다 음식의 맛이 월등이 좋았다. 그릇에 담긴 감자 역시 전엔 형체를 알 수 없을 정도로 으깨져 있었다면, 지금은 달랐다. 고소한 향과 함께 감자의 형태 역시 고스란히 남아 있었다.

"역시 마님께서 직접 만드신 음식이라 다른 것 같습니다."

제레미가 콧노래를 흥얼거리며 말하자, 음식을 먹고 있던 레이놀즈가 고갤 끄덕였다. 그러자 옆에서 함께 밥을 먹던 기사들이 호기심 어린 시선으로 로이든을 바라보았다.

"정말 마님께서 직접 만드신 게 맞습니까?"

제레미의 말과 레이놀즈의 긍정에도 기사들은 여전히 믿을 수 없다는 듯 어리둥절한 얼굴이었다. 그러자 기사들의 의구심을 덜어주기 위해 제레미가 입에 침이 마르도록 칭찬하기 시작했다.

"당연하죠. 제가 보장하건대, 이건 마님 솜씨가 맞습니다. 여행하는 동안 제가 곁에서 직접 맛보고, 음식을 만드시는 것을 지켜봤으니까요. 믿으셔도 됩니다."

의기양양하게 대답하는 제레미를 보며, 기사들이 수긍한 듯 고갤 끄덕였다.

"제레미, 한 그릇 더 주겠어."

"여기도 부탁해."

스텔라가 직접 만들었다는 말에 갑자기 여기저기서 한 그릇 더 먹겠다는 주문이 쇄도하기 시작했다.

"네, 기다리십시오. 제가 얼른 가져다 드리겠습니다. 이러다 음식이 부족한 건 아닌지 모르겠네요. 평소엔 잘 드시지도 않더니만.”

제레미가 신이 난 얼굴로 음식을 가지러 갔다.

“마님께서 만드신 음식이 인기가 좋군요. 이번 기회로 마님에 대한 인기가 올라간 것 같아 다행입니다.”

사실 밖으로 드러내고 말을 하진 않았지만, 이미 기사들 사이에서 스텔라가 달링턴 백작가의 영애였단 소문이 도는 모양이었다. 그래서인지 레이첼 체스터가 국왕에게 납치당했다는 사실을 아는 기사들 중 몇몇이 스텔라에게 좋지 않은 감정을 품고 있었다.

“뭐, 오늘만 하다 말겠지. 하녀들이나 할 법한 힘든 일이니까.”

로이든의 말에 레이놀즈가 고갤 가로저었다.

“마님 성정이시라면, 한번 하신 일이니 끝까지 하시지 않을까요? 남의 눈을 의식해 뭔가를 하실 분은 아닌 것 같았거든요.”

“레이놀즈, 대단한 믿음이군.”

로이든이 레이놀즈를 비꼬았지만, 레이놀즈는 그저 좋은 모양이었다. 그 모습에 로이든 역시 싫지 않은 기색이었다. 어떤 의미에서 이 상황이 로이든은 만족스러웠다. 어떤 의도를 갖고 행동하던 체스터 백작부인으로서의 입지를 공고히 하는 데 유리한 것만은 사실이었으니까.

“믿음이란 노력이 아니라, 저절로 생기는 것이니까요. 여인으로서 힘든 일을 겪어 마음을 추스르는 것조차도 힘든 상황이셨을 텐데, 꿋꿋이 이겨내시다니. 정말 대단하신 분이신 것 같습니다.”

“그렇지. 가끔은 감당할 수 없을 지경이라 힘들긴 하지만.”

“그래서 체스터 백작부인이시라고 생각합니다. 검은 늑대이신 영주님과 견주려면, 저 정도의 고집과 의지는 가지신 분이여야 한다고 생각했거든요."

놀리는 건지 칭찬하는 건지 알 수 없을 정도로 레이놀즈의 표정이 오묘했다. 뭔가 즐거워하는 것 같기도 했다.

"무척이나 즐거워하는 것 같군, 레이놀즈. 만약 너를 당혹케 하는 여인이 나타난다면, 난 무조건 그 여인을 도울 생각이다. 널 단단히 묶어둘 수 있도록."

"여인이요? 전 관심 없습니다."

그때 양동이 가득 음식을 들고 제레미가 걸어오는 것이 보였다. 얼마나 많이 음식을 담았는지, 걸어오는 모습이 무척이나 위태롭게 보였다. 그 모습을 본 레이놀즈가 자리에서 일어섰다. 그리곤 제레미에게 다가가 그가 들고 있는 양동이를 받아 들었다.

"다음부턴 음식을 더 먹고 싶거든 직접 가져오도록 해. 여기 있는 기사들 중 누구 하나 힘든 훈련을 받지 않은 사람은 없으니까."

레이놀즈가 기사들을 향해 단호한 목소리로 명령했다. 그러자 기사들이 자리에서 일어나 서둘러 음식을 나누기 시작했다.

"레이놀즈 님, 전 상관없습니다. 종자인 제가 당연히……."

"제레미, 너도 어서 가서 점심을 먹도록 해. 그렇게 느려 터져서는 점심을 굶은 채로 오후 훈련을 받아야 할 테니까."

차갑고 단호한 목소리였다. 하지만 레이놀즈의 말속에는 점심 식사 내내 음식을 나르느라 제대로 먹지 못한 제레미에 대한 배려가 담겨 있었다. 그 말에 제레미가 서둘러 자신의 자리로 돌아가, 늦은 점심을 먹기 시작했다.

"설마? 여인에게 관심이 없다는 의미가……."

빈 그릇을 내려놓던 로이든이 두 사람을 보며, 미간을 찌푸렸다. 음식을 맛있게 먹는 제레미를 유심히 보던 로이든은 처음으로 제레미가 옆에 앉아 있는 다른 기사들에 비해 덩치가 작아 여자처럼 보인다고 생각했다.

"지금 내가 무슨 생각을……."

서둘러 고갤 가로저으며 말도 안 되는 생각을 떨쳐 냈다. 그리곤 훈련을 시작하기 전, 자신의 검을 손질하기 위해 자리에서 일어섰다.

❖

점심 식사를 마친 후 스텔라는 하녀장인 앤에게만 자신의 행선지를 말하곤 마을로 향했다. 하녀장 앤은 한사코 집사에게 일러 마차를 타고 가라고 했지만, 스텔라는 바람도 쏘이고 체스터 영지를 직접 보고 싶다는 이유로 만류했다.

하지만 체스터 성에서 마을까지의 거리는 생각보다 멀었다. 그렇게 큰길을 따라 한참을 걷고 나서야 마을에 도착한 스텔라는 이마에 흐르는 땀을 닦은 후, 서둘러 앤이 알려준 대로 재단사 콜린의 집을 찾을 수 있었다.

"남자들이 입는 옷을 만들어달라고요?"

콜린의 집에 들어오자마자, 스텔라가 뱉어낸 뜻밖의 요구에 콜린은 한동안 놀란 표정으로 그녀를 올려다보았다.

"꼭 필요해서 그래. 그러니 최대한 빨리 만들어줬으면 해."

"마님, 죄송합니다. 저 역시 만들어 드리고 싶긴 하지만, 사실 한 번도 만들어본 적이 없는 옷이라. 더군다나 영주님의 옷이라면, 전속 재단사가 따로 있습니다. 제가 알려 드리겠습니다."

"영주님의 옷이 아니야. 내가 입을 옷이야. 그래서 이렇게 너에게 직접 부탁하기 위해 찾아온 거야. 완벽하지 않아도 상관없어. 그냥 비슷하게라도 만들어주면 돼."

난처한 얼굴을 하는 콜린을 보며, 스텔라가 간절하게 부탁을 했다. 하지만 콜린은 마음을 정하지 못한 듯 망설였다. 그 모습에 스텔라는 실망을 감출 수 없었다. 포기하고 돌아가려는 그 순간, 심각한 표정으로 생각에 잠겨 있던 콜린이 다시 입을 열었다.

"지금에서야 하는 말이긴 하지만, 사실 저 역시 남자 옷을 한번 만들어보고 싶긴 했답니다. 마님, 제가 최선을 다해 만들어 드릴 테니 걱정 마시고 돌아가 계세요. 가능한 한 빨리 만들어 성으로 가져가겠습니다."

콜린의 대답에 스텔라의 눈동자가 기쁨으로 커졌다. 스텔라가 콜린의 손을 붙잡으며, 기쁜 듯 흔들었다. 그 순간 콜린과 스텔라 사이에 의미심장한 눈빛이 오갔다. 마치 두 사람이 공범이 된 것처럼.

"부탁할게."

"그나저나 바지는 언제 입으시려는 것인지 여쭤도 되겠습니까?"

"그게…… 영주님께 검을 배울 생각이야."

"검이라고 하셨습니까? 기사들이 가지고 있는 사람을 죽이는 검이요?"

"맞아. 이래 봬도 난 용맹한 검은 늑대의 아내인데, 자신의 몸은 스스로 지킬 정도는 되어야 할 것 같아서."

스텔라의 말에 콜린의 얼굴에 존경스러움이 떠올랐다. 귀족가의 숙녀란 자고로 온실 속의 화초라고만 생각했었다. 하지만 눈앞에 서 있는 귀부인은 우아하고 아름다운 모습 뒤에 야생화처럼 강인하고 신비로운 아름다움을 갖고 있었다.

"검은 늑대의 아내시니, 당연한 것이지요. 마님 같으신 분이 영주님의 신부가 되셔서 다행입니다. 어쩌면 그 전설이 사실일지도 모르겠군요."

"전설? 아, 그때 검은 늑대의 신부에 대한 이야기를 말하는 거지?"

"네. 그 이야기에 나오는 검은 늑대의 신부는 훌륭한 치료사이며, 기사였다고 했습니다. 그래서 영지가 위험에 처했을 때, 모두를 구할 것이라고요."

이번엔 콜린의 말에 스텔라가 당황했다. 자신을 바라보는 콜린은 마치, 자신이 체스터 영지에 전해져 내려오는 그 전설의 여인이라고 여기는 것 같았기 때문이었다.

"그건 구전되어 오는 이야기일 뿐, 사실이 아니야. 더군다나 난 그런 사람이 아니야. 그럼, 부탁할게."

스텔라가 콜린의 말을 부정하며 서둘러 집을 나왔다. 나 같은 사람이 체스터 백작의 신부가 되어 다행이라니. 만약 내가 반역죄를 짓고 처형당한 달링턴 백작의 딸이란 사실을 알았다고 한다면, 그때도 그렇게 말할 수 있었을까?

대답은 '아니다.'였다. 반역 죄인의 딸. 그것도 국왕에게 반역을 한 자의 딸은 체스터 영지에 언제든 위험을 가져올 수 있는 재앙의 불씨, 그 이상도 이하도 아니었으니까.

"도와…… 주세요."

깊은 생각에 잠겨 무작정 길을 따라 걷던 스텔라는 처음엔 작게 울리는 아이의 목소리를 듣지 못했다.

"도와주세요."

희미하지만 분명이 도움을 청하는 목소리였다. 놀란 스텔라가 서둘러 주위를 둘러보았다. 그러다 커다란 나무에 매달려 울기 직전인 어린 소년을 발견하곤 뛰기 시작했다. 소년은 금방이라도 바닥에 떨어질 듯 위험스러운 상태였다. 스텔라가 소년에게 손을 뻗으며 소리쳤다.

"뛰어내려! 내가 받아줄 테니까."

"하지만……."

소년이 스텔라를 내려다보며, 못 미더운 얼굴을 했다.

"걱정 마. 안전하게 받아줄 테니까."

사실 스텔라 역시 소년을 받아낼 자신은 없었다. 하지만 다른 방법을 생각해 내기엔 시간이 없었다. 무엇보다 나뭇가지를 붙잡고 있는 소년의 손이 위험스러울 정도로 풀려 있었다. 방법을 생각하며, 망설이는 사이 소년이 바닥에 떨어진다면 분명 다칠 게 불 보듯 뻔했다.

"우리 엄마보다 더 말랐는걸요."

"뭐? 대체 그게 무슨 말이야! 꾸물거리지 말고, 어서 뛰어내리나 해. 설마, 두려운 건 아니지? 여인인 나도 이렇게 널 받아내겠다고 용기를 내는데 말이야."

스텔라의 말에 눈물이 그렁그렁한 소년의 눈매가 날카로워졌다. 자존심이 상한 듯 입매 역시 꾹 다물어졌다.

"전, 검은 늑대의 기사가 될 사람이에요. 절대 겁쟁이가 아니라고요."

"검은 늑대의 기사가 된다고?"

"그래요. 제 아버지 역시 그렇거든요. 저도 아버지처럼 기사가 될 거예요."

소년은 위험한 상황에서도 긍지를 잃지 않으려는 듯 고집스럽게 말했다. 그 모습에 스텔라는 조금 안심했다. 소년이 겁에 질려 있지 않아 다행이었다.

"그럼 어서 뛰어내려. 내가 검은 늑대에게 네가 얼마나 용감했는지 말할 테니까."

"우리 영주님과 친하세요?"

"친하냐고? 뭐, 어떤 의미에선 그렇지."

스텔라의 대답에 소년이 입을 꾹 다물곤 생각을 하는 눈치였다. 하지만 더는 버틸 힘이 남아 있지 않은지 나뭇가지를 잡고 있던 손가락이 하나 더 풀렸다. 휘청! 그 모습이 무척이나 위험스러워 보였다.

"어서, 서둘러. 그러다 정말 다치겠어."

"제 이름은 헤롯입니다."

"헙!"

그렇게 말한 순간, 헤롯이 스텔라의 품으로 뛰어들었다. 순간 가슴을 짓누르는 강한 힘에 스텔라의 입에선 고통에 찬 신음이 새어 나왔다. 하지만 스텔라는 헤롯을 놓치지 않기 위해 안간힘을 썼다. 그렇게 버티고 서 있던 스텔라가 소년이 안전하다고 생각한 순간, 한꺼번에 바닥으로 무너져 내렸다.

"괜찮으십니까?"

스텔라가 바닥에 주저앉으려는 순간, 강한 힘이 그녀를 꽉 붙드는 게 느껴졌다. 순간 스텔라는 안도의 한숨을 내쉬었다. 잠시 후, 충격과 놀라움이 가시자, 스텔라는 고갤 들어 자신을 단단히 붙들고 있는 젊은 귀족을 올려다보았다. 그녀를 향해 반가운 듯 환하게 웃는 있는 귀족을 보자, 스텔라는 미간을 찌푸렸다. 로이든 말고 체스터 영지에 귀족이라니.

대체 누구지? 그렇게 생각한 순간, 잘생긴 얼굴의 귀족이 그녀의 질문에 대답하듯 다시 입을 열었다.

"이렇게 다시 만나게 되다니. 사실 체스터 영지에 오면 만나뵐 수 있지 않을까 기대는 했지만, 이렇게 빨리 만나게 되니 너무 기쁩니다. 전, 옆 이웃 영지의 아놀드 백작입니다."

❖

땀에 젖은 옷을 입고 연병장을 나온 로이든은 손에서 흐르는 피를 닦아내며, 미간을 찌푸렸다. 조금 전 훈련을 하던 나이 어린 병사가 실수로 함께 대련을 하던 병사의 옆구리를 창으로 찌른 것이다. 다행히 옆에 서 있던 로이든이 재빨리 손으로 창을 잡았으니 망정이지 조금만 늦었다면 자칫 큰 사고로 이어질 수도 있었다. 대신 맨손으로 창을 붙잡느라 날카롭게 손질된 창끝이 로이든의 손바닥에 생채기를 낸 것이다.

"생각보다 잘 손질해 놓았나 보군. 끝이 예리한 걸 보면."

로이든은 손에 난 상처를 보며, 피식 웃었다. 밤새 스텔라가 연병장에서 했던 일이 쓸데없는 일은 아니었던 모양이었다. 순식간에 그의 손을 스치던 창의 끝이 제법 날카로웠었다.

"세상에나, 주인님. 다치신 모양이군요. 서둘러 치료할 수 있도록 조치하겠습니다."

"아니, 치료할 정도로 깊은 상처는 아니니까. 그나저나 백작부인은 어디에 계시지?"

로이든의 말에 집사인 월터가 조금 난처한 얼굴을 했다.

"그게 마님께선 성에 계시지 않습니다."

"성에 있지 않다면, 어디에 갔다는 거지?"

"점심 식사를 마치신 후, 마을에 가셨습니다. 재단사 콜린에게 미처 주문하지 못한 옷이 있으신 모양이셨습니다."

"마차를 타고 갔겠지?"

"그게……. 제가 마차를 준비해 드리겠다고 했지만, 괜찮다고 하셨습니다. 체스터 영지를 직접 눈으로 보고 싶다 하시면서요. 죄송합니다, 주인님."

"그럼 지금 마님 혼자, 마을에 갔다는 것이냐?"

"그렇습니다, 주인님."

로이든이 잔뜩 굳은 얼굴로 집사인 월터를 지나쳐, 밖으로 나갔다. 그리곤 체스터 성의 마구간으로 향했다.

"겁도 없이 여자 혼자서 마을에 가다니."

무엇보다 체스터 영지의 사람들은 스텔라가 아직 체스터 백작부인이란 사실을 모르고 있었다. 낯선 여인이 하녀도 없이 마을을 혼자 방문하다니. 로이든의 발걸음이 빨라졌다. 마구간에 도착한 로이든은 마부가 놀라 다가오는 것도 무시한 채 서둘러 말에 올랐다. 그리곤 열린 성문을 지나 도개교를 빠른 속도로 달려 나갔다.

하지만 얼마 가지 않아 로이든은 말고삐를 잡아당겼다. 스텔라가 길을 따라 걸어오고 있는 것이 보였다. 그리고 그 옆엔 말고삐를 붙잡고 함께 걸어오는 귀족 역시.

“아놀드 백작?”

스텔라 옆에서 함께 걸어오고 있는 사내가 아놀드 백작이란 사실을 안 로이든의 표정이 굳어졌다. 로이든이 쳐다보고 있다는 사실을 모르는 두 사람은 나란히 함께 걸어오며, 이야기를 나누느라 정신이 없는 듯했다. 무척이나 다정한 분위기였다. 그러다 스텔라가 로이든의 시선을 느낀 듯 고갤 들었다.

“영주님, 여긴 어떻게?”

스텔라가 로이든에게 걸어오며 물었다. 하지만 로이든은 여전히 마땅찮은 표정으로 두 사람을 쏘아보았다.

“월터가 마을에 갔다고 해서. 다음부터 집사에게 말해 마차를 타도록 해. 아직 발이 다 낫지도 않았으면서 고집은.”

로이든이 말에서 내려왔다. 그리곤 아놀드를 무시하듯 지나쳐 스텔라에게 다가갔다.

“발은 많이 좋아졌습니다. 오늘은 급히 나오느라……. 아, 그리고 마을에서 아놀드 백작님을 우연히 만나 함께 오던 길이었습니다.”

스텔라의 말에 그제야 로이든이 아놀드 쪽으로 고갤 들었다.

“이곳엔 무슨 일이지, 아놀드 백작?”

“이웃으로서 의례적인 방문입니다. 혼약을 하셨으니, 백작부인을 찾아뵙고 정식으로 축하 인사도 드려야 할 것 같았거든요.”

"우리가 전부터 서로의 안부를 묻고 축하를 할 정도로 가까웠는지 몰랐군."

로이든의 차가운 말투에 아놀드가 무안한 듯 얼굴을 붉혔다.

"그동안 제가 영지를 떠나 있던 탓에 격조했지만, 지금부터 자주 찾아뵐 생각입니다. 그나저나 레이첼 양은 잘 지내고 있겠지요? 조만간 레아와 함께 성에 방문하겠습니다. 레아가 레이첼을 많이 보고 싶어하더군요."

레이첼이란 말에 로이든의 표정이 눈에 띄게 굳어졌다.

"레이첼은 당분간 성에 없네. 친척 집을 방문 중이거든. 아마 여행이 길어질 것 같다고 레아에게 전해주게."

"레아가 속상해하겠군요. 레이첼을 만나고 싶어했거든요. 그래서 말씀인데, 부디 레아와 저를 체스터 성에 초대해 주십시오. 친구를 보지 못해 의기소침해 있는 제 여동생을 위로해 주고 싶거든요."

아놀드의 말에 로이든이 여전히 마땅찮은 듯 눈살을 찌푸렸다. 그러자 옆에서 지켜보던 스텔라가 슬쩍 끼어들었다.

"영주님, 이렇게 부탁하는데 거절하는 건 예의가 아닌 것 같군요. 아놀드 백작님, 제가 백작님과 레아 양 앞으로 초대장을 보내드리도록 하겠습니다."

"초대해 주시니 기쁩니다, 백작부인. 그럼 전 이만 돌아가 다시 만나 뵐 날을 기다리고 있겠습니다."

아놀드가 살짝 무릎을 꿇고는 스텔라의 손을 붙잡았다. 그리곤 그녀가 밀어내기도 전에 스텔라의 손등에 입을 맞췄다.

뭐, 예의에 벗어난 행동은 아니었지만 그 모습에 로이든의 눈빛이 날카로워졌다. 특히 스텔라를 보며, 환하게 웃는 아놀드의 잘생긴 낯짝을 보자 로이든은 무척이나 불쾌했다.

"그럼, 그때 뵙지요."

스텔라의 입가에도 미소가 떠올랐다. 한 번도 자신에게 보인 적 없는 미소. 그 미소를 자신이 아닌 다른 귀족에게 향한 걸 보자 또 다시 화가 치밀었다.

"스텔라, 그만 돌아가도록 하지."

로이든이 아놀드에게서 스텔라의 손을 빼앗듯 붙잡았다. 그리곤 스텔라를 데리고 자신의 말로 걸어가기 시작했다. 로이든이 자신을 말에 태우려 한다는 사실을 깨달은 스텔라가 그를 불렀다.

"잠깐만, 기다려요. 전 다 왔으니, 걸어갈게요."

"걸어간다고?"

"네. 오랜만에 걸으니 운동도 되고 좋았거든요."

"하지만 여기까지 걸어오느라 다리가 아팠을 것 아냐? 쓸데없는 고집 피우지 마."

"고집이 아닙니다. 그리고 이제 걷는 덴, 전혀 불편함이 없답니다."

스텔라가 말을 타지 않겠다는 듯 단호하게 말했다. 그러자 이상하다는 듯 로이든이 스텔라를 바라보았다.

"이유가 뭐지?"

"이유라니, 무슨 이유를 말하는 거죠?"

"아놀드 백작의 번듯한 외모에 반하기라도 한 건가? 둘이 함께 걸어오는 동안 즐거웠던 모양이더군. 웃기까지 하고."

로이든의 이유 없는 빈정거림에 스텔라의 눈빛이 날카로워졌다. 그리고 불쾌한 듯 입을 꾹 다물었다.

"지금 제가 부정한 행동이라도 했다는 건가요?"

"그럼 아니란 건가?"

로이든의 말에 스텔라의 입매가 굳어졌다. 그리곤 더는 말할 가치도 없다는 듯 그를 지나쳐 성으로 걸어가기 시작했다.

"스텔라, 기다려."

로이든이 앞서가는 스텔라의 손을 붙잡고 돌려세웠다.

"이것 놔요. 여기까지 친절을 베풀어준 분과 이야기 좀 했다고 날 부정한 여인으로 몰아붙이다니. 정말 불쾌하기 짝이 없군요."

"난 네가 체스터 백작부인으로서 본분을 잊지 않기를 바랄 뿐이야. 그리고 네가 내 소유라는 사실 역시."

로이든의 소유란 말에 스텔라의 눈빛이 날카롭게 빛났다.

"절대 잊지 않아요. 내가 왜 체스터 백작부인으로 당신 곁에 있기로 했는지도."

스텔라가 그의 손을 거칠게 뿌리치고 성으로 걸어가 버렸다. 로이든은 멀어져 가는 스텔라의 등을 보며, 욕설을 내뱉었다. 그저 걱정이 돼서 뒤쫓아 나온 길이었다. 하지만 스텔라가 아놀드 백작을 향해 환한 미소를 보이자, 이상하게 마음과는 달리 화가 났다. 불쾌해 미칠 것 같았다.

"젠장!"

잔뜩 굳은 얼굴로 로이든이 말에 올랐다. 그리곤 성을 향해 말을 달리기 시작했다. 어느새 앞서가던 스텔라를 지나쳤다. 그리고 멈추는 대신 싸늘한 기세로 성안으로 들어가 버렸다.

7

쾌청한 날씨와는 달리 체스터 성의 연병장은 때아닌 먹구름이 몰려와 비를 뿌리기 일보 직전이었다. 검을 들고 땀까지 흘려가며 열심히 훈련하고 있는 기사들을 지켜보는 로이든은 뭔가 불만이 가득한 얼굴이었다.

로이든의 무섭게 굳은 얼굴 때문인지 연병장에 있는 체스터 가의 기사들과 병사들은 쉬는 시간도 없이 계속된 고된 훈련에도 아무런 불평도 하지 못한 채 전념했다. 그건 비단 병사들만의 문제가 아니었다. 레이놀즈와 제레미 역시 하루아침 사이 예민해진 로이든의 눈치를 살피며 서로 곁눈질을 했다.

"마님과 싸우신 걸까요? 며칠 전 마차도 없이 마을에 다녀오셨다고 들었거든요."

"영주님께서 그런 하찮은 걸로 화를 내실 분이 아니다."

"하지만 그것 외엔 없는걸요. 분명, 그날 무슨 일이 있으신 게 분명해요. 혹시 욕구불만이신 건가? 그런 것 있잖아요. 사내는 여자를 품지 못하면, 저렇게 발톱에 가시가 박힌 곰처럼 굴잖아요."

"조그만 게 되바라져서는. 대체 그런 걸 어디서 주워 들은 건지?"

"당연히 루시죠. 기사님들이 늘상 하시는 말씀이잖아요. 그래서 말인데요, 레이놀즈 님. 영주님께선 욕구불만이……. 아얏!"

"쓸데없는 소리 그만하고 어서 가봐."

레이놀즈가 쓸데없는 말 그만하라는 듯 제레미의 머리에 꿀밤을 주었다.

"칫, 아무것도 모르시는 건 레이놀즈 님이십니다. 아침에도 마님께서 영주님 곁을 지나치실 때, 영주님께서 마님께 눈도 떼지 않고 바라보셨거든요. 분명 그 눈은 루시에 있는 여자들을 보는 남자들의 눈이었다고요."

"어린 녀석이 밝히기는. 너, 루시엔 다신 가지 마. 벌써 여자들을 가까이하기엔 넌 너무 어려."

"어리긴 제가 뭘 어리다고. 저도 이제 열여덟입니다. 뭐든 할 수 있는 나이라고요."

제레미가 입술을 삐죽이며 바닥에 아무렇게나 떨어져 있는 창을 줍는 것이 보였다. 레이놀즈는 그런 제레미를 보며 조금 놀란 표정을 했다.

"벌써, 열여덟이 된 건가? 하지만 발육이 너무 늦군. 근육도 없고, 선도 가늘어. 마치…… 젠장. 내가 또 무슨 생각을."

레이놀즈는 제레미에게서 시선을 돌려 로이든을 바라보았다.

“정말 욕구불만이신 건가? 마님께서 절대 몸을 허락하지 않겠다며, 버티시는 건 아니겠지?”

절대 그럴 리 없었다. 남자가 여자를 원한다면, 안으면 그만이었으니까. 여자를 배려하는 행위라니. 있을 수 없는 일이었다. 레이놀즈는 입안이 썼다. 하지만 로이든의 반응은 꿀이 가득 든 꿀단지를 들고도 먹지 못하는 곰 같았다.

“마님과 문제가 있으시다면, 루시에라도 억지로 모셔가야 하는 건가?”

레이놀즈는 한숨을 내쉬며, 심각하게 고민했다. 사실 저렇게 계속 두었다간 연병장에 있는 기사와 병사들은 물론 체스터 성의 고용인들까지 숨 막히기 일보 직전이었다.

그때 연병장의 하늘 위로 비둘기가 날고 있는 것을 발견했다. 서둘러 로이든에게 다가간 레이놀즈가 하늘을 가리켰다.

휘익, 휘리릭!

자리에서 일어선 로이든이 손 휘파람을 불었다. 그러자 연병장의 하늘을 날고 있던 비둘기가 그 소리에 반응하며, 하강하기 시작했다. 로이든이 익숙한 듯 손을 뻗었고, 비둘기가 그의 팔에 내려앉았다. 서둘러 다리에 묶여 있는 전서구의 내용을 확인했다.

“무슨 내용입니까? 레이첼 님께 무슨 일이라도 생기신 겁니까?”

“아니, 사흘 전에 캔트(잉글랜드 남부)에 있는 수도원에서 레이첼이 사라졌다는군. 우리가 뒤쫓고 있다는 걸 국왕이 알아챈 모양이야. 젠장!”

레이놀즈 역시 천에 쓰인 내용을 확인했다. 로이든의 말처럼 레이첼이 갑자기 사라졌고, 행방을 찾고 있는 중이라고 쓰여 있었다.

"어디로 가셨을까요?"

"웨일즈겠지. 그곳엔 오직 국왕의 인장이 찍힌 통행증을 가진 자만이 들어갈 수 있는 곳이 있으니까."

로이든의 말에 레이놀즈가 분통이 터진다는 듯 주먹을 쥐었다.

"정말 국왕께선 무슨 생각으로 이러는 건지 모르겠습니다. 레이첼 님을 볼모로 잡고 있는 데다, 마님과 강제로 혼인해 더는 잉글랜드에서 환영받지 못하게 된 마당에 뭘 그리 경계하시는지."

안타까웠다. 레이놀즈는 로이든이 냉정한 얼굴 아래 감정을 숨기고 있었지만, 지금 그의 심경이 어떨지 묻지 않아도 충분히 짐작할 수 있었다. 전쟁터에선 인정사정없이 적을 죽이는 검은 늑대였지만, 자신의 사람에겐 한없이 따뜻하고 목숨을 다해 지켜내는 기사였다.

"저흰 국왕 폐하를 위해 목숨을 걸고 전쟁터에 나간 왕의 기사들이었습니다. 그런 영주님께 이렇게까지 하시다니. 저희가 폐하를 배신한 것이 아니라, 국왕께서 저희를 먼저 버리신 겁니다. 가장 믿음직한 신하를요."

레이놀즈는 차마, 다음 말은 하지 못했다. 반역자의 딸을 체스터 백작부인으로 삼게 하면서, 체스터 백작가의 명예를 땅에 떨어지게 만들었다. 어떤 의미에서 체스터 백작가 역시 반역 죄인이라 낙인을 찍은 것과 같은 행위였다.

"나 역시 그게 궁금해. 왜 이렇게까지 하는지. 대체 이유가 뭘까?"

생각에 잠겨 있던 로이든의 생각이 문득 스텔라에게 가닿았다.

"레이놀즈, 스텔라가 웨스트우드 숲에 갔다고 했었지?"

"아, 네. 마님의 유모가 신경통이 도져서 약초를 캐신다고 하시기에 제가 알려 드렸습니다. 하지만 이번엔 숲 앞에 마차와 마부를 대기시켜 놓았으니, 걱정하실 필요는 없으실 겁니다."

"숲에 가야겠다. 지금 당장, 스텔라에게 물어볼 것도 있고."

숲이라고? 순간 레이놀즈의 머릿속엔 아무도 없는 숲에 두 사람만 있다는 데 생각이 미쳤다.

"여긴 걱정 말고 서둘러 다녀오십시오. 제가 알아서 하겠습니다."

로이든이 고갤 끄덕이곤 재빨리 연병장을 빠져나갔다. 그러자 훈련을 하고 있던 기사와 병사들의 굳었던 어깨에 힘이 풀리는 것이 보였다.

"레이놀즈 님, 영주님께선 어딜 가시는 겁니까?"

"조그만 녀석이 밝히기는. 관심 꺼. 넌 어려서 알 필요 없다."

또다시 레이놀즈는 제레미에게 면박을 주었다. 하지만 그 역시 안심한 듯 입가에 미소가 떠올랐다. 제발, 숲에서 뭔 일이라도 생기길 간절히 비는 것도 잊지 않았다.

◈

스텔라는 손으로 조심스럽게 흙을 파헤쳤다. 상처가 나지 않게 로즈메리를 채취하기 위해선 신중해야 했다. 한참을 쪼그려 앉아 땅을 파헤치던 스텔라가 마침내 자리에서 일어섰다.

"이 정도면 되겠지?"

뿌리에 묻은 흙을 조심스럽게 털어내며 어깨에 메고 있던 가방에 로즈메리를 조심스럽게 밀어 넣었다. 며칠 전부터 신경통이 재발한 밀리 때문에 이 로즈메리(1370년에 헝가리의 이사벨라 여왕이 로즈메리 워터로 신경통을 치료한 이후 헝가리 여왕의 정수란 이름으로 로즈메리가 신경통의 특효약이란 사실이 유럽 전체에 알려짐)가 필요했다.

스텔라는 치마에 묻은 흙을 털어냈다. 그러다 쥐방울 풀(뿌리를 짓이겨 뽑아낸 즙은 설사와 부인병에 좋음)을 발견하곤 서둘러 나무 덤불을 헤치고 걸어가기 시작했다. 좋은 약초를 발견했다는 생각에 주위를 살피지도 않은 채 무작정 쥐방울 풀만 보고 걷느라 옆에 있던 가시나무 줄기가 그녀의 여린 살을 스쳤다.

"아얏!"

손등을 파고드는 날카로운 아픔에 스텔라는 인상을 썼다. 지금 바로 가시를 빼야 했지만, 그녀의 손은 약초를 캐느라 이미 진흙투성이였다. 이 상태론 가시를 뺄 수도 없었을 뿐더러, 지금 채취하지 않으면 쥐방울 풀 역시 언제 또 캐게 될지 알 수가 없었다.

결국 쥐방울 풀을 포기할 수 없었던 스텔라는 가시를 빼는 대신 바닥에 무릎을 꿇고 앉아 쥐방울 풀을 캐기 시작했다. 손을 움직일 때마다 상처 난 부위가 욱신거리며 아팠다. 쥐방울 풀을 캔 스텔라는 가방 안에 넣었다.

"생각보다 수확이 좋아. 로즈메리에 쥐방울 풀, 그리고 괭이밥 뿌리(유행성 감기의 치료제)까지 캐다니."

스텔라는 흙이 잔뜩 묻은 손을 씻기 위해 걸음을 옮기기 시작했다. 웨스트우드 숲에 들어왔을 때, 약초를 찾아 숲을 헤매다 우연히 작은 호수를 발견했던 것이다. 스텔라는 호수로 향하며 숲을 유심히 살폈다.

참, 볼수록 이상한 숲이었다.

처음 숲에 발을 들여놓았을 땐, 그저 다른 숲들처럼 울창하고 고요한 곳이라고만 여겼었다. 하지만 이곳에 머무는 시간이 길어질수록 고요하던 숲의 공기가 변하고 있음을 느끼고 있었다. 미친 생각이었지만, 그녀를 감싸는 훈훈하고 부드러운 것이 마치 그녀를…….

"날 기다리다니, 말도 안 되는 생각이야. 어떻게 생명도 없는 숲이 날."

고갤 가로젓던 스텔라가 놀라 하늘을 올려다보았다.

"또다!"

키 큰 교목들이 빽빽이 들어찬 울창한 숲이었다. 생각보다 깊은 곳으로 들어와 있었기 때문에 보통이라면, 대낮이었지만 숲은 짙은 나무 그늘로 어두워야 했다. 하지만 이상하게도 그녀가 가는 곳마다, 마치 숲이 나뭇가지를 움직여 밝은 태양빛을 받아들이듯 환했다.

어두운 숲에 밝혀진 등불처럼, 그녀가 가는 곳마다 숲이 스스로 자신들을 열어 빛을 빨아 당기는 느낌이었다.

"말도 안 돼. 그저 지나친 착각이야."

스텔라가 서둘러 호수로 걸어갔다. 호수에 당도한 스텔라가 가방을 내려놓고는 손을 씻기 위해 호숫가로 걸어갔다. 아름다웠다. 마치 비밀을 품은 호수처럼 신비롭다는 생각이 들 정도로.

"웨스트우드라고 했었지? 이 숲의 이름이."

스텔라는 소매를 걷어 올리곤 흙이 묻은 손을 씻었다. 그리곤 쐐기풀에 쓸린 상처를 조심스럽게 살피기 시작했다. 물에 닿자 상처 부위가 쓰라렸다. 성으로 돌아가면, 약을 발라야겠어. 하루 종일 숲을 헤매고 다닌 탓에 다리가 아팠다. 스텔라는 잔디 위에 털썩 주저앉았다.

"신발에 돌이 들어갔잖아."

작게 한숨을 내쉬며, 스텔라가 가죽 신발을 벗어 돌을 꺼냈다. 그리곤 발을 차가운 호수 안으로 넣었다. 발목 주변을 간질이는 찰랑거리는 그 감촉에 스텔라는 시원한 물에 수영이 하고 싶어졌다.

"참아야겠지? 아무리 이 숲이 체스터 가의 사유지라 해도, 누가 올지도 모르는데……."

그렇게 생각하니 더 아쉬웠다. 스텔라는 아픈 다리를 주물렀다. 그러고 보니 진통제를 다 먹었다. 여행 중 로이든이 구해다 준 약을 먹었기에 지독한 고통에서 벗어날 수 있었다. 그런 면에서 로이든은 차가운 이면에 작은 배려를 품은 사내였다.

"가는 길에 접골목을 가져가야겠네."

그때 바람 한 점 없는 호수 위로 푸른색의 나비가 날아들었다. 선명한 로열 블루. 그 색이 어딘가 익숙하게 느껴졌다. 스텔라는 천천히 나비를 향해 손을 뻗었다. 붙잡으려던 것은 아니었지만, 푸른 나비가 그녀의 손끝을 스치고 날아가자 자신도 모르게 자리에서 일어섰다. 그리곤 아쉬움에 나비를 쫓아 한 발짝 다가갔다.

솜털처럼 여린 생명력. 그 묘한 감각에 스텔라의 심장이 두근거렸다.

"기다려!"

첨벙, 첨벙! 첨벙!

나비를 좇아 호수를 뛰듯 걸었다. 그러는 동안 스텔라의 옷은 이미 흠뻑 젖어버렸고, 안타까운 얼굴로 호수 안으로 향했다.

"위험하잖아, 스텔라! 그렇게 무작정 호수 안으로 들어가서 어쩌려고 이러는 거지?"

"아하!"

나비를 붙잡으려는 찰나, 강한 힘이 그녀의 손목을 붙잡곤 끌어당겼다. 놀란 스텔라가 고갤 돌렸다. 그가, 로이든이 잔뜩 굳은 얼굴로 그녀를 단단히 붙잡은 채 서 있었다.

"당신 때문에 놓쳐 버렸잖아요. 막 잡으려는 순간이었는데."

"대체 뭘 잡으려 했다는 건지 모르겠군. 내가 보기엔 죽으려는 사람처럼 호수로 뛰어드는 것처럼 보였는데 말이야."

"말도 안 돼요. 난 나비를 잡으려고……. 어, 어디 갔지? 분명 눈앞에……."

없었다. 처음부터 호수 주변엔 아무것도 존재하지 않았던 듯 나비는커녕 새소리조차 들리지 않을 정도로 고요했다.

"정말 너란 아인, 위험할 정도로 무모해."

"화낼 사람이 누군데…… 아…… 아파요."

로이든이 스텔라의 손목을 붙잡곤 호수 밖으로 걸어가기 시작했다. 로이든에게 이끌려 호수 밖으로 나간 스텔라는 잔뜩 화가 난 얼굴로 그를 쏘아보았다.

"그런데 여긴 무슨 일이죠? 설마 내가 걱정돼, 날 데리러 온 건 아니겠죠?"

스텔라의 물음에 로이든은 말도 안 된다는 듯 그녀를 내려다보았다. 그의 입가에 어린 냉소를 보자, 그녀 역시 그럴 줄 알았다는 듯 코웃음을 쳤다.

"당연히 아니겠죠. 아마 내가 또 도망칠 것이라고 생각해 감시하러 온 모양인데, 이젠 그럴 필요 없다고……."

"물어볼 게 한 가지 있어. 그러니 똑바로 대답하도록 해."

분위기가 변했다. 표정도 말투도. 그리고 그녀를 바라보는 눈빛도. 입가에 머물러 있던 냉소가 사라진 로이든의 얼굴은 진지함 그 자체였다. 진실을 말하지 않는다면, 지금 이 순간 그녀의 목을 비틀어 버릴 정도로 예리하게 빛나고 있었다. 그의 눈빛에 스텔라는 긴장할 수밖에 없었다.

"뭔지 말해보세요."

"국왕과 달링턴 백작 사이에 내가 모르는 뭔가가 있었던 건가? 달링턴 백작이 국왕에게 반기를 들 정도로 말이야. 그것이 아니면 반대로 국왕이 달링턴 백작을 반역 죄인으로 몰아 처형할 수밖에 없는 이유. 그 이유를 넌 알고 있었나?"

로이든의 물음에 스텔라의 입매가 굳어졌다. 이제 와 갑자기 그가 그런 질문을 하는 의도가 궁금했지만, 사실 그녀 역시 의문이었던 점이었다.

왜 국왕이 충성스럽던 아버지를 반역 죄인으로 몰았는지. 왜 재판도 없이 죽일 수밖에 없었는지 그 이유를 알고 싶었다. 하지만 안타깝게도…….

"몰라요. 나 역시 궁금해요. 왜 그랬는지. 두 사람 사이에 대체 무슨 일이 있었는지 궁금해 미칠 것 같아요."

사실 의심스러운 것이 하나 있긴 했다. 아버지 달링턴 백작이 반역 죄인으로 몰려 처형당하기 전, 그는 런던을 방문했었다. 스텔라에겐 아무런 말도 하지 않았지만, 달링턴 가를 떠나는 아버지의 얼굴 표정은 무척이나 어두웠다. 아니, 비장했다는 말이 옳았다.

"런던에서 누군가를 만난다고 하셨어요. 그리고 국왕도."

"달링턴 백작께서 런던에서 누군가를 만났다고? 그게 누군지 알고 있나?"

"아니요, 몰라요. 다만 오랫동안 찾고 있던 사람이라고만 하셨어요."

로이든이 생각에 잠긴 듯 심각한 얼굴을 했다. 그러자 불안해졌다. 그가 아버지 달링턴 백작이 마지막으로 만난 자와 반역을 꾀했다고 오해할까 봐.

"아버진 절대 반역을 하실 분이 아니세요. 그 누구보다 잉글랜드에 대한 충성심이 강했고, 선량하신 분이셨죠. 절대 반역을 꾀하실 분이 아니에요. 심약하신 분이 그런 용기가 생겼을 리 없다고요."

달링턴 백작에 대한 믿음만큼, 스텔라의 표정은 단호했다. 그러자 로이든은 그런 스텔라를 보며 작게 한숨을 내쉬었다.

"나 역시 달링턴 백작님께서 반역을 저질렀다고 생각하진 않아. 전에도 말했던 것 같은데?"

"그랬죠. 하지만……."

"내 말을 믿지 않았군."

"어떻게 믿죠? 당신이 한 말인데. 내가 당신을 믿는다고 생각한 당신이 더 웃긴 것 아닌가요?"

스텔라의 말에 로이든 역시 그녀를 물끄러미 바라보았다. 스텔라가 하지 않은 말속에 배신자라는 말이 생략되어 있다는 사실을 로이든 역시 알 수 있었다.

"그래, 어차피 난 배신자일 뿐이니까. 그리고 지금은 널 손에 쥐고 흔드는 표독한 주인이고. 그러니 스텔라, 내 말을 잘 듣도록 해."

"잊지 않았으니, 그렇게 다시 강조할 필요 없어요."

스텔라가 비꼬았지만, 로이든의 표정엔 아무런 변화도 없었다.

"오늘로서 내가 달링턴 백작님께서 반역 죄인이 아니란 사실을 확신하게 됐다면, 마음이 조금 풀리겠나?"

"진심인가요?"

"그래, 진심이야. 그러니 내 말을 믿도록 해. 대신 국왕과 달링턴 백작님 사이엔 우리가 알지 못하는 비밀이 있는 건 분명한 것 같아. 거짓을 만들어서라도 죽여야 할 만큼…… 위험한 비밀이."

이번엔 스텔라의 표정이 변했다. 믿을 수 없다는 얼굴이었지만, 시간이 지나자 충분히 납득할 수 있다는 듯 고개까지 끄덕였다.

"대체 무슨 일이 있었던 거죠? 정말 답답하군요."

"나도 알고 싶군. 두 사람 사이에 있었을 비밀이 무엇인지."

"저도 알아내고 싶어요. 왜 국왕이 아버지를 죽였는지를."

스텔라 역시 고집스럽게 말했다. 주먹을 꼭 쥔 손이 부르르 떨릴 정도로 스텔라의 얼굴엔 결의가 차 있었다. 로이든이 그런 스텔라를 물끄러미 응시했다. 젖은 옷을 입고 있는 스텔라의 입술이

파랗게 변해 있었다. 로이든이 입고 있던 더블릿을 벗었다. 그리곤 그녀의 어깨 위에 걸쳐 주었다.

"그만 돌아가는 게 좋겠어. 또 감기에라도 걸리면 큰일일 테니까."

그제야 스텔라는 한기로 몸이 떨리고 있었다는 사실을 깨달았다. 바닥에 놓여 있던 스텔라의 가방을 집어 든 로이든은 자신의 말이 묶여 있는 곳으로 앞서 걷기 시작했다. 스텔라는 벗어놓은 신발에 발을 꿰곤 그를 따라 걸었다.

울컥 심장이 뜨거웠다. 처음이었다. 그녀가 만난 수많은 사람들에게 아버지 달링턴 백작의 무죄를 주장했지만, 모두들 그녀를 비웃을 뿐이었다.

반역자의 딸, 스텔라 마리스 달링턴.

런던 지하 감옥에서 그렇게 불릴 때마다 심장이 찢기는 것 같았다. 아니라고, 절대 아니라고 했지만 그녀의 목소리는 어두운 지하 감옥 안을 하염없이 메아리칠 뿐이었다.

그런데 그가 처음으로 믿는다고 했다. 그 역시 아버지를 배신한 자였지만, 이번엔 정말 믿어주었다. 처음으로 믿어주었다. 그리고 함께…….

스텔라는 소매로 눈가에 어린 눈물을 거칠게 닦아냈다. 그리곤 언제 그랬냐는 듯 서늘한 얼굴로 로이든에게 다가갔다.

"백작님께서 제 아버지께서 반역자가 아니란 사실을 믿는다고 해도, 전 절대 백작님을 용서할 생각 없어요."

스텔라의 말에 로이든은 말이 없었다. 대신 그녀의 허리를 붙잡더니 말 위에 앉혔다. 곧이어 그 역시 말에 올랐다.

"기대조차 하지 않았어. 그러니 마음대로 날 증오하고 경멸해도 좋아. 대신, 날 도와줬으면 해."

"당신을 돕는다고요? 싫군요."

"당신의 아버지와 관련된 일인데도 싫다는 건가?"

"내 아버지와 관련 있는 일이라고요?"

"그래. 앞으로 난 국왕과 당신 아버지 사이에 있었던 일이 무엇인지 알아낼 생각이야. 그렇게 된다면, 당신 아버지의 무죄 역시 밝혀질 거야."

로이든의 말에 스텔라가 의구심 가득한 표정으로 그를 쏘아보았다.

"그렇게까지 하는 이유가 뭐죠? 뒤늦은 참회인가요?"

"아니, 나 역시 지켜야 할 것이 있거든. 지금은 국왕의 손에 있지만, 반드시 되찾아와야 할 것이 있어. 그러려면 네 도움이 필요해."

"지금 그 말은, 국왕이 당신에게서 뭔가를 빼앗아갔다는 건가요?"

"그래. 단 하나밖에 없는 체스터 가의 보물을 가져갔지, 빌어먹게도."

울컥 쏟아내는 로이든의 분노를 읽은 스텔라는 어깨를 움츠렸다. 말고삐를 붙잡은 로이든의 손이 얼마나 힘을 주었는지 새하얗게 변해 있었다.

"억울하겠군요. 소중한 보물을 잃어서. 하지만 그 보물이 소중해도 사람 목숨만큼은 아닐 테죠. 우리 아버지처럼."

싸늘하게 대답한 스텔라가 정면을 응시했다. 그런 스텔라를 보며, 로이든의 눈가에 짙은 그늘이 졌다. 레이첼에 대해 말을 해야 할지 말아야 할지 망설여졌다.

그의 시선이 그녀의 가녀린 등으로 향했다. 그의 옷을 입고 있는 스텔라의 어깨가 너무도 연약해 보였다. 그를 향한 분노가 아니라면, 당장에라도 쓰러져 버릴 만큼 위태롭게 느껴졌다. 지금 스텔라는 국왕과 자신에 대한 분노와 복수심으로 버티고 있는 게 분명했다.

그런데 만약…… 그가 사실을 얘기한다면 그녀는 지금처럼 꿋꿋하게 버텨낼 수 있을까?

스텔라가 다른 약한 숙녀들과는 다르다는 것은 알고 있었다. 하지만 그래도 스텔라는 여인이었다. 보호하고 도움이 필요한 약한 존재.

"마음대로 생각해. 대신 네가 날 돕는 걸로 알겠어."

평소처럼 단호하게 싫다고 말하지 못하는 스텔라를 보며, 로이든은 가슴이 답답했다. 그녀가 지금 어떤 마음인지 짐작할 수 있었으니까.

"좋아요. 돕겠어요."

"스텔라, 약속해. 이번엔 절대 네 손을 먼저 놓지 않겠다고."

로이든의 약속에 스텔라는 주먹을 꼭 쥐었다. 그의 말은 믿고 싶을 정도로 달콤한 것이었다. 그가 아버지를 배신한 자였지만, 지금까지 그녀가 지켜봐 온 검은 늑대 로이든은 자신이 뱉어낸 약속은 꼭 지키는 사내였기 때문이었다.

"함부로 장담하지 말아요. 맹세와 약속은 깨어지기 쉬운 법이니까. 이제 돌아가요. 춥군요."

로이든 역시 마찬가지였다. 맹세나 약속은 굳은 신념이 있다 할지라도, 상황에 따라 언제든 깨어지기 쉽다는 것을 잘 알고 있었다. 로이든의 시선이 스텔라에게 향했다. 검은 머리카락을 단정하게 묶은 뒷모습이 무척이나 아름다웠다. 갸름한 턱선과 여린 목덜미에 이르기까지 한 줌도 안 될 것 같은 연약함을 지닌 여인이었다.

하지만 등을 꼿꼿이 세우고 앞을 응시하는 스텔라의 눈빛은 굳은 의지와 신념이 느껴졌다.

“맛있는 음식을 먹게 되어 병사들이 무척이나 좋아하더군. 성에 도착하면 서재로 오도록 해. 성의 창고를 관리하는 열쇠를 줄 테니, 앞으로 네가 관리하도록 해.”

스텔라가 놀란 듯 뒤를 돌아보았다. 믿을 수 없는 모양이었다.

“성의 살림은 체스터 백작부인의 권리야. 그래서 주는 것이니, 다른 의미를 부여할 필요 없어.”

“다른 의미라면, 설마 백작님께서 날 믿기 시작했다는 그런 거요?”

스텔라가 고갤 가로저으며 말했다.

“걱정 마세요. 절대 그런 생각은 하지 않으니까요. 백작님은 체스터 가의 사람들에게 끔찍하신 분이니, 가능한 한 그들에게 좋은 음식을 먹이고 싶다는 마음이라고 생각해요. 오해하지 않아요.”

그렇게 말은 했지만, 스텔라는 알 수 없는 기대감에 기분이 들뜨기 시작했다.

“마음대로 생각하도록 해. 꽉 잡아, 이랏!”

그가 숲을 달리기 시작하자, 그녀의 몸이 뒤로 쏠리며 그의 단단한 등에 기댔다. 그와 함께 말을 달리는 동안 스텔라는 그의 완벽한 보호 아래 있었다. 그러다 고삐를 잡은 그의 손에 시선이 갔다. 며칠 전 창에 베인 상처가 치료도 하지 않은 채 그대로 드러나 있었다. 스텔라는 자신이 상관할 일이 아니라고 생각하며 애써 시선을 돌렸지만, 자꾸만 눈길이 머무는 것은 어쩔 수 없었다.

❖

모두가 잠든 새벽. 어김없이 체스터 백작 부부 침실 문이 열렸다. 코트 깃을 바짝 여미며, 복도로 나온 스텔라는 그녀를 기다리고 있던 사람을 발견하곤 주춤 걸음을 멈췄다.

"밀리, 자지 않고 왜 나온 거야?"

화들짝 놀란 스텔라가 목소리를 죽이며, 밀리에게 다가갔다. 그러자 유모 밀리는 그걸 몰라서 묻느냐는 듯 책망 어린 눈빛으로 스텔라를 올려다보았다.

"아가씨야말로 뭐 하시는 건지 모르겠습니다. 대체 새벽마다 뭘 하시기에 밖으로 나가시는 건가요?"

"아아. 언제부터 알았어?"

"며칠 전 우연히요. 아직 아무도 모르는 눈치지만, 금방 알게 될 겁니다. 그럼 영주님 귀에 들어가는 건 시간 문제구요."

밀리가 걱정스러운 표정으로 고갤 가로저었다. 안 된다고. 어서 방으로 돌아가라고.

"그러니 어서 들어가세요. 대체 이 새벽에 어딜 가시는 겁니까? 영주님께서 나쁜 오해라도 하시면……."

그다음 말은 생각하기 싫다는 듯 입을 꾹 다물었다. 나쁜 오해라. 그 오해란 아마 밤마다 다른 사내를 만나러 가는 바람난 아내라는 오해일 게 분명했다.

"그런 걱정할 필요 없어. 지금 백작님은 깊이 잠드셨으니까."

그렇게 안심시키긴 했지만, 스텔라 역시 걱정이었다. 검은 늑대란 별명까지 얻은 로이든이었다. 아무리 침대가 넓긴 했지만, 그녀가 새벽마다 방을 나서는데 그녀의 인기척을 느끼지 못할 리가 없었다.

"그건 모르는 일입니다. 알면서도 모르는 척하고 계시는지도 모르지요."

"그럴 리 없어. 내 앞에선 그 어떤 내색도 하지 않았으니까. 그리고 생각보다 체스터 가의 훈련은 혹독함 그 자체야. 베개에 머리만 대면, 곯아떨어져 아침까진 일어나지도 못한다고."

스텔라는 체스터 성에 도착한 이후 점심때마다 기사들을 위한 음식을 준비하면서 곁눈질로 그들의 움직임을 상세히 익혔다. 잉글랜드 최고의 정예부대란 말답게, 모든 훈련이 실전처럼 느껴질 만큼 강도가 높았다. 한마디로 지독했다.

"그럼 어디에 가시는지만 제게 알려주세요. 그래야 안심할 수 있을 것 같아 그럽니다."

밀리는 스텔라의 고집을 꺾을 수 없음을 깨달았다. 대신 이 새벽에 뭘 하는지는 알아야 했다. 만약 로이든이 모든 사실을 알았을 때, 변명거리라도 생각해 둬야겠다는 생각 때문이었다.

"연병장에 가는 거야."

결국 스텔라는 불안해하는 밀리를 안심시키기 위해 입을 열었다.

“체스터 성의 연병장이요? 거긴 여인은 절대 출입할 수 없다고 들었는데, 세상에! 거길 새벽마다 몰래 가셨다는 말씀이세요?”

“그래.”

“그러다 영주님과 기사들이 알면, 큰 소동이 날 텐데. 마님, 제발 가지 마세요.”

밀리가 스텔라의 손을 붙잡으며 가지 못하게 막았다. 그러자 스텔라는 걱정하지 말라는 듯 밀리의 어깨에 손을 올려놓았다.

“걱정 마. 몰래 훈련을 하는 것이 아니라, 뒷정리를 하러 가는 것뿐이니까. 이곳의 기사들은 훈련은 중요하게 생각하지만, 잘 손질된 무기가 얼마나 중요한지 잘 모르는 것 같더라고. 무뎌진 무기 때문에 다칠 수도 있고, 또…….”

“설마, 마님께서도 달링턴 가에서처럼 검을 배우시려는 건 아니실 테죠?”

“아니, 맞아. 난 꼭 체스터 성의 연병장에서 검술을 배울 생각이야. 잉글랜드 최고라고 불리는 검은 늑대에게서.”

“맙소사. 마님!”

밀리는 너무 놀랐는지, 다음 말을 잇지 못했다.

“가봐야 해. 첫 훈련이 시작되기 전까지 끝마치려면, 시간이 얼마 없어.”

“마님!”

“밀리 넌, 그만 들어가 자도록 해. 감기라도 걸리면 어쩌려고 그래.”

스텔라가 입고 있던 코트를 벗어 밀리에게 건네려 했다. 그러자 밀리는 극구 사양하며, 코트 깃을 더욱 바짝 여며주었다. 새벽의 찬 공기가 그녀의 몸속으로 들어가지 않도록.

"전, 누구보다 마님을 믿습니다. 그러니 몸 상하지 않게만 하세요. 힘들면, 힘들다고 하시구요. 꼭 모든 걸, 마님께서 다 짊어질 필요는 없으니까요."

"알아. 하지만 이건 내 몫인 것 같아. 내가 내 힘으로 얻어야 할, 내 몫."

내 사람을 얻기 위한 일이란 생각이 들었다. 스텔라가 밀리에게 고갤 끄덕여 보이곤, 어두운 복도를 걸어가기 시작했다. 밀리는 어둠 속을 걸어가는 스텔라의 등을 보며, 눈물을 훔쳤다. 너무 안타까워 심장이 무너져 내리는 기분이었다.

'에드먼드 님, 그리고 샤론 님. 제발 우리 스텔라 님을 지켜주세요. 고귀하고 존귀하신, 우리 아가씨를. 부디, 도와주세요.'

밀리는 주먹을 꼭 쥐곤 마음속으로 되뇌었다. 언젠간 스텔라에게 해줘야 할, 이야기가 있었다. 하지만 밀리는 그때가 오지 않기를 간절히 바랐다. 스텔라는 그저 평범한 귀부인처럼 살았으면 했으니까.

달칵! 소리와 함께 눈앞에 문이 열렸다. 그리곤 깊이 잠들어 있다던, 로이든 체스터 백작이 어둠 속에서 모습을 드러냈다.

"영주님……."

밀리가 놀라 스텔라가 사라진 복도와 로이든을 번갈아 보았다.

"쉿! 스텔라 말처럼, 들어가 자도록 해."

"아, 네."

놀란 밀리가 당황한 표정을 숨기지 못하고 주춤주춤 복도를 따라 걸어가기 시작했다.

“밀리라고 했던가?”

“그렇습니다, 영주님.”

“스텔라에게 비밀로 해줬으면 좋겠군. 자신의 몫이라고 하니, 지켜봐 주는 것도 괜찮을 것 같단 생각이 들었거든. 무엇보다 고집이 워낙 세서 말이야. 그리고…… 내가 알고 있다는 걸 스텔라가 안다면, 화를 낼 거야.”

밀리가 고갤 들었다. 그리곤 희미한 불빛 아래 서 있는 귀족 사내를 올려다보았다. 어둠 속에서 서 있었지만, 정말 잘생긴 사내였다. 하지만 싸늘하고 냉혹한 분위기로 인해, 얼굴을 바라보는 것조차 조심스러운 사내이기도 했다. 그런데 그런 검은 늑대의 표정이 변해 있었다. 스텔라가 사라진 복도를 바라보는 그의 눈동자엔 냉기가 사라지고 없었다.

‘어쩌면, 어쩌면…….’

“명심하겠습니다, 영주님. 그럼, 편히 주무십시오.”

밀리가 안도하며 복도를 걸어갔다. 그러는 동안 밀리는 어쩌면 로이든이 침실로 들어가 잠을 청하는 대신 연병장에 갈 것 같은 느낌이 들었다. 아니나 다를까. 밀리의 예감은 적중했다. 얼마 지나지 않아 복도를 지나는 로이든을 볼 수 있었다.

❖

쾅쾅쾅! 쾅쾅!

“문 좀 열어주세요! 제발, 문 좀…….”

새벽의 어둠을 뚫고 다급한 울림이 체스터 성을 깨웠다. 성문을 두드리는 어린 소년은 해자를 건너온 탓에 흠뻑 젖어 있었다. 차가운 공기에 한기가 스며들 법도 했건만 그것마저 느끼지 못한 듯 굳게 닫힌 문을 있는 힘껏 두드렸다.

"문 좀 열어주세요. 지금 엄마가 동생을 낳으려고 해요. 제발 스텔라 님을……."

스텔라를 찾는 헤롯의 목소리엔 다급함이 묻어 있었다. 이제 막 동이 트기 시작한 새벽, 문을 두드리는 소년의 목소리에 망루에서 보초를 서고 있던 문지기가 놀란 표정으로 소리쳤다.

"지금 뭐 하는 짓이야? 썩 꺼지지 못해? 이러다 영주님과 마님께서 깨시면 어쩌려고 이러는 거야!"

문지기가 위협적인 목소리로 으르렁거렸다. 하지만 헤롯은 눈물이 범벅된 얼굴로 문지기를 보며 사정했다.

"밤새 마을에서 걸어왔습니다. 며칠 전 스텔라 님을 마을에서 뵀습니다. 무슨 일이 생기면, 찾아오라고 약속하셨습니다. 그러니 제발, 스텔라 님을 불러주세요. 지금 엄마가 동생을 낳으려고……."

"그럼 이곳이 아니라, 네 아비를 찾아야지. 그것도 아니라면, 산파를 찾아가든가!"

"아버진 외할머니를 모시러 가셨어요. 제게 도움을 주시겠다고 하신 분은 오직 스텔라 님뿐이라. 무작정 달려왔습니다."

"뭔가 대단한 착각을 한 모양이군. 이곳엔 그런 분 안 계시니 돌아……."

"스텔라를 찾는다고?"

문지기는 뒤에서 들려오는 로이든의 목소리에 재빨리 돌아보았다. 그러다 차가운 얼굴로 서 있는 로이든을 보자, 너무 당황한 나머지 발을 헛디뎌 망루에서 떨어질 뻔했다.

"죄, 죄송합니다. 영주님, 얼른 쫓아내겠습니다."

"스텔라를 찾고 있는 것이냐고 물었다."

로이든은 문지기가 아닌 성문 너머에 서 있는 소년에게 묻고 있었다. 그러자 소년은 차갑게 울리는 목소리에 긴장한 듯 조그맣게 속삭였다.

"그렇습니다. 며칠 전 마을에서 스텔라 님을 뵈었습니다. 나무에서 떨어지려는 절 구해주셨고, 상처 역시 치료해 주셨습니다."

치료를 해줬다라? 아마, 그래서 어린 소년은 스텔라를 치료사라고 여긴 모양이었다.

"무슨 말도 안 되는 소리. 여긴 스텔라 님이란 분은 없……."

"잠깐 기다리도록 해. 백작부인을 모시고 올 테니까."

로이든의 말에 문지기의 얼굴이 굳어졌다. 맙소사. 그제야 백작부인의 성함이 스텔라란 사실을 깨달은 모양이었다.

"문을 열어주도록 해. 난 스텔라를 데려오겠다."

로이든의 명령에 문지가가 서둘러 도개교를 열기 위해 설치되어 있는 도르래를 돌렸다.

덜컹~! 끼익, 끼이익!

적의 공격에 대비하기 위해 만든 거대한 단단한 철문이 열리기 시작했다. 그 소리가 고요한 새벽을 깨우고 있었다.

❖

체스터 성을 나온 세 사람은 마을을 향해 말을 달리기 시작했다. 로이든은 헤롯을 자신의 말에 태운 채 혼자 말을 달리는 스텔라의 뒷모습을 감탄하며 바라보았다. 말 위에서 곧게 허릴 펴고 능숙하게 말을 달리는 스텔라가 마치 여왕처럼 느껴졌다.

"말을 이렇게 잘 타는지 몰랐군."

"묻지 않으셨습니다. 그래서 말하지 않은 것뿐이고요."

"내가 묻지 않아 답하지 않은 게 또 뭐가 있지?"

"아주 많답니다. 영주님께서 모르시는 제가."

"그럼, 헤롯은 어떻게 만난 거지?"

"재단사에게 옷을 맞춘 후 돌아오다 나무에 매달려 있는 헤롯을 발견하고, 도움을 준 것뿐이에요."

"그 후에 아놀드 백작을 만난 건가?"

"네. 헤롯을 받아 들고 넘어지려는 절 도와주셨거든요. 정말 친절하고 배려가 깊은 귀족이셨어요."

스텔라의 대답에 로이든의 얼굴이 눈에 띄게 굳어졌다. 뭔가 마음에 들지 않은 모양이었다. 곁눈질로 로이든의 표정을 살핀 스텔라가 작게 한숨을 내쉬었다.

'뭐가 또 그리 마음에 들지 않아 인상을 쓰는 건지. 도저히 종잡을 수 없는 사내라니까.'

어느새 두 사람은 헤롯의 집에 도착해 말에서 내렸다. 체스터 성의 도개교가 닫혀 있어 해자를 헤엄쳐 건너온 탓에 헤롯의 몸은 물에 빠진 생쥐처럼 젖어 있었다. 그나마 로이든이 건넨 담요가 새벽의 차가운 공기를 막아주고 있었다.

"여기예요. 어서 들어오세요."

"헤롯, 잘했어. 그러니 넌 걱정 말고 집에 들어가면 옷부터 갈아입도록 해."

"네, 부탁드릴게요."

스텔라가 어린 소년의 어깨를 두드려 주었다. 그러자 고갤 끄덕여 보이곤, 옆에 서 있는 로이든을 살피는 것이 보였다. 체스터 성의 영주인 검은 늑대. 소년은 눈을 빛내며 자신의 우상을 바라보고 있었다. 스텔라가 로이든의 옆구리를 툭 건드렸다. 그러자 소년의 시선을 눈치챈 그가 헤롯의 어깨를 두드리며 말했다.

"잘했다, 헤롯. 아버지께서 널 자랑스러워하실 것이다."

"감사합니다, 영주님."

소년의 눈동자가 자부심으로 빛났다. 그리곤 서둘러 문을 열고 집 안으로 뛰어들어 갔다. 스텔라는 소년을 보며, 대견한 듯 말했다.

"책임감이 강한 소년이에요. 전에 만났을 땐, 어머니께서 좋아하실 것이라며 석류를 따고 있었죠."

"석류라고?"

"네. 그때 제가 나무에서 내려오지 못하고 있던 헤롯을 도와주었거든요."

"그랬군. 그리고 때마침 그 옆을 지나가던 아놀드가 정의의 기사처럼 나타난 것이고."

또다시 삐딱하게 말하는 로이든을 보며, 스텔라가 인상을 썼다.

"대체 뭐가 불만인지 모르겠군요. 그럼 영주님께선 제가 헤롯과 함께 바닥에 넘어져 다치길 바랐다는 건가요?"

"누가 그렇다고 했나? 그냥…… 위험한 일에 앞뒤 안 가리고 무모하게 뛰어들었다고 생각했을 뿐이야."

"그럼, 내가 걱정이 되었단 뜻인가요?"

"그래. 그런 뜻이야."

로이든의 대답에 스텔라가 코웃음을 쳤다.

"걱정하시는 것치곤, 태도가 너무 냉소적인 것 같지 않나요? 전화가 난 것처럼 보였거든요."

스텔라가 휙 몸을 돌려, 헤롯을 따라 집 안으로 들어가기 위해 걸음을 옮기기 시작했다. 그러자 로이든이 스텔라의 손목을 붙잡았다.

"또 무슨 일이시죠? 곧 아기가 태어난다고 하잖아요. 서둘러야 한다는 걸 모르시는 건 아니시겠죠?"

조금은 짜증 섞인 얼굴로 스텔라가 톡 쏘아붙였다.

"알아. 그런데, 스텔라. 아이를 받아본 적 있나?"

로이든이 처음으로 자신 없는 얼굴로 스텔라를 바라보고 있었다.

뭐야? 검은 늑대라고 이름난 잔혹한 사내가 아이를 낳는 모습을 보는 건 두렵다는 건가?

그 모습이 몹시도 낯설었지만, 묘하게 마음을 흔드는 구석이 있었다.

"걱정 말아요. 경험이 있으니까."

스텔라가 로이든의 손을 밀어내곤, 서둘러 집 안으로 들어갔다. 로이든 역시 여전히 잔뜩 굳은 얼굴로 뒤를 따랐다.

"내가 뭘, 도와주면 되는 거지?"

로이든의 말에 스텔라가 조금 놀란 표정을 했다. 당연히 로이든은 스텔라를 이곳에 내려놓은 후, 성으로 돌아갈 것이라고 생각했다. 스텔라의 표정에서 그녀의 생각을 읽은 듯 로이든이 조금은 멋쩍은 듯 어깰 으쓱했다.

"너 혼자 모든 걸 다 할 순 없잖아. 아기를 받는 것은 도울 수 없지만, 다른 일은 할 수 있어. 그러니 뭐든 말해."

"음…… 그럼 솥에 물부터 끓여주세요. 아기가 태어나면, 씻겨야 하거든요. 그리고 탯줄을 자를 수 있는 가위도요. 깨끗한 천이 있으면 좋아요. 아마, 헤롯의 엄마가 미리 준비해 놓았을 거예요. 좀 찾아봐 주세요."

"그래 알았어."

스텔라는 집으로 들어가자마자 헤롯의 엄마, 조안이 있는 방으로 향했다. 이미 진통이 시작된 조안은 온몸이 땀으로 젖어 있었다. 스텔라를 본 조안이 힘없이 고갤 들었다.

"일어날 필요 없어요, 조안. 난 헤롯의 친구 스텔라예요. 내가 조안이 무사히 아이를 낳을 수 있게 도울 거예요. 그러니 이제 걱정 말아요."

"헤롯의 친구라고요?"

"네, 친구예요. 가장 도움이 필요한 순간에 찾는 게 바로 친구니까요."

"아, 우리 헤롯이 말하던 그분이군요. 남편이 집에 없는데 갑자기 진통이 와서…… 윽!"

또다시 진통이 온 듯 조안이 미간을 찌푸리며, 시트를 꽉 쥐는 것이 보였다. 아픔에 시트를 쥔 손이 새하얗게 변해 있었다.

"내가 좀 볼게요."

스텔라가 시트를 들어 올리곤 조안의 상태를 살피기 시작했다. 아이가 나오는 산도에 갈색의 머리카락이 보였다. 하지만 진통 시간이 길었는지 사타구니 안쪽이 붉어지고 부어 있었다. 아이가 곧 나올 것 같았지만, 더 지체했다간 산모인 조안이 정신을 잃을지도 모르는 상황이었다. 위험할지도 모르겠어.

"조안, 힘들겠지만 정신을 잃으면 안 돼요. 더 힘을 주어야 해요."

스텔라는 침대에 누워 진통을 겪고 있는 조안의 손을 꽉 쥐었다. 그러자 눈을 감고 아픔을 참고 있던 조안이 무거운 눈꺼풀을 들어 올려 스텔라를 바라보았다.

"조안, 나에겐 남들이 모르는 능력이 있어요. 타인의 고통을 덜어주는 것. 내가 조안의 배에 손을 댈 거예요. 처음엔 이상하겠지만, 곧 아픔이 사라질 거예요. 해도 되겠죠?"

스텔라의 말에 조안의 눈동자가 조금 흔들렸다. 타인의 고통을 덜어주는 능력이라니. 그런 건, 마녀나 갖고 있는 힘이었다. 하지만 이상했다. 자신을 내려다보는 아름다운 여인은 마녀 같지 않았다. 검은 눈빛은 너무도 진실 되고, 그녀를 걱정하는 것처럼 보였다.

"난 마녀가 아니니 걱정 말아요. 치료사거든요."

치료사라는 말에 조안이 조금은 안심한 듯 고갤 끄덕였다. 그러자 스텔라가 천천히 그녀의 손을 조안의 배 위에 올려놓았다. 그러는 동안, 스텔라는 조안에게서 눈을 떼지 않았다. 자신의 행위엔 서로 간의 신뢰가 중요했다. 그래야 자신의 몸 안에 내재된 어떤 힘을 끌어내기가 수월했던 것이다.

"조안, 당신은 똑똑한 아들을 두었더군요. 헤롯은 아버지가 없는 동안 당신과 동생을 지키기 위해 절 찾아올 만큼 용기 있고, 책임감 강한 아이예요. 그 아이에게 예쁜 동생을 선물해 줘요."

스텔라가 그녀를 안심시키듯 낮게 속삭였다. 그러자 조안의 눈동자가 자부심으로 빛나며 고갤 끄덕였다. 그 순간 살을 찢는 것처럼 찾아들던 아픔이 조금 사라지는 느낌이었다.

"아하, 아프지 않아요."

조안이 놀란 듯 스텔라를 올려다보았다. 그러자 스텔라는 천천히 조안에게 웃어 보였다. 하지만 반대로 스텔라의 창백한 얼굴엔 땀이 송골송골 맺혀 있었다.

"이제 힘을 줘요, 조안. 내 말이 무슨 뜻인지 알죠?"

"네, 스텔라 님."

조안이 스텔라의 남은 한 손을 꽉 붙들고 힘을 주기 시작했다. 고통에 찬 신음이 조안의 입을 통해 흘러나왔다. 스텔라가 손을 뻗어 천천히 조안의 배를 쓰다듬듯 어루만졌다. 그러자 손끝에 뜨거운 열기가 어리더니 조안의 아픔이 스텔라에게 전해졌다. 등골이 서늘해지는 아픔이었다. 스텔라는 입술을 꽉 깨물며 고통을 삼켰다.

"하아, 하아. 스텔라 님."

"조금만 더 힘내요, 조안."

스텔라가 조안의 다리 사이를 확인했다. 조금 전보단 아이의 머리가 더 보였다.

똑똑!

"스텔라, 뜨거운 물을 가져왔어."

밖에서 들려오는 로이든의 목소리에 스텔라가 침대 주변에 커튼을 쳤다. 그리곤 조안의 이마에 흐르는 땀을 닦아주곤 곧 돌아오겠다는 말을 남기곤 문으로 왔다.

"고마워요."

스텔라가 문을 열며, 옆으로 비켜섰다. 그러자 로이든이 뜨거운 물이 가득 든 대야를 들고 방으로 들어왔다. 다행히 산모가 있는 침대에 커튼이 쳐져 있는 것을 확인하자, 로이든의 걸음걸이가 조금은 빨라졌다.

"깨끗한 천과 가위는……."

"아, 여기. 헤롯이 찾아냈어. 산모는 어때?"

"곧 태어날 것 같아요."

"알았어. 난 나가서 기다릴게. 만약 내 도움이 필요하면 불러."

"네."

로이든이 문으로 걸어갔다. 그러다 땀에 젖은 스텔라의 이마를 내려다보더니, 손등으로 땀을 닦아주었다.

"넌 괜찮은 거지?"

창백하게 변한 스텔라의 얼굴을 보자, 로이든은 걱정이 되는 듯 물어왔다.

"전 괜찮아요. 힘든 사람은 내가 아니라, 조안이니까요."

"그래. 오늘로서 체스터 영지에 새 가족이 생기는 것이니까. 축하할 일이지."

로이든이 힘내라는 듯 스텔라의 뺨을 손끝으로 건드리고, 문을 닫고 방을 나왔다. 문이 닫힌 후, 스텔라는 깨끗한 천과 소독된 가위를 가지고 침대로 다가갔다.

이상했다. 조금 전까지만 해도 온몸을 관통하던 고통이 로이든의 작은 스침에 사라지는 느낌이었다. 말도 안 되는 생각이었지만, 스텔라는 한결 숨쉬기가 편해졌다.

“스텔라 님, 누가 오신 건가요?”

“걱정 말아요, 조안. 나보다 더 믿을 만한 분이세요.”

“그래요? 이렇게 두 분께 폐를 끼쳐, 죄송해요.”

“아니에요, 조안. 조금 전 들었잖아요. 체스터 영지에 가족이 느는 일이니, 축하할 일이라고.”

“아, 그러셨죠. 사실 남편이 그랬답니다. 만약 태어나는 아이가 사내아이라면, 헤롯과 함께 체스터 성의 기사로 키우겠다고요.”

“아마, 그렇게 될 거예요. 두 아이 모두.”

체스터 성의 영주인 로이든이 직접, 태어나는 아이를 위해 이곳에서 물을 끓이며 시중을 들고 있었다. 조안이 그 사실을 알면 아마 황송에서 애를 낳다 말고, 침대에서 내려와 로이든에게 절을 할지도 모를 일이었다. 그렇기 때문에 스텔라는 자신과 로이든의 신분을 알리는 일을 조금 미루기로 했다.

“당신의 아이는 건강하게 태어날 거예요. 조금만 더 힘내요.”

스텔라가 조안의 손을 꼭 쥐었다. 진통이 계속되었고, 시간이 흘렀다. 마침내 조안이 마지막 남은 힘을 다해 아이를 밀어냈다.

“조안, 머리가 보이기 시작했어요. 조금만 더 힘을 줘요!”

스텔라가 흐르는 땀을 소매로 닦아내며 손을 뻗어 미리 뜨거운 불에 소독을 해놓은 칼을 집어 들었다. 그리고 아이가 좀 더 수월하게 나올 수 있도록 산도의 입구를 살짝 찢었다.

움찔! 칼이 닿자 조안의 몸이 떨리는가 싶더니, 이내 온몸에 힘이 들어가는 것이 느껴졌다. 그리곤 마지막 남은 힘을 다해 뱃속의 아이를 밀어내기 시작했다. 조안은 마지막 진통을 느끼는 듯 고통에 찬 비명을 질렀다. 다음 순간 희뿌연 양수와 함께 아이가 밖으로 나왔다.

"잘했어요, 조안. 딸이에요. 이제 안심해요."

스텔라가 서둘러 깨끗하게 소독된 가위로 탯줄을 잘랐다. 조안이 미리 준비해 놓았던 깨끗한 천으로 아이를 감싼 후, 조안에게 보여주기 위해 침대로 걸어갔다.

"봐요, 조안을 닮아 정말 예뻐요. 헤롯과 함께 기사는 되지 못하겠지만, 멋진 기사들은 많이 홀리겠어요."

스텔라의 농담에 조안의 지친 입가에 미소가 떠올랐다. 지쳐 있었지만, 그녀의 얼굴은 행복으로 빛나고 있었다. 그때 기다렸다는 듯 방문이 열렸다.

"조안, 어떻게 된 거야? 장모님을 모시러 간 사이에 아이를 낳다니……."

유령처럼 새하얗게 변한 얼굴을 한 사내가 방으로 들어왔다. 얼마나 서둘러 달려왔는지 그의 몸은 먼지와 땀으로 범벅이 된 상태였다. 하지만 눈동자에 어린 안타까움과 기쁨을 본 순간 스텔라는 이 사내가 헤롯의 아버지임을 알 수 있었다.

"조안!"

"걱정하지 마세요. 조금 전 아이를 낳아, 지친 것뿐이거든요."

스텔라의 말에 그제야 그녀의 존재를 깨달은 듯 사내의 시선이 스텔라에게 향했다. 그리고 그녀가 안고 있는 아이에게도.

"예쁜 딸을 낳았어요."

"조안이 딸을 낳았군요."

알렉은 아직도 믿어지지 않는 얼굴로 스텔라가 안고 있는 아이를 멍하니 바라보았다.

"조안, 조안!"

그때 또 다른 방문객이 문을 열고 들어왔다. 숨을 거칠게 몰아쉬며 방 안으로 들어온 중년 여인은 아마, 조안의 어머니인 모양이었다. 여인은 서둘러 조안에게 다가갔다.

아이를 낳아 지친 딸을 안쓰러운 듯 바라보며 눈물을 훔쳤다. 그리곤 스텔라가 안고 있는 아이를 받아 안았다. 이어 헤롯이 방으로 들어왔다. 어느새 침대에 가족들이 모여들었다.

스텔라는 한 발짝 뒤로 물러섰다. 그리곤 조금 떨어진 곳에 서서 행복하게 웃고 있는 가족들을 바라보았다. 순간 행복하게 웃는 가족들을 보자, 스텔라 역시 울컥 뜨거운 것이 밀려왔다. 그때 로이든이 스텔라의 손을 꽉 잡았다.

"우린 돌아가는 게 좋겠어. 가족들만의 시간이야."

로이든이 스텔라의 귓가에 낮게 속삭이자, 고갤 끄덕였다. 그리곤 사람들이 눈치채지 못하게 조심스럽게 집을 빠져나왔다.

"피곤할 테니, 내게 기대."

"아니에요. 혼자 말을 타고 갈게요."

스텔라의 거절에도 로이든이 스텔라를 억지로 품에 안고는 자신의 말에 태웠다. 그리곤 그 역시 말에 올랐다.

"쉬도록 해. 내 사람들을 안전하게 지켜줬으니, 나 역시 보답하려는 것뿐이니까."

고갤 들어 스텔라가 로이든의 얼굴을 살폈다. 서늘한 분위기를 풍기는 로이든의 얼굴에 떠오른 감정은 분명, 그녀에 대한 경외심이었다.

"놀랐어. 침착하게 새 생명을 받아내는 네가."

"아, 그건 전에도 경험이 있었거든요."

"경험이 있다고 해도, 쉽지 않은 일이잖아."

스텔라는 로이든의 칭찬의 말에 괜스레 심장이 간질거렸다.

"볼수록 재능이 많아. 월터가 그러는데, 산술에도 능하다고 하더군."

"내가 정리한 회계장부를 본 모양이군요. 그건 취미예요."

"산술이 취미라고? 그럼 가장 잘하는 건 따로 있다는 뜻이군. 그게 뭔지 말해줄 수 있겠나?"

로이든의 물음에 스텔라는 잠시 생각했다. 하지만 그에게 말할 수가 없었다. 그녀가 가진 진짜 능력. 그건 타인의 고통을 나눠 갖고, 치료하는 것이었다. 하지만 사람들은 그것을 마녀의 사술이라고 불렀다.

"사람을 잘 홀리죠. 날 믿고 좋아할 수 있게요."

"맞아. 너에겐 사람을 매혹시키는 힘이 있는 것 같아."

스텔라는 그저 농담조로 한 말이었지만, 로이든은 그 말에 너무도 진지한 태도로 대답했다. 그러자 스텔라는 왠지 머쓱해졌다.

"진심인가요?"

"난 어떤 상황에서도 거짓말은 하지 않아."

단호한 표정으로 말하는 로이든을 보자, 스텔라의 뺨이 붉어졌다. 지금까지 그녀의 외모에 대한 칭찬은 수도 없이 들어왔었다.

하지만 그녀가 가진 재능에 대해 칭찬을 받아본 적은 처음이라 기분이 묘했다.

"그렇게 웃지 마. 다른 걸 하고 싶어지니까."

웃었다고, 내가?

"다른 거라니…… 그게 뭔데요?"

스텔라는 자신이 로이든을 향해 웃었다는 사실에 놀랐다. 그에겐 화를 내거나, 인상을 쓰는 것 외엔 한 적이 없는데. 웃다니 믿을 수 없었다.

"잊지 마. 난 언제나 널 갖고 싶어한다는 걸."

로이든이 그녀의 턱을 붙잡더니, 살짝 들어 올렸다. 스텔라가 그에게 붙잡힌 턱을 돌려 외면하려 했다.

"스텔라, 넌…… 마녀야."

스텔라의 눈동자가 그에게 향했다. 자신을 바라보는 로이든의 눈동자가 빛나고 있었다. 복잡하고, 복잡한 감정을 품고서. 이내 두 사람을 태운 말이 성을 향해 달리기 시작했다.

8

똑똑, 똑똑똑!

"마님, 캘리입니다. 어서 나와보세요, 마을에서 재단사가 왔습니다."

"재단사가?"

스텔라가 방을 나오자, 캘리가 잔뜩 들뜬 얼굴로 문 앞에 서 있었다.

"네, 마차 가득 마님의 옷을 가지고 왔더라고요. 슬쩍 봤는데도 얼마나 아름다운지. 어서 가서 확인해 보세요."

캘리와 함께 1층으로 내려가는 스텔라 역시 들뜨기 시작했다. 헤롯을 따라 집에 갔다가 조안의 아이를 받고 돌아온 지도 벌써 사흘이 지났다. 그날 스텔라는 성에 돌아오자마자, 하녀장인 앤에게 헤롯의 집에 고기와 옷감을 가져다주라고 명했다. 그리곤 로이든의 손에 이끌려 침실로 간 후, 억지로 잠을 자야 했다.

처음엔 그가 옆에 있다고 생각하자 잠을 이룰 수 없을 것이라고 생각했지만, 그것은 기우였다. 이상하게도 그와 함께 있자, 그동안 참고 참아왔던 피로가 몰려오며 걷잡을 수 없을 만큼 졸렸다.

무엇보다 이상한 건 타인을 치료한 후 느끼던 지독한 고통이 느껴지지 않았다는 사실이었다. 열세 살, 첫 월경이 시작된 후 스텔라는 자신이 타인의 아픔을 흡수해 치료할 수 있는 힘이 있다는 사실을 알게 되었다. 처음으로 그 힘을 깨달은 날, 밀리는 놀란 표정으로 스텔라를 끌어안고 울음을 터뜨렸었다. 밀리의 품에 안겨 있는 스텔라 역시 두려웠다.

마녀들이 갖는 힘.

스텔라에게 이런 능력이 있다는 것은 철저히 비밀이었다. 아버지 달링턴 백작에게도. 그녀와 유모 밀리만이 공유한 비밀이었으니까.

무엇 때문이었을까? 왜 멀쩡한 거지? 스텔라는 자신의 몸을 다시 한 번 살폈다. 짐작 가는 것은 있었다. 그날, 로이든이 그녀 곁에 있었다. 헤롯의 집에서도, 그리고 침대에서도.

“캘리, 백작님께선 어디에 계시지?”

“주인님께선 지금, 기사들과 함께 대장간에 계십니다.”

“대장간? 거긴 왜?”

“아마 새로운 검을 만드시는 걸 거예요. 이맘때쯤, 항상 새로운 검을 만드시곤 했거든요. 주인님을 모셔올까요?”

“아니야. 그럴 필요 없어.”

캘리의 말에 놀라 스텔라가 서둘러 고갤 가로저으며, 만류했다.

"주인님께서도 보고 싶어하시지 않을까요? 분명 마님께서 아름다운 옷을 입고 계시는 걸 보면 좋아하실 겁니다."

"바쁘시잖아. 나중에 보여 드리면 돼."

그럴 필요 없다고 말하며 스텔라가 응접실 문을 열고 안으로 들어갔다. 앤이 가져다준 차를 마시고 있던 재단사 콜린이 스텔라를 보곤 자리에서 일어서며 절을 했다.

"옷을 다 완성했다고?"

"네, 마님. 어서 와 확인해 보세요."

콜린이 자신이 만든 옷을 스텔라에게 보이며, 자랑스러운 듯 말했다. 하지만 스텔라의 시선은 콜린이 들고 있는 아름다운 실크 드레스가 아니라, 다른 것을 찾는 듯했다.

"콜린, 내가 부탁했던 것은……."

스텔라의 물음에 콜린의 얼굴이 상기되었다. 그리곤 의미심장하게 웃으며, 소파 아래 놓아두었던 꾸러미를 꺼내 그녀에게 건넸다.

"이건 제 역작입니다. 다 만든 후에도 얼마나 제 자신이 자랑스럽던지. 제가 시간 날 때마다 틈틈이 만들어 드리겠습니다. 다음엔 화려한 연미복을 만들까 구상 중이거든요."

들뜬 콜린을 뒤로하고 꾸러미를 받아 든 스텔라가 안에 있는 옷을 확인하려 했다. 그러자 콜린 스텔라의 손을 붙잡더니 살짝 고갤 가로저었다.

"나중에 혼자 계실 때 입어보세요."

"아, 그래. 그래야겠어."

"그런데 정말 괜찮으시겠어요? 숙녀가 남자 옷이라니. 만약 들키기라도 한다면, 큰 벌을 면치 못할 것입니다.”

“걱정 마. 얼마 전 남자 옷을 입었다가 재판에 회부된 숙녀가 있었는데, 죄가 없다는 판결을 받았거든. 자신의 몸을 보호하기 위해서 어쩔 수 없는 선택일 때는, 예외라는 거지.”

사실이었다. 재판장에서 여인이 순결을 지키기 위해 남장을 하는 건 죄가 아니라고 판결한 것이다. 뭐, 순결을 지키기 위한 것은 아니었지만 순결만큼이나 소중한 목숨을 스스로 지키고 싶은 것이니, 자신 역시 죄가 없었다.

“그래요? 그렇다니 정말 안심했어요. 전 옷을 만들면서도 어찌나 고민이 되던지. 이젠 마음 편히 만들어도 되겠어요, 마님.”

스텔라는 조금은 들뜬 듯 보이는 콜린을 보며, 피식 웃음을 터뜨렸다.

“그럼, 이 드레스부터 입어보세요.”

콜린이 푸른빛이 감도는 실크 드레스를 스텔라에게 건넸다.

“나중에 입어볼게.”

“안 됩니다. 제가 직접 봐야 해요. 캘리, 좀 도와주겠어?”

콜린이 옆에 서 있던 캘리를 불렀다. 그러자 캘리가 콜린에게 옷을 받아 들더니, 응접실에 미리 설치해 둔 간의 탈의실로 걸어갔다. 스텔라 역시 캘리를 따라 들어가려 했다.

“아 참, 마님. 마님께서 조안의 아이를 받으셨다면서요? 제가 그 소문을 듣고 얼마나 놀랐는지 모른답니다. 정말 우리 영주님께선 복도 많으신 분이라니까요. 이렇게 아름다우신 데다, 그런 능력까지 가지고 계시다니. 영주님과 마님이 성으로 돌아가신 후, 헤롯이 조안에게 조금 전 아이를 받아주신 분이 바로, 체스터 백작부인이시란 말을 했나 봐요. 그때부터 조안이 마님께 감사하다며, 얼마나 울었는지. 저희가 조안의 집을 방문했을 때까지 울음을 그치지 않아, 졸도라도 할까 봐 걱정을 했지 뭡니까."

콜린의 말에 스텔라가 별일 아니라는 듯 웃었다. 하지만 어색한 상황에서 벗어나려는 듯 서둘러 간이 탈의실로 들어갔다.

"조안과 아이는 잘 지내겠지?"

"네, 마님께서 보내주신 고기로 몸은 회복되었고, 옷감으론 아이 옷을 만드는 중이라고 하더군요. 아, 참. 헤롯이 마님께 이걸 전해주라고 했는데, 제가 잊고 있었지 뭡니까."

주머니에서 뭔가를 꺼내는 듯 부스럭거리는 소리가 들렸다. 잠시 후, 간이 탈의실 너머 콜린의 손이 불쑥 들어왔다.

"뭔데?"

"직접 확인해 보세요."

종이를 받아 든 스텔라가 천천히 접힌 종이를 폈다.

"베아…… 트리스. 축복이란 의미군."

"조안이 낳은 아이의 이름이랍니다. 백작부인께서 직접 아이를 받아주셨으니, 조안은 베아트리스가 축복을 받았다고 여겨 지은 모양이더군요."

콜린의 말에 스텔라의 입가에 미소가 어렸다.

"베아트리스, 정말 예쁜 이름이야."

스텔라가 종이를 곱게 접어 손에 꼭 쥐었다. 그리곤 캘리가 입혀주는 푸른색의 실크 드레스를 입기 시작했다. 잠시 후, 드레스를 다 입은 스텔라가 드레스 자락을 살짝 들고는 밖으로 나왔다.

"조만간 마을에 가야겠어. 얼마만큼 컸는지 궁금하기도 하고,

헤롯도 보고 싶고."

"마을에 간다고?"

갑작스럽게 들려온 로이든의 목소리에 스텔라의 몸이 문 쪽으로 향했다.

"백작님, 여긴 언제?"

"재단사가 왔다고 해서. 날 부른 것 아니었나?"

응접실로 들어서던 로이든 역시 걸음을 멈췄다. 그리곤 홀린 듯 스텔라를 바라보았다. 햇빛 아래 푸른빛이 감도는 실크 드레스를 입고 서 있는 스텔라는 숨이 막힐 정도로 아름다웠다. 그의 강렬한 시선에 스텔라의 뺨이 순식간에 붉어졌다. 옆에 서 있던 캘리와 콜린 역시 로이든의 노골적인 시선에 민망한 듯 고갤 숙였다.

"난 그런 적……."

"제가 알렸습니다, 마님. 영주님께서도 꼭 보고 싶어하실 것 같아서요."

캘리의 말에 로이든이 헛기침을 했다. 스텔라가 캘리를 보며, 쓸데없는 짓을 했다는 듯 나무라는 시선을 보냈다.

"바쁘신 분이신데, 시키지도 않은 일을 했어."

"죄송합니다, 마님."

"나무랄 것 없어, 스텔라. 덕분에 좋은 구경했으니까. 그럼, 난 가봐야겠군. 아직 할 일이 남았거든."

로이든이 스텔라에게 다시 한 번 시선을 주었다. 그리곤 응접실을 나가려 하자, 스텔라가 그를 뒤따랐다.

"잠깐만 기다리세요. 여기 조안이 낳은 아이의 이름이에요. 헤롯이 콜린 편에 보내왔어요."

스텔라가 로이든의 팔을 붙잡고는 꼭 쥐고 있던 종이를 그에게 건넸다. 어느새 가까워진 두 사람의 시선이 또다시 부딪혔다. 로이든은 그녀에게서 시선을 떼지 않은 채 손에 놓인 종이를 천천히 펴 보았다.

"베아트리스. 좋은 이름이군."

"네. 그래서 조만간 마을에 가려고요. 혹시 백작님께서도 함께……."

"같이 가도록 하지."

로이든의 대답을 들은 스텔라가 미소를 지어 보였다. 그러자 로이든이 다시 종이를 스텔라에게 건네며, 낮게 속삭였다.

"예쁘군. 아름다운 드레스를 만든 재단사에게 상을 줘야겠어."

로이든이 스텔라의 팔을 살짝 건드린 후, 응접실을 빠져나갔다. 스텔라는 멀어지는 로이든을 보며, 조금 전 그의 손이 닿았던 팔을 손으로 꼭 쥐었다.

"영주님께서 마님께 푹 빠지신 모양이에요."

"저렇게 멋진 분의 애정을 받으시다니. 마님, 절대 영주님을 놓치시면 안 됩니다. 지금은 마님과 혼인을 하셨지만, 전엔 얼마나 많은 숙녀들이 영주님을 연모하셨는지 모른답니다."

"그런 일이 있었어?"

"사실 얼마 전에도 앨리샤 공주님께서 체스터 성에 방문하셨다니까요. 겉으론 레이첼 아가씨를 만나기 위한 방문이었지만, 속은 뻔했지요. 얼마나 영주님의 뒤를 따라다니며 유혹을 하는지. 저희가 다 민망할 정도였답니다. 그리고 레아 아가씨는 또 어떻고요."

"아주 인기가 많으신 분이었군."

평소보다 스텔라의 목소리가 차가웠다. 하지만 캘리는 자신이 하는 얘기에 신이 난 듯 스텔라의 표정을 읽지 못한 듯했다.

"루시는 또 어떻고요. 거기에 있는 매춘부들 역시 우리 영주님을 한번 유혹해 보려고, 얼마나 갖은 애교를 부리는지. 쳇! 가당키나 하나요?"

"캘리, 쓸데없는 소리 그만하고, 마님께 다른 옷을 입혀 드려야지."

콜린이 서둘러 캘리의 말을 끊으며, 드레스를 건넸다. 살굿빛이 감도는 드레스는 무척이나 사랑스러워 보였다.

"그 드레스 마음에 들어."

"마음에 든다니, 정말 다행입니다. 어서 입고 나와보세요. 제가 손봐 드리겠습니다."

콜린의 재촉에 두 사람은 살굿빛 드레스를 들고 간이 탈의실로 들어갔다. 캘리의 도움을 받아 드레스를 입는 동안 스텔라는 불쾌감이 밀려들었다. 예쁜 드레스를 입어보느라 평소라면 들떴겠지만 콜린이 선보이는 드레스에도 점점 흥미가 사라졌다.

'검은 늑대가 인기가 많았던 모양이군. 평소 색기를 흘리고 다니니 그렇지.'

검은 늑대와 색기를 흘리고 다닌다는 말은 전혀 어울리지 않는 단어였다. 하지만 자꾸만 불쾌감이 밀려드는 스텔라에겐 소용이 없는 일 같았다.

응접실을 나와 대장간으로 가는 내내 로이든의 입가에 미소가 떠올랐다 사라지길 반복했다. 조안의 아이의 이름을 알려주기 위해서였지만, 그의 팔을 붙잡던 스텔라를 떠올리자 또다시 미소가 떠올랐다. 처음이었다. 그녀가 먼저 자신을 붙잡은 건. 언제나 그가 먼저 그녀를 거칠게 돌려세웠고, 붙잡아왔었다. 그 작은 행동에 왜 이렇게 기분이 좋은 건지 알 수 없었지만, 로이든은 자꾸만 입가에 미소가 떠오르는 것을 막을 수 없었다.

"영주님, 마님께 무슨 일이 있으신 겁니까? 갑자기 자릴 비우셔서 놀랐습니다."

"마을에서 재단사가 온 모양이야."

"그랬군요. 마님께서 영주님께 보여 드리고 싶으셨던 모양입니다. 사람까지 보내신 걸 보면요."

"스텔라가 보낸 건 아니었어."

"하지만 영주님께서 오시니, 좋아하셨을 테죠?"

레이놀즈의 물음에 로이든이 응접실에서 자신을 바라보던 스텔라를 떠올렸다.

"베아트리스라는군."

"베아트리스요? 그게 누굽니까?"

"지난번 스텔라가 받은 아이의 이름 말이야."

"아, 좋은 이름입니다. 헤롯이 마님께 먼저 알려 드리고 싶었던 모양이군요."

"그런 것 같아."

"이번 일로 체스터 영지에서 마님의 입지가 확고해진 듯합니다. 모두 마님을 좋아하게 되었으니 말입니다."

"그런 것 같아."

레이놀즈를 지나쳐, 마구간 안으로 들어가는 로이든의 입가에 만족스러운 미소가 떠올랐다. 그 역시 마을의 산파 대신 침착하게 아이를 받아내던 스텔라를 보며, 감탄했었다.

"영주님, 여기 새로 만든 검입니다."

대장간으로 들어가자, 그를 기다리고 있던 대장장이 존슨이 그에게 새로 만든 검을 건넸다. 존슨에게서 검을 받아 든 로이든은 날카로운 눈으로 검을 살피기 시작했다.

"좀 더 가벼웠으면 하는데, 가능하겠나?"

"다시 만들어보겠습니다. 하지만 이것보다 더 가볍게 만드는 건 힘들 겁니다. 그건 왕실 대장간의 대장장이라 해도 불가능한 일이고요."

존슨의 말에 로이든이 그에게 검을 건네며 단호하게 말했다.

"왕실에서 만들어지는 검보다 더 견고해야 해, 무조건. 돈은 얼마가 들든 상관없어. 갑옷 역시 최상으로 만들도록 해."

마치 결전을 앞둔 기사처럼, 존슨에게 명령하는 로이든의 얼굴엔 단호함이 서려 있었다. 그 모습에 존슨이 어깨를 움츠렸다.

"네, 영주님. 최선을 다하겠습니다. 그런데 영주님, 혹시 곧 전쟁터로 다시 나가시는 겁니까?"

조심스럽게 물어오는 존슨의 질문에 로이든이 옆에 놓여 있는 갑옷들을 점검하며 말했다.

"대비하는 것뿐이다. 또다시 어이없게 누군가를 잃지 않기 위해서."

그 말에 존슨이 재빨리 무릎을 꿇고 머리를 바닥에 댔다.

"죄송합니다, 영주님. 소인 때문입니다. 그날, 소인이 레이첼 아가씨께 제가 만든 단검을 전하지만 않았어도 그런 일은 일어나지 않았을 겁니다."

존슨이 죄책감에 고갤 들지 못했다. 그리곤 벌을 내려달라는 듯 엎드려 있었다.

"일어나라, 존슨. 네가 할 일은 내게 용서를 구하는 것이 아니라, 검을 만드는 것이니까. 또한 네 탓이 아니야. 단검을 들고 나간 건, 순전히 레이첼의 결정이었다."

로이든의 말에 존슨이 자리에서 일어섰다. 하지만 여전히 존슨은 고갤 들지 못한 채 바닥만 바라보고 서 있었다.

"존슨, 지금은 죄책감과 원망하는 감정이야말로 최대의 적이다. 앞으로 우린 스스로를 지킬 테고, 다신 소중한 사람을 잃지 않을 테니까. 레이첼 역시 되찾아올 것이다."

"최선을 다하겠습니다. 잉글랜드에서 가장 견고하고 예리한 검을 만들어 보이겠습니다, 영주님."

로이든은 존슨에게 고갤 끄덕여 보인 후, 레이놀즈와 함께 대장간을 나왔다. 그때 연병장에서 훈련을 하고 있던 기사들이 로이든에게 다가왔다.

"무슨 일이지?"

심상치 않은 얼굴을 하고 서 있는 기사들을 보며, 로이든이 미간을 찌푸리며 말했다. 하지만 여전히 기사들은 입을 열지 못한 채 머뭇거리고 있었다.

"답답하군, 무슨 일인지 어서 말하도록 해."

레이놀즈의 재촉에 한 기사가 어렵사리 입을 열었다.

"그게, 불문율이 깨진 것 같습니다."

"불문율이 깨지다니, 그게 무슨 말이지?"

"그것이 오늘 새벽 연병장에서 마님을 보았다는 기사가 있었습니다."

"연병장에 마님이 들어와 계셨다고? 확실한 것이냐?"

레이놀즈가 놀란 표정으로 머뭇거리고 서 있는 기사를 향해 다그쳐 물었다.

"확실합니다. 분명 마님이셨습니다."

기사 역시 확신에 찬 얼굴로 로이든과 레이놀즈에게 말했다.

"마님께서 그 새벽에 연병장에서 뭘 하고 계셨는지 보았느냐?"

"그게, 그러니까……."

로이든의 물음에 이번에도 대답을 망설였다. 사실 기사 역시 오늘 새벽 스텔라가 했던 일을 보고도 믿기지가 않았던 것이다.

"뭘 했지?"

"연병장 구석에 쌓여 있던 검과 창을 정리하고 계셨습니다. 그리고 무뎌진 검을 모아다 손질도 하셨고요."

기사의 대답에 레이놀즈가 눈을 가늘게 떴다. 믿을 수 없는 모양이었다.

"정말 네가 본 사람이 마님이 맞는 것이냐? 혹여 제레미를 마님으로 착각한 것은 아니고?"

"착각이라뇨. 아무리 덩치가 작아도 종자인 제레미와 마님을 헷갈릴 일은 없습니다. 분명 마님이셨습니다."

"그러니까, 네 말은. 오늘 새벽, 아니, 어쩌면 오늘 새벽만이 아니라 지금까지 너희들이 훈련하고 아무렇게나 방치해 둔 검과 창들을 정리하고 관리해 온 사람이 백작부인인 스텔라라는 말이군."

"네, 그렇습니다."

"그럼, 어떻게 했으면 좋겠는지 말해봐. 전쟁터에서 무기는 너희들의 생명을 지켜주는 가장 소중한 것이다. 그런 무기를 아무렇게나 방치한 너희들을 위해, 백작부인은 소중히 닦아왔다. 너희들의 목숨을 구한 것이나 진배없는 행위였지. 그런 사람에게 불문율을 어겼으니, 벌을 내려야 하겠느냐? 너희들의 목숨을 지켜준 사람에게 말이다."

로이든의 물음에 기사들이 머뭇거렸다. 사실 지금까지 훈련용 무기들을 방치해 왔던 것은 피곤하고 귀찮다는 이유였다. 응당 기사라면 자신이 사용하는 무기들을 자신의 목숨처럼 다뤄야 했지만, 은연중에 훈련용 무기라는 이유로 관리를 소홀히 해왔던 것 역시 사실이었다.

"그건…… 그러니까."

"대답을 못하는군. 그럴 수밖에. 너희들이 방치한 무기들을 스텔라가 관리해 준 덕분에 검술 연습이 훨씬 수월했을 테니까. 그리고 실력 역시 월등히 늘었고."

로이든의 지적에 기사들이 수긍하듯 고갤 숙였다.

"사실 전부터 체스터 영지의 연병장에 여인은 출입할 수 없다는 불문율을 없앨 계획이었다. 만약 앞으로 여인들 중, 호신술을 배우길 원하는 이가 있다면 알려줄 생각이다."

"하지만 그건……."

"규칙이란, 변하는 법이다. 너에게도 여동생이 있겠지?"

"네, 있습니다."

"만약 네가 전쟁터에 나가 있는 동안, 검을 든 기사들이 너희 집에 침입해 들어온다면 어쩔 것이냐? 넌 그들을 도울 수 없어. 그 상황이라면 집에 남겨져 있는 네 가족은 어찌 될 것 같으냐?"

로이든의 질문에 기사의 얼굴이 일그러졌다. 대답하지 않아도 결과는 너무 뻔했다. 집으로 침입해 들어온 기사들에게 여동생과 어머니는 순결을 잃고 죽임을 당할 게 뻔했다.

"죽게 되겠지. 하지만 만약에 네 여동생이 너처럼 검을 다룰 줄 안다면 어떻게 될까?"

"죽지 않을 희망이 생기겠지요."

"그래. 아주 작지만 희망이 생기겠지. 그래서 난, 우리가 지켜왔던 불문율을 깰 생각이다. 그 작은 희망 때문에."

사실 로이든은 후회하고 있었다. 레이첼 역시 그에게 검술을 배우길 원했었다. 하지만 로이든은 여인이란 이유로 절대 허락하지 않았었다. 결국 레이첼은 국왕이 보내온 자들에 의해 납치되었고, 목숨이 위험한 상황이었다.

"하지만 백작부인은 안 됩니다."

그때 옆에 서 있던 기사 한 명이 단호한 표정으로 말했다. 로이든의 시선이 그 기사에게 향했다. 자세히 보니 레이첼과 종종 이야기를 하던 기사였다. 이름이 분명…….

"제임스, 이유가 뭐지? 왜 백작부인은 안 된다는 거지?"

로이든의 물음에 제임스의 입매가 굳어졌다. 몰라서 묻느냐는 듯.

"달링턴 가 때문이지 않습니까, 레이첼 아가씨께서 이렇게 되신 것이 말입니다. 달링턴가가 아니었다면, 레이첼 아가씨께서 국왕에게 볼모로 납치될 일은 없었을 겁니다."

제임스의 말에 주위의 공기가 싸늘해졌다. 사실 그 말 역시 틀린 것이 아니었으니까. 로이든은 주먹을 꽉 쥐며, 미간을 좁혔다.

"제임스, 네가 잘 못 안 게 있다. 레이첼이 국왕의 볼모가 된 것은 달링턴 때문이 아니라, 나 때문이었다. 내가 국왕의 제안을 거절해서."

"네? 그게 무슨 말씀이십니까?"

"그런 게 있다. 그러니 스텔라를 원망할 필요 없다는 뜻이야."

"하지만……."

제임스가 받아들일 수 없다는 듯 다시 입을 열자, 레이놀즈가 손을 들어 그를 막았다.

"제임스, 이제 그만하도록 해. 더 이상의 행동은 영주님의 뜻을 거스르는 것으로 판단해, 널 벌하겠다."

레이놀즈의 말에 제임스가 입을 꾹 다물었다. 하지만 여전히 표정은 불쾌한 기색을 숨기지 못했다.

"죄송합니다, 영주님. 제가 단단히 주의를 주겠습니다."

"그럴 필요 없다, 레이놀즈. 어쩌면 한 번은 짚고 넘어가야 할 일이었으니까. 여기. 이 돈으로 기사들과 함께 술이라도 한잔하도록 해."

로이든이 금화가 가득 든 주머니를 레이놀즈에게 건넸다.

"아닙니다, 이러시지 않아도……."

"그동안 힘들었을 텐데, 내가 주는 포상이라고 생각해."

"그럼, 영주님께서 함께 가십시오. 아마 영주님께서 오시면 더 좋아할 것입니다."

레이놀즈의 말에 로이든이 잠시 고민을 하다, 고갤 끄덕였다.

"먼저 가 있도록 해. 곧 뒤따라갈 테니까."

로이든의 명령에 레이놀즈가 제임스를 비롯해 기사들을 데리고 갔다. 멀어지는 레이놀즈 일행을 보며, 로이든은 작게 한숨을 내쉬었다.

국왕의 제안이라. 그 제안은 바로, 달링턴 가와의 혼약을 파기하고 국왕 리처드의 배다른 여동생인 앨리샤 공주와 혼인하라는 것이었다.

"젠장! 단단히 꼬여 버렸군."

로이든이 불쾌한 얼굴을 하고 땀으로 젖은 옷을 갈아입기 위해 저택으로 향했다. 잠시 후, 아무도 없는 그곳에 그림자 하나가 아른거렸다.

"일이 재미있게 돌아가는군. 설마, 백작이 달링턴을 싸고도는 것은 아니겠지?"

차갑게 비틀린 사내의 입가에 냉소가 어렸다. 그리곤 스텔라에 대해 얘길 하던 로이든을 떠올리자, 그의 추측은 확신으로 바꾸었다. 로이든이 백작부인인 스텔라에게 마음이 있는 게 확실했다.

"훗, 서둘러 전갈을 보내야겠군. 검은 늑대의 새로운 약점을 발견했다고 말이야."

또다시 그림자가 사라졌다. 그리고 그곳엔 언제 그랬냐는 듯 고요한 침묵이 흘렀다.

❖

밤이 깊어가고 있었다. 혼자 저녁 식사를 한 스텔라는 2층 침실로 가는 대신, 로이든의 서재로 향했다. 그리곤 그곳에서 집사와 함께 체스터 영지의 회계장부를 살폈다.

"마님, 늦었습니다. 그만 주무실 시간입니다."

집사의 말에 장부를 살피던 스텔라가 고갤 들었다. 벌써 자정이 다 된 시각. 로이든은 아직 돌아오지 않은 모양이었다.

"백작님께선 늦으시는 모양이군. 내가 너무 오래 붙잡고 있었어. 어서 들어가 쉬도록 해. 난 조금만 더 보고 들어갈 테니까."

"너무 오래 있지 마십시오. 건강을 해치십니다."

집사인 월터가 서재를 나가자 스텔라는 결국 보고 있던 장부를 덮었다. 서재를 나온 스텔라가 3층으로 향했다. 차가워진 날씨에 밀리의 상태가 걱정되어서였다.

똑똑!

"밀리, 나야."

"들어오세요, 마님."

스텔라가 문을 열고 안으로 들어가자, 이제 막 잠을 자려고 했는지 침대에 누워 있던 밀리가 일어나 앉는 게 보였다.

"괜찮아, 누워 있도록 해."

"그런데 마님께선 아직까지 주무시지 않으신 모양이군요."

"서재에서 집사와 장부를 보느라."

"영주님께선 아직이신가요? 마을의 술집인 루시에 갔다고 하던데요."

"응, 아직 돌아오지 않았어."

스텔라의 말에 밀리의 표정이 어두워졌다. 그러자 스텔라가 침대에 걸터앉으며, 무슨 일이냐는 듯 물었다.

"걱정이라도 있어?"

"마님께선 걱정이 안 되세요? 루시엔 런던에서 온 고급 매춘부들이 많다고 하더군요. 특히 영주님을 유혹하려고 안달이 난."

"그래? 난 처음 듣는 이야기인데?"

"조금 전 하녀들이 하는 말을 들었거든요. 오늘 밤, 이렇게 늦는 이유가 바로 얼마 전 런던에서 온 매춘부 때문일 것이라고. 남자들이야 예쁜 여인이 유혹해 오면, 줏대 없이 거길 세우는 동물이거든요."

밀리의 노골적인 말에 스텔라는 뚱한 표정을 했다. 자신 역시 알고 있었다. 얼마나 남자의 정조가 가볍고 하찮은지. 하지만 궁금했다. 자존심에 대놓고 물어볼 순 없었지만, 하녀들이 무슨 얘기를 했는지 듣고 싶었다.

"그래서, 영주님께서도 그 여인에게 관심이 있으시데?"

결국 머뭇거리던 스텔라가 관심 없다는 표정으로 은근슬쩍 물었다. 그러자 밀리가 스텔라의 옆에 바짝 다가앉았다.

"전 하녀들이 떠들어대는 말보단 마님이 더 걱정입니다."

"내가 왜?"

"영주님의 마음이 다른 곳으로 옮겨갈까 봐서요. 지금은 영주님께서 마님께 빠져 있는 눈치지만, 자꾸만 그렇게 차갑게 밀어내시기만 한다면 다른 여인에게 눈을 돌리는 건 시간문제라고 생각합니다."

"나에게 빠져 있다니, 네가 잘못 안 거야. 만약 그렇다고 하더라도, 하는 수 없지. 영주님의 마음이 그 정도였을 뿐이니까."

스텔라의 대답에 밀리가 놀란 얼굴을 했다. 스텔라는 모르고 있는 모양이었다. 로이든이 그녀를 어떻게 바라보는지. 또 어떻게 행동하는지도.

"설마요? 영주님께선 확실히 마님께 홀딱 빠져 계십니다. 제가 장담합니다."

밀리의 말에 스텔라가 고갤 갸웃했다. 하지만 이내, 말도 안 된다는 듯 고갤 가로저었다. 육체적으로 끌리는 것은 사실이었다. 하지만 그건 어디까지나 사내의 욕망일 뿐, 애정과는 거리가 멀었다.

"말도 안 돼. 나만 보면 잡아먹을 것처럼 쏘아보는데 그게 어떻게 나한테 홀딱 빠진 눈이란 건지 모르겠군. 네가 잘못 안 게 분명해."

"모르는 건 제가 아니라, 마님이시라니까요. 정, 제 말을 못 믿으시겠다면 오늘 밤 영주님께서 돌아오시면 시험해 보세요."

"뭘 시험해야 하는 건데?"

"유혹하는 거요. 영주님을요."

밀리의 말에 스텔라가 침대에서 벌떡 일어섰다.

"말도 안 돼. 내가 왜 그런 것을 해야 하지?"

스텔라가 발끈하자, 밀리가 정말 걱정된다는 표정으로 스텔라를 보았다.

"그러다가 정말, 영주님께서 루시에 있는 매춘부에게 빠지기라도 하시면 어쩌려고 이러세요. 마님께서도 아시잖아요. 남자의 정조가 얼마나 하찮고 가벼운지를."

스텔라가 여전히 차가운 얼굴로 가슴 팔짱을 꼈다. 상관없다는 듯.

"이렇게 늦게까지 돌아오시지 않는 것으로 보아, 정말 루시에 있는 매춘부에게 홀딱 빠진 건지도 모르겠네요. 그렇지 않고선 이렇게 늦을 리가 없을 테니 말입니다."

밀리의 말에 스텔라의 마음속에서 불안감이 스멀스멀 일어나기 시작했다. 로이든이 다른 여인에게 빠져 그 여자와 밤을 보낸다고 생각하자, 초조해지기 시작했다.

"뭐, 때가 되면 오겠지. 밀리 너도 그만 자도록 해. 나도 방에 가서 잘 준비를 해야겠어."

"마님, 영주님의 마음을 사로잡으셔야 합니다. 여인에게 빠진 남자는 그 여인을 위해 목숨도 내놓는 법이니까요. 아마 검은 늑대이신 영주님시라면 마님을 위해 뭐든 다 해주실 겁니다."

밀리의 말에 스텔라는 그만하라는 듯 손을 저어 보이곤, 서둘러 방을 나왔다. 계단을 내려오는 동안 스텔라의 시선이 현관 쪽으로 향했다. 조용했다.

정말 루시에 있는 매춘부에게 빠지기라도 한 걸까? 스텔라는 불쾌감에 미간을 좁혔다.

스텔라는 방으로 향하며, 밀리가 했던 말을 곱씹어보았다. 남자는 사랑하는 여인을 위해서 목숨까지 내놓는다고 했었다. 만약 로이든이 그녀를 사랑하게만 된다면, 그보다 더 좋은 일은 없을 것 같았다.

"로이든의 마음을 사로잡으라니. 대체 어떻게 유혹하라는 건지는 알려줘야 할 것 아냐."

순간 스텔라는 여행 중 작은 산골 마을에서 구입했던 물건들을 떠올렸다. 마을의 여인들에 따르면 묘약을 먹은 남자는 몇 날 며칠을 침대에서 떠나지 않을 것이라고 했었다.

"내가 왜 그걸 잊고 있었지."

스텔라는 눈을 빛내며, 서둘러 침실로 향했다.

❖

루시에 있는 동안 로이든은 내내 지루한 표정이었다. 하지만 자리에서 일어서지 못한 건, 레이첼의 납치 사건 이후 오랜만에 갖는 술자리 때문인지 체스터 가의 기사들 중 자리를 뜨는 이가 없었기 때문이었다.

그렇게 끝날 것 같지 않던 술자리가 자정이 지나자 서서히 마무리되어 가기 시작했다. 하나둘씩 자리에서 일어났던 것이다. 그중 몇은 술을 마시는 동안 눈이 맞은 매춘부와 2층으로 향했고, 나머지 기사들은 고된 훈련으로 피곤했는지 탁자에 엎드려 잠이 든 자도 있었다.

"레이놀즈, 돌아가야겠다. 나머지 기사들은 네가 챙겨서 돌아가도록 해."

"네, 영주님. 마님께서 기다리고 계실 테니, 어서 들어가 보십시오."

스텔라가 기다린다는 말에 로이든은 고갤 가로저었다.

"밤이 깊었는데, 잠들었을 테지."

"벌써 시간이 이렇게 되었군요. 자정이 넘은 시각이라, 마님께서도 잠이 드셨겠군요."

레이놀즈의 말에 빨리 돌아가고 싶어 조급하던 마음이 썰물처럼 빠져나가기 시작했다. 그의 말처럼 너무 늦은 시각이라 스텔라가 잠이 들었을 게 분명했다. 아니, 잠이 들지 않았다고 할지라도 그가 들어오는 기척을 느낀다면 잠든 척할 테지.

"레이놀즈, 내일은 훈련이 없다. 쉬도록 해."

"모두에게 그렇게 전하겠습니다."

로이든이 자리에서 일어나자, 옆에서 눈치만 보고 있던 루시가 빠른 걸음으로 로이든에게 다가왔다. 그리곤 슬쩍 그의 팔을 붙잡곤 풍만한 가슴을 그의 팔에 밀어붙이며, 은근한 눈빛을 보냈다.

"영주님, 벌써 돌아가시게요. 그러지 마시고 좀 더 계시다 가세요."

루시가 로이든에게 들러붙으며, 노골적으로 유혹했다. 그러자 눈치만 보고 있던 루시의 매춘부들 역시 질세라 로이든에게 다가와 그를 붙잡았다.

"네, 영주님. 피곤하시면, 제가……."

이번엔 속옷 차림이라고 해도 무방할 여인이 로이든의 팔을 붙잡으며, 붉은 입술을 내밀며 요염한 표정을 지었다. 로이든은 자신에게 들러붙어 노골적으로 유혹하는 여인들을 보며, 미간을 좁혔다.

이상했다. 짙은 향수 냄새와 손을 가득 채우고도 남을 정도로 풍만한 가슴을 보고도 로이든의 몸은 아무런 반응도 하지 않고 있었다. 그들이 그에게 쾌락을 주겠다며 유혹하고 있었지만, 전혀 흥미가 생기지 않았다.

"뭡니까? 당장 놓아주세요."

그때 구석에서 술을 마시고 있던 제레미가 자리에서 일어서더니, 로이든을 붙잡고 있는 매춘부들을 밀쳐 냈다. 그리곤 허리에 손을 올리고는 가당치도 않다는 듯 매춘부들을 보며 혀를 찼다.

"칫, 우리 주인님껜 너희 따위완 비교도 안 될 정도로 아름다우신 마님이 계신다. 욕심낼 걸 내야지. 주인님, 제 말이 맞지 않습니까?"

제레미가 칭찬을 바라는 강아지마냥, 꼬리를 흔들며 로이든을 바라보았다. 그 모습에 로이든은 어이가 없었다. 하지만 제레미가 아니었다면, 여인들을 밀쳐 내기가 쉽지 않았을 것은 분명한 사실이었다.

"그래, 네 말이 맞다. 제레미, 나는 마님께 가볼 터이니 넌 레이놀즈와 함께 성으로 오도록 해. 이제 술은 그만 마시는 게 좋겠구나. 너무 취했어."

"헤헤, 네. 주인님 제 걱정은 마시고, 어서 마님께 가보십시오. 전 레이놀즈 님과……."

"이 주정뱅이 같으니라고. 그만하고, 어서 영주님을 보내 드리도록 해."

레이놀즈가 로이든의 앞을 막고 서 있는 제레미를 한 팔로 끌어당겼다. 그러자 가녀린 제레미의 몸이 종잇장마냥 흔들리며 레이놀즈에게 끌려갔다.

"칫, 제가 왜 주정뱅이라는 겁니까? 전 아주, 멀쩡하다니까요."

살짝 올라간 눈을 치켜뜨고 레이놀즈를 쏘아보는 제레미를 보며, 로이든이 피식 웃었다. 아직 솜털이 보송보송한 어린 소년이라 그런지 레이놀즈에게 바락바락 대드는 제레미가 왠지 스텔라를 연상시켰다.

정말 스텔라에게 단단히 홀린 게 분명해. 어디에 있건 그녀를 떠올리니 말이야.

로이든은 작게 한숨을 내쉬곤, 서둘러 루시의 술집을 나왔다. 밖은 어두웠다. 마구간에서 말을 끌고 나온 로이든은 체스터 성을 향해 말을 달리는 동안에 성의 한 지점만을 바라보았다.

스텔라가 잠들어 있을 그의 침실에.

스카버러 해안가에서 불어오는 바람이 그의 얼굴을 스치고 지나갔다. 그 짙고 청명한 바람이 자꾸만 그의 심장을 건드렸는지 숨이 가팠다. 그렇게 한참을 달리던 로이든이 성에 다다랐을 때, 어둠 속에서 빛나는 불빛을 발견했다.

그 불빛이 어디서 흘러나오는지 깨달은 순간, 심장이 무섭게 뛰기 시작했다. 로이든은 고삐를 세게 잡아당겼다. 그리곤 서둘러 성으로 향했다.

❖

스텔라는 꾸러미를 펼치곤 손바닥을 다 채우지 못하는 속옷을 뚫어져라 쏘아보았다. 그렇게 오랜 시간 눈싸움을 하던 스텔라는 결국 속옷은 다시 꾸러미 안으로 밀어 넣었다. 대신 남자를 홀리는 향기라며 준 사향 주머니를 꺼내 드레스 안쪽에 매달았다.

"아, 이걸론 안 될지도 몰라."

스텔라는 작게 한숨을 내쉬었다. 사실 체스터 성에 도착하기 전까진 그녀를 갖고 싶어 안달을 하던 로이든이 최근 들어선 그녀에게 손도 대지 않고 있었다. 또한 눈길조차 주지 않고 무시할 때가 많았다.

"정말, 나처럼 기가 센 여자한테 이젠 질린 건가?"

스텔라는 지난번 로이든이 했던 말을 떠올렸다. 자신은 화를 내는 여자보단 잘 웃는 여자가 좋다고 했었다.

"히죽, 히죽!"

이렇게 웃어야 하는 건가? 스텔라는 어색한 표정으로 웃는 연습을 했다.

"하아, 이것도 안 되겠어. 이건 웃는 게 아니라, 바보 같잖아."

또다시 스텔라는 꾸러미 안을 뒤적였다. 그러자 비단 천으로 꽁꽁 싸놓은 병 하나를 발견했다.

"찾았다, 묘약. 이걸 남자가 마시면 몇 날 며칠 침대에서 내려가지 않는다고 했었지?"

스텔라는 조심스럽게 병의 마개를 열었다. 그리곤 조심스럽게 향기를 맡아보았다. 하지만 예상과는 달리 아무런 냄새도 나지 않았다.

"뭐야, 정말 효과는 있는 건가? 괜히 먹였다가 탈이라도 나는 건 아니겠지?"

스텔라는 못 미더운 얼굴로 병을 바라보았다. 그리곤 결국 한번 해보자는 듯 묘약이 담긴 병만 남기곤 꾸러미를 정리해 드레스 룸으로 밀어 넣었다.

"물이 어디 있지? 아니, 술이 더 좋을까?"

고민 끝에 스텔라는 물을 택했다. 루시에서 술을 많이 마시고 왔을 테니, 은근슬쩍 물을 건네는 것이 자연스러울 것 같아서였다.

"물속에 이상한 약이 들어 있다곤 전혀 생각하지 못할 거야."

그때 복도를 따라 누군가 걸어오는 소리가 들렸다. 스텔라는 서둘러 병 안에 있는 약을 주전자에 부었다.

"아, 이런. 너무 많이 넣은 건가?"

스텔라는 입술을 깨물었다. 하지만 지금 당장 해결할 방법이 없었다. 그때 복도를 걸어오는 발소리가 바로 문 앞에서 들려왔다. 스텔라는 서둘러 주전자를 탁자 위에 놓고는 재빨리 의자에 앉았다. 그리곤 미리 꺼내놓은 수틀을 앞에 놓고는 수를 놓는 척했다. 이것 역시 드레스 룸 구석에 있던 것을 가져다 놓은 것이었다.

달칵 소리와 함께 문이 열렸다. 스텔라는 최대한 담담한 표정으로 문을 향해 고갤 돌렸다. 하지만 다음 순간 스텔라는 후회했다. 어둠 속에 서 있는 그의 모습에 스텔라의 심장이 뛰기 시작했다. 검은 늑대. 매혹적인 맹수와도 흡사한 그는 성적 매력을 뿜어내며 그녀를 바라보고 있었다.

"늦었군요."

스텔라가 바늘을 내려놓으며, 자리에서 일어섰다. 일부러 그를 기다리고 있었다는 사실을 들키지 않기 위해, 수틀을 놓는 동작을 유난히 크게 했다. 그가 볼 수 있도록.

"수를 놓고 있었던 모양이군."

"네, 잠이 안 와서요."

로이든이 문을 닫고 방 안으로 들어와 입고 있던 코트를 벗어 벽에 걸었다. 그리곤 그녀를 유심히 바라보더니 굳은 얼굴로 말했다.

"수를 놓는 것에 관심이 있는지 몰랐군. 연병장에서 훈련을 하고 싶다기에 검과 창술에만 흥미가 있다고 생각했는데 말이야."

"검술에도 관심이 있지만, 이것 역시 숙녀라면 당연히 해야 할 일이거든요. 그런데 아직까지 술만 마신 건가요?"

스텔라가 새침한 표정으로 그를 보았다. 그러자 로이든이 이상하다는 듯 그녀를 돌아보았다.

"루시는 술집이니 당연히 술만 마셨지, 더 뭘 한다는 건지 모르겠군."

"아, 그렇죠. 술집이니, 술만 마셔야죠."

스텔라가 괜스레 드레스의 치맛자락에 묻어 있는 먼지를 털어내며 말했다. 하지만 더 묻고 싶은 말이 있는 듯 머뭇거렸다. 그러자 로이든이 또다시 그런 스텔라를 유심히 살폈다.

대체 뭐지? 평소라면 자신이 방으로 들어오기도 전에 잠든 척 침대에 누워 있어야 했다. 하지만 스텔라는 그렇게 하지 않고 있었다. 무엇보다 그를 대하는 그녀의 분위기가 조금 묘했다. 일부러 그를 기다리고 있었다는 생각이 들 정도로. 로이든은 미간을 찌푸리며 더블릿을 벗었다. 그리곤 드레스 룸으로 걸어갔다.

"할 말이 있으면 해. 아니면 너무 늦었으니 먼저 자도록 해."

로이든의 말에 스텔라는 아무런 대답이 없었다. 하지만 스텔라의 표정이 눈에 띄게 어두워지는 것을 볼 수 있었다. 이상하다는 생각을 하며, 로이든은 스텔라를 지나쳐 드레스 룸으로 들어갔다. 그러다 뭔가에 발이 걸려 넘어질 뻔했다. 불을 켜지 않아, 바닥에 꾸러미가 놓여 있다는 것을 보지 못한 것이다.

"할 말 없어요. 전, 피곤해서 자야겠어요."

뭔가 단단히 기분이 상한 목소리였다. 로이든이 재빨리 스텔라를 돌아보았다. 그러자 로브를 벗지도 않고 침대로 들어가 이불을 목까지 끌어당기는 그녀를 볼 수가 있었다. 순간 스텔라를 바라보던 로이든의 표정이 미묘하게 변했다. 로이든은 옷을 벗는 대신 셔츠와 바지 차림으로 다시 방으로 돌아와 탁자로 걸어갔다.

"목이 마르군. 물이라도 마셔야겠어."

물을 마신다는 말에 스텔라가 침대에서 벌떡 일어났다. 그러다 물컵에 물을 따르고 있던 로이든과 눈이 마주쳤다.

"무슨 일이지? 자려던 것 아니었나?"

"아, 자야죠."

로이든이 물컵을 입으로 가져가자, 스텔라는 주먹을 꼭 쥐었다. 그러자 로이든은 물을 마시려다 말고, 대체 무슨 일이냐는 표정으로 스텔라를 바라보았다.

"할 말이 있으면 해. 그렇게 이상하게 굴지 말고. 혹시 연병장에 들어오는 것에 대한 문제라면, 조금만 기다리도록 해. 방법이 생길 것 같으니까."

"그럼 그곳에서 저 역시 검술을 배울 수 있다는 건가요?"

"어쩌면. 만약 아니라고 해도, 내가 방법을 찾아보도록 할 테니 걱정 마."

"네. 기다릴게요."

스텔라가 다시 침대에 누웠다. 분명 좋아할 것이라고 생각했는데, 그의 예상과는 달리 스텔라의 반응은 미적지근했다. 대신 그녀의 시선이 자꾸만 그가 들고 있는 물컵을 향하고 있었다. 마치 그가 언제 물을 마시는지 확인하려는 듯이.

"내가 이 물을 마시는 게 불만인 모양이군."

"아니에요. 그런 게 아니라……."

"아, 그럼 목이 마른 모양이군. 기다려."

로이든이 물컵에 든 물을 단숨에 들이켰다. 그리곤 물컵에 물을 다시 채운 후, 스텔라에게 가지고 왔다.

"마셔. 목이 말랐으면 그렇다고 말을 했으면 될 텐데. 노려만 보니 알 수가 있어야지."

당황한 스텔라가 로이든이 건네는 물컵을 받아 들었다. 하지만 물컵을 든 채 초조한 표정으로 망설였다.

"어서. 독은 들어 있지 않아. 방금 내가 먼저 먹어봤거든."

그의 재촉에 스텔라는 눈을 질끈 감고 물을 다 마셨다. 다시 물컵을 받아 든 로이든이 탁자로 걸어가 컵을 놓아두고는 침대로 걸어왔다.

"그런데 항상 그렇게 입고 주무시나요?"

스텔라가 바지와 셔츠 차림의 로이든을 보며, 궁금한 듯 물었다. 그러자 로이든이 재미있다는 듯 스텔라를 바라보았다.

"아니. 평소엔 모두 벗고 자. 하지만 네가 싫어할 것 같아서, 배려하는 거야."

"아, 그럴 필요 없어요. 그러니까 내 말은 날 배려할 것 없다는 뜻이에요."

"그럼 앞으론 벗고 자야겠군."

그 말과 함께 로이든이 셔츠를 벗었다. 로이든이 바지마저 벗으려는 듯 허리에 손을 가져다 대자, 놀란 스텔라가 서둘러 고갤 돌렸다. 그리곤 평소처럼 침대 끝으로 몸을 움직여 이동한 후, 그에게 등을 돌려 누웠다.

하지만 밀폐된 침실 안에선 그가 옷을 벗고 침대로 올라오는 소리까지 다 들렸다. 왜 이렇게 긴장이 되는 건지, 스텔라는 이해할 수 없었다. 꽉 쥔 손에서 땀이 배어나왔다. 그가 물을 마셨다. 그리고 자신 역시도. 미약이 든 물을 마셨다고 생각하자, 스텔라는 앞으로 어떤 일이 벌어질지 몰라 당혹스러웠다. 그의 움직임에 침대가 흔들렸다. 스텔라는 서둘러 잠을 청하려는 듯 눈을 질끈 감았다.

"스텔라."

그가 그녀를 불렀다. 스텔라는 잔뜩 긴장한 표정으로 고갤 들어 로이든을 바라보았다. 심장이 미친 듯이 뛰고 있었다. 설마, 지금 그가 날……?

"불을 꺼주겠어?"

"아, 네."

한순간 밀려드는 실망감에 스텔라가 작게 한숨을 내쉬었다. 그리곤 서둘러 몸을 일으켜 촛불을 껐다. 다시 침대에 누운 스텔라는 미간을 찌푸렸다. 불을 끄기 직전, 그의 눈동자가 웃고 있는 것 같았기 때문이었다.

아니야, 그럴 리 없어. 그가 웃었을 리가 없지. 그나저나 왜 이리 덥지. 스텔라는 긴장한 탓인지 자꾸만 몸에 열이 났다. 스텔라는 덮고 있던 이불을 조심스럽게 끌어 내리며, 로이든의 상태를 보기 위해 슬쩍 뒤를 돌아보았다.

"어머나, 영주님. 어디 아프신 건가요? 이마에 땀이……."

놀란 스텔라가 망설일 새도 없이 로이든을 향해 돌아누웠다. 그러자 눈을 감고 있던 로이든의 눈꺼풀이 밀려 올라가는 것이 보였다. 열이 오른 듯 어둠 속에서 로열 블루의 눈동자가 짙어져 있었다. 스텔라가 놀라 일어나 앉았다. 그리곤 촛불을 켜 그를 보려 했다.

"윽!"

하지만 그의 손이 더 빨랐다. 촛불을 켜려던 그녀의 손이 그에게 붙잡혀 다시 침대에 눕혀졌다.

"스텔라, 몸이 이상해."

순간 스텔라의 눈동자가 커졌다. 맙소사. 그녀가 물에 넣은 묘약이 벌써 효력을 발휘하기 시작한 모양이었다. 하지만 같이 물을 마신 그녀는 몸이 더워지는 것 외엔 아무런 증상도 느껴지지 않았다.

'설마, 그 묘약이란 게 남자에게만 영향을 미치는 것이었나?'

"몸이 어떤데요?"

"몸이 뜨겁고, 미칠 것 같아."

정말의 스텔라의 손목을 붙잡은 그의 손이 무척이나 뜨거웠다. 그리고 그의 눈동자가 열기로 짙어져 있었다.

"아, 그러니까. 영주님께선 어떻게 하고 싶으신데요? 아니, 그게 아니라. 어떻게 해야 좋아질 것 같은지 묻는 거예요."

당황한 스텔라가 두서없이 말을 했다.

"몰라. 모르겠어. 그냥 몸이 뜨거워. 죽을 것 같아."

그의 숨결이 무척이나 거칠었다. 그녀의 뺨에 닿는 숨결 역시 너무 뜨거워, 스텔라는 입술을 깨물었다.

'아, 어떡하지? 로이든은 묘약을 마신 줄 몰라서, 자신이 뭘 원

하는지 모르는 모양이야. 알려줘야 하는 건가? 하지만…….'

그에게 말하는 게 쉽지 않았다. 자신을 안게 하려고 그에게 몰래 묘약을 먹였다는 말이 차마 입에서 떨어지지 않았다.

"괜찮을 거예요."

"윽!"

스텔라가 그의 이마에 땀을 닦아주자, 그녀의 손길에 그가 몸을 떨었다. 나른한 신음을 뱉어내는 그의 목소리가 너무도 야해, 스텔라의 얼굴이 순식간에 붉어졌다.

"왜요? 아픈가요?"

"아니, 기분 좋아. 더 해주면 안 될까?"

그녀의 손길을 바라듯 그가 그녀를 바라보았다. 그의 부탁에 잠시 망설이던 스텔라가 천천히 손을 뻗어 그의 머리카락을 쓸어 넘겨주었다. 로이든이 그녀의 손길에 반응하듯, 달콤한 한숨을 내쉬었다.

"다음엔 뭘 해줄까요?"

스텔라가 조금은 용기를 내 그에게 말했다. 그러자 그의 눈동자에 뜨거운 열기가 어렸다. 언뜻 보니 그녀의 말에 그가 기뻐하는 것도 같았다. 잠시 후 로이든이 스텔라의 손을 그의 입술로 가져갔다. 그리곤 모양 좋은 단단한 입술로 그녀의 손에 입을 맞췄다. 그의 입맞춤에 스텔라가 놀라 손을 잡아당겼다. 예상과는 달리 로이든이 쉽게 그녀의 손을 놓아주자 스텔라는 당황했다. 아, 이런. 조금 천천히 당길 걸 그랬나? 스텔라가 입술을 깨물며 후회했다.

"스텔라."

"듣고 있으니 말하세요."

그가 무슨 말을 하려는지 몰라 스텔라는 바짝 긴장한 얼굴로 그를 올려다보았다. 하지만 로이든은 입을 여는 대신, 스텔라를 지긋한 눈빛으로 바라볼 뿐이었다. 눈빛으론 그가 무엇을 원하는지 분명히 알 수 있었지만, 그는 먼저 손을 내밀려 하지 않았다.

'말해봐요, 어서. 내게 뭘 원하는지. 평소대로 저돌적으로 행동하란 말이에요.'

평소와는 달리 자꾸만 뜸을 들이는 로이든을 보며, 스텔라는 애가 탔다. 두 사람 사이에 팽팽한 성적 긴장감에 자꾸만 입술이 타는 느낌이었다. 그런데 그는 그녀를 태울 듯 뜨거운 눈빛으로 바라볼 뿐, 그녀에게 그 어떤 행동도 하지 않고 있었다.

"영주님."

조급함을 참을 수가 없어, 이번엔 스텔라가 그의 이름을 불렀다.

"로이든. 로이든이라고 불러."

"아, ……로이든."

스텔라가 천천히 그의 이름을 불렀다. 그러자 그가 더운 숨을 삼키며, 눈을 감았다 떴다. 또다시 그녀를 바라보는 그의 눈동자가 기쁨과 열기로 뒤범벅되어 빛나는 것을 볼 수 있었다.

"로이든, 그러니까. 키…… 스해도 되나요?"

순간 두 사람 사이에 침묵이 흘렀다. 숨 쉬는 것도 잊어버린 채 서로를 응시하는 두 사람 사이에 팽팽한 긴장감이 흘렀다. 잠시 후, 그 침묵이 더는 견딜 수 없어 스텔라가 고갤 돌리려는 순간, 그가 그녀의 손목을 붙잡곤 그의 품으로 힘껏 끌어당겼다.

"이 말을 얼마나 듣고 싶었는지 몰라."

동시에 그의 입술이 그녀의 입술을 삼켰다. 그리곤 몸을 일으켜 그녀를 똑바로 눕힌 뒤, 그녀의 몸 위로 반쯤 올라가듯 겹치곤 그녀의 입술에 깊숙이 혀를 밀어 넣었다. 연신 뱉어내던 뜨거운 숨결만큼이나 농밀한 키스였다. 더는 사내의 욕망을 숨길 필요가 없는 듯 그녀를 내리누르며 깊게 혀를 밀어 넣는 그에게선 짙은 맹수의 냄새가 났다.

그의 혀에 입술이 열리고 여린 혀가 그의 욕망 가득한 혀에 붙들려 단단히 휘감겼다. 그리곤 모든 걸 집어삼키려는 듯 힘껏 빨아 당겼다. 눈물이 핑 돌 정도로 아릿한 아픔과 함께 등줄기에 뜨거운 전율이 흘렀다. 그녀의 턱이 그의 손에 붙잡혔고, 옆으로 살짝 움직이는가 싶더니 그의 혀가 더욱 깊숙이 들어왔다.

"하아, 로이…… 흐흡."

타액으로 젖은 스텔라의 입술에서 여린 신음이 새어 나왔다. 그를 작정하고 유혹해야겠다고 생각해서인지, 그의 행위에 거부감이 들지 않았다. 오히려 심장이 미친 듯이 뛰고, 자꾸만 그와 더 가까이 있고 싶었다. 더 오래도록 아니, 더 많은 걸 원했다.

스텔라의 손이 로이든의 머리카락을 쓸었다. 그러자 그가 그녀의 몸 위로 완전히 올라오더니 한 손으로 그녀의 잠옷을 헤치고 들어왔다. 그의 커다란 손이 그녀의 부드러운 가슴을 꽉 움켜쥐었다. 그리곤 부드럽고 말캉한 감촉을 충분히 느끼려는 듯 밀가루를 반죽하듯 주물렀다.

"하아, 흐흣!"

스텔라의 입에서 억눌린 신음이 새어 나왔다. 그러자 그의 입술이 그녀의 입술을 놓아주었다. 대신 드레스 앞자락을 끌어 내린 후 단단히 솟아오른 그녀의 붉은 정점을 물고는 힘껏 빨았다. 그 나른하고 아릿함에 스텔라의 어깨가 흠칫 떨리기 시작했다. 로이든은 재미난 장난감을 발견한 듯 한동안 그녀의 가슴을 물고 혀로 핥으며 힘껏 빨았다. 뜨거운 혀와 입술로 자극을 받아서인지 스텔라의 붉은 정점은 예민해져, 작은 스침에도 신음이 새어 나올 정도로 단단해졌다.

"어디가 좋은지 말해봐."

로이든이 가슴을 애무하며 물어왔다. 어디가 좋으냐고? 스텔라는 뭐라고 대답해야 하는지 알 수가 없었다.

"다 좋다는 건가?"

대답이 없자 로이든은 스텔라의 침묵을 자기 식대로 해석했다. 그리곤 그녀가 입고 있던 잠옷의 치맛자락을 밀어 올리더니 속옷을 끌어 내렸다.

"잠깐……."

놀란 스텔라가 재빨리 다리를 모으려 했다. 하지만 이미 그녀의 속옷은 바닥에 떨어진 후였다. 로이든이 그녀의 맨다릴 붙잡고 넓게 벌렸다. 그리곤 그녀의 두 다리 사이에 얼굴을 묻자, 스텔라는 너무도 놀라 그에게서 벗어나기 위해 버둥거렸다.

"로이든, 지금 뭘 하려는 거죠?"

당황한 스텔라가 로이든을 올려다보며 저항했다. 그러자 스텔라의 다릴 단단히 붙잡은 로이든의 입가에 야릇한 미소가 어렸다.

"전부터 맛보고 싶었어."

대체 뭘 맛보고 싶었다는 거지? 그렇게 생각한 순간 로이든이 고갤 숙였다. 그리곤 벌어진 다리 사이로 훤히 드러난 그녀의 검은 수풀에 얼굴을 묻었다. 뜨거운 혀가 그녀의 수풀을 헤치고 들어와 붉은 꽃잎을 천천히 쓸었다.

"흑, 안 돼. 하아, 거긴……."

당혹스러움에 스텔라가 손을 뻗어 그의 어깨를 밀어냈다. 하지만 그를 밀어내는 것은 역부족이었다.

"하아, 흐흣."

대신 그의 입술이 그녀의 여린 속살을 후비고 핥자, 스텔라의 손톱이 로이든의 어깨를 파고들었다. 그의 애무에 놀란 스텔라의 허리가 튕기듯 비틀렸다. 그리곤 순식간에 온몸을 태울 듯 일어난 열기에 눈을 질끈 감았다. 그가 파르르 떨고 있는 붉은 꽃잎을 가른 후 마치 입술에 키스를 하듯 진득하게 빨아 당겼다.

하아! 그녀의 허리가 또다시 비틀렸다. 긴장으로 굳어졌던 스텔라의 몸이 열기로 서서히 이완되기 시작했다. 그의 혀가 밀부의 여린 속살을 건드렸다. 그러자 스텔라의 허리가 들썩이며, 뜨거운 숨을 내쉬었다. 그녀의 반응에 그의 혀가 더욱 깊숙이 밀부의 속살을 가르며 안으로 들어왔다. 그 순간, 스텔라는 참을 수 없는 열기에 허릴 비틀었다. 그 나른한 감각에 스텔라는 아랫배는 물론 발끝까지 찌릿해 참을 수가 없었다.

"하아, 로이든. 흐흣!"

입술에서 연신 더운 신음이 새어 나오려 했지만, 부끄러움에 꾹꾹 눌러 삼켜야 했다. 하지만 그의 어깨를 붙잡은 손톱이 자꾸만 날을 세우며 아프게 그의 등을 파고들었다.

"좋은 모양이군. 그럼 더 기분 좋게 해줘야겠어."

그 말이 끝나기가 무섭게 로이든의 혀가 수풀 속 비밀스럽게 숨겨져 있던 밀부를 또다시 건드렸다. 그리곤 그의 타액과 애액으로 젖은 여린 속살을 헤치곤 안으로 혀를 살짝 밀어 넣었다.

"흡! 싫어요. 거긴……. 이상해요."

스텔라가 진저리를 치며 고갤 가로저었다. 하지만 말과는 달리 그의 애무를 받은 그녀의 밀부는 그의 혀를 환영하듯 서서히 닫힌 문을 열었다. 파르르 떨리는 속살을 혀로 쓸고 입술로 빨았다. 그러자 그곳에서는 달고 투명한 액을 흘려보내며, 촉촉하게 젖어들었다.

"스텔라."

그가 그녀의 이름을 불렀다. 스텔라는 질끈 감고 있던 눈을 뜨곤, 그를 내려다보았다.

"죽을 것 같아. 네 안에 들어가고 싶어서."

욕망으로 짙어진 눈동자에 무서울 정도 지독한 정염이 서려 있었다. 스텔라는 그의 시선에 입술이 바짝 타들어갔다. 붉은 혀를 내밀어 마른 입술을 축이려 하자, 그의 눈빛이 또다시 위험스럽게 빛났다.

"하아, 정말 날 죽일 작정이군."

로이든이 거친 숨을 토해내며 단단히 일어선 그의 일부를 그녀의 수풀에 거칠게 비볐다. 당장에라도 애액으로 젖어 있는 밀부를 열고 안으로 들어갈 기세였다. 하지만 로이든은 눈을 질끈 감고는 몸속에서 날뛰는 욕망을 진정시켰다.

"아플 거야. 그러니 최대한 힘을 빼."

"어떻게 하는지 몰라요. 그러니…… 좋을 대로 해요. 어차피 당신에게 한 번 안긴 적이 있으니, 괜찮을 거예요."

스텔라의 말에 로이든이 고갤 가로저었다.

“그때, 널 안지 않았어. 국왕에게 내민 시트엔 네 피가 아니라, 내 피였어.”

로이든의 말에 스텔라가 눈을 동그랗게 뜨곤 그를 올려다보았다. 믿을 수 없었다. 조금 전 그가 한 말을.

“그게 무슨……? 당신 말은 내가 아직 순결한 처녀란 뜻인가요?”

“그래, 넌 태어날 때 그대로 순결해.”

“아하.”

그의 말에 스텔라의 입에서 안도의 한숨이 새어 나왔다. 지금껏 자신은 아버지를 배신한 자에게 강제로 능욕을 당했다고 생각했다. 그런데 로이든은 그녀를 범하지 않았던 것이다.

“왜죠? 날 강제로 안았다고 하더라도, 당신에게 손가락질을 할 사람은 아무도 없었어요.”

“그랬겠지. 하지만 네가 날 손가락질했을 거야. 다른 누구도 아닌, 네가.”

그것이 싫었다. 아무리 목숨이 위험한 상황이었지만, 그렇게 누군가를 강간하는 건 그의 성미에 맞지 않은 일이었다. 특히 그의 신부가 된 여인을.

“바보군요. 위험한 상황이었는데…….”

그렇게 말했지만, 스텔라의 눈가가 뜨거워졌다. 왜 이렇게 가슴이 뜨거운 걸까? 자신을 내려다보는 로이든을 보고 있자니, 자꾸만 심장이 따끔거렸다. 그리고 다음 순간, 스텔라는 로이든의 귓가에 낮게 속삭였다.

“안아줘요, 로이든.”

그녀의 말에 그의 눈동자가 짙어졌다. 그의 눈동자가 기쁨으로 빛나고 있다고 생각하는 것은 그녀만의 착각인 걸까?

“진심이야?”

“설마, 당신에게 안기기 위해서 무릎이라도 꿇고 애원해야 하는 건 아닐 테죠? 아님, 유혹이라도…….”

스텔라가 전에 그가 했던 말이 떠올랐는지, 걱정스러운 듯 말했다. 그러자 로이든이 고갤 가로저었다.

“그럴 필요 없어. 이미 난 진즉에 너에게 넘어간 후니까.”

그가 몸을 일으켜, 그녀의 손을 붙잡아 자신의 남성을 만지게 했다. 뜨겁게 요동치는 생명체. 그 생명체가 그녀의 손을 꾹꾹 찔러왔다. 순식간에 스텔라의 얼굴이 붉어졌다. 노골적으로 자신의 욕망을 드러내는 로이든을 보자, 부끄럽기도 했지만 한편으론 심장이 뛰었다.

“아플 거야.”

“괜찮아요.”

그녀의 말에 로이든이 스텔라의 입술에 짙고 농밀한 키스를 퍼부었다. 그리고 동시에 그녀의 다릴 위로 밀어 올리더니, 뜨겁고 단단한 그의 남성을 그녀의 밀부 안으로 살짝 찔러 넣었다.

“흣!”

스텔라의 입술 새로 여린 신음이 새어 나왔다. 그러자 로이든이 그녀의 다릴 붙잡고 그의 허리에 단단히 휘감았다. 그리곤 조금 전 그의 애무로 질척하게 젖어 있는 밀부의 입구 안으로 자신을 힘껏 밀어 넣었다. 갑작스러운 삽입에 그녀의 몸이 굳어졌고, 고통으로 시트를 붙잡은 그녀의 손이 아프게 비틀렸다.

"스텔라, 몸에 힘을 빼."

로이든이 거친 숨을 내쉬며 스텔라의 귓가에 낮게 속삭였다. 그러자 스텔라는 어쩔 줄 몰라 하며, 고갤 가로저었다. 어떻게 해야 몸에 힘을 빼는지 알 수가 없었다. 그가 안으로 깊숙이 들어올 때마다 아픔으로 자꾸만 몸이 굳어졌다.

"그만둘까?"

그럴 수 있는 걸까? 스텔라가 눈을 떠 그를 올려다보았다. 하지만 그의 말과는 달리 그의 눈동자 속엔 사그라지지 않은 짙은 욕망이 어른거리고 있었다. 스텔라가 고갤 가로저었다. 그리곤 시트를 그러쥐고 있던 손을 풀어 그를 바짝 끌어당겼다.

"안아줘요, 로이든. 아무것도 생각할 수 없도록."

유혹하는 그녀의 속삭임에 로이든의 입술 새로 뜨거운 한숨이 새어 나왔다. 그리곤 더는 참을 수 없다는 듯 멈춰 있던 그가 움직이기 시작했다. 그녀의 속살은 너무도 뜨거웠다. 애액으로 젖어 있어서인지 뜨겁고 촉촉했다. 그 감촉이 미칠 것처럼 좋아 로이든은 그녀의 내벽을 가르며, 미끄러지듯 안으로 들어갔다. 더는 안으로 들어갈 수 없을 정도로 깊이 들어간 후에야 로이든은 움직임을 멈췄다.

"이제 끝까지 다 들어갔어. 네 안이 좋아. 미쳐 버릴 만큼."

로이든이 한숨처럼 자신의 마음을 고백했다. 그리곤 예민해진 그녀의 귓불을 잘근잘근 씹더니 그것도 만족할 수 없다는 듯 힘껏 빨았다. 지독한 열기였다. 그녀의 안에 자신을 묻고 있는데도 열기가 사라지기는커녕, 더욱 짙어졌다. 로이든은 그녀의 말캉한 가슴을 손으로 꽉 그러쥐었다. 그의 타액으로 젖어 있는 붉은 정점이 그의 손길에 단단해지며, 그를 유혹하듯 단단해졌다.

"스텔라…… 스텔라."

그의 뜨거운 입술이 그녀의 목덜미를 훑어 내렸다. 그리곤 쇄골을 지나, 그녀의 가슴을 베어 물고는 아이처럼 힘껏 빨아 당겼다. 그러자 고통으로 떨리던 그녀의 몸에 서서히 열기가 피어오르기 시작했다. 아픔이 조금 가시자, 그가 또다시 움직였다.

"하흑!"

스텔라가 입술을 깨물며, 아픔을 참았다. 그가 너무 컸다. 자신을 가득 채우곤 있었지만 그녀의 좁고 여린 속살을 자꾸만 파고들고 찔러대는 그의 일부는 그녀의 몸에 비해 너무 거대했다. 받아들이기가 버거울 정도로.

"너무 좁아."

로이든 역시 마찬가지였다. 애액으로 충분히 젖어 있는 그녀의 내벽을 가르며 삽입을 계속하는 것이 힘들 정도였다. 하지만 그녀의 안을 오갈 때마다 등줄기가 찌릿찌릿할 정도로 미칠 만큼 좋았다. 촉촉이 젖은 속살이 그를 감싸곤 안으로 빨아 당기는 그 감촉에 허리에 연신 전율이 흘렀다. 여인을 안는다는 것이 이렇게 지독한 쾌감을 불러일으키는 행위였다니. 사내들이 왜 그렇게 여인의 몸에 집착했었는지 그 역시 이제야 알 수 있을 것 같았다.

"하아, 로이든. 흐흣!"

그가 움직일 때마다 스텔라의 입술 새로 연신 신음이 흘러나왔다. 아픔 때문이란 걸 너무도 잘 알고 있었지만, 로이든은 그녀의 신음 소리에 피가 뜨겁게 날뛰었다.

"이상해요. 몸이……."

그때 스텔라가 입술을 깨물며 그를 올려다보았다.

"어떻게 이상하다는 거지?"

로이든이 걱정스러운 얼굴로 그녀의 안에서 자신을 빼려 했다. 그러자 스텔라가 그를 붙잡으려는 듯 본능적으로 아랫배에 힘을 주었다. 순간 로이든이 놀란 표정을 지었다.

"몰라요. 아팠는데…… 지금도 아프긴 한데……. 뜨거워요. 자꾸만 간질거려서……."

스텔라가 얼굴을 붉히며 민망한지 더는 말을 하지 못했다. 그러자 로이든은 그녀가 차마 뱉어내지 못한 다음 말을 스텔라의 귓가에 대고 속삭였다.

"내 것으로 찔러줬으면 한다는 거야? 시원함이 느껴질 정도로 격렬하게?"

로이든의 말에 스텔라의 얼굴이 새빨갛게 달아올랐다. 품위 없이 질탕한 농담을 해오는데도, 불쾌한 마음 대신 묘하게 심장이 간질거렸다. 그런 자신이 이상했지만, 스텔라는 입술을 깨물며 고갤 끄덕였다. 그의 말대로였다. 분명 아픔은 여전한데, 더 해주길 바라는 것 역시 사실이었다.

설마…… 조금 전 그녀가 마셨던 물컵에 든 묘약 때문인 건가? 그 약 때문에…….

"아마, 약 때문인 것 같아요."

"약이라고? 설마, 당신이 주전자에 넣은 진통제를 말하는 건 아니겠지?"

순간 스텔라의 눈동자가 놀라움으로 커졌다. 그가 알고 있었다.

자신이 주전자 안에 묘약을 넣었다는 것을.

“진통제라고요?”

“그래, 진통제. 지난번 우연히 당신 물건을 살펴보다 이상한 약병이 있기에 바꿔치길 해놓았거든. 당신이 먹던 진통제로.”

“알고 있었나요? 그런데도 물을 마셨다는 건가요?”

스텔라가 믿을 수 없다는 듯 그를 올려다보았다.

“그래. 수틀 옆에 내가 바꿔놓았던 약병을 보았거든.”

그의 말에 스텔라의 시선이 탁자로 향했다. 그리고 그의 말처럼 약병의 끝이 살짝 밖으로 드러나 있었다. 맙소사. 그는 처음부터 그녀가 그를 유혹하고 있다는 사실을 알고 있었던 것이다. 그런데 그렇게 모르는 척 시치미를 떼다니.

“날 유혹하는 당신을 보는 게 즐거웠거든.”

그 말과 함께 멈춰 있던 그가 강한 힘으로 그녀의 안으로 들어갔다. 깊은 삽입에 스텔라의 입술에선 나른한 신음이 새어 나왔다. 분명 그 신음은 쾌락에 의한 것이 분명했다.

“하아! 흐흣, 하아!”

정말 다행이었다. 진통제를 먹은 덕분인지 첫 섹스에서 그녀는 아픔 대신 쾌감을 느끼고 있었다. 그녀의 몸이 날 선 쾌락으로 떨리는 것이 보였다. 눈동자 역시 열기로 짙어져 있었다. 그가 더는 참지 않고 그녀의 여린 속살을 열고 그녀의 안으로 들어갔다. 그가 강한 힘으로 그녀의 젖은 내벽을 가르며 들어갈 때마다, 그녀의 몸 역시 쾌락으로 흔들리기 시작했다.

“하아, 흐흣. 하아, 로이든……. 하아.”

질척질척 소리가 났다. 아랫배에 느껴지는 지독한 열감에 스텔라는 진저리를 치며, 허릴 비틀었다. 그럴 때마다 그녀의 안으로 들어갔던 그의 남성이 꽉 조여들었다.

"하아, 스텔라. 그렇게 조이면…… 더는."

참을 수 없었다. 본능적으로 그를 조이는 것일 뿐이겠지만, 로이든은 촉촉하게 젖은 내벽이 그를 빨아 당길 때마다 미칠 것 같은 욕망에 거칠게 허리를 움직였다. 그의 격렬한 움직임에 스텔라 역시 위험스럽게 허릴 비틀며, 관능적으로 몸을 흔들었다.

이상했다. 밀려드는 짙은 쾌락에 시트를 붙잡은 그녀의 손이 나른하게 비틀렸다. 지독한 열감이었다. 심장이 터질 듯 미친 듯이 뛰었고, 온몸을 관통하는 관능에 연신 신음을 뱉어냈다. 그의 움직임이 격렬해질수록, 그가 더 깊이 그녀의 안을 파고들어 올수록 스텔라는 그에게서 떨어지지 않기 위해 그를 단단히 붙들었다.

"스텔라, 하아."

그가 더운 숨을 뱉어냈다. 거친 숨결이 그녀의 귓속을 아프게 파고들었다. 격정을 이기지 못한 로이든은 그녀의 가슴을 깨물 듯 힘껏 빨았다.

"흐흣, 하앙!"

또다시 그를 품은 채 그녀의 몸이 날카롭게 호를 그리며 비틀렸다. 그녀의 움직임에 로이든 역시 참지 못하고 그녀의 밀부를 미친 듯이 파고들었다. 두 사람의 몸이 뒤엉켜 하나처럼 얽힐 때마다 젖은 소리가 났다. 남녀의 거친 숨소리가 방 안을 울렸고, 땀으로 젖은 두 육체가 하나처럼 녹아 흘렀다. 그녀의 밀부가 그의 남성을 삼킬 듯 파르르 떨리며 연신 움찔거렸다. 자꾸만 더욱 깊어지는 결합에 스텔라는 쾌락의 정도를 참지 못하고 눈물을 흘렸다.

"하아, 흐흣! 로이…… 하아."

젖은 신음을 삼키며, 스텔라가 고갤 들어 그의 목덜미를 빨았다. 그러자 로이든의 몸이 떨리며 거칠게 그녀의 내벽을 갈랐다. 뜨겁게 요동치고 있었다. 애액으로 젖은 그녀의 안에서 커질 대로 커진 그의 일부가 무섭게 속살을 파고들며, 그녀의 내벽을 자극했다.

"하아, 스텔……. 흑!"

한순간 찾아온 지독한 쾌락이 등줄기를 타고 흘렀다. 로이든은 폭발하듯 몸을 떨며, 가장 격렬하게 그녀의 안을 파고들었다. 그의 움직임에 스텔라 역시 그가 빠져나가지 못하도록 그를 단단히 조였다. 미칠 것 같은 격정이 그녀를 뒤흔들었다. 뭐라 형용할 수 없는 쾌락에 그녀의 몸이 떨리기 시작했고, 그 떨림은 쉽게 멈추지 않았다.

"하아, 흐흑. 흐흑!"

"하아, 하아!"

거친 숨을 몰아쉬던 로이든이 그의 품에서 눈물을 흘리는 스텔라를 꽉 끌어안았다. 처음으로 맛보는 격정에 스텔라는 그의 가슴에 얼굴을 묻었다.

"스텔라, 괜찮나?"

그의 물음에도 스텔라는 고갤 들지 않았다. 그러자 로이든이 손을 뻗어 그녀의 턱을 들어 올렸다.

"갑자기 왜 얼굴을 가리는 건지 모르겠군. 벌써 후회하는 건 아니겠지?"

로이든이 심각한 표정으로 스텔라를 내려다보았다. 스텔라가 다시 고갤 숙였다.

"스텔라, 후회한다 해도 이미 늦었어."

"후회하는 게 아니라, 갑자기 알게 된 사실들을 받아들이기 힘들어서 그런 것뿐이에요."

스텔라의 대답을 듣고서야 로이든이 스텔라를 놓아주었다.

"고민할 필요 없어. 이미 우린 부부가 되었고, 이젠 혼인 무효를 신청할 수도 없을 테니까."

사실 국왕에게 혼인 무효 신청을 한다 할지라도, 절대 받아들여지지 않을 게 분명했다. 오히려 초야를 치르지 않았다는 이유로 벌을 받을 수도 있었다.

"혼인 무효 신청을 하려 했던 건가요?"

스텔라의 물음에 로이든이 단호한 표정으로 말했다.

"아니, 할 생각 없었어."

왜 그의 대답에 안심이 되는 건지 이유를 알 수 없었다. 하지만 스텔라는 그럴 줄 알았다는 얼굴로 그를 쏘아본 후, 피곤한 듯 베개에 얼굴을 묻었다.

"그럴 줄 알았다니까. 피곤해요, 로이든. 이제 자야겠어요."

스텔라가 로이든을 밀어냈다. 그러자 로이든이 불가능하다는 표정으로 고갤 가로저었다.

"안 돼. 지금은 널 재울 수 없을 것 같아."

"그게 무슨……?"

하지만 다음 순간, 스텔라 역시 그 이유를 곧 알 수 있었다. 그녀의 안에서 아직 머무르고 있던 그가 단단해지며, 다시 힘을 발휘하기 시작했다.

"흣!"

아직 사라지지 않은 쾌락의 여운에 스텔라의 몸이 빠르게 반응하기 시작했다. 그가 팔을 침대에 대고 상체를 일으켰다. 그 작은 움직임에 한 치의 틈도 없이 맞물려 있던 두 사람의 밀부가 비벼졌다.

"말도 안 돼."

"지난번에 말했을 텐데? 발정하기 시작하면, 한 번으로 끝나지 않는다고 말이야."

당연히 거짓말이라고 생각했다. 마을의 여인들이 했던 말들 역시 여인들이 지어낸 말이라고 생각했었다.

"설마 사흘 밤낮을 침대에 묶어놓는다는 말은 진실이 아니겠죠?"

스텔라가 머뭇머뭇 로이든에게 물었다. 그러자 그는 대답 대신 입가에 미소를 지었다. 마치 지금부터 그가 사흘 밤낮을 침대에 묶어두겠다는 듯.

맙소사! 설마 내가 괜한 말을 꺼낸 건가?

"그 말을 진실로 만들어야겠군. 난 도전을 즐기는 사내거든."

로이든이 스텔라의 입술에 키스했다. 두 사람의 혀가 단단히 휘감겼다. 그것과 동시에 두 사람의 몸이 또다시 하나로 얽혀들었다. 질척하게 젖은 밀부 안에 단단히 뿌리를 내린 그의 남성이 하나처럼 녹아들었다. 다시 시작된 열기에 스텔라는 거친 숨을 내쉬었다. 두 사람을 둘러싼 열기가 온 방 안을 태울 듯 달아오르기 시작했다.

❖

푸른 새벽의 여명이 체스터 성에 찾아들었다. 하지만 성을 둘러싼 새벽 기운은 뭔가 음산하고 고요했다. 비밀을 품고 안개 속에 모습을 감춘 진실처럼 은밀히 움직이는 그림자가 체스터 성의 계단을 지나 3층 별채를 향해 걸어갔다.

누군가의 방 앞에 걸음을 멈춘 그림자는 노크도 없이 문을 열었다. 그러자 방 안에 있던 여인은 이미 그의 방문을 예견한 듯 문 앞에 서 있었다.

"오랜만이군, 밀리."

차갑게 울리는 목소리에 밀리는 그를 올려다보았다. 18년 전 윈저 궁에서 그를 처음 보았었다. 그리고 그의 옆엔 이제 막 국왕이 된 리처드가 함께였다.

"살려주지. 대신 넌 내 개가 되어야 할 것이다. 나의 충실한 개가."

"개가 되겠습니다. 아기씨만 살려주신다면, 충실한 폐하의 개가 되겠습니다."

그녀의 약속에 윈저 궁의 비밀 통로에 서 있던 리처드가 고갤 끄덕였다. 리처드의 허락이 떨어지자, 밀리는 품에 안은 아이를 꼭 끌어안고는 미친 듯이 비밀 통로를 빠져나갔었다. 그것이 벌써, 18년 전이었다.

"오랜만에 뵙습니다. 그땐 기사였었는데 지금은 다른 모습이라 알아보지 못했습니다."

"나 역시 지금은 기사가 아닌, 폐하의 충실한 개일 뿐이니까. 네가 그런 것처럼."

남자의 말에 밀리의 얼굴이 차갑게 굳어졌다.

"죽지 않고 살아 있으니, 이렇게 만나게 되는군요."

"달링턴 백작과 함께 처형당할 것이라고 생각했었는데, 살아나다니. 정말 목숨 줄 하나는 질기군."

그 말이 스텔라를 두고 하는 말이란 사실을 깨닫자, 밀리가 굳은 얼굴을 했다. 그러자 가소롭다는 듯 남자의 입가에 냉소가 어렸다.

"어차피 이번에도 폐하께서 살려준 것뿐이야. 하지만 의외긴 했어. 체스터 백작부인이 되어 나타나다니 말이야."

"이미 예정된 운명이었을 뿐입니다."

"운명이라, 재미있군. 하지만 곧, 죽게 될 거야. 폐하의 손에."

"그게 무슨 말입니까? 설마 달링턴 백작님을 죽이신 것처럼, 또……."

"그 입 다물어. 네가 그렇게 안달복달하지 않아도 곧 알게 될 테니까. 그때까지 허튼짓하지 마. 폐하께선 이번엔 너 역시 보길 원하니까."

남자의 말에 밀리의 몸이 굳어졌다. 18년 전 그날 이후, 국왕을 한 번도 보지 못했다. 그래서 사실 국왕이 자신과 스텔라를 잊고 있다고 착각할 정도였다. 하지만 아니었다. 국왕은 한 번도 스텔라를 잊은 적이 없었던 것이다.

"다시 폐하를 알현했을 때, 누구의 편에 설지 잘 생각해 보도록 해. 어쩌면 체스터 백작의 목을 가져간다면, 다시 네가 그렇게 지키고 싶어하는 사람의 목숨을 살려줄지도 모르니까."

싸늘하게 뱉어내는 남자의 말에 밀리는 소름이 끼쳤다. 백작의 목을 가져가다니. 그 의민, 어쩌면 스텔라를 살리기 위해 체스터 백작을 죽여야 할지도 모른다는 뜻이기도 했다.

"왜입니까? 왜 이런 참담한 일을……."

"그동안 겁을 상실한 모양이군, 밀리."

"하지만……."

"조심하는 게 좋아. 폐하를 알현하기도 전에 내 손에 죽고 싶지 않다면."

남자가 위협이 아니라는 듯 손을 뻗어 밀리의 목을 부러뜨릴 듯 붙잡았다. 커다랗고 우악스러운 손에 한 줌도 안 되는 밀리의 목이 위험스럽게 쥐어졌다. 온몸에 소름이 끼쳤다. 하지만 밀리는 살려달라고 구차하게 목숨을 구걸하지 않았다. 그저 서늘한 눈으로 남자를 쏘아볼 뿐이었다.

"흥!"

남자가 거칠게 밀리를 밀쳤다. 그리곤 그녀를 한 번 더 노려본 후, 어둠 속으로 사라졌다.

홀로 남겨진 밀리는 일어날 생각도 하지 못한 채 굳게 닫힌 문을 바라보며 절망했다. 눈물이 흘러내려 바닥을 적시고 새벽의 안개를 아침 햇살이 밀어낼 때까지 그렇게 앉아 있었다.

며칠 후, 체스터 성에 국왕의 붉은 인장이 찍힌 초대장이 도착했다.

그리고 그 초대장의 서두엔 나의 친애하는 체스터 백작에게, 라는 말과 함께 다음과 같은 내용이 적혀 있었다.

「나의 친애하는 체스터 백작에게.

나, 국왕 리처드는 두 달 후 런던에서 마상시합을 개최하고자 한다. 잉글랜드 최고의 기사라고 일컬어지는 검은 늑대 로이든 체스터가 출전한다면, 최상의 시합이 되지 않을까 생각하고 있지.

시합의 우승자에겐 앨리샤 공주를 내어줄 생각이다. 그러니 체스터 백작부인과 함께 시합에 참석하길 바란다.

그대가 온다면, 성대한 환영과 함께 내 성을 내어줄 생각이다. 초야를 치렀던 그 방이라면, 더욱 좋을 테지? 그럼, 기다리지.

—국왕 리처드.」

To be continued…